Robert Gordian

Die Germanin

Robert Gordian

Die Germanin

Roman zur Varusschlacht

Mit Glossar

VERLAG PHILIPP VON ZABERN

1

Drusus lag im Sterben.

Der Sturz von einem ungebärdigen Pferd, bei dem der junge Feldherr gegen einen Baum geprallt und auf einem spitzen Felsbrocken gelandet war, hatte so schwere Verletzungen zur Folge gehabt, dass er seitdem auf dem Krankenlager dahinsiechte. Mit ihren Versuchen, die gebrochenen und verrenkten Gliedmaßen zu richten, konnten die Ärzte dem Verunglückten nur schlimmere Qualen bereiten. Zerstörend und unaufhaltsam breitete sich der Wundbrand aus. Allein die starke Natur des Drusus verzögerte das Ende.

Das römische Heer, das nur noch die Hälfte seiner ursprünglichen Mannschaftsstärke hatte, rastete in einem Lager nahe des Flusses Visurgis, im Land der Cherusker, das als erobert galt. In dieser Herbstnacht des Jahres 744 *ab urbe condita* traf der neue Feldherr Tiberius ein. Mit einem Gewaltritt, nur in Begleitung eines einzigen Vertrauten, eines Galliers, hatte er den langen, unsicheren Weg vom Rhenus zurückgelegt. Er kam im letzten Augenblick, noch lebte sein Bruder.

Der begonnene Rückmarsch der Römer nach Westen war nach dem Unfall ein paar Tage fortgesetzt, dann aber unterbrochen worden – trotz seines hoffnungslosen Zustands wollte niemand die Verantwortung für den Tod des Drusus übernehmen, den die Beförderung auf einem ungefederten Trosswagen durch eine fast weglose, wüste Gegend ohne Zweifel beschleunigen musste. So hatten die höheren Offiziere beschlossen, an dieser Stelle, in deren Umgebung freundlich gesinnte Stämme siedelten, ein Lager zu errichten und die Ankunft eines neuen Befehlshabers abzuwarten. Noch am Tage des Unfalls waren Reiter mit der Unglücksbotschaft zum Rhenus aufgebrochen. Ein Sonderkurier der römischen Staatspost war über die Alpen nach Ticinum geeilt, wo sich der Caesar Augustus mit seiner Frau Livia, der Mutter des Verunglückten, und deren gerade vom pannonischen Kriegsschauplatz zurückgekehrten älteren Sohn Tiberius aufhielt. Dieser hatte sich unverzüglich auf den Weg gemacht.

Tiberius erschien so überraschend am Lagertor, dass es unmöglich war, die Mannschaft noch rechtzeitig zu seiner Begrüßung antreten zu lassen. Er hatte dafür auch keinen Sinn. Die im

Prätorium versammelten Offiziere eilten ihm entgegen, doch er drückte nur jedem stumm und flüchtig die Hand und verlangte, zu seinem Bruder geführt zu werden. Drusus war nicht mehr bei Bewusstsein. Tiberius ließ sich neben seinem Lager nieder und hörte mit unbewegter Miene, nur knappe Fragen einwerfend, den Tribunen und den Ärzten zu, die den Unfall und ihre Maßnahmen schilderten. Ab und zu beugte er sich vor und versuchte, Worte zu verstehen, die die schon fast gelähmte Zunge formte und die keinen Sinn mehr ergaben. Er tauchte selbst die Kelle in den Krug, um dem Sterbenden Wasser einzuflößen. Das früher so hübsche, runde, frische Gesicht des Drusus war jetzt fahl und gealtert, entstellt von den furchtbaren Leiden, die der Unglückliche ertragen musste.

Im nur dürftig beleuchteten Vorzimmer des Prätoriums, eines hastig zusammengezimmerten flachen Holzbaus in der Mitte des Lagers, herrschte Gedränge. Die Offiziere standen in Gruppen beisammen und unterhielten sich mit gedämpften Stimmen. Ein paar vornehme Römer, die das Heer als Gäste des Feldherrn begleiteten, saßen auf den Bänken längs der Wände. Auch germanische Stammesführer hatten sich eingefunden, unter ihnen Segestes und Segimer, die als Gaufürsten die prorömische Partei der Cherusker anführten. Der Letztere hatte zwei Söhne mitgebracht. Aneinander gedrängt schliefen die beiden Jungen in einer Ecke.

„Prächtige Bürschlein“, bemerkte Caecina, einer der Offiziere. „Wie alt sind sie?“

„Alt genug, um das Waffenhandwerk zu lernen“, erwiderte Segimer, ein untersetzter Glatzkopf im Bärenpelz, mit breiter Nase und struppigem Bart. Er blinzelte den Zenturio misstrauisch an.

„Dein Ältester kann wenig mehr als neun Jahre alt sein“, sagte der lange, hagere Segestes, der alle im Raum überragte. „Er wurde geboren, als wir das Fest der Nerthus feierten.“

„Das stimmt, aber das war vor zwölf Jahren.“

„Du irrst dich.“

„Wie sollte ich mich irren! Ich werde wohl wissen, wie alt meine Söhne sind. Der Zweite kam gleich danach, ein Jahr später.“

„Willst du sie wirklich schon zum Militärdienst anmelden?“

„Weshalb hätte ich sie sonst mitgebracht?“

Die beiden Germanen hatten den kurzen Wortwechsel in ihrer Sprache geführt, doch der Zenturio, der seit drei Jahren an Feldzügen gegen die Stämme rechts des Rhenus beteiligt war, hatte alles verstanden.

„Recht hast du", sagte er zu dem Glatzkopf. „Die Legionen brauchen frisches Blut. Was kommt es da auf ein paar Jahre an. Die beiden sehen gesund und kräftig aus."

„Mein Ältester hat schon einen Auerochsen erlegt", sagte Segimer stolz.

„Wie heißt er?"

„Segifrit."

„Und du? Hast du keine Söhne?", fragte Caecina den Langen.

„Erst einen." Segestes kraulte seinen Bart und grinste. „Aber heute Nacht kommt ein zweiter dazu."

„Heute Nacht?"

„Vielleicht ist er schon da!"

Sie lachten, verstummten aber sogleich, denn missbilligende Blicke trafen sie.

Durch die schmale Türöffnung sahen sie das starre, strenge Gesicht des Tiberius im trüben Schein einer Öllampe.

„Jetzt wird es hier anders langgehen", sagte Caecina leise auf Lateinisch, das wiederum die beiden Germanenführer recht gut beherrschten. „Der versteht keinen Spaß, er ähnelt seinem Bruder wie der Habicht dem Fasan. Ihr werdet das bald zu spüren bekommen. Schade um Drusus. Was für ein feiner Kerl! Wie fröhlich, wie leutselig. Mich, einen einfachen Zenturio, nannte er seinen Freund. Hätte ich ihn nicht aufgehalten, vor einem Monat ... vielleicht wäre dann alles nicht passiert. Doch ich war kleinmütig, dachte nur an meine eigene Haut."

„Du konntest den Feuerkopf aufhalten?", fragte Segestes.

„Er wollte über den Albis gehen."

„Tatsächlich?" Segimer machte runde Augen und blähte die breiten Nasenflügel. „Über den Albis? Nach Osten – zu den Burgunden und Vandalen?"

„Da hätte er noch einen weiten Weg gehabt", bemerkte Segestes, „und es erst einmal mit Semnonen und Langobarden zu tun bekommen. Das sind blutgierige Ungeheuer, schlimmer als Bären und Wölfe. Da wäre von euch nichts übrig geblieben."

„Es tut mir gut, Cherusker, dass du das sagst." Caecina warf seufzend einen Blick auf das Sterbelager. „So darf ich mich weniger schuldig fühlen. Vielleicht tat ich doch das Richtige, indem ich zum Rückzug riet. Jetzt kann ich ja darüber reden, denn es gereicht ihm zum Ruhm. Er wurde von der anderen Seite gewarnt. Aber das machte keinen Eindruck auf ihn ... einen, der zu siegen gewöhnt war. Er wollte sich nicht einschüchtern lassen."

„Du sagst, er wurde gewarnt?", mischte sich ein grauhaariger Kriegstribun mit silbernen Lanzen an der Brust ein, der in der Nähe stand und mit halbem Ohr zugehört hatte. „Das wusste ich gar nicht. Wer warnte ihn?"

„Eine Frau."

„Eine Frau?"

„Wahrscheinlich eine von diesen Priesterinnen, die vorgeben, die Zukunft zu kennen. Ich war in der Nähe, aber gesehen habe ich sie nicht. Drusus war von ihr beeindruckt, wenn er auch nicht auf sie hören wollte. Vielleicht können diese Frauen wirklich das Schicksal voraussehen. Sie kündigte auch seinen baldigen Tod an."

„Das tat sie? Wie eigenartig."

„Nicht eigenartig", widersprach Segestes. „Wenn eine Seherin etwas verkündet, kann man sich darauf verlassen, dass es eintrifft. Woher wüsste ich sonst, dass meine Frau heute Nacht einen Sohn zur Welt bringen wird?"

„Wart es ab, noch ist er nicht geboren", bemerkte Segimer und warf einen zufriedenen Vaterblick auf seine beiden schlafenden Knaben.

„Vielleicht hatte ihn die Warnung doch erreicht", sagte der Tribun. „Ich wunderte mich darüber, dass er den Brückenbau aufgab. Plötzlich ändert er seine Meinung, räumt ein, es sei zu früh, hinüberzugehen. Dass es diesseits des Albis noch zu viel zu tun gebe, dass ja von einer Provinz Germanien noch lange nicht die Rede sein könne."

„Was werdet ihr jetzt machen?", fragte Segimer, der die Gelegenheit nutzen wollte, einem hohen Offizier seine Besorgnisse vorzutragen. „Bei uns gibt es viele, die sagen, die Römer können sich hier nicht halten. Wie sollten sie sich auch in unseren Wäldern und Sümpfen zurechtfinden? Was suchen sie hier überhaupt? Hier gibt es doch nichts, was sie nicht schon haben! Sie kommen, schlagen Schlachten, setzen Siegeszeichen – und verschwinden. So als täten sie es zum Spaß, damit ihre Schwerter nicht rosten. Segestes und ich und ein paar andere ... wir stehen auf eurer Seite. Wir sind der Meinung, dass unser Leben besser wird, wenn wir mit euch gemeinsame Sache machen. Aber wir sind in der Minderheit. Die meisten wollen erst einmal abwarten, ob die Römer im nächsten Jahr wiederkommen."

„Ja, und sie bereiten sich schon darauf vor, dann über uns herzufallen", ergänzte Segestes halb ernsthaft, halb spöttisch. „Wir werden gut daran tun, unsere Wälle und Zäune zu erneuern."

„Seid unbesorgt", sagte der Tribun. „Wir kommen wieder und wir bleiben. Gibt es hier wirklich Leute, die glauben, das alles sei nur eine Übung, um die Legionen zu beschäftigen? Haben wir eine Flotte gebaut, damit wir über das Nordmeer in eure Flüsse einlaufen können? Haben wir einen Kanal gegraben, damit der Weg vom Rhenus zum Nordmeer verkürzt wird? Haben wir Straßen durch eure Wälder gezogen, Brücken geschlagen, Kastelle angelegt? Könnt ihr euch vorstellen, was das den römischen Staat gekostet hat? Glaubt ihr, dass der Caesar Augustus und der Senat das alles nur zum Vergnügen tun?"

Der Tribun, in Schwung geraten, wollte gerade weiter ausholen und den Germanenführern die Ziele der römischen Politik erläutern, als er unterbrochen wurde.

Der Befehlshaber der Torwache trat ein und sah sich um: „Heißt hier einer Segestes? Gibt es hier einen Mann, der Segestes heißt?"

„Den gibt es", sagte der lange Cherusker und reckte den Hals. „Was willst du von mir?"

„Es ist jemand mit einer Botschaft für dich gekommen."

„Wer ist es?"

„Weiß ich nicht. Frag ihn selbst. Er steht am Lagertor. Da ist er ja schon! Was fällt dir ein, Kerl? Ich hab dir befohlen, dort zu warten!"

Gleich hinter dem Torwächter war ein flinkes, spitznasiges Männlein im kurzen Wollkittel hereingekommen. Frech drängte es sich zu Segestes durch. Seine mit Butter gefetteten Haare strömten einen so scharfen, ranzigen Geruch aus, dass sich die Offiziere naserümpfend abwandten.

„Na, was bringst du mir, Brun?", fragte Segestes, wobei er die

Augen weit aufriss und die Arme vorstreckte, als wollte er etwas Wertvolles in Empfang nehmen. „Ist es so weit?“

„Es ist so weit!“, sprudelte das Männlein hervor, ohne sich um den Rüffel des Wächters zu kümmern. „Preise dich glücklich, Schwager, und danke den Göttern ... vor allem Frija, Wodans Gemahlin, der Hüterin des Herdes, Beschützerin der Gebärenden ...“

„Und? Und?“

„Sie hat meiner teuren Schwester die Gnade einer leichten Geburt gewährt. Deine Frau Male ist wohlauf! Sie steht schon wieder am Webstuhl.“

„Das freut mich“, sagte Segestes ungeduldig. „Und er?“

„Er?“

„Mein Sohn!“

„Dein Sohn? Oh, der hat sich beim Spielen mit einem Pfeil in den Finger geschnitten.“

„Du Tölpel, ich meine den Neugeborenen!“

„Du meinst das Kind, das dir Male geboren hat?“

„Ist er gesund? Ist er kräftig? Schreit er?“

„Es schreit. Aber es ist kein Sohn.“

„Kein Sohn?“

„Du hast eine Tochter, Segestes.“

„Eine Tochter ...?“

Der lange Cheruskerfürst beugte sich vor, als hätte er sich verhört. Einen Augenblick lang schwieg er betroffen, dann versetzte er Brun einen Schlag mit dem Handrücken.

„Du lügst doch! Spielst den Narren. Willst mich foppen!“

„Aber warum? Warum schlägst du mich? Ich sage die Wahrheit!“

„Die Seherin hat mir versichert, dass es ein Sohn wird. Und so muss es doch einer sein!“

„Wir dachten ja auch erst, es würde einer.“

„Was soll das heißen?“

„Nun ... als es den Kopf heraussteckte, aus der dunklen Höhle des Mutterleibs, so einen dicken roten Kopf ... da schrien wir alle: ‚Ein Junge! Ein Junge!‘ Aber dann ... als es ganz heraus war ... es kam schnell und leicht, Frija sei nochmals Dank ... da ließ es sich nicht mehr verbergen ... Es war nur ... war leider ein Mädchen. Wir ahnten schon, dass du enttäuscht und zornig sein würdest.“

„Das verstehe ich nicht ... nein, ich verstehe es nicht", murmelte Segestes und blickte sich um, als suchte er jemanden, der ihm dieses Unglück erklärte.

„Was gibt es daran nicht zu verstehen?", fragte Segimer, der seine Genugtuung kaum verbergen konnte. „Du hast eben nur eine Tochter gezeugt. Das ist alles. Finde dich damit ab."

Der rasche Wortwechsel war auf Diutisk, der Sprache der germanischen Stämme, geführt worden. Caecina übersetzte ihn dem Tribunen und den anderen Offizieren. Die Herren tauschten Blicke und lachten lautlos.

„Was ist nun, Segestes?", fragte Brun. „Wirst du gleich mitkommen und deine Tochter vom Boden aufheben, damit sie ein Mitglied der Sippe wird?"

„Ich habe jetzt keine Zeit", war die knurrige Antwort.

„Es ist aber notwendig. Wie steht meine Schwester da, wenn du das Kind nicht gleich aufhebst!"

„Vielleicht will er es nicht anerkennen", stichelte Segimer und zwinkerte in die Runde. „Vielleicht will er es aussetzen."

„Das habe ich nicht gesagt!", wies ihn Segestes zurecht. „Mische dich nicht in meine Angelegenheiten."

„Anerkennen musst du es", sagte Brun vorwurfsvoll. „Es hat ja schon Nahrung aufgenommen. Hat an der Mutterbrust getrunken."

„Ich werde kommen!", fuhr Segestes ihn an, ärgerlich über die Zurechtweisung. „Es wird früh genug sein. Jetzt kann ich hier nicht fort."

„Wie weit ist es denn bis zu deinem Anwesen?", fragte eine Stimme im schummrigen Hintergrund des Raumes.

„Zwei Meilen", erwiderte Segestes, ohne sich nach dem Sprecher umzudrehen.

„Dann geh nur und heb deine Tochter auf. Vielleicht wird sie später einmal einen Römer heiraten. So etwas wünschen wir uns doch für die Zukunft."

In diesem Augenblick wichen schon alle zurück, denn es war Tiberius selbst, der gesprochen hatte.

Er war unbemerkt hereingekommen.

Er trat in die Mitte und stand eine Weile schweigend da, sehr groß und hoch aufgerichtet, den Kopf ein wenig gesenkt, die Augen fast geschlossen. Die Männer starrten auf das kantige

Kinn, die scharfe Nase, das tief in den Nacken wachsende blonde Haar des Dreiunddreißigjährigen. Sie sahen, wie sich der Kehlkopf auf und ab bewegte im Kampf gegen ein Schluchzen, das hervorbrechen wollte.

Schließlich gelang es Tiberius, die Tränen zu unterdrücken und seiner Stimme so viel Festigkeit zu geben, dass er wie ein Feldherr sprechen konnte, der seine Anordnungen trifft.

„Mein Bruder ist tot“, sagte er. „Das Römische Reich und die Menschheit haben einen schweren Verlust erlitten. Man wird seine Asche zum Rhenus tragen. Von dort wird sie nach Italien gebracht, damit Drusus an der Seite seiner Ahnen bestattet werden kann.“

2

„In jener Nacht erfuhr ich also, dass Seherinnen nicht unfehlbar sind. Die eine erkannte die Wahrheit – sie sagte den Tod des Drusus voraus. Die andere irrte sich. Sie verhieß mir einen Sohn und ich bekam eine Tochter. Glücklich war ich darüber nicht, das gebe ich zu, denn ich beneidete Segimer um seine Söhne. Inzwischen bin ich sehr froh darüber. Denn du, mein Töchterchen, bist mir wertvoller, als es ein Sohn sein könnte. Du willst deinem Vater doch gern gehorchen und ihm Freude bereiten?"

„Oh ja! Das will ich!"

Segestes saß mit seiner Tochter im Schatten am Eingang einer Höhle. Diese befand sich an der steilen Rückwand des Hügels, auf dem der Wehrhof lag. Von hier aus konnten sie weit ins Land blicken, über bewaldete Anhöhen, abgeerntete Felder und die Weiler des Cheruskergaus. Es war ein heißer Tag im Juli, und der kleine Vorplatz der Höhle lag im grellen Sonnenlicht. Segestes, die Ellbogen auf den spitzen Knien, hockte auf dem Boden, zupfte an seinem Bart, sprach langsam, bedächtig, jedes Wort wägend. Seine Tochter, im kurzen Wollröckchen, kauerte mit angezogenen Beinen an der gegenüberliegenden Wand, die Augen weit offen – gespannt, verwirrt.

Zum ersten Mal in ihrem Leben führte der Vater ein langes Gespräch mit ihr.

„So war es damals", fuhr er fort, „und seitdem halte ich nicht mehr so viel von den Seherinnen, die vielleicht nur durch Zufall die Wahrheit treffen. Ich verlasse mich lieber auf meine Erfahrung und meinen Verstand. Und auch auf mein gutes Gedächtnis. In jener Nacht – ich meine also die Nacht, in der du geboren wurdest, vor dreizehn Jahren – da wurde mir noch etwas anderes vorhergesagt ... etwas, das ich gern hörte. In Erfüllung gegangen ist es noch nicht, doch nur, weil die Zeit dazu noch nicht reif ist. Das kann sich aber bald ändern ... sehr bald, in den nächsten Tagen schon. Ob es tatsächlich in Erfüllung geht, wird von dir abhängen, Töchterchen. Meine Nelda wird alles dafür tun, hoffe ich, dass diese schöne Vorhersage eintrifft."

„Ich werde tun, was ich vermag, Vater", sagte sie leise. „Aber was ist es?"

„Ich erkläre es dir. Du warst also gerade geboren, als sich

bereits ein großer Mann Gedanken über deine Zukunft machte. Und weißt du, wer das war? Kein Geringerer als Tiberius Claudius Nero, von dem heute alle sagen, dass er dem alten Caesar Augustus bald nachfolgen wird. Als er erfuhr, dass ich eine Tochter bekommen hatte, sprach er: ‚Behüte sie, ziehe sie auf und sorge dafür, dass sie eine gute Bildung erhält, denn sie wird einmal einen Römer heiraten.' Genau das waren seine Worte. Nun weißt du, was dir bestimmt ist."

„Ich soll heiraten? Einen Römer?", fragte sie betroffen, wobei sie sich mit einer raschen Bewegung eine blonde Haarsträhne aus dem Gesicht strich.

„Natürlich nicht irgendeinen Römer", versicherte er. „Keinen groben Hundertschaftsführer, keinen Baumeister oder Kaufmann und schon gar keinen schmutzigen Sklavenhändler. Tiberius meinte einen Römer von seinem Stande, der ja dem unseren entspricht. Denn auch wir stammen von unseren Göttern ab und unser Adel ist nicht schlechter als der ihrige. Ich gehe sogar noch weiter: Er meinte einen Römer aus seiner eigenen Familie, den Juliern und Claudiern. Wir werden also, wenn alles so eintrifft, mit den höchsten römischen Adligen und Würdenträgern verwandt sein."

„Aber, Vater ... wie ... wie sollte denn das geschehen?", fragte die Tochter mit stockender Stimme. „Niemand kennt mich, es weiß doch niemand von mir. Es hat sich noch keiner um mich bemüht."

„Das wird sich ändern. Wie ich sagte, schon in den nächsten Tagen. Wir bereiten ein Fest vor. Nelda, mein Kind, ich habe eine Botschaft erhalten. Von meinem Freund Caecina, der jetzt Kommandant der Festung Aliso ist. Er kündigt mir hohen Besuch an. Die alten Verträge müssen erneuert werden. Und weil die Cherusker mich auf dem Thing beauftragt haben, unsere Angelegenheiten mit den Römern zu regeln, wird das hier geschehen, auf meinem Hof. Tiberius selbst wird dazu hierherkommen! Er war lange fort, irgendwo auf einer griechischen Insel, um Studien zu treiben. Nun ist er zurück und hat wieder das Oberkommando über die Rhenus-Armee. Er wird uns aber nicht allein besuchen, meine Nelda, er bringt seine Söhne mit. Was sagst du dazu?"

„Ich wusste nicht, dass er Söhne hat. Ich weiß gar nichts, Vater! Ich habe Angst."

„Warum denn? Es sollen höfliche und gebildete junge Männer sein, nicht solche dummen Rüpel wie dein Vetter Segithank oder andere aus unserer Sippe. Der Ältere ist neunzehn Jahre alt. Übrigens ist er nicht der leibliche Sohn des Tiberius, er wurde von ihm adoptiert. Sein Vater war Drusus, der, von dem ich gerade sprach, der hier in der Nähe starb. Für seine Verdienste erhielt er nach seinem Tode die höchsten Auszeichnungen, darunter den Ehrennamen ‚Germanicus', weil er so viele unserer Stämme besiegt hatte. Der Name soll nun in seiner Familie erblich sein. Der junge Mann heißt eigentlich Gaius, aber alle rufen ihn schon Germanicus. Wie man hört, ist er sehr begabt, für die höchsten Ämter geeignet. Der andere ist ein Jahr jünger, erst achtzehn. Er ist der Sohn aus der ersten Ehe des Tiberius und heißt Drusus wie sein verstorbener Onkel. Er soll sehr stark sein, wenn auch nicht ganz so begabt wie der andere, und ein guter Reiter und Fechter. Bei unseren Waffenspielen werden wir es sehen. Er wird sich nicht lange nötigen lassen und mitmachen. Die beiden werden dir gefallen und ich hoffe, dass du Eindruck auf sie machen wirst."

„Aber was soll ich denn tun?", entgegnete sie verzagt. „Sie werden mich nicht beachten. So hässlich und unscheinbar, wie ich bin."

„Du und hässlich! Wenn du auch noch sehr jung bist und etwas Zeit brauchst, hast du doch schon sehr viel vorzuweisen. Vor allem hast du bei Priscus eine ausgezeichnete Bildung genossen. Es war nützlich, dass du immer dabei warst, wenn er deinen Bruder unterrichtete. Priscus sagt, du sprichst schon fast so gut Latein wie er. Und sogar etwas Griechisch hat er dir beigebracht. Du kennst viele alte Geschichten von ihren Göttern und Helden ... Jupiter, Herkules und wie sie sonst heißen. Unterhalte dich mit den jungen Männern darüber. Zeig ihnen, dass du genauso viel weißt wie die jungen Mädchen in Rom. Vor allem musst du natürlich ihrem Vater gefallen, einem sehr strengen Mann. Deshalb halte ich es für notwendig, dass du ihn und die anderen Gäste begrüßt. Hast du die Verse gelernt, mit denen der Dichter den Caesar Augustus rühmt und die Siege des Tiberius feiert?"

„Ja, Vater."

„Du wirst großen Erfolg haben, wenn du sie vorträgst. So etwas werden sie nicht erwarten. Sie werden staunen, im tiefsten Germanien ein solches Juwel vorzufinden."

„Ach, sie werden sich nur über mich lustig machen."

„Im Gegenteil. Vielleicht bewirbt sich gleich einer um dich. Auch bei ihnen in Italien werden die Mädchen sehr jung verheiratet. Du wirst in einem Palast leben, seidene Kleider tragen und hundert Sklavinnen haben. Du wirst der Liebling deines Schwiegervaters Tiberius sein. Täglich wirst du den Caesar Augustus sehen und ab und zu wird er auch mich empfangen und mich vor den anderen Stammesfürsten auszeichnen. Was gibt es denn, Brun?"

Zwei Männer waren am Eingang der Höhle aufgetaucht. Sie waren den kurzen, steilen Weg aus dem Tal heraufgestiegen und noch ein wenig außer Atem. Brun, dessen Haar fast ergraut, aber auch jetzt mit Butter gefettet war, hatte ein Festgewand mit gestickten Borten angelegt, seine Hosenbeine mit blauen Wadenbändern umwickelt und sich mit Armringen und einer silbernen Gürtelschnalle geschmückt. Der zweite Mann, gebeugt und weißhaarig, war der Grammaticus Priscus, ein Grieche von Geburt, den Segestes vor einigen Jahren zur Unterrichtung seines Sohnes aus Mogontiacum mitgebracht hatte. Er trug nur eine einfache, schon recht fadenscheinige Tunika, schleppte Buchrollen und eine Wachstafel mit sich und ließ sich erschöpft auf den Boden fallen.

Brun, der eine wichtige Nachricht zu überbringen hatte, pflanzte sich vor Segestes auf, reckte seine spitze Nase und verkündete: „Du wirst dringend erwartet, Schwager! Die ersten Gäste sind eingetroffen. Du musst sie begrüßen!"

Der hochgewachsene Segestes sprang so rasch und unbedacht auf, dass er gerade noch verhindern konnte, seinen Kopf an der niedrigen Wölbung des Höhleneingangs zu stoßen.

„Wie? Tiberius selbst? Aber er ließ mir melden, dass er erst in ein paar Tagen ..."

„Es ist nicht Tiberius, aber auch ein wichtiger Gast."

„Wer denn?"

„Dein Vetter Segimer."

„Ah, der", Segestes seufzte, ließ sich wieder an der Höhlenwand nieder und schlug ärgerlich nach einer Mücke an seinem Hals. „Er soll warten. Warum störst du mich seinetwegen? Ich habe mich zurückgezogen, um in Ruhe etwas mit meiner Tochter zu besprechen. Außerdem ist er nicht mein Vetter. Wie oft soll ich dir das noch erklären? Seine Sippe ist nur entfernt mit der unseren verwandt. Er ist ein Großneffe meiner Urgroßmutter, ihre Schwester wurde mit einem von denen verheiratet."

„Er ist mit großem Gefolge gekommen", sagte Brun. „Sogar mit einer römischen Truppe. Es sind fast fünfzig Mann. Hoffentlich fressen die nicht alles kahl, bevor das Fest überhaupt beginnt. Ich als Ordner des Festes mache mir Sorgen."

„Er wird von einer römischen Truppe begleitet?", fragte Segestes mit ungläubiger Miene.

„So ist es." Brun genoss die Verblüffung des Schwagers. „Fünfzig Mann von den Auxilien, viele Cherusker, aber auch Chatten und Hermunduren. Wie das blinkt und blitzt: die Helme, Schilde und Lanzen. Den Frauen und Jungfrauen fallen die Augen heraus. Eine stramme Truppe, das muss man sagen. Weißt du, wer sie befehligt?"

„Wer?"

„Der älteste Sohn von Segimer."

„Was?"

„Er ist es. Er kommt aus Noricum oder Pannonien. Jetzt leistet er Dienst in der Rhenus-Armee."

„Ist es wirklich der ... der ... wie war sein Name?"

„Segifrit. Aber er nennt sich jetzt anders. Als ich ihn ansprach, bat er mich, ihn nur bei seinem neuen Namen zu nennen. Den haben ihm seine Vorgesetzten gegeben, weil sie ihn besser aussprechen können."

„Und?"

„Arminius."

„Arminius? Einen solchen Namen hab ich noch nie gehört. Arminius", wiederholte Segestes verdrossen.

„Vielleicht kann Priscus erklären, was der Name bedeutet", warf Nelda vorsichtig ein. „Er weiß doch alles."

„Oh, ich bedaure", sagte der alte Gelehrte verlegen lächelnd, als wollte er sich entschuldigen. „Auch ich weiß von niemandem, der je diesen Namen getragen hat. Arminius? Vielleicht Armenius ... jemand, der in Armenien mit Auszeichnung diente."

„Lassen wir das", unterbrach ihn Segestes unwirsch. „Er ist also zurück. Gehört er zum Gefolge des Statthalters? Warum ist er dann aber schon hier?"

„Er gehört zum Gefolge", sagte Brun mit wichtiger Miene. Sein mächtiger Schwager herrschte ihn häufig grob an und hörte ihm nie zu. Jetzt genoss er es, ihm etwas erklären zu können. „Er ist mit seinem Trupp gewissermaßen die Vorhut. Tiberius hatte ihm erlaubt, seine Eltern zu besuchen. Da sich sein Vater Segimer wegen der Verträge hierher begeben muss, begleitete ihn Arminius mit seinen Leuten. Er wird aber wieder abziehen, hoffentlich heute noch. Unten im Tal soll er ein Lager errichten und alles vorbereiten für die Ankunft des Feldherrn. Und dann wird er ihm in den Krieg gegen die Semnonen folgen. Habe ich schon erwähnt, dass auch sein jüngerer Bruder dabei ist? Der hat auch schon einen Rang und ebenfalls seinen Namen geändert, sie rufen ihn einfach nur ‚Flavus', den Blonden. Segimer ist mächtig stolz auf die beiden. Ich muss sagen, er hat Grund dazu. Es sind stattliche Burschen, besonders der Ältere. Segimer sagt, dass ihn Tiberius sehr schätzt und dass er bald höher steigen wird. Dann wird er wohl einen Manipel befehligen oder sogar eine Kohorte. So weit hat es noch keiner unserer Männer gebracht."

„Was faselst du da, Schwachkopf?", fuhr Segestes den Schwager an. „Manipel! Kohorte! Und der Sohn deiner Schwester, mein Sohn? Er wird Priester am Altar des Augustus in der Ubierstadt. Das ist wohl nichts, wie? Dazu braucht man Weisheit und Bildung und man wird in Geheimnisse eingeweiht. Habe ich Recht, Alter?"

„Zweifellos", antwortete der Grieche beflissen.

„Nur wer die höchste Gunst genießt, bringt es zu einer solchen Vertrauensstellung. Was ist dagegen einer, der einen Haufen roher Chatten und Hermunduren befehligt, wenn auch unter römischen Feldzeichen!"

Segestes erhob sich ächzend und trat hinaus auf den Vorplatz der Höhle. Er hakte die Daumen hinter den Gürtel und blickte mit finsterer Miene auf die vom Sonnenlicht beschienene Landschaft.

„So ist das also", sagte er nach einer Weile wie zu sich selbst. „Wer verstünde das nicht? Schlau ist dieser Segimer, schlau war er schon, als er die beiden hergab, obwohl sie noch Kinder waren. Er will herrschen, sich alle Cheruskergaue untertan machen ... und vielleicht noch viel mehr. Irgendwann werden die Römer hier einen von uns als Statthalter oder vielleicht sogar als König einsetzen, so wie sie es da unten im Osten, in Judäa, getan haben. Wen werden sie wählen? Er bringt seine Söhne mit, römische Offiziere, sie sollen an seiner Seite stehen, wenn er die neuen Verträge beeidet. ‚Da seht ihr, auf wen ihr bauen könnt, in eurer Provinz Germanien. Auf mich! Und meine Nachfolger stehen auch schon bereit.' Dass ihn Donars Hammer zerschmettere! Aber ich muss ihn begrüßen."

Er senkte die Stirn, als ginge es in einen Kampf, und begann, den steilen Pfad hinabzusteigen.

„Vater!", rief Nelda. „Darf ich mitkommen?"

„Nein!", war die schroffe Antwort.

„Warum nicht? Du hast doch gesagt, auch ich soll die Gäste begrüßen."

„Diese nicht!"

Er drehte sich noch einmal um und sagte zu Priscus: „Das Gedicht, du weißt schon, nimm es noch einmal mit ihr durch. Damit sie Ehre für mich einlegt."

Der Alte erhob sich und wollte zum Zeichen seines Gehorsams eine Verbeugung machen, aber Segestes war schon hinter den Büschen am Höhleneingang verschwunden. Brun beeilte sich, ihm zu folgen.

„Damit sie Ehre für mich einlegt."

Nelda wiederholte die Worte schmollend.

Plötzlich sprang sie auf, stampfte mit dem Fuß auf und ballte die Fäuste.

„Ich hab aber keine Lust dazu."

„Wenn es dein Vater, unser Herr, doch aber so wünscht", sagte der Grieche mit einem besänftigenden Lächeln.

„Er will, dass ich einen Römer heirate. Er will mich loswerden und in die Fremde schicken." Sie stürzte neben ihm auf die Knie und brach in Tränen aus. „Ach, Priscus, mein guter, guter Priscus, ich will noch nicht heiraten. Auch Kinder will ich nicht bekommen."

„Nun, nun, beruhige dich." Der Alte strich ihr über das Haar. „Du bist ja noch viel zu jung, das hat Zeit."

3

Im Laufe der Jahre hatte sich zwischen Nelda und dem greisen Lehrer ein vertrautes, fast liebevolles Verhältnis entwickelt. Segestes hatte den Griechen vor geraumer Zeit von einer Reise an den Rhenus mitgebracht, damit er seinen Sohn Segimund unterrichtete. Nelda, damals erst acht oder neun Jahre alt, hatte anfangs manchmal neugierig zugehört. Es war nicht üblich, dass Mädchen irgendetwas lernten, was sie nicht als Hausfrauen brauchen würden. Bald aber hielt auch sie eine Schreibtafel und einen Griffel in den Händen und ritzte lateinische Buchstaben in das Wachs. Alsbald stellte sich heraus, dass sie, obwohl einige Jahre jünger, vieles schneller begriff als ihr bemühter, aber schwerfälliger Bruder. Es fiel ihr leichter, Verse auswendig zu lernen und eine Geschichte, die der Lehrer erzählte, am nächsten Tag wiederzugeben. Während Segimund gehorsam und gleichgültig seine Aufgaben machte und nach dem Unterricht rasch verschwand, um Vögel und Fische zu fangen, wich seine Schwester dem alten Griechen meist nicht von der Seite und stellte ihm Fragen. Das freute ihn und er war gern bereit, seine Schätze vor ihr auszubreiten. Nelda wurde nicht müde zu lauschen und wollte alles über Herakles und Deianeira, Orpheus und Eurydike, Medea und Jason, Helena und Paris, Hektor, Kassandra, Orestes, Elektra, Odysseus, Penelope, die Zauberin Kirke und die Sirenen wissen. Von der Mythologie war es nur ein kurzer Weg zur Geschichte: zu Perikles, Alkibiades, Themistokles, Alexander, Hannibal, Caesar. Manchmal brachte Nelda den alten Lehrer in Verlegenheit, wenn sie hartnäckig nach den Frauen fragte, die die Mütter der großen Männer waren oder die mit ihnen gelebt hatten. Dann musste er in den letzten Winkeln seines Gedächtnisses graben, damit auch Aspasia, Olympias, Roxane und Aurelia zu ihrem Recht kamen. Von der dämonischen Kleopatra wusste er ausführlich zu berichten und Nelda ergriff entschieden Partei für die unglückliche, verlassene Octavia. Oft erstaunte ihn, wie anders die Heranwachsende Dinge beurteilte, die sein nüchterner Gelehrtenverstand für klar und bewiesen hielt. Dann stritten sie und er musste auf der Hut sein, dass sie ihn nicht mit ihrer kindlich weiblichen Logik bloßstellte. Sie hatte sogar rhetorisches Talent, im Gegensatz zu ihrem Bruder, der in diesem Fach oft an den einfachsten Aufgaben scheiterte.

Frau Male, Neldas Mutter, war entschieden dagegen, dass ihre Tochter die Zeit damit vertat, sich unnütze Gelehrsamkeit anzueignen. Manchmal erschien sie unverhofft in der Hütte des Alten, schlug Nelda die Wachstafel aus der Hand und zerrte sie zurück ins Wohnhaus, wo sie die Spindel drehen oder beim Töpfern helfen musste. Manchmal setzte es auch Prügel mit dem Besenstiel. Die Gemaßregelte beschwerte sich bei ihrem Vater, denn sie wusste, Segestes sah nicht ungern, dass seine Tochter die Sprache der Römer erlernte und sie bald besser beherrschen würde als er selbst. Alles, was Priscus ihr beibrachte, konnte hilfreich sein. Allmählich wurde ihm bewusst, dass die Tochter vielleicht viel nützlicher sein könnte als der Sohn und dass es deshalb angebracht war, ein Auge auf ihre Erziehung zu haben.

Im Allgemeinen wurde die Ausbildung der Töchter allein den Müttern überlassen und anfangs hatte Segestes es nicht anders gehalten. Er hatte das Kind vom Boden aufgehoben – zum Zeichen, dass er es anerkannte – und ihm nach neun Nächten, wie es Brauch war, einen Namen gegeben. Er hatte das kleine Mädchen Thusnelda genannt, wenn auch kaum in der Hoffnung, es könnte einmal eine „kämpfende Riesin“ aus ihm werden. Danach hatte er sich nur noch wenig um seine Tochter gekümmert. Nelda, wie alle sie nannten, wuchs fröhlich und wild mit den Kindern der Verwandten, Gefolgsleute, Bauern und Knechte auf, die hinter dem Wall auf dem Hügel umhertollten, ohne dass sie als Tochter des Herrn und Gaufürsten besondere Vorteile und Beachtung genoss. Ihr Vater war in jenen Jahren oft lange fort. Die Römer gerieten bei ihrem Versuch, die Provinz Germania einzurichten, vielerorts und immer wieder mit den Einwohnern in Konflikt und bedurften zur Schlichtung eines Mannes, der ihnen gewogen war und Autorität besaß. Als Nelda verständig genug war, wurde sie von ihrer Mutter und einigen Tanten zu allem angehalten, was eine künftige Hausherrin können musste, sei es auch nur, um imstande zu sein, die Dienerschaft anzuleiten. Sie konnte bald spinnen, weben, nähen, Brot backen, Bier brauen und das Festgetränk, den Met, in der richtigen Mischung von Honig und Wasser zum Gären ansetzen. Sie konnte töpfern, Gerstengrütze bereiten und Kühe melken. Auch jetzt fiel sie ihrem Vater, wenn er denn zu Hause war, nicht sonderlich auf. Unter den Frauen und Mädchen, den alten und jungen Mägden, die unter seinem

Dach geschäftig zwischen dem Herd im Wohnbereich und den Stallungen hin und her wuselten und seine Wirtschaft in Gang hielten, war sie nur eine unter vielen. Eines Tages aber erschrak er fast. Er saß in seinem Armstuhl am Herd und fischte Fleischbrocken aus dem Kessel, als plötzlich die Zehnjährige zu ihm trat, auf ein paar feuerrote Striemen an ihrer mageren Schulter zeigte und ihn in reinstem Latein fragte:

„Bist du auch der Meinung, Vater, dass ein Mädchen Strafe verdient, weil es lernen möchte?"

Seitdem war es Frau Male untersagt, den Unterricht zu stören, an dem Nelda nun ständig teilnehmen durfte. Die Mutter versuchte dennoch, ihr Erziehungsrecht zu behaupten, und wies der Tochter oft so viele Aufgaben zu, dass Nelda nach deren Erledigung zu müde war, um zu Priscus zu gehen. Aber eine weitere Beschwerde beim Vater beseitigte auch dieses Hindernis. Nur einmal noch drohte Gefahr, diesmal jedoch für den Griechen. Als beschlossen worden war, dass Segimund für die Aufnahme in das Priesterkollegium am Augustusaltar der Ubierstadt vorbereitet werden sollte, wurden vertiefende Studien nötig. Diese musste er im gallischen Lugdunum ableisten. Segestes wollte ihn bis an den Rhenus begleiten. Beim Abschied am Tor gab der alte Gelehrte seinem Schüler noch einige Ratschläge für die Reise. Plötzlich sagte Frau Male zu ihrem Ehemann: „Warum nimmst du den Alten nicht mit? Wozu wird er hier noch benötigt? Wir können uns keine unnützen Esser leisten!" Priscus erschrak fast zu Tode, denn wo sollte ein Greis wie er noch unterkommen? Nelda brach verzweifelt in Tränen aus. Segestes entschied, dass er bleiben und sich weiter um ihre Ausbildung kümmern sollte. Und daran änderte sich nichts.

Da ihr die Mutter aber nach wie vor böse Blicke zuwarf, wenn sie sie mit einer Wachstafel oder einer Pergamentrolle sah, und weil sie ihr immer wieder Arbeiten aufhalste, die eigentlich die Mägde zu verrichten hatten, suchte Nelda nach einem geheimen Ort, an dem sie nicht ständiger Beobachtung ausgesetzt war. Segestes hatte ihr ein Pferd geschenkt, eine kleine rotbraune Stute, die sie Furi nannte und mit der sie in der Umgebung des Wehrhofs ausreiten durfte. Sie liebte das sanfte Tier und war oft mit ihm unterwegs. Beim Umherstreifen entdeckte sie den in dreifacher Mannshöhe liegenden, von Gesträuch fast verdeckten

Eingang einer Höhle. Sie stieg den von Gestrüpp überwucherten Pfad hinauf und stieß einen Freudenschrei aus. Hier war sie sicher, hier würde niemand sie finden! Sie musste nur ein paar Zweige entfernen und hatte einen freien Blick auf die weite Landschaft. Der Eingang der Höhle lag in der Mittagssonne, doch innen war es kühl und feucht und es gab sogar frisches Wasser, das an der Wand herunterfloss und im Boden versickerte. Hier konnte sie ungestört den ganzen Sommer verbringen.

Es war nun schon der zweite Sommer.

Ständig allein zu sein, war ihr aber mit der Zeit langweilig geworden. Manchmal nahm sie Ramis mit herauf, ihre Kusine, die Tochter einer verwitweten Schwester ihrer Mutter, die nach dem Tode ihres Gemahls, eines Chattenhäuptlings, zu ihrer Sippe zurückgekehrt war. Die beiden fast gleichaltrigen Mädchen waren Freundinnen. Nackt tobten sie in der Höhle umher und bespritzten sich mit dem eiskalten Wasser. Sie führten auch lange, ernste Gespräche. Meist ging es dabei um das, was sie nachts, sich schlafend stellend, tatsächlich aber hellwach und neugierig, auf der langen Schlafbank, wo Männer, Frauen und Kinder gemeinsam lagen, beobachtet und gehört hatten. Sie fragten sich, ob sie das ebenfalls könnten, während andere ihnen dabei zusahen oder zuhörten. Dass es die Tiere vor aller Augen taten, war etwas anderes, das waren unvernünftige Geschöpfe, die kein Schamgefühl kannten. Es musste aber wohl so viel Vergnügen bereiten, dass diejenigen, die es taten, alles andere um sich vergaßen und nichts mehr wahrnahmen. Auch im Wald oder im Gerstenfeld taten es manche und waren nicht einmal erschrocken, wenn man vorüberging. Es musste so überwältigend sein, dass die Frauen dabei nicht einmal an den Tod dachten, der jede Dritte von ihnen danach ereilte. Wie viele hatten die beiden Mädchen bei der Geburt eines Kindes schon unter schrecklichen Qualen in ihrem Blut enden sehen.

Immer, wenn ihre Gespräche an diesen Punkt kamen, umarmten sie sich ganz fest und weinten.

Bald führte Nelda auch den alten Griechen zu ihrem Versteck. Priscus scheute zunächst den steilen Aufstieg zur Höhle, aber dann schnitt er sich einen Stock, auf den er sich stützen konnte. Oft kam er bei freundlichem Wetter herauf. Der blaue Himmel, die Hügellandschaft, die Grotte, das Mädchen – alles erinnerte ihn an seine Heimat und seine Jugend. Es erfrischte seinen Geist und manches fiel ihm wieder ein, wovon er geglaubt hatte, dass es längst aus seinem Gedächtnis gelöscht sei: ein Siegeslied von Pindar oder ein Monolog aus einem Drama von Euripides. Nelda lauschte dem seltsamen Singsang der griechischen Sprache und versuchte, Worte und Verse nachzusprechen. Der Alte unterbrach sie, verbesserte ihre Aussprache, ließ sie Worte und Sätze wiederholen. Ganze Gedichte rezitierten sie gemeinsam. Das gab es im wilden, rauen, unberührten Germanien: Ein Mädchen, nicht mehr Kind, noch nicht Frau, im Sonnenlicht vor dem Eingang der dunklen Höhle, eines der langen gebräunten Beine vorgestellt, die schlanken Arme zum Himmel erhoben, mit heller, klarer Stimme Verse deklamierend, in Worte gefasste, fremdartige Musik. Daneben im Schatten, auf dem Felsboden hockend, einen alten Mann, den Vortrag mit leisen, rollenden Basstönen begleitend.

Diesen Morgen hatte Nelda allein hier oben verbracht, ein wenig gesungen, ein wenig geträumt und auf Priscus gewartet, der ihr versprochen hatte, zu kommen.

Da war plötzlich ihr Vater erschienen.

Es war das erste Mal, dass er sie aufsuchte, seit sie diesen Platz für sich entdeckt hatte. Sie hatte die Augen geschlossen und gedöst und schrie auf, als er plötzlich hochragend, die Sonne verdeckend vor ihr stand.

Er hockte sich neben sie, legte den Arm um ihre Schultern, küsste sie auf die Stirn und beruhigte sie.

In letzter Zeit behandelte sie der Vater sehr aufmerksam. War sie früher tagelang kaum für ihn vorhanden gewesen, rief er sie jetzt oft mehrmals am Tage zu sich und unterhielt sich mit ihr. Sie sprachen Lateinisch und er ließ sich erzählen, was sie gelernt hatte. Vorsichtig fragte er sie aus und versuchte herauszubekommen, ob vielleicht einer der Jungmannen aus seiner Gefolgschaft ein Auge auf sie geworfen und dreiste Reden geführt hatte. Dass sie sich in die Höhle zurückzog, gefiel ihm zunächst überhaupt nicht; er befürchtete, es könnte ihr jemand nachschleichen. Kein Zweifel, er sah mit Wohlgefallen, wie der Schmetterling aus der Larve kroch. Von einem seiner häufigen Besuche in der Ubierstadt brachte er ihr ein Geschenk mit: eine runde Scheibe aus poliertem Metall, in der sie sich sehen konnte. Bis dahin hatte sie sich immer über den Brunnen oder den Teich am Fuß des Hügels beugen müssen, wenn sie ihr Bild betrachten wollte. Sie spürte auch, dass ihr der Vater mit Blicken folgte, wenn sie Wasser holen ging oder das Federvieh fütterte. Einmal rutschte sie auf einem Kuhfladen aus und fiel so unglücklich, dass sich ihr kurzes Röckchen bis zum Nabel verschob. Er sah es und ordnete an, sie habe von nun an Röcke zu tragen, die bis ans Knie reichten und sich darunter mit einem Lendentuch zu verhüllen. Das Tuch war lästig, aber sie fügte sich. Von den kurzen Röcken trennte sie sich jedoch nicht, und als er sie an sein Verbot erinnerte, lachte sie und sagte, als Großmutter werde sie es befolgen. Das fand er komisch und lachte mit, Großmütter gab es kaum, so alt wurden die wenigsten Frauen. Sie konnte sich solche Scherze mit ihm erlauben, denn es entging ihr nicht, wie wertvoll und wichtig sie ihm geworden war. Obwohl sie sich dem heiratsfähigen Alter näherte, durfte sich keiner der jungen Cherusker Hoffnungen auf sie machen. Als sich bei einem Festgelage ein wohlhabender Mann nach zwei Bechern Met ein Herz fasste und den Vorschlag machte, Nelda mit seinem Sohn zu verheiraten, war die Antwort ein Faustschlag ins Gesicht.

Segestes war nicht mit leeren Händen zur Höhle heraufgekommen. Er öffnete den Lederbeutel am Gürtel und zog einen schmalen goldenen Stirnreif hervor, der mit bunten Steinen besetzt war. Den drückte er Nelda aufs Haar, das ebenso dick und gewellt wie das seine war, nur länger und viel heller. Er trat zurück, betrachtete sie von allen Seiten und lächelte zufrieden. Nelda sprang in die Höhle, wo sie in einer Nische unter Blättern ihre Metallscheibe verwahrte. Zurückgekehrt ins Sonnenlicht, blickte sie lange hinein, lächelte, spitzte die Lippen, zog die Augenbrauen hoch, runzelte aber schließlich die Stirn, nahm den Reif herunter und sagte:

„Behalt ihn. Dafür bin ich nicht schön genug.“

„Nun, ich verwahre ihn für dich, Tochter“, sagte Segestes und steckte den Reif wieder in seinen Beutel. „Bald wirst du dich damit schmücken. Sehr bald!“

Dann begann er, weit ausholend, von seiner ersten Begegnung mit den Römern zu erzählen. Erklärte, warum er sich von Anfang an nicht dem Widerstand angeschlossen hatte. Sprach von einer blutigen Schlacht und dem Zug der Römer zum Albis. Und kam schließlich auf jene Nacht zu sprechen, ganz in der Nähe im römischen Lager, auf die Begegnung von Tod und Geburt und auf das Ahnen und Irren der Seherinnen.

So erfuhr Nelda, weshalb er heraufgekommen war.

Jetzt lag sie auf Knien neben dem alten Lehrer und weinte.

„Priscus, hilf mir ... ich will nicht heiraten ... ich will keinen Römer."

Er strich ihr besänftigend über das Haar, bis sie sich beruhigt hatte.

„Wir wollen deinem Vater gehorchen", sagte er dann mit einer Geste, die sein Verständnis, aber auch seine Machtlosigkeit ausdrückte. „Lass uns das Gedicht wiederholen. Ich weiß, es gefällt dir nicht. Aber denke immer daran, dass es ein großer Dichter geschrieben hat, Horatius Flaccus, einer der größten. Beginnen wir! ‚Wie könnte der Väter ...'"

Nelda erhob sich und wischte die letzten Tränen mit dem Handrücken von den Wangen.

Dann seufzte sie tief und fuhr fort:

„‚... wie des Quiritenvolkes
Bemühen mit Ehrengaben, selbst noch so groß,
auf Stein und in Annalenlisten
je deine Größe, Augustus, künden
der Ewigkeit, du höchster der Herrscher all,
so weit ...'"

Sie stockte. Priscus glaubte, ihr weiterhelfen zu müssen.

„‚So weit bewohnten Küsten die Sonne strahlt ...'"

„Ach, es ist langweilig", sagte sie stirnrunzelnd. „Ich verstehe es überhaupt nicht! Ich will es nicht lernen! Wieso ist dieser Horatius Flaccus ein großer Dichter? Weil er tote Worte aneinanderreiht?"

„Die toten Worte schrieb er, um leben zu können", antwortete der Alte mit einem schmerzlichen Lächeln.

„Das verstehe ich auch nicht."

„Wie solltest du, Kind? Dazu hast du noch nicht genug Erfahrung gesammelt. Aber ich versichere dir noch einmal, es gab bis heute nur wenige, die so wie er jeden Gedanken, jede Empfindung, überhaupt alles, was die Menschen bewegt, in herrlichen Versen ausdrücken konnten. Ob Liebe, Freundschaft, Treue oder auch Untreue, Eifersucht, Neid ... er kannte alles und konnte es in Worte fassen. Ach, mein Gedächtnis! Ich sollte dir etwas von ihm vortragen, das er zum Preise des Lebens schrieb. Aber mir fällt nur ein Gedicht über den Tod ein. So fängt es an:

‚Bewahre Gleichmut im Missgeschick,
So wie in guten Tagen dein Herz du dir
Von übermütiger Freude freihieltest.
Greift ja gewiss auch nach dir der Tod einst …'

Und es endet so:

‚Zu einem Ziele zwingt es uns alle hin,
ob früh, ob spät, für jeden entfällt dem Topf
beim Schütteln einst das Los und lädt zu
ewiger Verbannung uns in den Nachen.'"

Der Alte schwieg und blickte zu den Hügeln hinüber, über denen weiße Wolken träge dahin zogen.

„Das ist schön", sagte Nelda. „Aber was heißt das: ‚… zu ewiger Verbannung in den Nachen'?"

„Damit ist der Nachen Charons gemeint, des Fährmanns der Unterwelt, der die Verstorbenen ins Totenreich bringt. Siehst du, so erinnert der Dichter an das Schicksal, das jeden ereilt, auch den Caesar Augustus, den er pflichtgemäß rühmen muss. Er sagt ihm damit: Magst du noch so stolz auf deine Taten sein und mag man dich mit göttlichen Ehren überhäufen, so bist du doch nur ein sterbliches Wesen wie wir alle. Vielleicht hat sich der Dichter, als er das Lied zum Ruhme des Caesar Augustus und des Tiberius schrieb, im Stillen über die eigenen Jubelverse und die, an die sie gerichtet waren, lustig gemacht. Wie einfältig seid ihr doch, weil ihr begierig seid nach solchen hohl tönenden, toten Worten, die euch doch am Ende nichts nützen werden. Nun, du kannst dich ja, wenn du die Verse vorträgst, im Stillen auch ein bisschen darüber lustig machen. Aber jetzt müssen wir sie wiederholen."

4

Tiberius kam mit großer Verspätung, erst Anfang September des Jahres 757 *ab urbe condita*, in die Cheruskergaue.

Ende Juni war er vom Caesar Augustus an Sohnes Statt angenommen worden, nachdem er selbst zuvor auf Wunsch des Prinzeps den ältesten Sohn seines verstorbenen Bruders Drusus, Gaius Nero Claudius mit dem Beinamen Germanicus, adoptiert hatte.

Das Ereignis war pomphaft gefeiert worden.

Der sechsundvierzigjährige Tiberius, kein Freund von Festen und Lustbarkeiten, war froh, dass endlich, endlich alles vorüber war. Als er nun nach elf Jahren, ausgestattet mit umfassender Vollmacht wieder den Oberbefehl am Rhenus übernommen hatte, wusste er aus eigener Erfahrung und aus den Berichten, die ihn ständig erreichten, was ihn dort erwartete. Er war in Eile, denn für militärische Unternehmungen in Germanien war die Jahreszeit schon weit vorgeschritten.

Mitte Juli traf er bei den Legionen ein und stieß gleich auf mehrere Stämme am Grenzstrom in heller Empörung – die Canninefaten, die Attuarier, die Brukterer. Sie waren freilich der römischen Übermacht unter einem so ausgezeichneten und erfahrenen Feldherrn nicht gewachsen und ergaben sich schnell. Tiberius rückte an der Lupia vor und ließ die Kastelle längs des Flusses, die die Aufständischen überfallen und teilweise zerstört hatten, wieder aufbauen.

In Aliso, dem größten Lager auf der germanischen Seite des Rhenus, rastete er längere Zeit, um auf Verstärkung für den geplanten Zug über den Visurgis zu warten. Von hier aus erreichte Segestes die Nachricht von seiner bevorstehenden Ankunft.

Als Tiberius endlich eintraf, waren die Gaufürsten und Sippenältesten der Cherusker bereits seit einem halben Monat versammelt. Brun hätte mit seiner Befürchtung, die Vorräte könnten aufgezehrt sein, bevor das große Ereignis stattfand, beinahe recht behalten. Der endlose römische Heerwurm, der unten aus dem Wald hervorkroch, wurde vom Hügel, auf dem sich der Wehrhof befand, mit Erschrecken beobachtet. Erleichtert bemerkte man dann den Tross mit den Viehherden. Die Römer hatten sich bei den erneut unterworfenen Stämmen ausreichend mit Proviant versorgt.

Tiberius kam nicht zum Wehrhof herauf. Die Legionen bezogen das Lager, das die Vorhut errichtet hatte, und er blieb unten im Tal. Dorthin beschied er für den folgenden Tag Segestes, Segimer und die anderen Cheruskerfürsten.

Die Verträge waren vorbereitet.

In den vergangenen Jahren war es häufig zu blutigen Kämpfen zwischen Cheruskern und Römern gekommen. Die Statthalter Domitius und Vinitius, die nacheinander an den Rhenus geschickt worden waren, hatten auch im Land der „Hirschleute" immer wieder Brände austreten müssen. Doch die große Autorität des Tiberius und die Verstärkung der Legionen hatten den Widerstandswillen fast aller gebrochen. Auf dem Thing war von der Mehrzahl beschlossen worden, die alten Verträge zu erneuern.

Es wurde noch dies und jenes verhandelt und am Ende fand eine kurze Zeremonie statt.

Auf der Wiese vor dem Tor des römischen Lagers standen die germanischen Führer im Halbkreis, Tiberius hielt eine Ansprache und dann schleppten Legionäre Geschenke herbei: damaszierte Schwerter, goldene Armreife, Gürtel mit Silberbeschlägen, Schüsseln und Teller aus Edelmetall, Seidengewänder und Schmuck für die Frauen.

Die Römer ließen es sich etwas kosten, den größten und wehrhaftesten Stamm in der Mitte Germaniens zum Verbündeten für weitere Unternehmungen zu machen. Ihre Vorteile waren beträchtlich: Die Anmarschlinien wurden verkürzt, der Nachschub konnte sicher herangeführt werden, ein notwendig werdender Rückzug wurde nicht durch Feinde gestört. Weitere Kastelle konnten errichtet und durch Straßen verbunden werden. Und ausdrücklich war vereinbart worden, dass die Cherusker jede verdächtige Bewegung, die sie in ihrer Nachbarschaft wahrnehmen würden, dem nächsten römischen Stützpunkt meldeten.

Mit Wein gefüllte silberne Kelche wurden herbeigebracht und die Vertragspartner tranken auf die Gesundheit des Augustus. Tiberius und seine Offiziere taten dies maßvoll, während die Germanen, die es gewöhnt waren, ihre Trinkhörner in einem Zuge zu leeren, die gewaltigen Kelche aussoffen und dann lachend und triumphierend umdrehten, um zu zeigen, dass kein Tropfen vergeudet war. Natürlich bekamen sie auch diese kostbaren Gefäße geschenkt.

„Erlaube uns nun", sagte Segestes, „dir zum Zeichen unserer Freundschaft eine besondere Gabe darzubringen."

„Und um was handelt es sich?", fragte Tiberius argwöhnisch, als machte er sich auf etwas Unangenehmes gefasst. Andernorts hatte man ihm „zum Zeichen der Freundschaft" ein Rudel junger Wölfe, einen Bären, der mit Honig bestrichene Hände leckte und einmal sogar einen Korb mit den blutigen, abgeschnittenen Köpfen von Römerfeinden geschenkt.

„Um eine Huldigung", sagte Segestes, „mit Worten, die dir bekannt sein werden. Aber du hast sie bestimmt noch nicht aus dem Munde einer germanischen Jungfrau gehört."

Er winkte Nelda, die ganz vorn in der Menge der Zuschauer stand. Ramis musste ihr einen Stoß geben, weil sie sich nicht von der Stelle rührte. Nelda stolperte vorwärts, sah sich um und strafte die Freundin mit einem zornigen Blick. Dann rückte sie ihren goldenen Stirnreif zurecht und zögernden Schrittes betrat sie den Halbkreis. Den langen Rock, den ihr die Mutter zum Fest genäht hatte, mit beiden Händen raffend, beinahe über einen Grasbuckel stürzend, näherte sie sich dem römischen Feldherrn.

„Meine Tochter Thusnelda", stellte Segestes sie vor.

„Nun, dann wollen wir hören", sagte Tiberius freundlich, „was sie uns vortragen wird."

Nelda wagte kaum aufzublicken. Die hochgewachsene Gestalt des Feldherrn im Purpurmantel, die durch den Helm mit dem flammenden Schweif noch erhabener wirkte, beeindruckte sie stark. Verwirrend jedoch war die Anwesenheit der beiden jungen Männer, die neben ihm standen und grinsend die Köpfe zusammensteckten. Das mussten die beiden sein, denen sie nach dem Willen ihres Vaters gefallen sollte. Der schmalbrüstige Blonde im kurzen Mäntelchen war wohl Gaius, der Adoptivsohn des Feldherrn, der sich Germanicus nannte. Der andere, schwarzlockig, rundgesichtig, untersetzt, goldene Spangen an der Tunika und die Hände voller Ringe, konnte dann nur Drusus sein, der leibliche Sohn. Die beiden machten sich wohl über sie lustig: ein dünnes Mädchen im zu langen Gewand, das stolperte und beinahe hingefallen wäre. Sie tat den Mund auf und brachte kein Wort hervor.

„Fang an!", befahl ihr der Vater ungeduldig.

Die Tränen saßen so locker, dass sie sie kaum zurückhalten

konnte. Aber die Furcht, die beiden jungen Römer würden in Hohngelächter ausbrechen, gab ihr die Kraft, sich zusammenzureißen.

Sie schluckte ein paar Mal, holte tief Luft und begann.

„Wie könnte der Väter, wie des Quiritenvolkes Bemühen ..."

Schon nach dem ersten Vers nickte Tiberius wohlwollend und ermutigend. Klang ihre Stimme anfangs krächzend und schrill, wurde sie bald fester. Es gelang ihr sogar, unter den „toten" Worten diejenigen zu betonen, die ihr Priscus als besonders wichtig bezeichnet hatte.

Dann jedoch, ausgerechnet an der Stelle, die der Dichter den Taten des vor ihr stehenden Kriegshelden widmete, versagte ihr Gedächtnis.

„... herrlich zu schauen, wie im Schlachtengewühl
er Männer ... Männer ..."

Sie wusste nicht weiter und blickte verzweifelt um sich.

Ihr Vater starrte sie an und ballte die Faust, als wollte er die fehlenden Worte hervorzwingen. Drusus kicherte und äffte sie nach: „Männer ... Männer ..." Tiberius lächelte nachsichtig.

Da hörte sie plötzlich im Flüsterton: „... mit mächtigen Schlägen fällt ... mit mächtigen Schlägen ..."

Es war Gaius. Sie sah ihn an und er wiederholte den Vers, den Mund verziehend, um ihr die Worte deutlich zu machen. Es war die Rettung. Schnell fand sich Nelda wieder hinein und fuhr fort bis zum Ende.

„Das war ja wirklich eine kostbare Gabe, mein lieber Segestes", sagte Tiberius, nachdem er ihr Beifall geklatscht hatte. Dann wandte er sich an seine Helfer, die noch nicht verteilte Geschenke in ihren Körben hatten. „Ich hoffe, wir haben eine ebenso kostbare Gegengabe für die kleine Prinzessin."

In einem der Körbe fand sich eine Halskette mit Goldmünzen und Perlen, die Gaius Nelda anlegte. Sie spürte seine feuchten Finger an ihrem Halse und ein Schauer durchlief sie.

„Kann man auch mit dir reden?", fragte er. „Oder hast du die Verse nur auswendig gelernt und verstehst sie gar nicht?"

Er hatte ein hübsches Gesicht, aber sein Lächeln, das zugleich liebenswürdig und hochmütig war, gefiel ihr nicht.

„Ich verstehe alles", sagte sie trotzig. „Ich bin nicht dumm. Ihr braucht euch nicht über mich lustig zu machen."

„Verzeih. Es war nicht so gemeint. Drusus ist ein Spaßvogel, der über alles Witze reißt. Mir kannst du aber nichts vorwerfen. Ich habe dir geholfen."

„Das war nicht nötig. Ich hätte allein weitergewusst."

„Dann bitte ich auch dafür um Verzeihung."

„Schon gut."

„Ich musste daran denken, wie es früher auch mir erging, wenn ich Gedichte aufsagte."

„Wie erging es dir denn?"

„Ich bin auch oft stecken geblieben."

„Mir ist das heute zum ersten Mal passiert."

„Oh, bitte verzeih ..."

„Warum bittest du eigentlich dauernd um Verzeihung?"

„Ach, tue ich das? Ich will nur höflich zu euch sein, weil ich zum ersten Mal in Germanien bin. Man sagte uns, dass hier alle schnell beleidigt sind und wütend werden."

„Wir sind nur beleidigt und werden wütend, wenn man auf uns herabsieht."

„Verzeih ..."

„Schon wieder?"

Jetzt mussten sie beide lachen.

Auf der Wiese begannen die jungen Cherusker mit ihren Kampfspielen. Brun, der Festordner, eilte geschäftig hin und her und traf die notwendigen Vorkehrungen. Er ließ Bänke herbeitragen, damit der Feldherr, die hohen Offiziere, die Gaufürsten und Sippenältesten Platz nehmen konnten. Die vorwiegend aus Italien und Südgallien stammenden Legionäre und das einfache Volk aus der Umgebung standen im weiten Kreise oder lagerten sich im Gras.

Anfangs kämpften die Cherusker allein. In dichten Haufen rannten die jungen Männer, jeder nur mit einer Hose bekleidet, quer über die Wiese auf einen Baum zu, der das Ziel war. Die Legionäre amüsierten sich über das Gedränge und die unvermeidlichen Stürze. Dann wurden Speere gebracht und der beste Werfer war zu ermitteln. Nun machten auch einige Gallier mit und einer von ihnen gewann sogar. Zum nächsten Wettkampf ließ Brun einen schweren Feldstein zur Mitte der Wiese schleppen. Er musste mit aller Kraft fortgeschleudert werden. Es siegte, wer den weitesten Wurf tat, dann aber den Stein mit drei Sprüngen, die Füße dabei geschlossen haltend, erreichte und aufhob.

Das erforderte Augenmaß und eine kluge Einteilung der Kräfte. Die Zuschauer hatten ihr Vergnügen, weil viele beim Springen ausglitten oder zu kurz sprangen und vergebens den Stein, weit vorgebeugt mit rudernden Armen, erreichen wollten und dabei vornüber fielen. Einer zeigte sich allen anderen überlegen: Segithank, ein Neffe des Segestes, ein flinker Bursche mit blau blitzenden Augen und rötlichem Kraushaar, der sich schon als Läufer und Speerwerfer hervorgetan hatte.

Die kleine stupsnasige Ramis, die mit Nelda und anderen Mädchen am Rande des Kampfplatzes im Gras hockte, ließ kein Auge von ihm.

„Er ist der Beste", schwärmte sie, „ich wusste, dass er gewinnt. Wer könnte sich noch mit ihm messen?"

„Warum gehst du nicht zu ihm und küsst ihn?", spottete Nelda. „Alle wissen ja, dass du in ihn verliebt bist."

„Du lügst, ich bin nicht in ihn verliebt!", protestierte die Zwölfjährige.

Die jungen Männer versammelten sich zum Sprung über Pferde. Knechte mussten die kleinen, stämmigen, struppigen Tiere nebeneinander stellen und halten. Mit zweien wurde begonnen und die Mehrzahl der Wettkämpfer kam hinüber. Bei dreien schieden die meisten aus. Keiner der kleineren Männer aus Gallien und Italien konnte noch mithalten, nur wenige Germanen blieben übrig.

Erst als vier Pferderücken zu überspringen waren, traten zwei Wettkämpfer an, die sich bisher nicht beteiligt hatten, die der Festordner Brun jedoch ihres Ranges und Ruhmes wegen nicht zurückweisen konnte.

Unter den Ehrengästen erhob sich Drusus. Beifall von den Bänken begleitete ihn. Er war noch nicht bis zur Mitte gelangt, als aus den Reihen der Offiziere ein anderer hervortrat.

„Arminius!", schrie jemand.

„Arminius!", antwortete es von verschiedenen Seiten.

Der glatzköpfige Segimer sprang von der Bank auf, die er mit anderen Gaufürsten teilte, und schrie: „Mein Sohn! Das ist mein Sohn! Er wird es euch zeigen, ihr lahmen Böcke!"

„Das ist Arminius?", fragte Nelda.

Zum ersten Mal sah sie den Mann, von dem in letzter Zeit so oft die Rede war. An dem Tag vor einem halben Monat, als er seinen Vater zum Wehrhof des Segestes begleitet hatte, war sie ihm nicht mehr begegnet, weil er nach einem kurzen Aufenthalt ins Tal zurückgekehrt war. Der Auftrag, mit seinen Leuten dort das Lager zu errichten und die Ankunft des Feldherrn und der Legionen vorzubereiten, hatte ihn dort die ganze Zeit festgehalten. Nur sein jüngerer Bruder Flavus, ein weißblonder, schlaksiger Bursche, war einmal mit irgendeinem Anliegen zum Wehrhof gekommen. Er hatte Nelda nicht besonders gefallen. Einen Becher nach dem anderen leerend, hatte er mit schwankender Stimme behauptet, Heldentaten vollbracht und in einem fernen Land viele Menschen erschlagen zu haben.

Der Mann, der jetzt zur Mitte des Kampfplatzes ging, ähnelte weder seinem Vater noch seinem Bruder. Er war nicht so groß, wie sie ihn sich vorgestellt hatte, doch seine Schultern waren sehr breit, die Arme kräftig. Das dichte, störrische blonde Haar war nach Art der Römer kurz geschnitten. Sein sonnenverbranntes Gesicht mit den schimmernden Zähnen strahlte Heiterkeit aus, er schien ein unbeschwerter, fröhlicher Bursche zu sein.

Ein Knecht führte das vierte Pferd heran und stellte es an das Ende der Reihe. Drusus verlangte eine Bank für den Absprung. Das entsprach als Erleichterung nicht den Regeln, aber natürlich wurde die Bank für den Sohn des Feldherrn gebracht. Und es gelang ihm tatsächlich, seinem schweren Körper den nötigen Schwung zu geben und, das letzte Pferd mit dem Rücken streifend, das vierfache Hindernis zu nehmen. Nur noch zwei Wettkämpfer flogen nach einem weiten Anlauf hinüber: Segithank und Arminius. Alle anderen schieden aus.

„Lassen wir ein fünftes Pferd kommen?“, fragte Arminius, wobei er den römischen Aristokraten heiter und herausfordernd anblickte.

„Ich bin dabei!“, rief Segithank.

„Wo bleibt das fünfte Pferd?“, schrie Drusus.

Brun eilte zum Wiesenrand, wo die Pferde grasten. Er führte eine schmale, rotbraune junge Stute herbei. Als Fünfte ließ sie sich willig in die Reihe stellen, zupfte Gras und musste nicht einmal gehalten werden.

„Aber das ist ja ...“, sagte Nelda erschrocken. „Das ist meine Furi!“

„Hast du Angst um sie?“, fragte Ramis. „Bis jetzt ist ja alles gut gegangen. Die Unseren sind geübte Springer.“

„Ja, du hast recht ...“

Im Grunde war Nelda sogar stolz darauf, dass ihre Furi dabei war. Es gab ihr das Gefühl, selbst dabei zu sein und Einfluss darauf zu haben, wie der Wettstreit ausgehen würde. Sie kannte einen Zauberspruch, der Glück verhieß, und murmelte ihn vor sich hin. Von ganzem Herzen wünschte sie, dass Arminius siegte – über den Vetter, den sie für dumm und boshaft hielt, und über den dicken jungen Römer, der sie verspottet hatte.

Der Ungeduldigste, Segithank, machte den ersten Sprung. Er landete auf dem vierten Pferd, einem Hengst, der heftig buckelte und hochstieg. Da er leicht und gelenkig war, konnte der Rotschopf sich aber mit einer halben Drehung nach hinten abgleiten lassen. Flüche ausstoßend erhob und entfernte er sich.

Der Offizier der Hilfstruppen wollte dem Sohn seines Feldherrn den Vortritt lassen. Der aber entschied sich dafür, nach Art eines Triumphators zuletzt aufzutreten. Mit einer lässigen Handbewegung forderte er den Cherusker auf, vor ihm zu springen.

Arminius trat zehn, zwölf, fünfzehn Schritte zurück, straffte den Gürtel, lockerte ein wenig den Knoten seines Halstuchs, pumpte die Lunge voll, raste los und mit einem gewaltigen Satz, die Arme gespreizt, die Knie angezogen, überflog er die fünf Pferde. Er sprang so weit, dass er auch ein sechstes leicht hinter sich gelassen hätte.

Ringsum gab es Beifall für die außergewöhnliche Leistung. Segimer sprang auf, riss die Arme hoch und genoss den Erfolg seines Sohnes. Nelda umarmte Ramis und die anderen Mädchen.

„Nicht übel, das konnte sich sehen lassen“, sagte Drusus gönnerhaft zu Arminius. „Ich habe mir eben auf dieser scheußlichen Kuhweide den Fuß vertreten. Trotzdem werde ich mich nicht drücken und die Zähne zusammenbeißen.“

Wieder wurde die Bank für den Absprung gebracht. Drusus, plötzlich auffällig humpelnd, lief noch einmal um die fünf Pferde herum und beschimpfte Brun und die Knechte, weil die Tiere nicht eng genug beieinanderstanden. Dann trat er an, zog den runden Kopf zwischen die Schultern, wiegte den Oberkörper ein paar Mal vor und zurück, sprang auf die Bank und drückte sich ab. In der Luft aber zuckte er plötzlich zurück, als fürchtete er etwas, warf die Arme hoch und landete mit der geballten Wucht seines massigen Körpers auf dem Rücken des fünften Pferdes, der kleinen Stute.

Das Tier brach unter ihm zusammen.

Nelda schrie auf und rannte los.

Arminius war gleich bei Drusus und half ihm auf. Der dicke Jüngling hatte sich verletzt und hinkte nun tatsächlich. Ein paar Männer aus der Umgebung des Feldherrn eilten heran und stützten ihn. Tiberius erhob sich und kehrte, gefolgt von seinen Vertrauten und den höheren Offizieren, ins Lager zurück. Was nun noch kommen sollte – Unterhaltung für die Truppe und ein germanisches Fress- und Saufgelage – war ihm zuwider.

Die Knechte führten die Pferde weg. Das Gefallene strampelte hilflos und kam nicht mehr hoch. Sie ließen es liegen, andere würden sich darum kümmern. Vermutlich war das Rückgrat gebrochen und es würde verenden. Bei Spielen kam so etwas vor. Die Legionäre verloren nur wenige spöttische Worte über den Unfall, weil ihn der Sohn des Feldherrn verursacht hatte. Die meisten hatten sich bei den Wettkämpfen gelangweilt.

Aus den Arenen, wo Menschen und Tiere zu Hunderten starben, waren sie Besseres gewöhnt.

5

Am Rande der Wiese hockte Nelda bei Furi.

Ihre Tränen fielen in die Mähne der kleinen rotbraunen Stute, die auf der Seite lag, ein Bein bizarr in die Luft gestreckt. Sie hob ab und zu ein wenig den Kopf, bewegte ein Ohr. Das große dunkle Auge war bereits starr, wie erloschen.

Nelda streichelte das sterbende Tier, das sie geliebt hatte wie eine Freundin. Bei seiner Geburt war sie zugegen gewesen, hatte mit dem Fohlen herumgetollt, hatte zusehen können, wie es wuchs und kräftiger wurde. Willig und zutraulich hatte Furi sie dann auf ihrem Rücken geduldet und sie unzählige Male ausdauernd getragen. An diesem Morgen hatten sie noch zusammen einen Ausflug gemacht, an einer Quelle angehalten und sich nebeneinander niedergebeugt und getrunken.

Bei dem Gedanken daran schluchzte Nelda so heftig, dass es sie schüttelte. Sie warf sich über das Tier, umschlang seinen Hals und wühlte den Kopf in seine Mähne. So lag sie, zitternd und schluchzend, im Gras und nahm nicht wahr, was ringsum vorging.

Sie sah auch nicht, wie der Mann in kurzen Hosen und verschwitzter Tunika, mit dem roten Halstuch des Legionärs, langsam herbeikam und stehenblieb. Eine Weile stand er so und blickte bewegt auf das Bild des Jammers. Er öffnete zwei-, dreimal den Mund, um etwas zu sagen, doch es fielen ihm nicht die richtigen Worte ein.

Dann sah er plötzlich die beiden Knechte, die einen Karren über die Wiese schoben. Sie kamen näher.

Rasch kniete er neben Nelda nieder und legt ihr behutsam die Hand auf den Arm.

„Komm“, sagte er leise. „Du kannst nicht mehr helfen.“

Nelda zuckte zusammen. Ihr Kopf tauchte aus der Mähne des Tiers auf, sie wandte ihm ihr tränenüberströmtes Gesicht zu. Erschrocken fuhr sie mit dem Handrücken über die Augen. Ihr Haar war zerzaust, der Stirnreif saß schief, ihre Wangen waren von nassen, schmutzigen Streifen bedeckt.

„Komm“, sagte er noch einmal. „Es wird besser sein, wenn du das nicht siehst.“

Er nötigte sie aufzustehen und drehte sie zu sich herum. Als die Männer mit dem Karren heran waren, drückte er ihren Kopf an seine Brust.

Sie hörte es hinter sich poltern, doch blieb sie gehorsam stehen, bewegte sich nicht und netzte sein Hemd mit ihren Tränen.

Dann hörte sie das Quietschen der Räder des sich entfernenden Karrens.

„Sieh dich nicht um“, sagte er. „Lass uns beiseitegehen.“

Er führte sie ein paar Schritte fort, dann ließ er ihren Arm los. Sie blieben stehen. Mit einer Geste der Verlegenheit fuhr er durch sein störrisches blondes Haar.

„Du weißt, wer ich bin?“, fragte er.

„Ja“, sagte sie und schluckte. „Arminius.“

„So nennt man mich, ja, ich bin Segimers Sohn. Und du bist also Segestes' Tochter. Von Brun erfuhr ich, dass dir die Stute gehörte. Wie hieß sie denn?“

„Furi“, würgte Nelda mit einem Schluchzer hervor.

Arminius strich ihr über das wirre Haar.

„Ich verstehe dich. Brun ist sehr traurig über das, was passiert ist. Wir sind beide sehr traurig. Denn wir beide sind schuld daran ... er weniger, er hat das Pferd nur ausgesucht. Vor allem bin ich schuld.“

„Wieso du?“

„Weil ich zu ehrgeizig war.“ Er zog die Brauen über seinen hellen Augen zusammen und eine schräge Falte erschien auf seiner Stirn. „Weil ich gewinnen wollte. Ja, weil es mir guttat, den Sohn des Feldherrn zu besiegen. Was habe ich schon davon! Nichts! Überhaupt nichts! Aber dir ... dir habe ich damit großen Kummer bereitet.“

„Es geht schon“, sagte sie und lächelte tapfer. „Ich weine ja nicht mehr. Habe mich gefreut, weil du gewonnen hast.“

„Du hast ja heute auch gewonnen. Alle haben gestaunt. Viele Römer halten uns noch immer für dumme Barbaren. Du hast heute viele eines Besseren belehrt.“

„Aber ich bin doch stecken geblieben ...“

„Was macht das? Ist mir nicht aufgefallen, den meisten anderen auch nicht. Wie schön du dabei ausgesehen hast. So eine Tochter hat also Segestes. Wie alt bist du?“

„Dreizehn Jahre.“

„Da habe ich dir neun Jahre voraus. Ich bin schon fast ein alter Mann.“

Sie blickte zu ihm auf, sah seine lächelnden hellen Augen und die schimmernden Zähne in dem braungebrannten Gesicht und musste ein bisschen lachen.

„Ein alter Mann, der über fünf Pferde springt."

Im selben Augenblick spürte sie wieder ihren Schmerz und konnte nicht anders, sie musste sich umdrehen und zurückblicken.

Weit hinten verschwanden die Knechte gerade mit dem Karren unter den Bäumen. Ein kleiner rotbrauner Farbfleck zerging im Abendlicht.

Arminius legte Nelda die Hand auf die Schulter.

„Sieh doch nicht hin", sagte er. „Bald hast du ein neues Pferd."

„Ich will keins!"

„Doch, du wirst es wollen. Du bekommst es von mir. Leider muss ich morgen fort, es geht wieder in den Krieg. Aber wenn ich das nächste Mal komme ..."

„Wann wird das wohl sein ..."

„Ich hoffe bald. Und ich halte mein Versprechen."

„Dann will ich so lange kein anderes Pferd haben", sagte sie. „Dann warte ich auf dein Geschenk."

„Gut."

Sie sahen sich an und hörten im selben Augenblick eine barsche Stimme:

„Nelda!"

Zehn Schritte entfernt stand Segestes, eine Faust in die Seite gestemmt.

„Komm her!"

Arminius trat zur Seite und bedeutete Nelda mit einer Kopfbewegung zu gehorchen. Sie zögerte, wollte ihm noch etwas sagen, aber der zornige Blick des Vaters lähmte ihre Zunge. Arminius nickte ihr zu und sie versuchte, zum Abschied zu lächeln.

„Muss ich noch länger warten?", rief Segestes.

Sie raffte den Rock und lief zu ihm.

„Was wollte der von dir?"

Sie drehte sich noch einmal zu Arminius um, aber Segestes packte sie grob an der Schulter und führte sie weg.

Die sinkende Sonne tauchte die Wiese vor dem Römerlager in rötliches Gold und warf lange Schatten. Knechte und Mägde waren geschäftig, um alles für das große Gelage vorzubereiten. Tische wurden herbeigeschleppt, an denen die Alten, die Vornehmen und die römischen Offiziere niederen Ranges Platz nahmen. Die Männer des Cheruskerstammes und die einfachen Legionäre hatten bereits Feuer angezündet und lagerten im Gras. Abseits, am Waldrand, saßen die Frauen der Germanen in Grüppchen unter den Bäumen. Mägde mit Krügen, die Wein, Met und Bier enthielten, gingen herum und füllten Becher und Trinkhörner. An den Spießen brieten Schweine und Hammel.

„Nun?“, sagte Segestes und schüttelte seine Tochter, die er noch immer an der Schulter gepackt hielt. „Willst du wohl reden? Was wollte er?“

„Er sagte nur, dass es ihm leid täte, weil das mit Furi passiert ist“, erwiderte sie stockend.

„Und das war alles? Ich habe gesehen, wie du dich an ihn gelehnt hast. Er hat dich gestreichelt!“

„Er wollte mich trösten.“

„Andere haben es auch gesehen. Es reden schon alle darüber. Was hat er noch zu dir gesagt?“

„Er hat gesagt, dass ... dass er sich schuldig fühlt.“

„Wahrhaftig, das ist er ... schuldig! Wozu musste er einen so hohen Gast herausfordern? Drusus hat sich verletzt, aber das scheint ihn nicht zu rühren. Und das Pferd – ein Verlust. Es war mindestens zehn Goldstücke wert. Das kümmert ihn auch nicht. Er macht sich noch an meine Tochter heran!“

„Aber er hat doch nur ...“

„Schweig!“ Segestes holte aus, schlug aber nicht zu. „Wie siehst du überhaupt aus? Das Kleid zerrissen und schmutzig ... die Haare zerzaust ... auch das Gesicht mit Dreck verschmiert ...“

„Ich habe so geweint ... wegen Furi.“

„So legst du Ehre für mich ein! Segimer spreizt sich mit seinen Söhnen ... und ich? Was habe ich dagegen zu bieten? Vielleicht wendet sich noch alles zum Guten“, fuhr Segestes etwas versöhnlicher fort. „Den einen, Gaius Germanicus, hast du beeindruckt. Er sprach mich an und lobte dich. Allerdings nur für dein Latein.“

„Mir hat er auch gefallen“, murmelte Nelda, um ihrem Vater etwas Angenehmes zu sagen.

„Das heißt natürlich noch lange nicht, dass er dich heiraten wird. Tiberius hat sich nicht geäußert, und es kommt allein auf ihn an. Ich habe ihn noch einmal eingeladen, den Wehrhof zu besuchen, aber er lehnte ab. Er hat es eilig, will neuen Kriegsruhm erwerben. Als ob es dabei auf einen einzigen Tag ankäme! Doch nichts zu machen ... morgen wird abmarschiert. Segimer freut das alles natürlich. Er spricht es nicht offen aus, gibt aber jedem zu verstehen, dass Tiberius meine Gastfreundschaft ausschlägt. Der glaubt schon, er hat mich überholt, denkt, er ist jetzt der Erste in den Cheruskergauen ..."

Nelda ließ ihren Vater grollen, sie hörte kaum noch zu.

„Du gehst jetzt hinüber zu den Frauen", befahl er schließlich, nachdem er seinem Ärger über Tiberius und Segimer Luft gemacht hatte. „Deine Mutter erwartet dich. Wenn die Sonne verschwindet, werdet auch ihr verschwinden. Ein paar Männer von der Gefolgschaft werden euch zum Wehrhof begleiten. Nun, versöhnen wir uns." Segestes zog seine Tochter an sich und küsste sie. „Bedenke immer, dass ich nur eines will: dass du die Frau eines mächtigen, reichen, bedeutenden Mannes wirst! Und dieser Mann muss ein Römer sein, denn von den Römern hängt unsere Zukunft ab. Du bist noch zu jung, um das zu verstehen, aber später wirst du mir dankbar sein. Geh zum Bach und wasch dein Gesicht. Du brauchst nicht mehr zu weinen. Schon morgen bekommst du ein neues Pferd."

„Ich will keines", sagte sie rasch. „Ich will kein anderes Pferd."

Segestes lachte. „Warum nicht? Du wirst doch nicht dumm sein. Warst doch bis jetzt meine kluge Tochter. Ich hoffe, das bleibt so."

Damit ging er zu den Bankgenossen seiner Gefolgschaft hinüber, die schon beim Becher saßen.

Nelda hatte es nicht eilig, sich der Mutter, den Tanten und ihren Vorwürfen auszusetzen. Auch das Geschwätz der Freundinnen, die in der Nähe der Frauen im Kreise hockten, wollte sie nicht hören. Sie warf verstohlene Blicke zu den Männern der Auxilien hinüber. Dort fielen schon die Würfel, ein Streit war aufgeflammt und ein Offizier musste schlichten. Es war aber nicht Arminius, ihn entdeckte sie nicht, nur seinen langen, weißblonden Bruder Flavus sah sie, der inmitten eines Haufens roter Halstücher saß und herumfuchtelnd, den Becher in der Hand, das Wort führte. Aus einer Ecke waren Flötenspiel und Getrommel zu hören, ein dunkelhaariges Mädchen tanzte im Schein eines hochlodernden

Feuers. Junge Cherusker, darunter Segithank, gürteten sich für ihren Waffentanz mit hölzernen Schwertern – echte Schwerter waren nicht zugelassen – und empfingen letzte Anweisungen von Brun. Syrische Händler, die zum Tross des römischen Heers gehörten, gingen umher und versuchten, auch bei den Germanen ihre Ware loszuwerden: Messer, Ölfläschchen, billigen Schmuck. Die Bratspieße waren umdrängt. Die Cherusker schnitten sich ihren Anteil am seltenen Festmahl herunter und verschlangen gierig die riesigen Fleischbrocken. Einige, die ihre Becher und Trinkhörner allzu schnell und schon mehrmals geleert hatten, waren betrunken und grölten und lallten. Der Erste lag bereits unter der Bank bei den Hunden, die auf Abfälle von den Tischen lauerten. Noch viele würden ihm im Laufe der Nacht dort Gesellschaft leisten.

Auf Nelda achtete niemand. Sie schlenderte auf der Wiese umher, sang leise vor sich hin, seufzte, denn sie war immer noch traurig, dann lachte sie wieder auf, hüpfte und machte kleine Sprünge, denn sie war auch fröhlich.

Irgendetwas war geschehen, das sie sich nicht erklären konnte.

Die Tänzerin wirbelte immer noch um die lodernden Flammen, und auch Nelda, im Schatten und unbeachtet, begann sich zur Musik der Flöte zu drehen.

6

Zwei lange, raue Winter vergingen und das Frühjahr, das dem zweiten folgte, war kühl und verregnet. Selten zerriss die dichte Wolkendecke, um ein paar Sonnenstrahlen durchzulassen, die Menschen und Tiere so dringend benötigten. Seit Tagen und Nächten regnete es fast ununterbrochen.

Fröstelnd, in eine Felldecke gehüllt, hockte Nelda am Eingang ihrer Höhle, blickte trübsinnig in das feuchte Grau und hing schweren Gedanken nach. Sie fühlte sich einsam und verloren, wie ein aus dem Nest gefallener junger Vogel.

Ihr einziger wahrer Freund, der alte Priscus, war gegen Ende des Winters gestorben. Man hatte den Leichnam, kaum dass er entdeckt worden war, ohne Umstände im Wald verbrannt und die Asche irgendwo in einer Ecke des Gräberfeldes verstreut, die für Knechte und Mägde vorgesehen war. Es wurde auch sogleich Feuer an die Hütte gelegt, die der alte Grieche bewohnt hatte. Sie war längst baufällig und schon von Stangen gestützt. Niemand machte sich die Mühe, die schäbige Truhe herauszutragen, die seine Habseligkeiten enthielt. So verbrannten auch seine Kodizes aus Pergament und die wertvollen Papyrusrollen mit den Werken der römischen und griechischen Schriftsteller, die er so geliebt hatte. Als Nelda hinzulief, um noch etwas zu retten, war es zu spät. Segestes war gerade abwesend, alles geschah auf Anordnung seines Gefolgschaftsführers, der währenddessen die Befehlsgewalt hatte. Sie beschwerte sich bei ihrem Vater. Er rügte den Mann wegen der unwürdigen Bestattung des Gelehrten, der ja kein Unfreier gewesen war, und bedauerte den Verlust der Truhe. Aber was konnte er noch tun ...

Zum Glück hatte Priscus einige seiner Bücher zur Höhle heraufgebracht. Nelda verwahrte sie in einer Nische zusammen mit ihrer Metallscheibe und anderen Dingen, die ihr wertvoll waren, damit sie nicht, wenn sie sie im Hause ließ, irgendwann von der Mutter ins Herdfeuer geworfen wurden. Eine Papyrusrolle, von der ein Stück fehlte und auf der die lateinische Schrift kaum noch erkennbar war, nahm sie oft in die Hand. Das Schildchen mit dem Titel war verloren und an den Namen des Verfassers erinnerte sie sich nicht mehr. Es waren Gedichte, darunter auch Liebesgedichte. Vieles verstand sie nicht, manches erschien ihr sogar bedenklich, unanständig.

Aber sie las die Gedichte immer wieder und zwei Verse, die ihr nicht aus dem Sinn gingen, murmelte sie noch im Schlaf:

„Sei uns vergönnt, den Bund geheiligter Liebe zu wahren
unverbrüchlich und fest bis in die Stunde des Todes ...“

Sie dachte noch immer an Arminius. Seit dem Tag, an dem sie sich begegnet waren, hatte sie ihn nicht wiedergesehen. Selten hatte sie etwas von ihm gehört und es waren stets nur spärliche Nachrichten. Ein Mann, der bei den Auxilien gedient hatte und als Krüppel heimgekehrt war, wollte irgendwo im Norden mit ihm gekämpft haben, gegen die grausamen Langobarden. Im vergangenen Jahr, auf dem Thing der Cherusker, hatte Segimer, sein Vater, sich damit gerühmt, dass seine beiden Söhne befördert worden waren. Und von Arminius hatte er erzählt, er habe mit der römischen Flotte das ferne, stürmische, unergründliche Nordmeer befahren.

Was wollte er dort, wo die Götter wohnten?

Noch glaubte sie an sein Wort, wenn auch nicht mehr so fest wie zu Anfang. Das Pferd, das sie von ihrem Vater als Ersatz für Furi bekommen hatte, ritt sie nur selten. Vielleicht auch nur, weil es ein widerspenstiges Tier war, das sie immer wieder abzuwerfen versuchte. Sie begann, sich damit abzufinden, dass Arminius sein Versprechen nicht einhalten würde. Vermutlich hatte er sie einfach vergessen. Er zog in der Welt umher, von einem gefährlichen Abenteuer zum anderen und begegnete unzähligen Menschen. Wie viele schöne Mädchen lernte er im großen Römischen Reiche kennen! Wie sollte er sich an eine erinnern, die noch fast ein Kind gewesen war und die er nur einmal und wenige Augenblicke gesehen hatte.

Das Rauschen des Regens hatte sie schläfrig gemacht. Doch dann sah sie auf einmal die gegenüberliegenden Höhen vergoldet, unter einem fast klaren Himmel. Dampfender Nebel stieg aus dem Tal auf. Vor der Höhle fielen die Tropfen nur noch spärlich. Sie stand auf, legte die Felldecke ab, versteckte sie und machte sich auf den Heimweg.

Sie stieg auf der anderen Seite des Hügels zum Wehrhof hinauf, durchschritt das Tor, das ihr die Wächter beflissen öffneten, und stapfte über den vom Regen aufgeweichten Boden durch das Gewirr der Hütten, die einen breiten Ring um das alle überragende Herrenhaus bildeten. Werkstätten, Speicher, Ställe und die einfachen

Behausungen von Gefolgsleuten, Handwerkern und Knechten waren auf der Hochebene ohne ersichtlichen Plan verstreut – mit Pfosten und Flechtwerk rasch errichtet, wo gerade Platz war. Im Vorbeigehen winkte Nelda Schmieden, Gerbern, Schnitzern und Drechslern zu, die unter den strengen Blicken ihres Vaters fleißig und zum Teil nach neuen Verfahren arbeiteten. Segestes spürte bei seinen Reisen zum Rhenus eifrig Neuerungen auf, um sie zu Hause einzuführen. Er hatte die Töpferscheibe und die Drehbank mitgebracht, die bei den keltischen Stämmen jenseits des Flusses längst bekannt waren, und ließ hier in seinen Werkstätten sogar ein von den Treverern an der Mosella erfundenes Erntegerät auf Rädern nachbauen, das, von Ochsen gezogen, die Ähren von den Halmen schnitt und in einen Holzbottich fallen ließ.

Als Nelda das Herrenhaus erreichte und eintrat, hörte sie hinter der Flechtwand, die den Wohnbereich vom Pferdestall trennte, laute Stimmen. Sie war zwar Zank und Streit gewöhnt, jeden Tag gab es das, doch dieses Gebrüll war ungewöhnlich.

Ihr Vater, die Daumen hinter den Gürtel gehakt, stand in der Mitte des großen, verräucherten Raums und schrie auf Segithank ein, der auf seinem Schlafplatz lümmelte und sich heftig verteidigte. Ihre Mutter Male, Brun und wohl zwanzig andere gingen ihren Verrichtungen nach, lauschten dabei aber aufmerksam, ohne sich einzumischen. Nur ihr Onkel, der Vater des Segithank, der wie viele Cherusker Segimer hieß und deshalb wegen seines steifen Beines den Beinamen „der Lahme“ führte, warf ab und zu ein Wort ein, wurde aber nicht angehört.

„Du weigerst dich also!“, brüllte Segestes. „Habe ich das richtig verstanden? Du weigerst dich?“

„So ist es, ich weigere mich!“, schrie der Rotschopf mit hoher, überkippender Stimme. „Ich ziehe nicht mit! Lieber gehe ich fort! Du kannst mich suchen – finden wirst du mich nicht!“

„Und wie willst du leben? Als Wegelagerer? Als Räuber?“

„Das geht dich nichts an!“

„Das geht mich sehr wohl etwas an. Ich bin nicht nur dein Onkel, sondern auch dein Gefolgsherr, du Lump!“

„Jetzt beleidigst du ihn, Segestes“, warf der Lahme ein. „Halte dich zurück!“

„Wenn du gehst und die Gefolgschaft verlässt, bist du ein Niemand!“, fuhr Segestes fort, ohne den Einwurf zu beachten. „Ein

Nichts bist du dann! Verachtet und ehrlos. Ohne Sippe, ohne Familie, ohne Heimat. Ein streunender Hund, den man irgendwann totschlagen wird."

„Du meinst wohl, es ist besser, man wird als römischer Krieger totgeschlagen?"

„Es ist unsere Pflicht, wir müssen den Römern Hilfstruppen stellen. Das steht in den Verträgen. Dafür bauen sie uns Straßen und Brücken. Aber wie sollte ein Dummkopf wie du das begreifen?"

„Ich begreife nur eines: dass uns die Römer das Blut aussaugen!"

„Ich bezweifle, dass du irgendetwas begreifst!", donnerte Segestes. „Zum Beispiel, dass mit den Römern Recht und Ordnung bei uns einziehen. Einer wie du fühlt sich nur in der Unordnung wohl. In dieser Finsternis, die hier seit Hunderten von Jahren herrscht. Wenn die Stämme sich gegenseitig ausrotten. Wenn Nachbarn die Nachbarn überfallen, wenn es Blutfehde zwischen den Sippen gibt ..."

„Ich will nun mal wie die Väter leben!", schrie Segithank, wobei er aufsprang und Segestes mit seinen blauen Augen anblitzte. „Ist das schlecht?"

„Ja, das ist schlecht! Die Väter lebten auf ihre Art, sie kannten es nicht anders – aber wir wissen es besser. Die Römer haben es uns gezeigt. Wo sie sich festgesetzt haben, herrscht Frieden zwischen den Stämmen. Aber das ist ja nichts für einen Schlagetot deiner Sorte, der nur darauf lauert, dass es irgendwo wieder losgeht!"

„Ich helfe nur, wenn ich gerufen werde."

„Ich kenne deine Art zu helfen! Dörfer niederbrennen, Vieh stehlen, Beute machen. Bei jeder blutigen Fehde bist du zur Stelle. Nicht einmal die Götter haben davon eine Ahnung, aber du erfährst es. Dann ziehst du mit deiner Bande von Grünlingen los. Bis zu den Marsern, bis zu den Chauken! Wie oft habe ich es verboten, doch das kümmert dich nicht. Aber diesmal wirst du tun, was ich sage. Du und der ganze Haufen – ihr dient ab morgen im römischen Heer. Und dort wirst du erfahren, was das ist – Gehorsam!"

Die letzten Worte schrie Segestes Segithank nach, der nichts mehr erwiderte und unter aufreizendem Gelächter hinausrannte.

Nelda hatte die ganze Zeit hinter dem breiten Rücken einer Magd gestanden und sich nicht gerührt. Jetzt sah sie sich um und entdeckte Ramis, die in einer Ecke auf der Schlafbank kauerte.

„Was ist denn geschehen?“ Sie flüsterte, um den immer noch polternden Vater nicht auf sich aufmerksam zu machen.

Ramis sprang auf und ergriff ihre Hand.

„Komm mit. Ich zeige dir etwas.“

Sie drückten sich an der Flechtwand entlang, durchquerten den Mittelgang und Ramis zog Nelda in den gegenüberliegenden Pferdestall. Ein alter, fast tauber Knecht war beim Ausmisten. Nelda sah gleich, dass ganz am Ende ein neues Pferd stand, ein Grauschimmel.

„Was geschehen ist?“, sagte Ramis. Die Wangen der rundlichen Vierzehnjährigen glühten, ihre Lider flackerten vor Aufregung. „Arminius war hier!“

„Was sagst du? Arminius? Ist das wahr?“

„Ja! Mit seinem Bruder und ein paar Römern. Im Hof hat er mit deinem Vater gestritten. Vielleicht ist dein Vater deshalb so wütend und fällt jetzt über die anderen her, die gar nichts getan haben.“

„Ach, warum war ich nicht hier!“, rief Nelda. „Warum? Ich habe doch so auf ihn ...“

Ramis drückte ihr die Hand auf den Mund.

„Still! Du sollst es nicht wissen. Aber weil dein Vater so ungerecht gegen Segithank ist, verrate ich es dir. Das Pferd dort, die Stute ... Arminius hat sie dir als Geschenk mitgebracht.“

„Wirklich?“

Nelda fiel Ramis um den Hals.

„Er hat es also nicht vergessen ... die ganze Zeit nicht vergessen!“, stammelte sie. „Er hat an mich gedacht ... Ich muss ... muss meine neue Furi begrüßen.“

„Nein! Tu es nicht.“ Ramis hielt Nelda, die davonstürzen wollte, am Hemd fest. „Wenn es der Knecht sieht, macht er sich seine Gedanken und meldet es deinem Vater. Warte, bis niemand mehr im Stall ist, aber sei vorsichtig.“

„Ja, du hast recht. Sieh nur ... sie schaut mich an“

Tatsächlich blickte die Stute neugierig herüber und scharrte mit einem Huf. Glücklich lächelnd winkte Nelda ihr zu.

„Dein Vater wollte sie zuerst nicht annehmen“, sagte Ramis. „‚Meine Tochter braucht keine Geschenke von dir, nimm sie wieder mit!‘ Na, dann hat er sie aber doch behalten. Für den Verlust, sagte er, den er damals hatte, an dem Arminius schuld war.“

„Arminius war nicht schuld daran! Oh, ihr Götter ...“

Nelda brach in Tränen aus.

„Was hast du?“

„Er war hier ... und ich ... ich habe ihn nicht ...“

„Er kommt noch ein weiteres Mal herauf.“

„Wann denn? Wann?“

„Schon morgen.“

„Morgen? Und kommt er meinetwegen?“

„Ach, was denkst du dir! Er hat einen Auftrag. Du hast ja gehört, es geht in den Krieg. Dein Vater soll dafür Männer aus seiner Gefolgschaft stellen. Da hat er Segithank ausgewählt, weil er ihn nicht leiden kann. Und die anderen sind alle Segithanks Freunde. Sie stritten, weil Arminius noch mehr Männer wollte. Aber dein Vater will nur diese acht hergeben. Morgen wird Arminius heraufkommen und sie abholen.“ Bekümmert fügte Ramis hinzu: „Ich weiß schon, warum dein Vater Segithank und die anderen dazu bestimmt hat. Er wird froh sein, wenn sie nicht wiederkommen.“

„So etwas solltest du nicht denken“, murmelte Nelda, die zuletzt kaum noch zugehört hatte.

Dass Arminius mit einem Auftrag erschienen war, dämpfte ihre große Freude. Doch vielleicht hatte er es so eingerichtet, dass er den Auftrag erhielt, um sie wiederzusehen und sein Versprechen zu erfüllen. Vielleicht wollte er noch mehr, aber weil er sie nicht zu Gesicht bekommen hatte ...

„Hätte ich nur nicht den ganzen Tag in der Höhle gehockt!“, führte sie den Gedanken laut zu Ende. „Morgen bleibe ich hier. Ich werde versuchen, mit ihm ein paar Worte zu wechseln. Aber ... aber ich soll ja nicht wissen, dass er das Pferd gebracht hat. Darf ihm nicht einmal danken.“

„Und sehen sollst du ihn auch nicht“, sagte Ramis.

„Nicht einmal sehen?“

„Ich habe gelauscht, als er fort war und dein Vater mit deiner Mutter sprach. Er sagte: ‚Mir gefällt nicht, dass er sich so auffällig nach Nelda erkundigt hat. Wer kann wissen, was er sich einbildet.

Es wird besser sein, wenn er sie auch morgen nicht sieht.' Darauf erwiderte deine Mutter: ‚Sei unbesorgt, überlass das mir.'"

Nelda seufzte. Aber im nächsten Augenblick lachte sie, ergriff die Hände der Freundin und drückte sie heftig.

„Hast du wirklich gehört, dass mein Vater das gesagt hat? Er hat sich nach mir erkundigt? Auffällig?"

Als Nelda später an den Herd trat, sagte Frau Male, während sie ihr den Napf mit Suppe füllte: „Ich gehe morgen früh hinunter ins Dorf. Die Frauen liefern schlechte Stoffe, ich muss feststellen, woran es liegt. Du wirst mich begleiten, kannst dabei lernen. Wir gehen von Haus zu Haus, sehen uns die Webstühle an, lassen uns zeigen, wie sie arbeiten. Wir werden erst am Abend zurück sein."

Male, die gerade von ihrer zwölften oder dreizehnten Schwangerschaft genesen war, sah ihrer Tochter prüfend ins Gesicht, als wollte sie irgendetwas herausfinden. Sie war eine blasse, dünne, knochige Frau mit grämlichen Zügen, fast zahnlos, grauhaarig und schon etwas gebeugt, obwohl sie erst knapp über dreißig Jahre alt war. Die vielen Schwangerschaften und der ständige Aufenthalt in der rauchgeschwängerten Luft des Hauses hatten alle Spuren ihrer einstigen Schönheit getilgt. Nur ihre beiden Ältesten, Segimund und Nelda, waren am Leben geblieben, und so hatte sie sich damit abfinden müssen, dass ihr Gemahl, um die Erhaltung seines Geschlechts besorgt, Nebenfrauen mit auf die Schlafbank nahm. Zahlreiche Kinder, die ihm ähnlich sahen, bevölkerten den Wehrhof und die Dörfer ringsum. Male war jedoch nach wie vor unbestritten die Herrin des Hauses und, obwohl sie ständig von Hustenanfällen und Gliederreißen geplagt wurde, ein Muster an Pflichterfüllung. Segestes behandelte sie mit Ehrerbietung.

Am nächsten Morgen war sie wie immer die Erste, die sich erhob. Sie blies das Herdfeuer an, wusch sich, warf ihren einfachen braunen Wollkittel über und weckte ihre Tochter. Nelda, die sich die halbe Nacht schlaflos gewälzt hatte und erst gegen Morgen eingeschlafen war, stand gehorsam auf. Sie aßen jede einen Brotfladen, tranken einen Becher Milch und machten sich auf den Weg.

Segestes, der sich später erhob und gähnend, die Glieder reckend aus dem Hause trat, sah sie gerade noch unter dem Tor verschwinden.

Er seufzte zufrieden.

Dann machte er sich an ein Tagewerk, das ihm wenig behagte, dessen Notwendigkeit er jedoch nicht bezweifelte. Er hatte dafür zu sorgen, dass die acht für die Auxilien bestimmten jungen Männer mit ihren Pferden bereit waren, wenn Arminius heraufkam und sie abholte. Jetzt ärgerte er sich, weil er sich am Vortag geweigert hatte, die geforderten zwölf zu stellen. Der Sohn des Segimer würde dies vielleicht hämisch dem Tiberius berichten und der konnte es als mangelnden Eifer für die gemeinsame Sache auslegen. Warum hatte er diesen unnötig heftigen Wortwechsel begonnen? Es gab wohl nur eine Erklärung: das allzu selbstsichere, fordernde Auftreten des Arminius und seines Bruders, der ihn nachzuahmen suchte. Segestes ertrug die Römer leicht, doch nur schwer diese Stammesgenossen, die ihm im Namen der Römer Befehle erteilten.

Arminius erschien erst in der Wallburg, als die Sonne den Scheitelpunkt erreicht hatte. Er ritt an der Spitze eines Trupps von zwanzig schwer bewaffneten Hilfssoldaten, die unter dem Befehl seines Bruders Flavus zum Tor hereinmarschierten.

Segestes begrüßte die Brüder kühl und rief die acht jungen Männer. Sie schlenderten mit mürrischen Mienen heran. Auch Segithank war dabei, der seine großmäulige Ankündigung, sich in die Freiheit abzusetzen, nicht wahrgemacht hatte. Arminius nahm den Helm ab, sah jeden aufmerksam an und stellte ihm ein paar Fragen. Als er zu Segithank kam, hielt der die Arme gekreuzt, starrte ihm frech ins Gesicht und schwieg. Der lange, weißblonde Flavus, der seinem Bruder über die Schulter sah, wiederholte in scharfem Ton die Fragen, bekam aber ebenfalls keine Antwort. Stattdessen wandte sich Segithank ab und spie aus. Als habe er nur auf eine solche Widersetzlichkeit gewartet, begann Flavus Befehle zu bellen. Schon waren zwei stämmige Gallier bei dem Rotschopf und nahmen ihn in ihre Mitte. Auch jeder der sieben anderen bekam zwei Begleiter. Der Rest der Truppe sicherte die Flanken. Flavus gab das Zeichen zum Abmarsch. Knechte warteten mit den Pferden am Tor und mussten sie hinterherführen, damit die frisch Ausgehobenen nicht in Versuchung gerieten, auf dem Wege ins Lager auszubrechen und mit ihren Reittieren zu fliehen.

Die Blicke der Bewohner des Wehrhofs, auch der von Tränen

getrübte der kleinen Ramis, folgten den jungen Männern, die unter dem Tor verschwanden. Alles geschah in wenigen Augenblicken.

Von den Letzten, die auf diese Weise – zu zehnt, vor zwei Jahren – den Wehrhof verlassen hatten, war bisher keiner zurückgekehrt.

7

Auch Segestes warf den Abmarschierenden einen düsteren Blick nach. Arminius war bei ihm stehengeblieben.

„Denen werden wir einiges beibringen müssen, bevor wir sie brauchen können“, sagte er. „Zwei Monate Ausbildungslager, mindestens. Dann sind sie vielleicht schon halbe Männer.“

„Mit Waffen verstehen sie umzugehen, das haben sie bei mir gelernt!“, erwiderte Segestes in beleidigtem Ton, weil er aus der Bemerkung einen Vorwurf heraushörte. „Wenn du annimmst, sie können nur mit Keulen dreinschlagen ...“

„Etwas mehr werden sie wohl können. Aber bedenke, die römische Armee ist die beste der Welt.“

„Ich verstehe. Es müssen Kerle wie du sein, die würdig sind, in ihr zu kämpfen und aufzusteigen.“

„Du suchst doch nicht etwa schon wieder Streit?“, entgegnete Arminius lachend. „Versöhnen wir uns! Bekomme ich bei dir einen Becher Bier oder Met?“

„Du kannst sogar Wein haben.“

„Großartig. Ich würde auch gern mein Pferd tränken, bevor ich den anderen folge.“

Segestes winkte einem Knecht und die beiden Männer setzten sich auf eine Bank vor dem Haus. Eine Magd brachte zwei Becher mit Wein.

„Es geht also diesmal gegen die Markomannen“, sagte Segestes.

„Ja, gegen Marbod“, bestätigte Arminius.

„Er soll sich, hört man, oben am Albis gewaltig ausbreiten. Soll auch über die Lugier, Semnonen und Langobarden herrschen. Lässt sich König nennen. Es heißt, er hat siebzigtausend Mann unter Waffen.“

„Dazu viertausend Reiter.“

„Das wird kein Spaß.“

„Nein“, sagte Arminius seufzend. „Als Feinde sind mir auch die Sarmaten oder Illyrier lieber. Es ist kein angenehmer Gedanke, gegen germanische Stämme kämpfen zu müssen. Und ich verstehe diesen Marbod. Bewundere ihn sogar ein bisschen.“

„Du bewunderst ihn?“, fragte Segestes ungläubig.

„Ja. Auch wenn er zurzeit unser Gegner ist. Er hat das Wichtigste begriffen: Was uns, den germanischen Stämmen, nottut, ist Einigkeit! Einigkeit und eine starke Führung! Er tut das Richtige – und macht trotzdem dabei einen schweren Fehler."

„Und welchen?"

„Er stellt sich gegen Rom. Er will unabhängig bleiben. Das kann der Caesar Augustus nicht dulden. Ein starkes germanisches Reich in unmittelbarer Nachbarschaft? Das birgt unwägbare Gefahren. Würde sich Marbod unterwerfen und Roms Oberherrschaft anerkennen ... er würde eine glänzende Stellung erlangen, nahezu unabhängig. Doch das tut er nicht, dieser Querkopf, er riskiert lieber alles."

Der Knecht kam vom Brunnen zurück und brachte das Pferd. Arminius stand auf.

„Ich danke dir für den Trunk. Schade, dass ihn mir nicht die Hausfrau reichte oder ... oder deine Tochter."

„Ja, sehr schade", sagte Segestes, der sich ebenfalls erhob. „Sie sind in den Dörfern unterwegs."

„Was hast du mit deiner Tochter vor?", fragte Arminius wie beiläufig, während er die Pferdedecke zurechtrückte. „Hast du schon einen Bräutigam für sie?"

„Ja ... ja, ich habe einen."

„Und darf man wissen ..."

„Nein, wir wollen es noch nicht bekannt geben. Meine Tochter ist sehr jung, wir werden mit der Verlobung noch ein paar Monate warten. Die Hochzeit wird dann in Rom gefeiert."

„Sie soll einen Römer ...?"

„Sie wird einen Römer heiraten, ja. Aus einer der vornehmsten Familien."

Arminius blickte kurz zu Segestes auf und murmelte: „So ist das also ..."

Segestes beobachtete mit einem zufriedenen Lächeln, wie die Hände immer wieder über die längst geglättete Decke strichen.

„Wir Väter sind uns schon einig", fuhr er großspurig fort, wobei er nach seiner Gewohnheit die Daumen hinter den Gürtel hakte. „Es sind nur noch einige Nebensächlichkeiten zu regeln. Ich werde in Rom ein Haus mieten müssen, damit meine Tochter am Hochzeitstag in einem Festzug vom Elternhaus in das ihres Ehemannes gebracht werden kann. Es soll ja alles nach Brauch und Sitte geschehen. Übrigens sind ihre Hochzeitsbräuche gar nicht viel anders als die unseren, ich habe mich darüber schon kundig gemacht. Wahrscheinlich werde ich dann eine Zeitlang in Rom bleiben, mich mal ein bisschen dort umsehen. Gladiatorenspiele, Pferderennen, Theater ... Wusstest du übrigens, dass ich inzwischen das römische Bürgerrecht habe? Augustus hat es mir verliehen und Tiberius persönlich hat mir die Urkunde bei meinem letzten Besuch am Rhenus überreicht."

„Ich beglückwünsche dich", sagte Arminius trocken und schwang sich auf den Rücken des Pferdes.

Missgestimmt verließ er den Herrenhof. Hinter dem Tor musste er absitzen, weil es etwa hundert Schritte steil abwärts ging. Während er das Pferd am Zügel über den gewundenen, vom Regen der letzten Tage aufgeweichten und an vielen Stellen tückisch abschüssigen Weg führte, musste er daran denken, dass vor sehr langer Zeit seine Vorfahren auf diesem Wege Rache schnaubend heraufgestiegen waren und die Ahnen des Segestes überfallen hatten. Die Ursache jener Fehde kannte niemand mehr, die Nachkommen hatten sich ausgesöhnt und friedlich nebeneinander gelebt, doch ein versteckter Groll war geblieben und immer wieder drängte er hässlich hervor. Arminius konnte sich nicht erinnern, dass sein Vater Segimer jemals ein gutes Wort über Segestes verloren hatte. Selten sprach er von ihm, ohne ihm irgendwelche Mängel und Missetaten nachzusagen. Er nannte ihn feige, geizig und hochmütig und beschuldigte ihn, am liebsten in fremden Wäldern zu jagen und seine Gefolgschaft nachts zum Viehdiebstahl auszuschicken. Beweisen konnte er nichts davon, doch er wiederholte diese Behauptungen starrsinnig.

Dass es um Segestes nicht besser stand, hatte Arminius gerade erlebt. Obwohl sonst ein übereifriger Freund der Römer, weigerte er sich, die geforderte Anzahl von Männern für die Auxilien zu stellen, wie sie in den Verträgen festgelegt war und der Größe seines Gaus und der geschätzten Zahl seiner Bewohner entsprach. Wäre ein anderer gekommen, hätte er sicher keine Schwierigkeiten gemacht. Und warum wollte er das Pferd nicht als Geschenk für seine Tochter annehmen, so wie es versprochen war? Warum versteckte er seine Tochter und erfand Vorwände, um sie nicht zu zeigen? Arminius musste sich eingestehen, dass er sich auf ein Wiedersehen mit dem hübschen, empfindsamen Mädchen gefreut hatte. Manchmal hatte er sich an ihre großen, dunklen, tränenumflorten Augen erinnert, an ihr wirres, lang wallendes blondes Haar, an die schlanke Gestalt in dem langen Kleid, in dem sie sich so rührend unbeholfen und doch anmutig bewegt hatte. Jetzt war sie fast zwei Jahre älter und er hätte zu gern erfahren, was aus ihr geworden war. Gewiss erinnerte sie sich an ihn und hatte sein Versprechen nicht vergessen. Aber was konnte er tun? Segestes hielt sie im Verborgenen und hatte sie einem römischen Aristokraten versprochen. Oder war das nur eine Behauptung, um einer Werbung, die gar nicht beabsichtigt war, zuvorzukommen? Sehr glaubhaft hatten seine Angaben über den namenlosen Bräutigam, die aufgeschobene Verlobung und die Hochzeit in Rom nicht geklungen.

Ein kurzer Schreck riss Arminius aus seinen Gedanken. Unter seinen Füßen hatten sich plötzlich Steine gelöst, mit ihnen rutschte Erde und ein Stück des schmalen Weges brach weg. Mit einem Sprung vermied er einen Fehltritt, der für ihn und das Pferd verhängnisvoll geworden wäre. Er ärgerte sich über seine Unachtsamkeit. Wozu verstrickte er sich in solche Gedanken? Was kümmerte es ihn, ob Segestes die Wahrheit gesagt oder ihn angelogen hatte. Es ging ihn nichts an, mit wem der seine Tochter verheiratete. Er zog in den Krieg, und dies konnte ein langer, sehr langer blutiger Krieg werden. Ungewiss war, ob er jemals hierher zurückkehren würde.

Am Fuße des Hügels holte er den Trupp mit den Neuverpflichteten ein und ritt an die Spitze. Hinter sich hörte er seinen Bruder brüllen und schnauzen. Die acht bekamen schon mal einen Vorgeschmack davon, was sie im Ausbildungslager erwartete. Flavus verfügte über die rohe Natur und den beschränkten Verstand eines brauchbaren Unterführers. Die römische Armee war seine Heimat, seinen Vorgesetzten war er bedingungslos ergeben. Nur wenig gab er auf seine Herkunft und seine Stammesgenossen waren ihm gleichgültig. Arminius liebte seinen Bruder nicht besonders, der ihn auch nicht liebte, des höheren Ranges wegen aber achtete. Gemeinsam hatten sie auf dem Weg zur Armee noch einmal den Vater besucht und ihn sehr elend auf dem Krankenlager angetroffen. Flavus hatte gleich klar gemacht, dass er im Ernstfall nicht in den Cheruskergau zurückkehren und Segimers vernachlässigten Wehrhof übernehmen würde. Dies sei nun einmal Sache des ältesten Sohnes. Er hatte jedoch die Schlüssel zu den Truhen verlangt, den Familienschatz besichtigt und seine Ansprüche angemeldet.

Anfangs ließ Arminius sein Pferd im Schritt gehen. Aber als Flavus hinter ihm begann, den „Neuen“ mit seiner rauen, stets etwas heiseren Stimme von seinen Taten beim Sturm auf eine illyrische Bergfestung zu berichten, setzte er es in Trab, damit er die sattsam bekannten Geschichten nicht noch einmal hören musste. Er war bald etwa zweihundert Schritte voraus. Der vom Regen aufgeweichte, kaum noch erkennbare Weg führte durch ein von Frühlingsstürmen verwüstetes Wäldchen. Immer wieder musste das Pferd umgestürzte Bäume überspringen und Haufen verrotteter Zweige und Blätter ausweichen.

Arminius saß abermals ab, um das Tier am Zügel zu führen. Im selben Augenblick tauchte vor ihm plötzlich ein kleiner barfüßiger Knabe auf.

„Bist du Arminius?“, krähte er.

„Der bin ich. Woher kennst du mich? Was willst du?“

„Das soll ich dir geben!“

Der Junge streckte einen Arm aus und hielt ihm etwas entgegen, das auf den ersten Blick wie ein Kästchen aussah. Erst als er es in der Hand hatte, stellte Arminius fest, dass es sich um einen winzigen, handtellergroßen Kodex handelte. Er klappte die Täfelchen auseinander und las, zierlich in das Wachs geritzt, die folgende Botschaft:

„Wenn du jemanden wiedersehen und Dank empfangen willst, wirst du erwartet. Der Knabe wird dich führen.“

Arminius las die Worte langsam, wobei er murmelnd die Lippen bewegte. Er sprach die lateinische Sprache fließend, doch mit dem Lesen und Schreiben hatte er Mühe. Er las zum zweiten Mal und kurz blitzte die Erinnerung an eine Vorschrift auf, die besagte, dass römische Militärpersonen sich in fremdem Gebiet nur in größeren Gruppen bewegen sollten, weil Feinde versuchen könnten, sie einzeln in Hinterhalte zu locken. Er befand sich zwar in seiner Heimat, aber wie fremd war diese inzwischen geworden. Vielen Cheruskern galten die Männer in römischen Diensten nach wie vor als Verräter und mancher hatte Vertrauensseligkeit mit dem Leben gebüßt.

Doch gab es hier weit und breit irgendjemand, der ihn schriftlich einladen konnte, in die Falle zu gehen? Nein, diese Botschaft konnte nur einen einzigen Absender haben! Das wurde ihm auch sogleich bestätigt.

Der Knabe blickte unmutig zu ihm auf und sagte: „Kommst du nun endlich? Nelda wartet schon lange. Sie hat Angst. Ihre Mutter wird böse werden!“

„Ich komme ja“, rief Arminius lachend. „Vorwärts!“

Der Knabe rannte los und Arminius, das Pferd am Zügel hinter sich her ziehend, folgte ihm in eine Schneise, die zunächst geradeaus durch dichten Tannenwald, dann aber nach mehreren Biegungen zu einer Lichtung führte, die locker von Eichen und Buchen umstanden war. Zwischen den Bäumen sah man in kurzer Entfernung die Strohdächer von Bauernhütten. Über einigen kräuselte sich Rauch.

Arminius trat auf die Lichtung hinaus. Er schob den Helm in den Nacken und sah sich verwundert um. Der Knabe, den er so lange nicht aus den Augen verloren hatte, war verschwunden. Schon wollte abermals Argwohn aufsteigen. Hinter jedem der uralten Baumriesen, die ihn im weiten Kreis umstanden, konnte ein Speerwerfer oder ein Pfeilschütze lauern. Eine ganze Horde wütender Römerfeinde konnte im nächsten Augenblick hervorbrechen und sich auf ihn stürzen.

Doch dann trat hinter einer der Eichen ein Mädchen mit blonden Haaren, im knappen Hemd und kurzen Rock hervor, lächelte verlegen und kam auf ihn zu.

Arminius wollte zunächst seinen Augen nicht trauen. War das wirklich das schmale, zarte Geschöpf mit dem kindlich aufgeworfenen Mund, das er in Erinnerung hatte? War das die hübsche, linkische, traurige und verheulte Kleine, für die er damals so großes Mitleid empfunden hatte? Die da auf ihn zu schritt, hoch aufgerichtet und stolz, den schönen Kopf mit dem auf die Schultern fallenden Haar ein wenig zur Seite geneigt, mit ihren kräftigen, langen, gebräunten Beinen das hohe Gras pflügend, war – eine junge Göttin. So musste eine germanische Göttin aussehen, nähme sie menschliche Gestalt an.

Er war so überwältigt, dass er sich im ersten Augenblick nicht von der Stelle rührte. Als er auf sie zugehen wollte, stand sie fast vor ihm. Er ließ die Zügel los und streckte ihr beide Hände entgegen. Nelda ergriff sie ohne Zögern und Scheu.

Sie sahen sich in die Augen und vor Freude auf der einen und

Überraschung auf der anderen Seite fiel keinem von ihnen das erste Wort ein.

Doch endlich räusperte sich Arminius und sagte: „Wie froh bin ich, dass ich dich doch noch sehe. Das hatte ich nicht mehr erhofft."

„Und ich hatte schon Angst", sagte Nelda, „dass ich dich überhaupt nie wiedersehen würde."

Sie entzog ihm ihre Hände. Plötzlich fand sie es zu kühn, ihre Gefühle so offen zu zeigen.

Der kleine Knabe rannte über die Wiese.

„Aber sage nichts meiner Mutter, Hadu!", rief Nelda. „Kein Wort!"

Arminius zog eine Münze hervor und warf sie dem Kleinen zu.

„Hier! Damit du den Mund hältst!"

Das struppige Kerlchen fing das Geldstück geschickt und sprang zwischen den Bäumen davon, in Richtung Dorf.

„Ob das richtig war?", fragte sie. „Jetzt wird er damit groß tun und alles erzählen."

„Und wenn er alles erzählt ...?"

Er betrachtete sie. Er konnte sich noch immer nicht von diesem unerwarteten Anblick lösen.

Nelda bückte sich, pflückte eine Blume, roch an der gelben Blüte, zupfte Blätter aus.

„Meine Mutter weiß ja nicht, wo ich bin. Sie wird sich schon Sorgen machen. Sie ließ sich die Webhäuser zeigen und ich hab mich derweil davongestohlen. Eigentlich wollte ich dir nur danken. Ein herrliches Pferd. Und ich dachte, du hättest mich vergessen."

„Hast du schon einen Ausritt gemacht?"

„Nein, noch nicht ..."

„Dein Vater erlaubt es nicht. Ist es so?"

Sie zögerte mit der Antwort.

„Ja", sagte sie seufzend, „so ist es. Ich soll nicht einmal wissen, dass das Pferd ein Geschenk von dir ist. Er sagte mir, er hätte es bei einem Pferdehändler gekauft, der gestern mit euch auf dem Wehrhof war. Aber ich hatte schon vorher die Wahrheit erfahren. Ich danke dir nochmals."

Sie küsste ihn auf die Wange und wollte sich rasch wieder

abwenden. Aber er packte sie mit beiden Armen und hielt sie fest.

„Ist es wahr, dass er dich verheiraten will? An einen Römer?“

Einen Atemzug lang ließ sie sich so halten und sah, wie sich die Brauen über seinen hellen Augen zusammenzogen und die tiefe, schräge Falte auf seiner Stirn erschien.

„Ist es wahr? So antworte mir doch!“

„Lass mich erst los“, bat sie. „Wenn jemand uns sähe ... Die Leute vom Dorf suchen Holz, sie ...“

„Sollen sie uns sehen! Aber sag mir die Wahrheit!“

Er gab sie frei.

Sie entfernte sich ein paar Schritte von ihm und bückte sich wieder nach Blumen.

„Hat er dir das erzählt?“

„Ja. Angeblich ist er sich mit dem Vater schon einig. In ein paar Monaten, sagte er, solle Verlobung sein und dann Hochzeit – in Rom!“

Sie richtete sich heftig auf und sah ihn fest an.

„Das ist alles nicht wahr!“

„Bist du sicher?“

„Ja. Das hat er erfunden. Ganz gewiss, das hat er erfunden! Ich weiß nicht warum ... weiß nicht, warum er dir das erzählt hat. Das wünscht er sich. Seit Jahren schon spricht er davon. Damals, als wir uns zum ersten Mal sahen, musste ich das Gedicht lernen, um den jungen Herren aus Rom zu gefallen. Zum Glück hielt keiner um mich an. Ich hörte auch, dass sie inzwischen verheiratet sind. Auch sonst gibt es niemanden.“

„Vielleicht weißt du es nur noch nicht. Er hält es vor dir geheim.“

„Doch, ich weiß es. So wie wir leben, lassen sich schlecht Geheimnisse hüten. Abends, auf der Schlafbank, reden sie und man hört manches mit. Erst vor ein paar Tagen beklagte sich mein Vater bei meiner Mutter, dass die letzte Reise zum Rhenus wieder nicht erfolgreich gewesen sei und dass ein römischer Senator, den er dort kennen gelernt hatte, nichts mehr von sich hören ließ.“

„Er versuchte, dort jemanden für dich zu finden?“

„Er nahm mich sogar mit, zweimal schon. Einmal nach Mogontiacum und einmal in die Ubierstadt. Überallhin, wo er vornehme

Römer traf, schleppte er mich mit. ‚Das ist meine Tochter Thusnelda, sie spricht ausgezeichnet Latein und sogar Griechisch, sie kann auch wunderbare Stoffe weben und Tonkrüge formen, sie kennt alle Dichter und Philosophen. So eine findet man nicht leicht ein zweites Mal!'"

Nelda lachte plötzlich laut auf. Unwillkürlich hatte sie ihren Vater nachgeahmt, seine großspurige Art zu reden, seine Gewohnheit, leicht vorgebeugt dazustehen, die Daumen hinter den Gürtel gehakt. Arminius stimmte in ihr Lachen ein – genau so hatte er Segestes gerade erlebt.

Sein Pferd, das ein wenig abseits graste, hob den Kopf und stellte lauschend die Ohren auf.

„Wir müssen vorsichtig sein", mahnte Nelda und blickte hinüber zu den Hütten. „Wenn man uns hier zusammen sieht ..."

„Wovor fürchtest du dich?"

„Das fragst du noch? Wer bin ich schon? Was würde man von mir denken? Du bist ein großer Mann, ein Kriegsheld. Und du wirst fort sein und wieder werden vielleicht zwei Jahre vergehen ... oder noch mehr ..."

„Aber du bist doch nicht verlobt. Wir haben uns zufällig hier getroffen ..."

„Wer das glauben würde!"

Arminius trat auf sie zu und ergriff ihre Hand.

„Dann sagst du, dass wir uns hier getroffen haben, um ein ernstes Gespräch zu führen. Und dabei seien wir übereingekommen ..."

„Was meinst du?"

„Nun, dabei seien wir übereingekommen, es sei höchste Zeit ... höchste Zeit ..."

„Höchste Zeit? Wofür?"

Er blickte ihr lange in die Augen. Sie wich nicht aus und er spürte einen leichten Druck ihrer Hand, als wollte sie ihm Mut machen.

„... dass ich einen Brautwerber schicke!", vollendete er.

Sie senkte die Lider und atmete tief.

Aber es folgte kein freudiger Schrei. Sie blieb stumm. Sie stand eine Weile vor ihm, den Kopf ein wenig geneigt, ohne sich zu regen. Das blonde Haar, das unter dem Stirnband hervorquoll, fiel über ihr Gesicht.

Sein breites, erwartungsvolles Lächeln erstarrte.

Sie ließ die rechte Hand in der seinen, legte die linke auf seine Brust und fuhr mit den Fingerspitzen langsam über die Eisenringe des Kettenhemds.

„Aber du ziehst doch in den Krieg", sagte sie. „Wozu willst du einen Brautwerber schicken?"

„Ich komme wieder", versicherte er. „Noch in diesem Jahr werde ich zurück sein! Lange bevor es Winter wird."

„Bevor es Winter wird? Dann ist es vielleicht zu spät. Und überhaupt ... es würde vergebens sein ... vergebens!"

Sie entzog ihre Hand und warf ihm einen Blick voll tiefer Traurigkeit zu.

„Ich muss jetzt gehen. Meine Mutter ..."

„Nein", sagte er. „Nein, du darfst jetzt nicht gehen! Du darfst nicht. Es ist heraus, ein großer Entschluss ist gefasst. Ich werde dein Mann – du wirst meine Frau sein."

„Aber du hast ja gar nicht nachgedacht. Es fällt dir in diesem Augenblick ein."

„Es gibt Entschlüsse, die man treffen muss, ohne nachzudenken. Im Krieg haben mir schon mehrere solcher raschen Entschlüsse das Leben gerettet. Ich habe immer auf mein Heil vertraut. Es setzt mich instand, das Richtige zu tun, auch wenn tausend Gründe dagegen sprechen. Bin ich ein Händler, der die Waage nimmt und sagt: Hier ist ein wunderbares Mädchen, die Liebe, mein Glück – und dort: ihr Vater, der mich nicht mag, der Krieg, der mich umbringen könnte, der Caesar Augustus, dem ich Treue geschworen habe? Noch mehr? Sehr viel! Die Waage des Händlers würde sich nach der falschen Seite senken. Die Waage des Mannes, der auf sein Heil baut, senkt sich zur richtigen! Vertrau mir, Nelda. Bitte vertrau mir ... Komm! Wir wollen alles in Ruhe besprechen. Niemand wird uns beobachten."

Er nahm den Helm ab und nötigte sie, sich mit ihm ins hohe Gras zu setzen. Sie gab ihren Widerstand auf. Die Beine angezogen, die Hände auf den Knien verschränkt, sah sie ihn an, mit großen Augen und glühenden Wangen, und ihre Miene zeigte die ganze Vielfalt ihrer Empfindungen: Erstaunen, Überraschung, Freude, Zweifel, Besorgnis, Hoffnung. Er lag neben ihr hingestreckt, auf einen Ellbogen gestützt. So legte er ihr seinen Plan dar.

Ja, es stand zwar wieder ein Krieg bevor, aber das bedeutete keineswegs, dass er selbst in die Kämpfe eingreifen würde. Zurzeit war er damit beauftragt, die Hilfstruppen mit neuen Kämpfern zu versorgen. Er musste sie zur Ausbildung in ein Lager bringen. Darüber würde Zeit vergehen und der Krieg könnte schon zu Ende sein, wenn er bei der Armee eintraf, um sein Kommando zu übernehmen. Danach aber wollte er sogleich seinen Abschied nehmen und heimkehren. Er zweifelte nicht, dass er ihn erhalten würde. Sein Vater war schwer krank, konnte sterben. Es war nicht im Interesse der Römer, dass in einem der wichtigsten Gaue im Land der Cherusker Unordnung herrschte und es vielleicht erneut zu Aufständen kam. Schon jetzt lag infolge der Schwäche seines Vaters und der Sorglosigkeit seines Onkels Inguiomer manches im Argen. Da gab es viel Arbeit und ein Mann, der das alles anpacken musste, brauchte an seiner Seite eine tüchtige Frau.

„Du siehst", schloss Arminius, „die rasche Entscheidung ist in Wirklichkeit das Ergebnis gründlicher Überlegungen. Nur wer das sein würde ... die tüchtige Hausherrin an meiner Seite – das wusste ich bis heute nicht. Jetzt weiß ich es! Ich weiß es seit dem Augenblick, als du dort zwischen den Bäumen hervorkamst."

Sie streckte sich neben ihm aus und eine Weile lagen sie so im Gras, die Blicke in einander versenkt, die Hände des anderen haltend und streichelnd. Sie wagten auch ein paar zarte Küsse, noch unsicher, ob sie berechtigt waren, sich bereits so viel herauszunehmen. Jetzt aber an mehr zu denken, war einem Germanen und einer Germanin nicht erlaubt.

Zu sagen gab es nichts mehr. Beide wussten, was ihnen bevorstand. Sie wussten, was alles zu tun sein würde, wie viele Hindernisse es zu überwinden galt, wenn sie das Glück, das so überraschend greifbar erschien, festhalten wollten.

Es blieb ihnen nicht einmal die Zeit, die süße Behaglichkeit dieses Augenblicks der Vorfreude auszukosten.

Plötzlich hörten sie Männerstimmen.

„Seht ... ein schönes Pferd und kein Reiter!"

Arminius hob den Kopf und sah auf der anderen Seite der Lichtung drei junge Kerle in Bauernkitteln aus dem Wald hervortreten. Das Pferd hatte sich grasend dorthin bewegt, sie brauchten nur wenige Schritte, um es am Zügel zu fassen und fortzuziehen. Der Mutigste von ihnen war schon ganz nahe.

„Versteck dich. Bring dich in Sicherheit“, flüsterte Arminius.

Er sprang auf und setzte den Helm auf. Nelda kroch im kniehohen Gras zum Waldrand.

„Pferdediebe?“, rief er. „Wartet! Ich habe euch etwas zu sagen!“

Die drei erstarrten, sahen sich an und schienen einen Augenblick zu überlegen, ob sie es gegen einen einzelnen Römer aufnehmen konnten. Nur einer hatte einen Knüppel in der Hand.

„Ihr kommt mir gerade recht“, fuhr Arminius, der das Pferd schon fast erreicht hatte, in der Sprache des Cheruskerstammes fort. „Ich suche Leute für die Armee. Solche wie euch kann ich brauchen. Strolchen und Dieben bringt man bei uns gute Sitten bei. Wir werden euch gleich mitnehmen. Kommt heraus, Männer, schnell, ich habe welche!“

Er steckte zwei Finger in den Mund und stieß einen gellenden Pfiff aus.

Im nächsten Augenblick waren die drei im Gebüsch verschwunden.

„Damit hat man immer Erfolg“, murmelte Arminius lachend.

Er sah sich nach Nelda um. Schon ein gutes Stück entfernt bemerkte er ihre wehende blonde Mähne zwischen den Bäumen.

Sie lief auf das Dorf zu.

„Und nun nach Hause!“, sagte er laut zu sich selbst. „Noch einmal, vielleicht zum letzten Mal, gibt es etwas für dich zu tun, Vater!“

8

Nelda sehnte das Ereignis herbei, das Arminius angekündigt hatte, doch es ließ auf sich warten.

Der Winter verging und erst im späten Frühjahr erschien der greise, gebrechliche, von einer schweren Krankheit gezeichnete Segimer an der Spitze seines Gefolges. Sein jüngerer Bruder Inguiomer, ein kraftstrotzender, unstet und reizbar wirkender Mann mit einem groben, stark geröteten Gesicht, begleitete ihn. Zwei hoch mit Brautgeschenken beladene Wagen fuhren auf den Wehrhof ein.

Segestes war gerade von einer Reise an den Rhenus zurückgekehrt. Der berühmte Publius Quinctilius Varus war dort als *legatus Augusti pro praetore*, als neuer Statthalter für Germanien, eingetroffen und hatte die wichtigsten Anführer der Verbündeten zu einer ersten Lagebesprechung nach Mogontiacum beordert. Segestes hatte einen römischen Baumeister mitgebracht, der ihm anstelle seines alten Wohnstallhauses ein Herrenhaus im römischen Stil errichten sollte. Hier hoffte er, seine mächtigen Gönner – vielleicht sogar eines Tages den Caesar Augustus – zu empfangen. Während er mit dem Baumeister beratschlagte und Knechten Anweisungen gab, die Steine zum Wehrhof heraufbringen sollten, meldeten ihm die Torwächter die Ankömmlinge.

„Segimer und Inguiomer?“, fragte Segestes. „Was wollen sie? Sind sie bewaffnet? Haben sie ein großes Gefolge bei sich?“

„Das ja“, sagte der Torwächter. „Aber sie bringen Geschenke, kommen in friedlicher Absicht. Als Brautwerber!“

„Bei Donars Hammer! Das hätte ich ahnen sollen!“

Segestes eilte ins Haus.

Dort saß Nelda zwischen den Frauen und Mädchen bei einer Näharbeit.

„Hört alle her!“, rief Segestes. „Da kommen unsere Nachbarn Segimer und Inguiomer. Sie haben ein Anliegen, aber das geht euch nichts an. Das mache ich mit ihnen allein ab. Ihr bleibt alle im Haus ... vor allem du, Nelda! Dass du dich nicht blicken lässt! Bring mir mein Festgewand, Frau, ich muss die Männer würdig empfangen.“

Frau Male eilte davon. Nelda begriff sofort, warum sie versteckt bleiben sollte. Das war der Augenblick, auf den sich ihre ganze

Hoffnung gerichtet hatte. Doch die finstere Miene ihres Vaters verhieß nichts Gutes. Sie bekam ein paar Fetzen der Unterredung mit, die er mit ihrer Mutter führte, während sie ihm in den Mantel half und mit dem Kamm seine wirren Haare glättete.

„Eine peinliche Lage", sagte Segestes. „Die vornehmsten Männer unseres Volkes ... eine hohe Ehre, wahrhaftig, indessen ..."

„Wird er für seinen Ältesten werben?", fragte Frau Male.

„Für wen sonst? Dabei hatte ich dem längst klar gemacht ..."

„Ein schöner, stattlicher Mann."

„Ach, was verstehst du schon, Frau. Ich werde versuchen, sie schnell wieder loszuwerden. Und du, bring den Willkommenstrunk."

Segestes versammelte seine vornehmsten Gefolgsleute und ging den Ankömmlingen entgegen. Nachdem man sich umarmt hatte und die Becher mit Met geleert waren, nahmen Segestes, Segimer und Inguiomer auf den Bänken neben dem Hause Platz. Die Gefolgsleute umstanden sie im Halbkreis. Segimer, der bleich und abgezehrt war und sich schwer auf einen Stock stützte, hielt sich nicht mit einer langen Einleitung auf.

„Mein Vetter und Nachbar", begann er. „Wie du mich hier siehst, verstehst du, dass ich müde und der Ruhe bedürftig bin. Den Stürmen dieser Zeit bin ich nicht mehr gewachsen. Ich werde meinem ältesten Sohn die Herrschaft über meinen Hof und die Führung der Sippe übertragen. Wie jeder weiß, ist Segifrit, der sich als römischer Offizier Arminius nennt, ein tüchtiger, weithin berühmter Mann. Demnächst wird er seinen Abschied nehmen und hierher in die Cheruskergaue zurückkehren, auf den Platz, der ihm zusteht. Niemand ist so wie er berufen, künftig den Stamm der Cherusker zu führen! Doch er benötigt an seiner Seite eine tüchtige Hausfrau. Wie könnte er sonst seine Pflichten erfüllen und für den Fortbestand unseres Geschlechts sorgen. Er hat auch schon eine Wahl getroffen. Sie fiel auf deine Tochter Thusnelda, Segestes, die auch ich stets mit Wohlgefallen betrachtet habe. Sie entstammt einer Sippe, mit der wir entfernt verwandt sind und die allgemein unter den Cheruskern geachtet ist. Kurz und gut, ich bin gekommen, um für meinen Sohn die Hand deiner Tochter zu erbitten."

Nelda hatte alles gehört. Ihr Herz klopfte bis zum Halse. Sie hockte auf der langen Schlafbank neben der Hauswand. Das mit Lehm beworfene Flechtwerk, in dem es viele Ritzen gab, dämpfte die Stimme des Alten kaum. Im Haus war es still, alle spitzten die Ohren und lauschten auf das, was draußen gesprochen wurde.

Die Pause, die nach der Rede Segimers entstand, war lang und quälend. Endlich räusperte sich Segestes. Seine Stimme klang hart, die Worte, die seinem Munde sonst leicht entströmten, kamen stoßweise und bedachtsam.

„Ich danke dir, mein Vetter und Nachbar. So viel Wertschätzung für unsere Sippe tut gut. Es scheint, dass die blutigen Fehden nun endgültig Vergangenheit sind. Eine neue Zeit ist angebrochen, die alten Feindschaften sind erledigt und alles, was hier und heute geschieht, das geschieht im Zeichen der Freundschaft zwischen Germanen und Römern. So tut es mir aufrichtig leid, dass ich dir, mein hoch geschätzter Vetter und Nachbar, eine Antwort geben muss, die dich nicht befriedigen wird. Meine Tochter Thusnelda, um die du für deinen Sohn wirbst, ist nicht mehr frei, sie ist vergeben. Ja, schon im nächsten Jahr wird es zu einer Verbindung mit einer der ältesten römischen Patrizierfamilien, mit den Sempronieren, kommen. Diese Heiratsangelegenheit hat höchste Bedeutung für die künftigen Beziehungen zu unseren römischen Freunden, sie ist sozusagen eine Staatsangelegenheit. Mit Publius Quinctilius Varus, dem neuen Statthalter, habe ich alles gründlich beraten. Der Caesar Augustus, dessen Freund er ist, wurde von ihm bereits unterrichtet. Selbstverständlich ist damit die Frage entschieden, welche Sippe die edelste im Stamm der Cherusker ist und wem die Führung zusteht. Diesen Anspruch hatte ich immer, und ich glaube, es gibt niemanden unter unseren Stammesgenossen, der ihn je anzweifelte."

Diesen Worten folgte erneut ein langes Schweigen. Nelda stockte der Atem, sie konnte die Tränen nicht zurückhalten. Ramis, die neben ihr hockte, legte den Arm um ihre Schultern und flüsterte tröstende, wenn auch wenig hilfreiche Worte.

Endlich war wieder etwas von draußen zu hören. Es war Inguiomer, der jetzt sprach.

„So ist das also, Segestes", sagte er mit seiner tiefen, polternden Stimme. „Das ist die Antwort, die du uns gibst. Eine kränkende Antwort! Wahrhaftig, das hat mein Bruder Segimer nicht verdient!"

„Euch zu kränken, war nicht meine Absicht", erwiderte Segestes. „Aber was würde euch eine Antwort nützen, die nicht aufrichtig ist und nicht der Wahrheit entspricht?"

„So weit ist es also gekommen!", fuhr Inguiomer immer erregter fort. „Für die Tochter des Römerfreundes Segestes ist einer der edelsten jungen Männer seines Volkes nicht gut genug! Sind die eigenen Stammesgenossen jetzt minderwertig? Wird Segifrit etwa verachtet, weil er im Heer der Römer dient? Wenn das so ist, wird sich in diesem Lande einiges ändern müssen. Denn sonst wird das Volk der Cherusker zugrunde gehen."

„Ich bitte dich, Bruder, halt dich zurück!", warf Segimer mit zitternder Greisenstimme ein. „Was redest du nur für Unsinn."

„Das klingt nach Widerstand, nach Aufruhr!", sagte Segestes scharf.

„Davon habe ich nichts gesagt", gab Inguiomer zurück. „Versuche nicht, mich hereinzulegen. Du hast schon verstanden, was ich meine. Lenke nicht davon ab, dass du meinen Bruder, seinen Sohn, mich und unsere ganze Sippe beleidigst."

„Ich habe euch nicht gerufen – und euch auf euer Begehren eine ehrliche Antwort gegeben. Nennst du das eine Beleidigung? Suchst du wieder Anlass zur Fehde?"

Auch unter den Gefolgsleuten beider Seiten regte sich Unmut, unfreundliche Bemerkungen wurden ausgetauscht. Bevor der Streit ein gefährliches Ausmaß annehmen konnte, mischte sich Frau Male ein. Sie empfahl den Besuchern, sich auszuruhen und bat sie, auf dem Herrenhof über Nacht oder länger zu bleiben. Auch Segestes schlug versöhnliche Töne an und wollte ein Mahl anrichten lassen. Doch Inguiomer lehnte ab und Segimer, der erschöpft und deshalb geneigt war, die Einladung anzunehmen, fügte sich.

Kaum angekommen, verschwanden die Brautwerber wieder. Vom Hügel aus sah man die zwanzig Berittenen mit den beiden hoch beladenen Wagen unten im Tal auf dem schmalen Pfad am Rande des Baches dahin ziehen. Dann nahm sie der Wald auf.

Auch Nelda folgte ihnen bis zuletzt mit ihren verzweifelten Blicken. Die nächsten Tage verbrachte sie in tiefster Niedergeschlagenheit. Alles schien ihr verloren zu sein, ihr Leben zerstört, ihre Zukunft eine einzige Folge trüber Tage, ohne Liebe, ohne Freude. Weder die tröstenden Worte der kleinen Ramis, die sich in der gleichen Lage sah, noch die ihrer Mutter linderten ihren Schmerz. Frau Male fand, sie solle nicht töricht sein und sich dem Willen des Vaters beugen. Denn es gehe nun einmal nicht nach den Weibern und die Männer, ihre Lenker und Beschützer, hätten die tieferen Einsichten in alles, was notwendig sei. Nähere Auskünfte über den Römer, dessen Namen ihr Vater genannt hatte, konnte Nelda jedoch von der Mutter nicht erhalten. So raffte sie sich nach ein paar Tagen auf und versuchte, sich dem Vater zu nähern. Segestes tat zunächst so, als bemerkte er sie nicht, gab sich geschäftig und vermied es sogar, ihrem Blick zu begegnen. Endlich gelang es ihr, sich ihm so in den Weg zu stellen, dass er nicht ausweichen konnte.

„Jetzt gib mir Antwort, Vater! Ich habe ein Recht darauf. Wer ist der Mann, dieser Römer, dem ich angeblich versprochen bin? Ich will es wissen."

Er lächelte besänftigend.

„Warte, warte. Warum hast du es denn so eilig, Tochter? Noch bleibt viel Zeit bis zur Hochzeit. Manches ist vorher zu bedenken und zu regeln."

„Du hast den Brautwerbern einen Namen genannt!"

„Gewiss, das habe ich, das musste ich doch ..."

„Gibt es diesen Mann überhaupt? Oder hast du ihn nur erfunden, um sie loszuwerden?"

„Oh, nein, nicht erfunden ... Was denkst du von mir? Es gibt diesen Mann."

„Wer ist es?"

„Sein Name ist Gaius Sempronius. Er ist ein junger Rechtskundiger, hoch begabt, mit einer glänzenden Zukunft. Sein Vater ist Senator in Rom und er selbst kann es eines Tages zum Konsul bringen. Als ich mit Varus zusammentraf, war er zugegen, er war gerade erst ein paar Tage zuvor in Mogontiacum eingetroffen. Eine kurze Zeit bleibt er dort, um in der Umgebung des Statthalters erste Erfahrungen zu sammeln. Danach schickt ihn Varus zu uns, den Cheruskern. Er soll hier das römische Recht einführen und auch selbst – als Stellvertreter des Statthalters – zu Gericht sitzen. Ich habe mich lange mit ihm unterhalten, er scheint dafür der richtige Mann zu sein."

„Aber ich will mit einem Römer, der unsere Leute nach fremden Gesetzen verurteilen soll, nichts zu tun haben!", rief Nelda.

„Oh, seinem Anblick wirst du dich kaum entziehen können", sagte Segestes mit schlauem Grinsen. „Er wird bei uns wohnen."

„Wie? Etwa hier auf dem Wehrhof?"

„Du wirst dich an ihn gewöhnen. Er gehört nicht zu denen, die sich als unsere Herren aufführen. Er ist ein sehr angenehmer Römer, gebildet und höflich."

„Und hast du schon etwas mit ihm vereinbart? Ich meine, was mich betrifft ..."

„Nun, das eigentlich nicht. Natürlich habe ich nicht versäumt, ihm von dir zu erzählen und deine Vorzüge zu rühmen. Jetzt ist er sehr gespannt auf dich. Ich bin sicher, sobald er dich kennen gelernt hat, wird er von selbst auf den Gedanken kommen, du könntest die Richtige für ihn sein."

„Aber ich bin nicht die Richtige für einen Römer! Ich bin es nicht! Warum willst du das nicht endlich einsehen, Vater?"

„Weil ich dein Bestes will, Kind. Und nun schweig. Warten wir ab, wie du darüber denkst, wenn du ihm begegnet bist. Wahrscheinlich ist er schon unterwegs, er kann täglich kommen. Er wird dir gefallen."

Tatsächlich traf Gaius Sempronius kurz darauf ein. Segestes hatte nicht übertrieben: ein freundlicher junger Mann, fünfundzwanzig Jahre alt, von angenehmer Erscheinung und heiterem Wesen. Er kehrte weder den überlegenen Römer noch den strengen Juristen heraus und bemühte sich, ehe er Recht sprach, die neuen Verhältnisse, in die er gestellt war, gründlich zu studieren. Von den Ältesten ließ er sich über das Stammesrecht unterrichten und hörte aufmerksam auf ihren Rat, bevor er ein Urteil sprach. Er war auch nicht anspruchsvoll und zog mit seinem Schreiber und einem Leibwächter anstandslos in die bescheidene, niedrige Hütte, die eilends für ihn errichtet worden war. Den Gästen einen Platz auf den Schlafbänken in der Wohnhalle anzubieten hatte Segestes zwar kurz erwogen, doch war er schnell wieder davon abgekommen. Das ungenierte nächtliche Beieinander der Geschlechter, der Alten und Jungen und sogar der Freien und Unfreien seines Haushalts mochte auf den römischen Aristokraten einen zu nachteiligen Eindruck machen.

Nelda gab sich zu Anfang spröde, doch gelang es ihr nicht ganz, sich der Liebenswürdigkeit und gewinnenden Höflichkeit des römischen Gastes zu entziehen. Wenn er sich ihr als Begleiter bei Ausritten anbot, konnte sie nicht ablehnen. Wenn er über dieses und jenes, was ihm fremdartig erschien, Auskunft begehrte, musste sie antworten. Da sie als Einzige auf dem Hof gutes Latein sprach, ergab es sich zwangsläufig, dass sie ihm bei Rechtsfällen, die er untersuchte, als Übersetzerin diente. Er fragte sie oft nach ihrer Meinung und so entwickelte sich ein gewisses Vertrauensverhältnis zwischen ihnen. Freimütig bemängelte sie Maßnahmen der Römer, die sie als ungerecht empfand. Vor allem hielt sie ihm die hohen Abgaben vor, die die römischen Steuereinnehmer eintrieben und die für viele germanische Bauern den Ruin bedeuteten. Er rechtfertigte, was er für notwendig hielt, doch machte er auch Zugeständnisse, und Nelda erreichte sogar, dass er auch mal ein Urteil zurücknahm.

Segestes beobachtete die beiden und förderte ein häufiges Zusammensein. Da er sich selbst für das römische Recht interessierte, ließ er alle wichtigen Fälle auf dem Wehrhof verhandeln und nahm als einer der Sachverständigen für das Volksrecht der Cherusker, als Zeuge oder als Zuhörer teil. Manchmal plädierte er auch als Verteidiger. Um Nelda und Gaius noch mehr gemeinsam zu beschäftigen, kaufte er bei Händlern große Mengen Pergament und gab ihnen einen Auszug des *ius gentium* in Auftrag, des Gesetzbuches für die Provinzialen des Römischen Reiches, dessen wichtigste Bestimmungen er, obwohl selbst nicht des Lesens kundig, jederzeit zur Verfügung haben wollte. So saßen die beiden abends oft lange beim Schein eines Öllämpchens beieinander und Nelda schrieb nach dem Diktat des Gaius. Segestes schlich manchmal in der Nähe umher, warf einen Blick in die Hütte und empfand Genugtuung, wenn sie die Köpfe zusammensteckten oder wenn sie, eines Missverständnisses wegen, in Gelächter ausbrachen.

Doch er täuschte sich in der Annahme, Nelda habe ihren Sinn geändert. Natürlich war ihm nicht entgangen, welche Wirkung die schroffe Behandlung der Brautwerber auf sie gehabt hatte. Als ein Bauer die Nachricht brachte, der alte Segimer sei gestorben und dazu das Gerücht ging, die schwere Kränkung habe ihm den Rest gegeben, erschrak er vor ihren anklagenden Blicken. Tagelang verschwand sie in ihrer Höhle.

Eine unklare Hoffnung keimte in ihr. Es war das eingetreten, von dem Arminius gesprochen hatte: der Fall, der seine Rückkehr notwendig machte. Sie redete sich ein, dass der Geliebte doch noch einen Weg finden würde, sie trotz der abgewiesenen Brautwerbung zu seiner Frau zu machen.

Aber wo war er? Mehr als ein Jahr war nun seit ihrer letzten Begegnung vergangen. Ihr Onkel Brun und andere vermuteten, dass er sich wohl in Pannonien befand, wo ein Aufstand ausgebrochen war. Es hieß, die römischen Legionen und Hilfstruppen, die ursprünglich gegen die Markomannen vorrücken sollten, seien dorthin umgelenkt worden. Rückkehrer und Verwundete berichteten von blutigen Kämpfen mit grausamen Bergbewohnern.

Lebte Arminius noch? Warum suchte und fand er nicht eine Möglichkeit, ihr eine Botschaft zu schicken? Warum kam er nicht und entführte sie?

Auch Ramis konnte darauf keine Antwort geben. Sie war selbst in Sorge um Segithank, der in weiter Ferne für die Römer Krieg führen musste. Wenn die Freundinnen an den langen Abenden Flachs spannen, weinten sie gemeinsam. Doch sprachen sie sich auch immer wieder Mut zu.

Eines Tages, es war bereits Spätherbst, stand ein einzelner Krieger auf dem Hof. Alles lief zusammen, umringte ihn. Grinsend posierte er im leuchtenden Rot seiner römischen Uniform, im Glanz seiner Waffen und genoss die bewundernden Blicke. Als Ramis zu ihm lief und ihm um den Hals fallen wollte, schob er sie verächtlich beiseite. Dann ließ er sich einen Becher mit Bier bringen, zeigte die Narben von Verwundungen und berichtete stolz von seinen Kriegsabenteuern.

Segithank war aus dem pannonischen Krieg zurückgekehrt.

Auch Nelda drängte sich zu ihm. Was sie hörte, entlockte ihr einen Jubelschrei. Er war mit Arminius zurückgekehrt. Der habe nach dem Tod des Vaters seinen Abschied beantragt und erhalten. Für seine Tapferkeit vor dem Feind seien ihm das Bürgerrecht und sogar die Würde eines römischen Ritters verliehen worden. Auch eine kleine Gefolgschaft habe er sich aus der Truppe, die er befehligt hatte, auswählen dürfen. Er gehöre dazu, sagte Segithank stolz.

Nelda lachte und weinte abwechselnd. Es gab wieder Hoffnung.

Er war zurück! Er konnte die Werbung wiederholen. Er selbst konnte kommen und in eigener Sache sprechen. Würde ihr Vater nicht nachgeben müssen, wenn der so Ausgezeichnete jetzt selbst käme? Würde er wagen, einen so hoch Geehrten, einen römischen Ritter, ebenso kalt wie dessen schwachen, greisen Vater abzuweisen?

Doch der Herbst verging und es wurde Winter.

Arminius kam nicht.

Täglich stapfte Nelda durch den tiefen Schnee, der den Hügel mit dem Wehrhof bedeckte, um von dem einzigen Aussichtspunkt, einer schmalen Felsenplattform, hinunter ins Tal zu blicken – immer in der Hoffnung, der Ersehnte werde dort aus dem Walde auftauchen. Sie erwog alle möglichen Gründe für sein Fernbleiben, verwarf sie wieder und bedachte sie aufs Neue. Sie konnte nicht glauben, dass er nach der Abweisung seiner Werbung die feindselige Gesinnung seines Onkels Inguiomer teilte. Er hatte ihr doch so leidenschaftlich versichert, er werde sich von der Haltung ihres Vaters nicht beeindrucken lassen. Warum schickte er nicht einmal eine geheime Botschaft, damit sie sicher sein konnte, dass er sie noch liebte? Ihre wirren Vermutungen führten immer wieder zu einem Schluss: Er musste glauben, sie schon verloren zu haben. Es konnte ihm ja nicht entgehen, womit ihr Vater sich schon überall brüstete: dass er bald einen künftigen Konsul zum Schwiegersohn haben werde. Arminius hatte sicherlich erfahren, dass Gaius Sempronius auf dem Herrenhof wohnte und dass sie täglich mit dem Römer zusammen war. Es konnte nicht anders sein: Er hatte sie aufgegeben.

So entschloss sie sich, den ersten Schritt zu tun. Sie trug Segithank eine Botschaft auf. Der Rotschopf ließ sich immer mal wieder blicken, angeblich um seinen Vater, den lahmen Segimer, zu besuchen. Tatsächlich aber besuchte er Ramis, von der er sich keineswegs, wie es am Tag seiner Rückkehr schien, losgesagt hatte. Er drängte sogar Segestes, als Muntwalt seiner Nichte die Einwilligung zur Heirat zu geben.

Nelda nahm Segithank beiseite und bat ihn, Arminius auszurichten, dass nichts entschieden und dass alles, was ihr Vater verbreite und was man über sie rede, nicht wahr sei. Segithank fühlte sich als Geheimbote wichtig und erfüllte seinen Auftrag gewissenhaft. Schon nach wenigen Tagen kam er trotz dichten

Schneetreibens zurück, brachte jedoch eine enttäuschende Antwort: Arminius lasse sie grüßen. Sie möge standhaft sein und Geduld haben.

Standhaft – wogegen? Geduld – wie lange?

Von Ramis, die sich nun als Braut fühlte und so fröhlich und geschwätzig wie nie war, erfuhr Nelda noch seltsame Dinge über Arminius, die Segithank der Freundin anvertraut hatte.

„Sein Hof soll halb verfallen sein, aber er kümmert sich nicht darum. Meistens ist er gar nicht zu Hause. Er reist im Cheruskerland umher und bei den Nachbarstämmen, den Chatten, den Marsern und den Brukterern. Bei ihm sind nur wenige Vertraute. Segithank gehört nicht dazu und das ärgert ihn. Weißt du, was er vermutet? Als Truppenwerber hat Arminius dort überall Mädchen kennen gelernt. Damals musste er immer gleich fort, aber jetzt hat er Zeit und besucht sie. Er ist ja auch mehr ein Römer als ein Cherusker, der nach der alten Sitte lebt. Da nimmt er es wohl mit der Treue nicht so genau. Vielleicht tust du besser daran, nicht mehr zu grübeln und zu weinen. Vergiss ihn lieber ...“

9

Anfang Februar, bei klirrender Kälte, erschien Arminius dann aber doch auf dem tief verschneiten Wehrhof.

Mit seinen Begleitern musste er so lange am Tor warten, bis Segestes irgendwo hinter Haufen zusammengekehrten Schnees gefunden war und befehlen konnte, dass man ihn einließ. Der Herr des Hofes begrüßte ihn mit förmlicher Würde und führte ihn in die Wohnhalle. Arminius warf seinen Pelz ab, trat an das gerade frisch entfachte, prasselnde Herdfeuer, das in der Mitte brannte, und streckte die Hände vor, um sich aufzuwärmen. In dem großen, von Rauch erfüllten Raum waren etwa vierzig Menschen versammelt. Männer und Jünglinge fertigten Waffen und Werkzeuge, Frauen und Mädchen drehten die Spindel, töpferten Kochgefäße, zerkleinerten Korn in der Reibemühle. Alte Männer würfelten, eine Kranke stöhnte und hustete. Dazwischen tummelten sich Kinder, Hunde und Hühner.

Bei seinem Eintritt hatte Arminius nur kurz einen Blick in die Runde geworfen und die Hand zum Gruß erhoben. Er hatte Nelda nicht bemerkt, die, in eine Decke gehüllt, wie gewöhnlich auf ihrem Schlafplatz saß und mit klammen Fingern einen Kittel ihres Vaters flickte. Durch den Rauchschleier sah sie sein Gesicht, das ihr ernster und härter erschien als früher. Eine lange Narbe, wohl von einem Schwerthieb, zog sich quer über die Stirn. Zum ersten Mal sah sie ihn nicht in römischer Uniform, sondern in der einfachen Kleidung der Landleute. Allerdings trug er das Römerschwert, den Gladius, am Gürtel, seine Begleiter waren mit Schwertern und Framen bewaffnet.

„Ich muss dich sprechen, Segestes“, sagte Arminius, „in einer dringenden Angelegenheit. Die Sache duldet keinen Aufschub.“

„Versteht sich“, erwiderte Segestes mit einem argwöhnischen Lächeln. „Sonst wärst du wohl nicht durch Eis und Schnee hier heraufgekommen.“

„Es wäre besser, unter vier Augen zu reden.“

„Das lässt sich machen. Gehen wir zu den Pferden hinüber. Die haben zwar lange Ohren, doch sie belauschen uns nicht.“

Die beiden wandten sich dem Mittelgang zu, als von dort plötzlich Gaius Sempronius eintrat. Sein hübsches Gesicht war gerötet, er klopfte den Schnee von seinem Umhang.

„Dass eure Götter euch einen so harten Winter zumuten“, sagte er fröhlich. „Aber hoher Schnee kann auch vorteilhaft sein. Ich höre gerade, dass die drei Brandstifter gefasst sind. Weit sind sie wohl nicht gekommen?“

„Sie sind in sicherem Gewahrsam“, erwiderte Segestes. „Es scheint, ihr kennt euch noch nicht? Das ist mein junger Freund Gaius Sempronius, der bei uns – im Auftrag des Statthalters – das römische Recht einführt. Und das ist der berühmte Arminius, unser Schlachtenheld. Du hast sicher von ihm gehört.“

„Wie sollte ich nicht!“, rief der junge Römer. „Wem ist dein Name nicht vertraut? Es ist eine hohe Ehre für mich, dich kennen zu lernen.“

Er steckte Arminius die Hand hin, der sie nahm und kräftig drückte.

„Die Ehre ist ganz auf meiner Seite. Ein Jurist? Sehr gut. Es ist zu begrüßen, dass ihr nun mutiger werdet, nicht nur zu Besuch kommt und sogar bei uns überwintert. Zeit wird es, endlich Ernst zu machen. Sonst wird Germanien nie eine römische Provinz.“

„Sei unbesorgt, wir sind auf gutem Wege“, sagte Gaius Sempronius, „und haben hier die tüchtigsten Helfer.“ Er winkte grüßend in das Rauchgewölk hinein, hinter dem Nelda zögernd die Hand hob und dankte.

„Gaius Sempronius und meine Tochter wirken ausgezeichnet zusammen“, bemerkte Segestes. „Er erarbeitet ein Gesetzbuch für uns, sie hilft ihm dabei.“

„Sie kennt sich im römischen Recht schon fast so gut aus wie ich selbst“, sagte der junge Mann mit freundlicher Übertreibung. „Sie könnte auf dem Forum plädieren.“

„Vorausgesetzt, dass du sie mit nach Rom nimmst!“, sagte Segestes und entblößte lachend seine langen, bräunlichen Zähne.

Gaius Sempronius lächelte zustimmend.

„Nun, dann wollen wir die Rechtskundigen ihren Pflichten überlassen“, bemerkte Arminius. „Ich vermute, du bist gekommen, um die Brandstifter zu verhören. Im Cheruskerland wird jetzt viel gezündelt, hört man. Dem muss Einhalt geboten werden. Ich hoffe, dass der Statthalter damit Erfolg hat.“

Er wandte sich ab und ging, gefolgt von Segestes, hinaus.

Nelda sah ihnen nach. Arminius hat mich nicht einmal gegrüßt, dachte sie. Gaius winkte mir zu und spätestens in dem Augenblick muss er mich doch bemerkt haben. Ist er denn nicht meinetwegen gekommen?

Als er plötzlich an der Seite ihres Vaters in der Halle erschienen war, hatte sie sich vor Schreck in den Finger gestochen. Dass er ein ernstes Anliegen hatte, war ihm anzusehen. Nichts erinnerte mehr an die frühere jungenhafte Heiterkeit. Seine Züge wirkten so hart und streng, dass man den Eindruck haben musste, es ginge um mehr als nur eine Heirat. Dann kam ihr ein schrecklicher Gedanke: War er etwa gekommen, um ihren Vater herauszufordern? Kündigte er ihm Blutfehde an? Es hieß, sein Vater Segimer sei an den Folgen der kränkenden Behandlung durch Segestes gestorben. Und die Zurückweisung des Heiratsantrags konnte von einem adelsstolzen, mit Heldenruhm bedeckten Mann wie Arminius als tödliche Beleidigung aufgefasst werden. Er diente nicht mehr im römischen Heer, er war frei und unabhängig in seinen Entschlüssen. Nelda hatte zwar nicht seine ganze Unterredung mit ihrem Vater und Sempronius, doch seine letzte Bemerkung gehört. Im Cheruskerland werde jetzt viel gezündelt ... Damit konnte er ironisch angezeigt haben, was er selbst zu tun beabsichtigte.

Es hielt sie nicht mehr in ihrem schummrigen Winkel. Sie musste erfahren, was zwischen Arminius und ihrem Vater vorging, notfalls schlichtend eingreifen. Gaius Sempronius trat ihr entgegen, bat sie, an der Befragung der drei in Ketten gelegten Brandstifter teilzunehmen und Notizen für die Gerichtsverhandlung zu machen. Sie schob ihn beiseite und ließ ihn stehen. Zwar war sie sich bewusst, ungerecht zu sein, doch sie verübelte ihm, dass er ausgerechnet in dem Augenblick auftauchen musste, als Arminius im Hause war, und dass er ihr in seiner Gegenwart so vertraulich zugewinkt hatte.

Im Mittelgang zwischen dem Wohn- und dem Stallbereich blieb sie abwartend hinter der Trennwand stehen und lauschte. Sie hörte die Stimmen der beiden Männer, doch die Entfernung war zu groß, um zu verstehen, was sie sprachen. Das Gespräch war ruhig, flackerte aber ab und zu kurz auf. Offensichtlich bemühten sich beide, zornige Ausbrüche zu vermeiden. Nelda beugte sich zur Seite und warf einen Blick in den Stallbereich. Einige Knechte und Mägde gingen ihren Verrichtungen nach. Die beiden Männer hatten einen leeren Verschlag, den letzten in der Reihe, für ihre

Unterredung gewählt. Nelda ergriff einen Striegel und trat in den vorletzten, in dem sich ihr Pferd befand, das Geschenk des Arminius. Halb abgewandt standen die beiden Männer hinter der knapp mannshohen Zwischenwand und bemerkten sie nicht. Sie ließ sich auf einem Hocker nieder. Während sie so tat, als bearbeitete sie das Fell des Tieres, spitzte sie die Ohren.

Gerade sagte ihr Vater: „Nein, nein, so etwas ist mir nicht aufgefallen. Ich sage es dir noch einmal: Alles ist ruhig. In den anderen Gauen mag es anders sein, vor allem im Norden, wo die Römer noch nicht Fuß gefasst haben."

„Auch hier kann es wieder losgehen", entgegnete Arminius in entschiedenem Ton. „Man muss den Anfängen wehren!"

„Ist das dein Auftrag? Hat man dich deshalb von der Armee entlassen? Oder bist du gar nicht entlassen und hast den Befehl erhalten, uns auszuspionieren?"

„Warum dieses Misstrauen? Bist du nicht mehr auf unserer Seite? Kann man sich nicht mehr an dich halten, wenn man erfahren will, wo es Widerstandnester gibt? Varus zählt auf dich!"

„Er hat keinen Grund, an meiner Zuverlässigkeit zu zweifeln!", versicherte Segestes mit Nachdruck.

„Dann rück mit der Wahrheit heraus!", drängte Arminius. „Wo gibt es noch solche Nester, aus denen wir die böse Brut entfernen müssen?"

Einen Augenblick schwieg Segestes, bevor er zögernd erwiderte: „Die Frage ist schwer zu beantworten. Gewiss, es gibt Unzufriedenheit ... wegen der Abgaben, wegen der Aushebungen, wegen hoher Strafen für geringfügige Vergehen ..."

„Die scheinst du doch aber zu billigen. Hättest du sonst einen römischen Richter herkommen lassen?"

„Das ist ein vernünftiger Mann, er vermeidet unnötige Härte. Außerdem ..."

„Ich weiß. Deine Tochter ist an seiner Seite und hat mäßigenden Einfluss auf ihn. Sehr gut! Das ist nötig. Aber zurück zu meiner Frage. Gibt es Weiler in deinem Gau, wo sich ernsthafter Widerstand regt? Wo sich zum Beispiel junge Männer zusammentun, aufrührerische Reden führen, Drohungen ausstoßen ..."

„Lass mich nachdenken ... Du erscheinst hier so überraschend ... darauf bin ich nicht vorbereitet ..."

Vom Fortgang der Unterredung konnte Nelda kaum noch etwas verstehen. In der Nähe ertönten Hammerschläge. Knechte richteten die verbogene Klinge einer Sichel. Die Stimmen hoben und senkten sich wieder und einmal wurde ihr Vater sehr laut und sie hörte ihn sagen:

„Das nicht ... eine solche Beschuldigung lasse ich nicht auf mir sitzen! Sei vorsichtig!"

„Täuschen kannst du mich nicht", gab Arminius ebenso heftig zurück. „Versuch es erst gar nicht! Ich kenne meine Cherusker!"

Dann war wieder nichts zu verstehen. Nelda starrte auf ihre Hände, die immer schwerfälliger den Striegel bewegten. Kein Zweifel, Arminius war nicht ihretwegen gekommen. Es störte ihn nicht, dass sie ständig mit dem jungen Römer zusammen war. Im Gegenteil, er fand das „sehr gut". Die abgewiesene Brautwerbung erwähnte er anscheinend gar nicht. Nichts deutete darauf hin, dass er beleidigt war oder irgendetwas zu unternehmen gedachte, um doch noch eine Heirat zustande zu bringen. Von Rache und Fehde war schon gar nicht die Rede. Das Einzige, was ihn bewegte, waren Fortschritte in der Provinz Germania, die er durch Widerstandsnester gefährdet sah. Hatte er ihr zu Standhaftigkeit und Geduld geraten, damit sie nichts Unbedachtes tat, ihn nicht bloßstellte und ihn bei seinen eifrigen Unternehmungen im Auftrag seiner römischen Herren nicht störte?

Die Unterredung zog sich noch eine Weile hin, dann verließen die beiden Männer den Verschlag. Sie schwiegen, ihre Mienen waren verhärtet. Nelda versteckte sich hinter dem Pferderücken, so dass sie von ihnen nicht bemerkt werden konnte.

Arminius blieb noch einen Augenblick stehen und sah sich um.

„Du verstehst zu wirtschaften, das muss man dir lassen", sagte er. „Alles hat hier seinen Platz und erfüllt seinen Zweck. Das habe ich stets an dir bewundert. Aufrichtig! Bei mir zu Hause liegt vieles im Argen und ich weiß nicht, wo ich beginnen soll. Ich war immer nur bei der Armee, habe mich niemals mit Haus und Wirtschaft beschäftigt. Vielleicht sollte ich dich im Frühjahr noch einmal besuchen. Du könntest mir manchen Hinweis geben."

„Du sollst mir willkommen sein", erwiderte Segestes. „Und jetzt nimm etwas zu dir. Ein warmes Getränk, einen Imbiss."

„Nur eine Kleinigkeit, ihr müsst mit euern Vorräten haushalten. Es ist alles besprochen, wir sind in Eile, müssen heute noch weiter."

Sie gingen wieder hinüber in die Wohnhalle. Nelda blieb in dumpfer Fassungslosigkeit zurück. Sie machte sich noch eine Weile im Stall zu schaffen, und erst nach und nach wurde ihr klar, dass sie hoffte, man würde sie rufen. Doch nichts geschah und auf einmal empfand sie dieses Warten als demütigend. Jetzt hatte sie nur noch einen Wunsch: Arminius nicht mehr zu begegnen. Wenn sie ihm so gleichgültig war, wenn er seine Beteuerungen und den großen, von seinem Heil diktierten Entschluss längst vergessen hatte, wollte sie ihn durch ihren Anblick nicht mehr in Verlegenheit bringen. Vermeiden wollte sie auch, dass sie bei einer Begegnung ihre Gefühle verriet, vielleicht in Tränen ausbrach und sich lächerlich machte. Sie schlich an der Trennwand durch den Mittelgang nach draußen. Mit einem letzten flüchtigen Blick in die Halle sah sie Arminius und seine Gefährten, Becher und Näpfe in den Händen, um das Herdfeuer sitzen.

Draußen stand sie einen Augenblick im Flockenwirbel und überlegte, wo sie sich verstecken sollte. Der Schafstall fiel ihr ein, doch dann trugen sie ihre Füße wie von selbst zu einer niedrigen Hütte. Sie trat ein, schlug die Tür zu und wärmte sich über dem Kohlebecken.

„Ich habe selbst ein paar Notizen bei dem Verhör gemacht", sagte Gaius Sempronius, der am Tisch bei der Öllampe über einer Wachstafel saß und schrieb. „Willst du sie dir ansehen, Nelda?"

„Später. Mir ist so kalt ..."

„Warte, ich hole dir eine Decke."

Als sie beieinanderhockten und die Notizen durchsahen, trat plötzlich Segestes ein. Er warf einen Blick auf die beiden Männer, die das kleine Gefolge des Römers bildeten und in einer Ecke beim Brettspiel saßen. Dann beugte er sich vor und sagte, die Stimme dämpfend:

„Sie sind fort. Ein unverhoffter Besuch. Aber wozu mitten im Winter, bei solchem Wetter? Es muss ihm wohl dringend sein, doch mir ist nicht ganz klar, was er wirklich wollte, dieser Arminius. Ich traue ihm nicht. Er will Widerstandsnester ausheben, aber vielleicht meinte er das gar nicht, sondern etwas ganz anderes. Ich hab eine feine Nase und wittere Fäulnis. Da ist irgendetwas im Gange ..."

10

Vorerst jedoch bedeckten Schnee und Eis die Landschaften zwischen Rhenus und Albis und wo das Leben nicht erstarrte, bewegte es sich sehr langsam und schwerfällig. Die Römer hatten sich auf die Festung Aliso und ihre Stützpunkte am Rhenus zurückgezogen, wo sie sicher vor Überraschungen waren und den germanischen Winter etwas weniger hart empfanden. Die Cherusker gingen auf die Jagd, streckten die Wintervorräte, verbrannten die vielen Opfer des strengen Winters und trafen Vorbereitungen auf sehr unterschiedliche Ereignisse, die den Ablauf des Jahres 762 *ab urbe condita* bestimmen sollten.

Im Frühjahr fand eine Hochzeit auf dem Herrenhof statt. Nach langem Zögern hatte Segestes zugestimmt, dass Ramis die Frau des Segithank wurde. Er fand, dass die Zeit im römischen Heer dem großmäuligen Raufbold und Beutemacher gutgetan, wenn auch sein Wesen kaum verändert hatte. Immerhin verstärkte er jetzt wieder seine Gefolgschaft, denn Arminius hatte ihn anstandslos ziehen lassen. Er hatte sogar zugesagt, zur Hochzeit zu kommen, erschien aber nicht. Alle fragten sich: Wo mochte er sich jetzt gerade wieder herumtreiben? Sein unstetes Umherreisen im Land der Cherusker und auch bei benachbarten Stämmen war an den Tischen auf dem Herrenhof Gegenstand aller Gespräche. Die von nah und fern angereisten Hochzeitsgäste stellten allerlei Vermutungen an. Die einen glaubten, er sei mit geheimen Aufträgen des Statthalters oder als dessen Spion unterwegs. Andere meinten, er suche weiter nach einer Frau für seine heruntergekommene Wirtschaft. Wieder andere munkelten von einer Gefolgschaft in Heeresstärke, die er sich von überallher zusammenholte, um vielleicht eines Tages unter dem Kaiser als König zu regieren. Dem wurde heftig widersprochen: Nein, vielleicht war es nur der Drang nach der Ferne, nach dem Abenteuer, das dem verabschiedeten römischen Offizier im Blut steckte und ihn umhertrieb. Genaueres wusste allerdings niemand.

Die Hochzeitsfeier uferte aus und gegen Abend begannen einige Betrunkene, auf die Römer zu schimpfen. Gaius Sempronius und seine beiden Gefährten, die eigentlich Gallier waren, wurden sogar tätlich bedroht und Segestes musste seine ganze Autorität aufbieten, um die Hitzköpfe zu beruhigen. Der junge römische

Richter blieb gelassen, selbst als einer sein Messer gegen ihn zückte. Er verdiente sich die allgemeine Achtung, als er danach auf Diutisk, das er schon recht gut beherrschte, einen Trinkspruch auf die Freundschaft zwischen Cheruskern und Römern ausbrachte. Auch Nelda bewunderte in diesem Augenblick seine Kaltblütigkeit und großherzige Gesinnung.

Sie wusste, dass auch sie demnächst eine Braut sein würde und so bemühte sie sich, den in Aussicht genommenen Bräutigam mit freundlichen Augen zu sehen. Es fiel ihr nicht schwer, denn sein einnehmendes Wesen und seinen anständigen Charakter schätzte sie längst. Dass er ein hübscher junger Mann mit schwarzen Locken, doch uneitel und trotz seiner hohen Geburt und Stellung bescheiden war, sprach ebenfalls zu seinen Gunsten.

Gaius Sempronius hatte sich mittlerweile tatsächlich um sie beworben. Segestes hatte ihn dazu ermutigt, ja geradezu aufgefordert, und der junge Römer, der schon leidenschaftlich in Nelda verliebt war, schien nur auf ein solches Zeichen gewartet zu haben. Ihr glücklicher Vater ließ sie gleich rufen und teilte ihr die frohe Neuigkeit mit. Er bat sie sogar um ihre Zustimmung, obwohl er das nach dem Stammesrecht der Cherusker, das ihm die Munt mit allen Rechten zusprach, nicht hätte tun müssen. Ihre Ablehnung hätte nichts geändert, doch warum hätte sie nach ihrer großen Enttäuschung den Antrag eines vertrauenswürdigen Mannes, der sie liebte, ablehnen sollen?

Die Heirat war so gut wie beschlossen. Es gab allerdings noch eine Unwägbarkeit. Ohne das Einverständnis des Vaters konnte auch ein römischer Aristokrat keine Verlobung eingehen. Der Senator Lucius Sempronius wurde jedoch in Kürze in Germanien erwartet, wo er sich auf Einladung des Statthalters mit einer Gruppe hochgestellter Persönlichkeiten ein Bild von den Fortschritten bei der Einrichtung der Provinz machen wollte. Bei dieser Gelegenheit wollte Gaius ihm Segestes und seine Tochter vorstellen und seine Zustimmung zur Heirat erbitten.

Schon wenige Tage nach der Hochzeit des Segithank reiste Gaius Sempronius ab. Er wollte seinen Vater am Rhenus erwarten, wo dieser gegen Ende des Monats Juni eintreffen sollte. Dann wollten sie gemeinsam dem Statthalter, einem persönlichen Freund des Senators, an den Visurgis ins Sommerlager folgen. Dort sollten dann Segestes und Nelda zu ihnen stoßen.

Dieses Sommerlager am Visurgis, in der Nähe der altgermanischen Thingstätte Markloh, war eine Einrichtung, die der Statthalter Publius Quinctilius Varus erdacht hatte und auf die er sehr stolz war. Gleich im Jahr seiner Ankunft war er mit mehreren Legionen, Hilfstruppen und einem Riesentross von Händlern und Handwerkern quer durch das Land dorthin gezogen, um mitten in der noch ungesicherten Provinz Germanien römische Macht zu demonstrieren. Hunderte hölzerner Behausungen für Tausende Legionäre wuchsen aus dem Boden. Eine Marktsiedlung aus Buden und Zelten lehnte sich an die Lagermauer. Eine Tribüne wurde errichtet, auf der der Statthalter zu Gericht saß. Es gab Schaukämpfe und sportliche Wettbewerbe. Die Absicht, die scheuen, misstrauischen Germanen aus ihren Wäldern zu locken und an städtisches Leben zu gewöhnen, ging auf. Sie kamen in Scharen, verkauften Schweine und Schafe, Felle, Geweihe, Honig. Sie gewöhnten sich an das Geld, das sie einnahmen, und erwarben dafür Teppiche, Seidengewänder, Goldschmuck und andere römische Luxusgüter. Sie gafften, staunten, beteiligten sich an den Wettkämpfen und schlüpften in die Zelte der dienstbaren Mädchen. Immer häufiger brachten sie auch ihre Rechtsangelegenheiten vor den römischen Oberrichter.

In diesem Jahr wurde das Lager zum dritten Mal errichtet, größer und bunter als in den Jahren zuvor. In dem Flusshafen schaukelte die Galeere des Statthalters, die man vom Rhenus entlang der Nordmeerküste und den Visurgis heraufgebracht hatte. Nach und nach fanden sich alle wichtigen germanischen Stammesführer und Gaufürsten ein, um dem Mächtigen ihre Aufwartung zu machen. Fast täglich versammelten sie sich mit den hohen Offizieren und immer neuen Gästen, die von weither anreisten, bei seinen Festgelagen.

Gegen Ende August, nachdem die Ernte eingebracht war, erschien auch Segestes am Visurgis. Er wurde von Brun und Segithank begleitet, die sich sogleich auf dem Pferdemarkt umtaten, wo sie der römischen Reiterei Tiere aus eigener Zucht verkauften. Ramis wäre gern mitgekommen, doch sie war schwanger und scheute die Reise. Auch Frau Male war auf dem Herrenhof zurückgeblieben. Mit klopfendem Herzen folgte Nelda ihrem Vater am Tage der Ankunft in das Festzelt, in dem Varus die großen Gelage veranstaltete, während er sich für die kleinen, im vertrauten Kreise, auf seine Galeere zurückzog. Hier sah Nelda ihren Bräutigam Gaius wieder und wurde seinem Vater, dem Senator Lucius Sempronius, vorgestellt. Der quicklebendige alte Herr, den man trotz seiner grauen Schläfen und gerundeten Körpermitte für den älteren Bruder seines Sohnes halten konnte, war gleich so von ihr eingenommen, dass er ihr kaum von der Seite wich. Er hakte sich bei ihr und Gaius unter und führte die beiden zu seinem Freund Varus. Der Statthalter war nicht weniger von Nelda beeindruckt. In seiner Ansprache während des Festmahls erwähnte er die Heirat, rühmte die Schönheit der Braut, die einen Praxiteles begeistert hätte, und beglückwünschte den Senator zu einer solchen Schwiegertochter. Lobende Worte fand er auch für ihren Vater Segestes und dessen unverbrüchliche Bündnistreue.

„Möge diese Verbindung zweier edler Geschlechter ein Beispiel für die Zukunft sein, in der Römer und Germanen für immer in Freundschaft und Treue vereint sein werden!", rief er begeistert unter dem Beifall der Gäste.

Zu all dem lächelte Nelda – und stand dabei Qualen aus. Nicht die Aufregung beim Wiedersehen mit ihrem Bräutigam und der ersten Begegnung mit seinem Vater hatten ihr Herzklopfen verursacht. Die Lobpreisungen und Schmeicheleien der hoch gestellten Persönlichkeiten berauschten sie nicht. Fast gleichgültig nahm sie das alles wahr, so wie man, von Schmerzen geplagt, nicht imstande ist, etwas Angenehmes zu genießen.

Im Festzelt befand sich auch Arminius. Von Segithank hatte sie bereits zuvor erfahren, dass er im Sommerlager des Statthalters zu den hochgestellten Gästen zählte. Er trug seine römische Uniform mit allen Auszeichnungen und saß unter Tribunen und Präfekten auf einem Ehrenplatz in der Nähe des Gastgebers. Auch diesmal war Nelda betroffen, weil sie ihn wieder so verändert fand, dass er dem, den sie zuletzt gesehen hatte, dem strengen, ernsten Wintergast auf dem Wehrhof, kaum noch ähnelte. Unter seinesgleichen, den römischen Offizieren, schien er sich wohlzufühlen, er trank und scherzte mit ihnen, brach immer wieder in lautes Gelächter aus. Er wirkte verjüngt, die lange Narbe verlor sich unter dem nach römischer Mode tief in die Stirn gekämmten Haar. Weiß und nach wie vor lückenlos blitzten die Zahnreihen im gebräunten Gesicht. Einmal sah er sich nach dem Tisch um, an dem sie unter ihr unbekannten Frauen und Mädchen saß, bemerkte sie ohne besonderes Erstaunen, nickte ihr zu und wandte sich wieder ab, bevor sie den Gruß erwidern konnte. Später sah sie ihn vor dem Festzelt umhergehen, diesem und jenem auf Schulter und Rücken klopfen, einem anderen lachend zuwinken.

Schon bevor sie die Reise antrat, hatte sie sich vor diesem Tag gefürchtet. Im Grunde war sie es ja, die das gegenseitige Versprechen gebrochen hatte, wenn auch unter dem Zwang der Verhältnisse. Seine Botschaft, sie möge „standhaft und geduldig" sein, hatte er nie widerrufen, allerdings auch nichts getan, was ihr, einem achtzehnjährigen Mädchen, das unter der Vormundschaft eines übermächtigen Vaters stand, den Mut und die Kraft dazu gegeben hätte. Nichts hatte er unternommen, um ihrer Verbindung mit dem Römer, von der er natürlich erfahren hatte, zuvorzukommen. Und dass er den Statthalter die bevorstehende Heirat preisen hörte, schien seiner guten Laune nicht den geringsten Abbruch zu tun. Nelda musste sich eingestehen, dass nun das allerletzte Fünkchen Hoffnung verglommen war. Obwohl sie sich seit Monaten, seit jenem Besuch im Winter, gezwungen hatte, nicht mehr an Arminius zu denken, war sie doch töricht genug gewesen, von Zeit zu Zeit – meist in der Einsamkeit ihrer Höhle – allerlei abenteuerliche Geschichten zu spinnen, mit einem glücklichen Ende für die Liebenden. Noch auf der Reise an den Visurgis hatte sie den heimlichen Wunsch nicht unterdrücken können, der Geliebte möge nur ihretwegen dorthin kommen und die Gelegenheit nutzen, sie zu entführen und auf seinen Herrenhof zu bringen.

Der Abend schien ihr ewig zu dauern. Sie wurde noch mehreren bedeutenden Männern vorgestellt, man bewunderte ihre Schönheit und ihr Latein und sie musste einige kluge und viele alberne Fragen beantworten. Endlich brach der Statthalter auf und zog sich mit wenigen Vertrauten, zu denen auch die beiden Sempronier gehörten, auf seine Galeere zurück. Segestes wurde nicht aufgefordert, sich anzuschließen, worauf er gehofft hatte, doch blieb ihm wenigstens die Genugtuung, dass auch keinem anderen germanischen Stammesführer diese Ehre zuteil wurde. Arminius, den er eifersüchtig beobachtet hatte, war jedenfalls auch nicht dabei. Der schien sogar, was er respektlos fand, schon vor dem Legaten das Festgelage verlassen zu haben.

Stumm und missgestimmt kehrte Segestes mit Nelda zu den Zelten am Flussufer zurück. Während er sich sofort auf sein Lager warf, saß sie noch lange draußen am Wasser, genoss die Sommernacht und den Anblick des majestätischen Stroms mit seinen im Mondlicht schimmernden Wellen. Nach dem Lärm und den Aufregungen des Gelages tat ihr die nächtliche Stille gut, denn sie dämpfte den Schmerz, der immer wieder in ihr aufzuckte. Sie nahm sich vor, nun endlich vernünftig zu sein, eine liebende, treue Braut zu werden und Arminius zu vergessen.

Wenn es sich irgendwie einrichten ließe, wollte sie ihm auch in diesem Sommerlager nicht wieder begegnen.

11

An Abwechslung fehlte es nicht in den nächsten Tagen.

Vater und Sohn Sempronius führten Nelda im Lager umher und taten alles, um sie schon jetzt an das Stadtleben, das sie erwartete, zu gewöhnen. Gemeinsam geleiteten sie sie durch die Gassen der Händler, wo sie nie gesehene, seltene, herrliche Dinge bewundern konnte. Allerdings wagte sie bald kaum noch, vor einem der Tische mit den Auslagen stehenzubleiben, weil schon der Blick auf ein seidenes Tuch, einen Ring oder ein Armband von ihren Begleitern als Wunsch verstanden und unverzüglich erfüllt wurde. Dann musste sie ihren künftigen Schwiegervater umarmen und sich bei Gaius mit einem Kuss bedanken, was sie immer noch Überwindung kostete.

Eine eigenartige Welt begegnete ihr, als die beiden sie in ein Zelt führten, in dem grotesk kostümierte Mimen ein Possenspiel aufführten. Sie verstand nur wenig und erschrak immer wieder über die krachende Heiterkeit, welche die derben Späße, die Sprünge und Balgereien auf dem Podium ringsum unter den Zuschauern auslöste. Noch befremdlicher fand sie das Schauspiel einer von Sklaven aufgeführten Seeschlacht in dem kleinen Flusshafen. Das Wasser war zum Schluss mit brennenden Bootstrümmern übersät und vom Blut vieler Verletzter und sogar eines Toten gefärbt. Ein einziges Schiff mit einer sehr schönen Frau an Bord entkam der allgemeinen Vernichtung, indem es auf den Fluss hinausfuhr, und der Senator erklärte Nelda, dies sei der Schlacht bei Actium mit dem glorreichen Sieg des Augustus nachgebildet und die Schauspielerin auf dem Schiff stelle Kleopatra dar, die verloren hatte und floh.

Grellbunt und aufregend waren diese Tage und es gab auch so manche Annehmlichkeit für Nelda. Ein römisches Bad mit allen Raffinessen war etwas anderes als der spärliche Wasserstrahl in ihrer Höhle. Sie verließ es, nach Pomade duftend, mit gekräuseltem Haar, gezupften Augenbrauen und blauem Lidstrich und genoss das Entzücken ihrer Bewunderer. Als sie dann aber in ihren neuen Silberspiegel blickte, fand sie sich etwas lächerlich, wusch rasch ihr Gesicht und versuchte, die Haare wieder zu glätten. Fast täglich folgten die beiden Sempronier und ihr Vater irgendeiner Einladung, gewöhnlich von einem der vornehmen, reichen Besucher aus Italien oder Gallien. Da es an weiblichen Gästen mangelte, erregte Nelda jedes Mal Aufsehen, zumal sie ein so gutes Latein sprach und über eine erstaunliche Bildung verfügte. Es gelang ihr immer besser, die Schüchternheit und Unsicherheit der ersten Tage zu überwinden. Bald zweifelte niemand mehr daran, dass sie sich auch unter den dünkelhaften Damen der römischen Gesellschaft als Gattin des Gaius Sempronius behaupten würde.

Alle diese Vergnügungen und Erfolge konnten jedoch ein schleichendes, sich immer wieder bemerkbar machendes Unmutsgefühl nicht betäuben. Seltsame Geschäftemacher tauchten auf und umlagerten ihren Vater, den Senator und ihren Bräutigam. Diese Negotiatoren, vom römischen Staat gefördert, brachten Geld in die neue Provinz und versuchten, noch mehr davon herauszuholen. Von der Aufteilung des eroberten Landes war die Rede, von großen Gütern mit Wäldern und Wiesen, deren Ankauf vom Fiskus sie vermögenden Herren vermitteln wollten. Für die Arbeit auf diesen Gütern stand ein wachsendes Sklavenheer bereit, ehemals freie Bauern, die ihre Abgaben nicht mehr leisten konnten und alles veräußern mussten – am Ende ihre Freiheit. Viele hatten sich bei den Negotiatoren verschuldet, die nun erbarmungslos ganze Familien ins Sklavenjoch spannten. Schon nach der Eroberung Galliens hatten sie römische Herren mit Besitztümern versorgt, die ihnen märchenhafte Gewinne eintrugen. Lucius Sempronius, Neldas künftiger Schwiegervater, besaß nicht nur Latifundien in Italien und Sizilien, sondern auch Güter in der Gegend von Lugdunum, dazu zwei Bergwerke in der Gallia Belgica, und er zeigte sich sehr interessiert, sein Geld möglichst günstig in den Cheruskergauen anzulegen. Nelda fand bald heraus, dass vor allem dies der Grund war, weshalb er die weite Reise hierher unternommen hatte. Der muntere alte Herr machte auch kein Hehl daraus, was er von seinem Sohn und dem Vater seiner künftigen Schwiegertochter erwartete: dass sie – der eine mit Hilfe des römischen Rechts, der andere mit der Autorität des Stammesführers – ein möglichst großes Gebiet von freien Bauern „reinigten“, wie er sich ausdrückte. Er drängte zur Eile, denn viele waren ihm schon zuvorgekommen und hatten durch Vermittlung der Negotiatoren große Güter in bester Lage erworben, waldreich, am Visurgis und anderen schiffbaren Flüssen gelegen.

Segestes fühlte sich bei solchen Gesprächen unbehaglich und auch dem jüngeren Sempronius war es peinlich, wie unverblümt und rücksichtslos sein Vater die Macht und das Recht zur Bereicherung missbrauchen wollte. Beiden entging nicht, dass Nelda solchen Reden stumm und mit verschlossener Miene lauschte. Wenn der Senator nicht anwesend war, gaben sie ihr beschwichtigende Erklärungen, sprachen von Übertreibungen. Aber Nelda fragte: „Ist er nicht einer der besten Freunde des Statthalters?"

Einmal war sie auch auf dem als Forum bezeichneten Platz in der Mitte des Lagers, als Publius Quinctilius Varus dort zu Gericht saß. Der Statthalter, fünfundfünfzig Jahre alt, hager, grau, mit spitzer Nase und spitzem Kinn, war als Richter in seinem Element und verhandelte jeden Fall, den man ihm antrug, mit Eifer und Ernst, auch wenn es nur um einen erschlagenen Hund oder eine gestohlene Axt ging. Er wollte die germanischen Bauern, die in ihm den fremden Machthaber sahen, für sich gewinnen und ihnen zeigen, dass sie bei ihm auch mit ihren kleinen Sorgen auf Verständnis und Gerechtigkeit hoffen durften. Seine Urteile fielen gewöhnlich mild aus und er freute sich, wenn das Podium, auf dem er saß, umdrängt war, wenn die Germanen von sehr weit her kamen, um für ihre Klage seine Entscheidung zu suchen. Doch an seiner Seite standen Liktoren, und so demonstrierte er ihnen mit Ruten und Beil die Macht des Imperiums. Er konnte auch unbarmherzige Härte zeigen.

Ein graubärtiger Cherusker, zerlumpt, mit Spuren von Misshandlungen im Gesicht und am Körper, wurde als Angeklagter vorgeführt. Nelda erschrak, als sie in ihm einen Mann erkannte, der noch vor kurzem als wohlhabender Bauer in einem Weiler in der Nähe des Wehrhofes gelebt hatte. Sein Name war Wigbrand. Es war derselbe, der einst so kühn gewesen war, ihrem Vater die Heirat mit seinem älteren Sohn vorzuschlagen, worauf er einen Faustschlag als Antwort erhalten hatte. Nelda wusste bereits, dass er in große Bedrängnis geraten war. Eine Viehseuche hatte seine stattliche Herde dahingerafft, eine Feuersbrunst seine Ernte vernichtet. Es gab Gerüchte von dunklen Machenschaften, von Gift und Brandstiftung wurde geflüstert. Der Negotiator, ein feister, kupfergesichtiger Gallier, klagte nun den beträchtlichen Geldbetrag ein, den er dem Bauern zu hohem Zins geliehen hatte – sowie die zusätzlichen Kosten, die ihm durch die Verfolgung des flüchtigen Schuldners durch Wälder und Sümpfe entstanden waren. Irgendwo hatten seine Leute die völlig erschöpfte Familie aufgegriffen. Auch die Frau, zwei jugendliche Töchter und der jüngere Sohn des Wigbrand wurden herbeigezerrt, der kleine Hadu, nunmehr zehn Jahre alt, der vor ein paar Jahren Neldas Bote in der wichtigsten Angelegenheit ihres Lebens gewesen war. Der Statthalter hörte die Klage und der Bauer wurde der Form halber durch einen Mann aus seinem Gefolge verteidigt. Doch ließ er nichts gelten, was, halbherzig vorgebracht, Wigbrands Schuld mildern konnte. Schwer wogen sein Leichtsinn, seine Großmannssucht, vor allem aber der betrügerische Versuch, durch Flucht den Negotiator um sein Geld und seinen Gewinn zu bringen. Selbst das Opfer der Familie, der Tod des älteren Sohnes auf einem römischen Schlachtfeld, konnte nichts ändern. Alle fünf hatten ihre Freiheit verwirkt, nur ihr Verkauf auf dem Sklavenmarkt würde den Schaden wiedergutmachen.

Der Statthalter hatte sein Urteil noch nicht zu Ende gesprochen, als sich ihm die verzweifelte Frau mit einem Schrei um Gnade zu Füßen warf und auch die drei Kinder nötigte, ihrem Beispiel zu folgen. Der in Ketten gelegte Wigbrand stand trotzig und finster dabei und schrie ihnen zu, sie sollten sich nicht mehr unnütz demütigen. Doch die vier Köpfe blieben gesenkt und die langen, rotblonden Haare der vier bedeckten den sandigen Boden.

Da konnte sich Nelda nicht mehr zurückhalten. Mit kräftigen Ellbogenstößen drängte sie sich durch die Menge der Gaffer nach vorn.

„Legat!“, rief sie. „Wie kannst du so ungerecht sein? Wie kannst du ein so grausames Urteil fällen? Was hat die Frau getan, außer zu arbeiten und ihre Kinder großzuziehen? Was für ein Verbrechen haben die Kinder begangen, dass du dir das Recht nimmst, ihr ganzes Leben zu zerstören? Was ist ihre Schuld? Wofür sollen sie büßen? Sind die Frau, die beiden Mädchen und der kleine Junge nicht völlig unschuldig? Hatten sie denn einen eigenen Willen? Was blieb ihnen anderes übrig, als dorthin zu gehen, wohin sie ihr Mann und Vater führte? Wie hätten sie sich gegen seine Befehle wehren können? Denke doch einmal nach und frage dich, ob sie ...“

Eine breite Hand verschloss Nelda den Mund und ihr Vater, der ihr nachgestürzt war, rief: „Verzeih, Legat, verzeih die dreiste

Rede meiner Tochter! Ich weiß nicht, wie das geschehen konnte, ein Dämon muss in sie gefahren sein. Nochmals bitte ich dich – verzeih diese Störung!"

„Nein!", schrie Nelda, indem sie das Handgelenk ihres Vaters packte und seinen Arm mit großer Kraftanstrengung herunter drückte. „Da ist nichts zu verzeihen und auch kein Dämon ist in mich gefahren! Es zerreißt mir das Herz, weil ich erleben muss, was hier Schreckliches geschehen soll! Du sitzt dort oben als Richter, Legat, und willst selber ein Unrecht begehen. Das darf nicht sein, das werden eure Götter nicht wollen. Auch die Unsrigen werden das nicht zulassen. Sie werden ..."

Abermals wollte Segestes eingreifen, doch Varus gab ihm von der Höhe seines Tribunals ein Zeichen, er möge das Weitere ihm überlassen. Zunächst hatte er überrascht und zornig Anweisung geben wollen, die Zwischenruferin fortzuschaffen. Doch schon auf den zweiten Blick, noch ehe ihr Vater einschritt, hatte er Nelda erkannt und es sich anders überlegt. Rufe des Unmuts aus der Menge taten ein Übriges. Er setzte eine belustigte Miene auf.

„Schon gut, beruhige dich, mein Kind, und lass die Götter bei ihren eigenen Geschäften!", rief er mit einer jovialen Geste. „Wie rührend – dieser mutige Einsatz zugunsten einer bedauernswerten, schuldig gewordenen Familie. Wer hätte je aus dem Mund einer zarten Jungfrau ein so ergreifendes, leidenschaftliches Plädoyer gehört. Sollte uns das nicht milde stimmen und – obwohl das Gesetz auf der Seite des Klägers ist – ausnahmsweise Gnade vor Recht ergehen lassen? Gern bin ich dazu bereit, damit meine lieben Cherusker sehen, dass ich ihr Freund bin. Der Kläger möge sich mit dem Erlös zufrieden geben, den der Verkauf des Mannes erbringen wird. Die mittellose Frau und die Kinder treffe dagegen nur die Strafe in einer Währung, in der sie, wie ich bemerke, unverzüglich und dabei ohne dauerhaften Schaden bezahlen können. Die nächsten Parteien sollen vortreten!"

Die Währung, die der Statthalter meinte und in der nun die vier bezahlen mussten, waren ihre langen rotblonden Haare. Zu Perücken verarbeitet, würden sie bald die Köpfe der Modedamen in Rom oder Alexandria schmücken. Für das am meisten begehrte rot und golden schimmernde Haar konnte der Negotiator Höchstpreise erzielen. Der feiste Gallier murmelte zwar, das

Urteil sei sein Ruin, das verfluchte Germanien mache ihn fertig und er werde sich nun aufhängen, doch vergaß er zuvor nicht, sich des ihm zugesprochenen kostbaren Gutes zu versichern. Die vier wurden von seinen Bütteln, ausgedienten Athleten, beiseitegeführt und auf der Stelle sorgsam geschoren. Dem Wigbrand gewährte man keinen Abschied von seiner Frau und den Kindern. Mit seinen Ketten klirrend schleppte er sich in sein Gefängnis zurück, um noch am selben Tag mit einem Sklaventreck fortgebracht zu werden.

Nelda kümmerte sich nicht um die heftigen Vorwürfe ihres Vaters, die sanfte Zurechtweisung durch ihren Bräutigam und das pikierte Schweigen ihres künftigen Schwiegervaters. Sie weigerte sich auch, mit ihnen an einem Festessen teilzunehmen, lief ihnen davon, holte Decken, in die sich die halb nackte und hilflose Bauernfamilie einhüllen konnte, und Tücher, mit denen die Frau und die Mädchen ihre geschorenen Köpfe bedeckten. Dann brachte sie die vier zu den Zelten vor dem Lagertor und sorgte dafür, dass sie unterkamen. Sie versprach ihnen auch nach der Heimkehr ein Dach und Versorgung. Da ihre Mutter die Bäuerin als geschickt und kunstreich am Webstuhl schätzte, konnten sie zuversichtlich sein. Frau Male würde sich notfalls gegen den Willen ihres Ehemanns durchsetzen.

Am Abend saß Nelda wieder am Fluss. Das Wetter passte zu ihrer düsteren Stimmung. Dem langen, heißen Sommer folgte innerhalb weniger Stunden ganz ohne Übergang ein stürmischer Herbst. Scharfer Wind erhob sich und jagte dunkle, zerrissene Wolken über das breite Gewässer. Nelda sah zu ihnen hinauf und erschrak. Zum ersten Mal in ihrem Leben schien es ihr, als erblickte sie Wodan, den Göttervater, mit eigenen Augen. Die bizarren schwarzen Wolkengebilde – waren das nicht der breite Hut, der wilde Bart, der wehende Mantel? War das, was sich darunter bewegte, nicht Sleipnir, das Pferd mit acht Beinen? Und folgten dort nicht Geri und Freki, die Wölfe, seine treuen Begleiter? Flatterten über und unter ihm nicht Hugin und Munin, seine Raben? Sauste Wodan, der Gott des Krieges, zornig und drohend über das Römerlager hinweg, in dem an diesem Tag so viel Unrecht an seinem Volk verübt worden war?

Es war schon sehr spät und fast finster, als Segestes die Böschung herabkam. Er knurrte Vorwürfe, weil er sich Sorgen gemacht hatte. Dies sei schließlich ein Soldatenlager und was hätte ihr in der Dunkelheit nicht alles passieren können. Nelda schwieg abweisend und hüllte sich fester in ihre Decke. Er setzte sich neben sie ins Gras und begann ein versöhnliches Gespräch. Er wisse ja, was sie so traurig stimme. Eine beklagenswerte Geschichte, das Schicksal der Familie des Wigbrand, natürlich durch ihn selbst verschuldet, allerdings auch durch den verfluchten Negotiator, der ihn zu waghalsigen Geschäften verführt hatte. Nelda habe ja vollkommen recht gehabt, fuhr er fort, eine edle Tat sei es gewesen, als Fürsprech aufzutreten für die Frau und die Kinder, und er werde seinerseits alles tun, damit die Familie nicht zugrunde gehe. Sie murmelte kühl ein paar Dankesworte, und er versicherte ihr, dass auch Gaius Sempronius jetzt so dächte und sogar der Senator, nachdem er alles über den Fall erfahren habe. Sie möge nicht abfällig über die Römer denken, sondern gegen solche Ärgernisse aufrechnen, wie viel Gutes man ihnen verdanke. Er fing auch gleich wieder von seinem Lieblingsprojekt an, der Wasserleitung, die er im Frühjahr mit dem neuen Baumeister von einem Nachbarhügel zum Wehrhof führen wolle. Dann werde man, schwärmte er, ein eigenes römisches Bad haben, täglich warmes und kaltes Wasser, auch im Winter.

Sie kehrten zu den Zelten zurück. Als Nelda im Dunkeln stolperte, stützte er sie und sie ließ ihre Hand in der seinen. Sie liebte ihn und wusste, dass er im Grunde der zuverlässigste, beste Vater war, den sie sich wünschen konnte. Zufrieden war sie, weil auch er sich der armen Frau und ihrer Kinder annehmen wollte. Was die Römer betraf, so war er ihnen nun einmal bedingungslos zugetan und nichts konnte seinen Glauben erschüttern, dass mit ihnen für die Germanen ein goldenes Zeitalter anbrach. Vielleicht hatte er ja recht.

Sie wollten gerade in ihrem Zelt verschwinden, als hinter einem Baum eine Gestalt hervortrat und Segestes leise beim Namen rief. Der in einen Mantel gehüllte Mann, dessen Züge im Dunkeln nicht zu erkennen waren, weil eine tief in die Stirn gezogene Kappe und ein dichter Bart sie verdeckten, wiederholte den Namen, trat aber nicht näher. Segestes zögerte ebenfalls. Er hatte Feinde bei den Stammesgenossen und man konnte nie wissen …

„Wer bist du? Was willst du?“

„Still! Lass uns beiseite gehen. Du kennst mich. Ich habe dringend mit dir zu reden“, war die fast geflüsterte Antwort.

„Sage erst deinen Namen.“

„Später.“

„Nein, jetzt.“

„Ich komme als Freund, das muss genügen.“

„Sprich etwas lauter, damit ich dich an deiner Stimme erkenne.“

„Hab Vertrauen und komm.“

„Bist du Boiacalus?“

„So schweig doch!“, sagte der Mann plötzlich laut.

„Ja, du bist es“, murmelte Segestes. „Geh schlafen, Nelda, ich komme später.“

„Vater! Kennst du den Mann tatsächlich? Vielleicht hat er irgendetwas vor ... etwas Schlimmes ...“

„Nein, nein. Ich kenne ihn, sei unbesorgt. Sei ganz ruhig, mein Kind, und schlaf.“

Er küsste sie und schob sie ins Zelt. Sie lugte noch einmal hinaus und sah, wie ihr Vater auf den Mann zuging, wie die beiden einen Händedruck tauschten und wie sie zwischen Bäumen und Zelten verschwanden.

Noch einmal, zweimal formten ihre Lippen tonlos den unbekannten Namen.

„Boiacalus. Boiacalus ...“

12

Nelda verbrachte eine fast schlaflose Nacht. Regen trommelte auf das Zeltdach und Windstöße schüttelten die Pfosten. Neben ihr schnarchte ihr Onkel Brun. Der andere Zeltgenosse, Segithank, war ebenfalls wach. Er kroch an ihre Seite und fragte sie, wo ihr Vater sei. Sie wisse es nicht, sagte sie. Aber sie sei doch mit ihm spät am Abend gekommen, beharrte er, im Zelt seien ihre Stimmen vernehmbar gewesen, dann aber habe sie ihren Schlafplatz allein aufgesucht. Der Vater sei noch einmal fortgegangen, erwiderte sie gähnend, und es sei nicht seine Gewohnheit, ihr zu erklären, was er vorhabe. Und nun solle er still sein und sie schlafen lassen.

Etwas später stand Segithank auf und sie hörte es rascheln und schurren, während er sich ankleidete und eine Waffe an den Gürtel steckte. Dann trat er vor das Zelt und seine Schritte entfernten sich. Nelda fragte sich, was er wohl mitten in der Nacht, bei strömendem Regen vorhatte. Die römischen Lagertore waren geschlossen und es war Germanen nicht gestattet, im Kastrum Waffen zu tragen. Er konnte sich nur außerhalb der Wälle bewegen. Fast alle Cherusker und die Angehörigen anderer germanischer Stämme, die von weither gekommen waren, hatten hier in der näheren und weiteren Umgebung ihre Zelte und Hütten errichtet. Es waren ungewöhnlich viele, wie ihr Vater immer wieder verwundert und argwöhnisch festgestellt hatte, und es waren in den letzten Tagen noch größere Gruppen angekommen.

Graues Dämmerlicht sickerte durch die Ritzen des Zeltes und der Regen ließ nicht nach. Endlich wollte Nelda der Schlaf überwältigen. Doch plötzlich trat Segestes ins Zelt, warf seine durchnässten Kleider ab und streckte sich schnaufend neben ihr auf seinem Lager aus. Sein Atem ging stoßweise und wurde auch nach einer Weile nicht ruhiger. Blinzelnd stellte sie fest, dass seine Augen weit offen zur Zeltdecke starrten. Seine Lippen bewegten sich und schienen lautlos Worte zu formen.

„Vater!“, flüsterte sie, um Brun nicht zu wecken. „Wo warst du? Warum kannst du nicht schlafen?“

Er wandte ihr ruckartig das Gesicht zu.

„Du bist wach? Dann sag mir zuerst, wo Segithank ist.“

„Fortgegangen. Mitten in der Nacht.“

„Der also wohl auch“, murmelte Segestes gepresst.
„Was heißt das, Vater?“
„Ich hätte es ahnen müssen. Anzeichen dafür gab es reichlich. Ich habe sie nicht ernst genug genommen.“
„Was ist geschehen?“
„Noch nichts, noch nichts. Doch es wird etwas vorbereitet, etwas Schreckliches. “
„Wer war der Mann, mit dem du fortgingst?“
„Wer das war? Einer, der noch Ehre im Leib hat. Der im letzten Augenblick umkehrt, der nicht mitmachen will bei der Schurkerei.“
„Aber was meinst du damit? Was wird vorbereitet?“
„Wenn ich es dir sage, wirst du es nicht glauben. Und vielleicht sollte ich es auch nicht sagen. Verschworen haben sie sich! Aber was sie vorhaben, muss verhindert werden. Ich werde nicht zögern und meine Pflicht tun.“
„Wer hat sich verschworen? Und gegen wen?“
Sie stützte sich auf einen Ellbogen, starrte ihn an und suchte, von einer plötzlichen Ahnung erfüllt, in dem fahlen Morgenlicht aus seinen gramvoll verzerrten Zügen eine Antwort zu lesen.
Er schwieg.
„Kenne ich sie ... oder ihn?“, drängte sie.
„Du kennst ihn“, murmelte er nach längerem Zögern.
„Wer ist es? Wer?“
Er seufzte tief und schien nachzudenken. Als sie sich aber nicht von ihm abwandte und hartnäckig wartete, sagte er schließlich:
„Du sollst es wissen. Es ist auch gut so. Ja, es ist gut so, es wird dir die Augen öffnen. Ich bemerkte damals sehr wohl, wie viel Leiden es dir verursachte, dass ich Segimers Brautwerbung abwies. Wie schwer es dir fiel, dich meiner besseren Einsicht zu beugen. Den Göttern sei Dank, dass ich sie hatte. Nicht auszudenken, dass dieser Mann jetzt mein Schwiegersohn wäre!“
„Arminius?“, flüsterte sie. „Du sprichst von Arminius?“
„Ja ... Ich spreche von diesem Treulosen, diesem Ehrvergessenen. Diesem früheren Offizier der Auxilien, diesem römischen Ritter. Welche Schande! Er plant den Verrat, er hat seine Heerscharen schon beisammen. Viele Stammesführer, nicht nur Cherusker, sind mit ihren Gefolgschaften bei ihm. Zu Tausenden lauern sie tief im Wald. Und immer noch weitere ziehen heran. Das

Lager anzugreifen wagen sie nicht. Aber sobald der Statthalter mit den Legionen aufbricht, werden sie zuschlagen."

„Das kann ich nicht glauben, Vater ... nein, das glaube ich nicht! Dieser Mann, mit dem du fortgingst, Boia ...

„Boiacalus. Ein Gaufürst der Amsivarier."

„Er könnte doch ein Verleumder sein ..."

„Oh nein! Er hat mir ja den Beweis geliefert. Führte mich zwei Meilen von hier an den Rand einer Schlucht. Leider war es sehr dunkel, stark bewölkt, es fing an zu regnen. Trotzdem sah ich genug. Tief unten im Wald ... da saßen sie bei ihren Feuern, zwischen ihren Zelten. Sie opfern den Göttern und leisten sich Blutschwüre, wie üblich vor Kriegen. Boiacalus hat mir alles gestanden, er war noch bis gestern dabei."

„Aber Arminius ..."

„Er ist der Anführer! Sie haben ihn zu ihrem Heerführer gewählt. Auf einem Thing der Verschwörer. Jetzt weiß ich, was er damals wollte ... bei uns auf dem Wehrhof, im tiefsten Winter. Widerstandsnester sollte ich nennen, und ich gab ihm sogar im guten Glauben Hinweise ... nicht viele, zum Glück. Nicht austreten wollte er die Flammen, im Gegenteil ... er wollte sie schüren! Und er hatte Erfolg, der Verfluchte! Bis jetzt ..."

„Was hast du nun vor? Was wirst du tun?"

Die Frage blieb ohne Antwort, denn in diesem Augenblick kam Segithank zurück. Wassertriefend trat er ins Zelt. In dem milchigen Morgenlicht erkannte er, dass Nelda und ihr Vater wach waren.

„Du bist hier, Onkel? Ich war in Sorge. Suchte dich."

„Du suchtest mich?", fragte Segestes ungläubig. „Wo denn?"

„Überall. Bei unseren Nachbarn, bei den Pferden ..."

„Und wen suchtest du noch?"

„Niemanden", erwiderte Segithank schroff. „Ich bin dein Gefolgsmann. War nur beunruhigt. Wäre ja mitschuldig, wenn dir etwas zustieße."

Er kehrte zurück auf sein Lager. Segestes drehte sich auf die Seite und Nelda verstand, dass er nicht weitersprechen würde. Sie wusste ja auch genug.

An Schlaf war jetzt nicht mehr zu denken. Sie wälzte sich auf ihrer Matte, der Schweiß brach ihr aus, sie spürte den Herzschlag am Halse. Wirre Gedanken bedrängten sie. Was hatte ihr Vater vor? Was verstand er darunter, „seine Pflicht zu tun"? Wollte er Arminius beim Statthalter anklagen? Und hatte er wirklich Beweise? Was konnte er schon in dieser finsteren, stürmischen Nacht von der Höhe des Felsens tief in der Schlucht gesehen haben! Hier gab es überall Lager mit Feuern und Zelten. Tausende? Wie konnte er die Köpfe gezählt haben? Und dieser Boiacalus ... Was mochte dahinterstecken, dass er Arminius beschuldigte? Was für ein trübes Gemisch von Bosheit und Missgunst. Nelda hatte die neidvollen Blicke bemerkt, die die plumpen, knollengesichtigen Häuptlinge mit ihren Haarknoten und Halsringen auf den glänzenden römischen Offizier warfen. War es denn nicht ganz unwahrscheinlich, dass er, den sie noch vor wenigen Tagen mit Auszeichnungen an der Brust fröhlich und unbekümmert im Festzelt des Statthalters gesehen hatte, einen Aufruhr plante?

Wenn aber doch? Wenn aber doch? Wenn er sich nur verstellte? Wenn er den Unbekümmerten spielte, lachte und scherzte, um den Statthalter und alle anderen zu täuschen? Wenn sein wahres Gesicht jenes sorgenvolle, strenge, harte, entschlossene wäre, das sie im Winter so erschreckt hatte? Wenn ihr Vater recht hätte mit seinem Verdacht, er habe damals nur unter falschem Vorwand erkunden wollen, welche Widerstandsnester im Gau seiner Sache nützlich sein konnten? Und wenn er nur deshalb ... dieser Gedanke schnürte ihr fast die Kehle zu und ließ ihr Herz noch heftiger schlagen ... wenn er nur deshalb so kalt und nur scheinbar gleichgültig gegen sie war? Vielleicht hatte er einen Schwur geleistet, den Göttern gelobt, auf alles zu verzichten, was ablenken, was ihn behindern konnte. Sein heruntergekommener Wehrhof, eine Frau, vielleicht Kinder ... Wie konnte sie wissen, was ihm im Krieg, im Kampf gegen die Aufständischen in Pannonien begegnet war? Wie viele grauenvolle Eindrücke mochten das strenge, harte Gesicht mit der breiten Narbe geprägt haben? Was sie gerade mit Wigbrand und seiner Familie erlebt hatte ... es mochte in seinem Soldatenalltag Hunderte Male geschehen sein. Wie viele solcher Hammerschläge hatten das Eisen geschmiedet?

Im trüben Morgenlicht starrte sie auf den Rücken des Vaters. Kein regelmäßiger Atem bewegte ihn, auch Segestes schlief nicht. Noch heute, dachte sie, wird er zum Statthalter gehen.

Und der wird ihm glauben. Und handeln. Mit seinen drei Legionen, seinen fast zwanzigtausend Mann, mit der unbesiegbaren römischen Streitmacht. Verschwörung und Aufruhr – das heißt Tod! Sie werden ihn töten, meinen Liebsten, für einen wie ihn wird es keine Gnade geben. Sie werden ihn hinrichten! Werden ihn umbringen!

Nelda fuhr auf und stieß einen Schrei aus.

Sie fasste sich sofort wieder und beruhigte die drei erschrockenen Männer. Sie hätte geträumt, sagte sie.

Kurz darauf wusste sie, was sie zu tun hatte.

Als sie sich dessen sicher war, schlief sie sogar noch ein wenig, so lange, bis sie der morgendliche Lärm im Lager weckte.

Der Himmel war wolkenverhangen, die Luft kühl und feucht und immer wieder regnete es. Bald hieß es, wegen des schlechten Wetters werde das Sommerlager ein paar Tage früher als vorgesehen abgebrochen. Segestes ging fort, kam jedoch bald zurück. Man hatte ihn im Prätorium nicht vorgelassen, da gerade ein Eilbote eingetroffen war und der Statthalter sich mit seinem Stab beriet. Man hatte ihm bestätigt, dass der Abmarsch unmittelbar bevorstand. Im Lager schnürten die Legionäre schon ihr Gepäck und die Trosswagen wurden beladen. Über die Vorgänge in der Nacht verlor Segestes kein Wort mehr, und nachdem er einen Becher mit Milch und etwas Gerstenbrei zu sich genommen hatte, verschwand er abermals.

Er hatte Nelda befohlen, auf Gaius Sempronius zu warten, der sich im Laufe des Tages um sie kümmern würde. Streng hatte er diesen Befehl beim Fortgehen wiederholt. Sie begriff, was das hieß: Ihr Vater bereute, in der Nacht zu freimütig mit ihr gesprochen zu haben. Jetzt fürchtete er, sie würde leichtfertig etwas ausplaudern, das sich verbreiten und denen zu Ohren kommen könnte, die von seinem Wissen noch nichts erfahren sollten.

Die Gesellschaft ihres römischen Bräutigams sollte sie davor bewahren. Ihm konnte sie, wenn sie wollte, alles erzählen, umso schneller würde es an die richtige Adresse gelangen.

13

Nelda jedoch hatte ihren eigenen Plan.

Kaum war Segestes fort, machte auch sie sich auf den Weg. Regen klatschte ihr ins Gesicht, doch so schnell ihre Beine sie trugen, folgte sie dem, der sie führte. Zunächst durcheilten sie noch die Plätze mit den Zelten der germanischen Besucher und den Buden der Händler in der Nähe des Militärlagers. Dann überquerten sie feuchte Wiesen. Schließlich drangen sie in einen allmählich dichter werdenden Wald ein, übersprangen vom Sturm gefällte Stämme, durchwateten einen reißenden Wildbach. Immer wieder verschwand der Rotschopf ihres Begleiters im Dickicht, und sie musste sich, um nicht zurückzubleiben, durch nasses Blättergewirr kämpfen, während ihr Zweige ins Gesicht schlugen. Vor einer Erdmulde glitt sie aus und versank bis zu den Knien im Moder.

„Warte, Seggo!"

„Wo steckst du?"

„Hilf mir heraus! Ist es noch weit?"

„Ein paar hundert Schritte. Ein Hohlweg, dann erreichen wir die Schlucht."

„Aber ich muss mich vorher noch waschen."

„Keine Sorge, er wird dich nicht für eine Wildsau halten – trotz deiner dreckigen Beine und deiner geschwollenen Nase."

„Geschwollene Nase, sagst du? Oh, Götter! Aber das ist jetzt nicht wichtig. Weiter, Seggo, weiter!"

Neldas Führer war Segithank. Schon in der Nacht, als sie ihren Entschluss gefasst hatte, war ihr die Eingebung gekommen, dass er ihr helfen könnte. Das vorübergehende Verschwinden des Vetters konnte nur einen Grund haben: Misstrauen gegen ihren Vater, dem er nachspionierte. Sie sprach ihn an, machte eine Andeutung, dass sie alles verstünde und auf seiner Seite sei – und behielt recht. Segithank hatte herausbekommen wollen, was Segestes in tiefer Nacht trieb und mit wem er sich traf. Bei Regen und Wind hatte er unter einem Blätterdach ausgeharrt, bis Segestes zurückkehrte, aber aus der Richtung, aus der er kam, nichts Verdächtiges schließen können. Begierig nahm er deshalb Neldas vertrauliche Mitteilung auf, sie habe etwas erfahren, was Arminius unbedingt wissen müsse. Er erbot sich, die Nachricht sogleich zu überbringen, doch sie bestand darauf, es selbst zu tun. So nützlich er ihr im Augenblick sein konnte, war ihr der Vetter, der wieder heimlich die Seite gewechselt hatte, nicht vertrauenswürdig genug. Und wie sollte sie nicht die Gelegenheit nutzen, Arminius einen Dienst zu erweisen, ihn zu treffen und vielleicht – hoffentlich – bestätigt zu finden, was sie sich in der Nacht überlegt hatte und was alles so schlüssig erklären würde. Sie liebte ihn, nichts hatte sich daran geändert und alle Anstrengungen, ihn zu vergessen, waren vergebens gewesen.

Am Ende des Hohlwegs standen sie vor gekreuzten Lanzen. Segithank nannte das Losungswort. Die Posten wollten sie trotzdem nicht durchlassen. Dass das Mädchen eine wichtige Nachricht bringe, wie der Rotschopf versicherte, wollten sie nicht ungeprüft glauben. Einer erkannte die Tochter des Segestes, dessen Gesinnung weithin bekannt war, und bestand darauf, eine Genehmigung abzuwarten. Segithank erbot sich, diese sogleich zu beschaffen, wenn man ihm sagte, wo der Heerführer zu finden sei. Es hieß, er weise die Neuen ein, die tags zuvor bei Einbruch der Nacht gekommen waren.

Sie musste warten. Segithank lief hinter den Wächtern einen Abhang hinab, an dessen Ende Nelda Männer bei Waffenübungen bemerkte. Frierend saß sie auf einem Stück Eichwurzel. Es regnete immer noch, aber unter dem Laubwerk der Eiche war sie einigermaßen geschützt. Das dünne Hemdkleid war durchnässt, das ebenso feuchte Umschlagtuch wärmte nicht. Sie zupfte das Kleid, so weit es ging, über die Knie, um ihre beschmutzten Beine zu bedecken. Und immer wieder strich sie die nassen Haarsträhnen zurück, die ihr im Gesicht klebten.

Nach einer Weile wurden die Wachen abgelöst. Segithank war noch nicht zurückgekehrt. Die beiden neuen Wächter, zwei junge, langbärtige Chatten, die Nelda nicht kannten, hänselten sie und führten zweideutige Reden. Ob ihr Beschäler sie hier vergessen habe und ob sie nicht mit einem anderen vorlieb nehmen wolle. Schließlich kam einer feixend heran und streckte die Pranken nach ihr aus, sodass sie aufspringen und ins Unterholz fliehen musste. Dornen zerrissen ihr Kleid. Doch der Kerl folgte ihr nicht und als sie zurückblickte, sah sie ihn auf dem Boden liegen. Ein Faustschlag hatte ihn gefällt.

„Nelda! Nelda, wo bist du?“

Es war seine Stimme. Sie stürmte durch das Buschwerk ins Freie und wäre, über die Eichwurzeln stolpernd, fast hingestürzt. Er sprang noch gerade hinzu, fing sie auf. Sie umschlang ihn und presste sich an ihn. Doch gleich erschrak sie, fuhr heftig zurück und wollte sich losmachen.

„Verzeih ... Ich wollte nicht ... bin nur ...“

Aber er hielt sie fest, zog sie wieder an sich, schlug seinen weiten Mantel um sie.

„Ich – dir verzeihen? Ich – dir? Muss ich dich nicht hundertmal bitten, mir zu verzeihen?“

Der Chatte hatte sich aufgerafft und sich mit scheelen Blicken auf seinen Posten verzogen. Segithank stand bei den Wächtern und spitzte die Ohren, in der Hoffnung zum Lohn für seinen Eifer von Neldas geheimen Nachrichten für den Heerführer etwas mitzubekommen. Doch Arminius befahl ihm: „Warte hier!“ Er löste die Fibel an seinem Hals und hüllte Nelda ganz in den Mantel, der zwar auch nicht trocken war, doch immerhin etwas wärmte.

„Komm.“

Er führte sie in den Hohlweg, der nach ein paar Schritten um einen Felsvorsprung führte und sie den Blicken der drei Männer entzog.

Hier blieben sie stehen, einander zugewandt und sahen sich an. Nelda senkte den Blick zuerst und seufzte.

„Du musst mich hässlich finden. Ein Ast schlug mir auf die Nase ...“

„Ich fand dich niemals schöner!“

Küsse, mit denen einer des anderen Gesicht bedeckte, immer hastiger, immer begieriger, ersetzten alles, was zu sagen war. Und als sie dann endlich Atem holten, waren Geständnisse und Erklärungen überflüssig geworden.

Aber nun drängte es aus ihnen hervor und sie fielen einander ins Wort.

„Wie musst du gelitten haben“, sagte er, ihre Hände haltend, „als ich nichts unternahm, nachdem meine Brautwerbung durch deinen Vater ...“

„Was konntest du schon unternehmen! Du warst ja in der Ferne, im Krieg ...“

„Ich kehrte zurück, und eine Entführung ...“

„Ich hoffte darauf, aber damals ahnte ich ja noch nicht ..."
„Ich musste wählen und hatte doch eigentlich keine Wahl."
„Das verstehe ich jetzt!"
„Dich in Gefahr zu bringen, in Todesgefahr, als meine Frau ..."
„Das hätte ich auf mich genommen ..."
„Doch ich dachte, es ist besser, wenn sie mich wortbrüchig, kalt und abstoßend findet. Dann denkt sie wenigstens nicht mehr an mich!"
„Aber hat es dir denn nicht weh getan, als du erfuhrst, dass ich den Römer ..."
„Im ersten Augenblick warf es mich um! Aber dann ... Ich wusste ja ... war ja sicher, dass daraus nichts werden konnte!"
„Du warst dir dessen sicher?"
„Ich bin es! Jetzt umso mehr!"
„So glaubst du wirklich ..."
„Dass wir zusammengehören! Wie vorher, wie immer! Niemals wirst du die Frau des Römers. Wir werden die Römer aus dem Lande jagen!"
„Oh, ihr Götter! Das ist es ... deshalb bin ich gekommen!"
Erschrocken blickte sie zu ihm auf. Sie fühlte sich plötzlich schuldig, kostbare Zeit vertan zu haben.
Auch er empfand, dass der Augenblick nicht für Liebesschwüre geeignet war. Seine hellen Augen, eben noch leidenschaftlich und heiter, blickten nun ernst. Die schräge Falte zwischen den Brauen teilte die Narbe auf seiner Stirn.
„Ja", sagte er, „das hörte ich von Segithank. Du hättest mir etwas mitzuteilen ... etwas sehr Wichtiges."
„Ihr seid verraten!", sagte sie. „Was ihr vorhabt ... noch heute wird Varus alles erfahren!"
„Von wem?"
„Meinem Vater."
Sie berichtete ihm, was in der Nacht geschehen war und was sie von Segestes gehört hatte. Nun wollte sie keine Zeit mehr verlieren und die Worte, die Sätze, die sie hervorstieß, kamen so überstürzt aus ihrem Munde, dass sie sich immer wieder verhaspelte. Arminius hörte aufmerksam zu, unterbrach sie nicht, stellte keine Fragen.
„Boiacalus also", sagte er, als sie schwieg. „Längst hielt ich ihn für einen, auf den man ein Auge haben muss. Ein Schwätzer, ein

Zauderer. Er ist also für die Sache verloren. Doch seine Amsivarier sind gute, geübte Kämpfer, ich brauche sie."

„Aber wozu denn noch?", rief sie, wobei sie die Arme um seinen Hals schlang und ihn flehend ansah. „Du musst fliehen, ihr seid verraten, vielleicht schon in diesem Augenblick. Mein Vater versuchte bereits in aller Frühe, zu Varus vorzudringen. Er wurde nicht vorgelassen, kam zurück, ging aber gleich wieder fort."

„Er wurde nicht vorgelassen?"

„Er sagte etwas von einem Eilboten, der gekommen sei, und dass sich der Statthalter mit seinem Stab beraten müsse."

„Die Botschaft hat ihn also erreicht ... sehr gut!" Ein flüchtiges Lächeln glitt über die gespannte Miene des Heerführers.

„Was für eine Botschaft?"

„Eine gefälschte. Das ist Teil unseres Plans."

„Aber was ist dieser Plan denn noch wert? Die Römer werden ihn doch vereiteln, sobald mein Vater mit Varus gesprochen hat!"

„Falls Varus ihm glaubt."

„Warum sollte er nicht?"

„Er neigt dazu, Warnungen in den Wind zu schlagen. Es gab schon mehrere. Allein der Gedanke ist ihm fremd, wir, die Barbaren, die er im Grunde verachtet, könnten ihn und seine Römer ernsthaft in Schwierigkeiten bringen. Ein gefährlicher Hochmut dieses Herrn, für uns aber nützlich. Ich sehe ihn noch heute."

„Den Statthalter? Du willst zu ihm gehen?", rief Nelda.

„Ja, er gibt uns ein Abschiedsgelage. Allen germanischen Stammesführern. Bevor er mit seinen Mannschaften aufbricht."

„Liebster!", schrie Nelda und warf wieder die Arme um seinen Hals. „Geh nicht hin, es wird dein Verderben sein! Auch mein Vater wird da sein und dich anklagen! Varus wird dich sofort verhaften lassen!"

Er lächelte, strich ihr die Strähnen aus dem Gesicht, küsste sie.

„Sei ganz ruhig, das wird er nicht tun. Ich bin römischer Ritter, ein hochverdienter ehemaliger Offizier, er vertraut mir blind. Er würde eher glauben, der Himmel stürzt ein."

„Auch meinem Vater vertraut er!"

„Vielleicht etwas weniger. Und wenn er nur Boiacalus, den alten Trunkenbold, als Zeugen benennen kann ..."

„Er hat ja selbst euer Lager gesehen!"

„Was kann er schon tief in der Nacht gesehen haben? Hier gibt es überall solche Lager. Wir haben die Männer nach und nach kommen lassen, sie sind überall ringsum in den Wäldern. Weil Varus so gern zu Gericht sitzt, kamen viele unter dem Vorwand, von ihm ihre Streitigkeiten entscheiden zu lassen. Das freute ihn, den Ahnungslosen. Jetzt ist er umstellt."

„Aber er hat drei Legionen!"

„Gewiss, doch die haben einen Feldherrn, der nichts taugt – ihn! Das wird ins Gewicht fallen. Deshalb sei unbesorgt, alles wird gut werden. Auch für dich und mich! Nur kurze Zeit noch heißt es durchhalten."

„Ich bitte dich, ich flehe dich an! Geh nicht zu diesem Abschiedsgelage!"

„Damit würde ich mich ja gerade verdächtig machen. Was bleibt mir also anderes übrig? Und jetzt muss ich dorthin zurück zu den Männern. Ein paar Maßnahmen sind zu treffen ... nach dem, was du mir berichtet hast. Und Boiacalus müssen wir fassen."

„Ihr werdet ihn doch nicht töten!"

„Natürlich nicht. Nur dafür sorgen, dass er schweigt."

„Ob er schweigt oder nicht – es ist ja heraus!" Sie ergriff seine Hände, sah ihm fest in die Augen und machte einen letzten Versuch, ihn umzustimmen. „Warum bist du so sicher, dass Varus nichts unternehmen wird? Er hat Offiziere und Berater. Vielleicht setzt er noch heute Truppen in Marsch. Vielleicht sind sie bald hier. Ihr müsst euch zurückziehen. Du musst fort! Und ich komme mit dir! Warum fliehen wir nicht gemeinsam?"

Er zog sie an sich und strich ihr sanft über das Haar.

„Das würde uns kein Glück bringen, Liebste. Dafür würden die Götter uns strafen. Wenn es Zeit ist zu kämpfen ... davonlaufen? Nein!"

Sie küssten sich noch einmal, und dann löste er sich von ihr und sagte: „Segithank wird dich zurückbringen. Du musst nun stark sein. Hoffentlich hat dein Vater nichts bemerkt. Erfülle alle seine Befehle. Tu, was immer er von dir verlangt!"

„Und wenn er mich zwingt, mit den Römern über den Rhenus zu gehen?"

„Dazu wird es nicht kommen. Vertrau auf mein Wort. Ich werde nicht zulassen, dass sie das Mädchen, das ich liebe, nach Rom verschleppen. Und nun leb wohl. Wir sehen uns bald wieder!“

Der rothaarige Vetter, der sich in allen Gegenden des Landes auskannte, brachte Nelda sicher zurück zu den Zelten ihrer Stammesgenossen. Sie schickte ihn vor, um zu erkunden, ob ihr Vater anwesend war. Zwar hatte sie sich unterwegs im Bach die Beine gewaschen, doch das Kleid war verschmutzt und zerrissen, ihre Arme waren von blutigen Kratzern bedeckt, ihre Nase war aufgeschwollen. Segithank kam mit der Nachricht, dass Segestes, um sein Festgewand anzulegen, noch einmal zurückgekehrt und dann erneut verschwunden war. Er hätte sich nach Nelda erkundigt und Brun hätte ihm vorgelogen, sie wäre mit Gaius und anderen zum Ufer des Visurgis hinuntergegangen, um einem Wettschwimmen zuzusehen. Der gutmütige alte Onkel, der seine letzten grauen Haare schon lange nicht mehr mit Butter bestrich, fütterte die Pferde, als Nelda schmutzig und mit zerfetztem Kleid herankam. Erschrocken riss er die Augen auf. Er wusste nicht, dass sie einen Geliebten getroffen hatte, ahnte es aber wohl. Und er ahnte wohl auch, dass es Arminius war. Deshalb hatte er seinen Schwager, den er fürchtete, mutig belogen. Zum Glück hatte sie niemand gesucht. Es stellte sich heraus, dass Gaius Sempronius nicht gekommen war und nur einen Diener geschickt hatte, der ihn einiger Pflichten wegen, die er beim Abbruch des Sommerlagers übernommen hatte, entschuldigen musste. Segestes wollte erst spät am Abend zurückkehren. So blieb Nelda Zeit, sich herzurichten und zu überlegen, was der Onkel und sie dem Vater erzählen sollten.

Doch nach allem, was sie an diesem Tag erlebt hatte, konnte sie ihre von Furcht und Spannung beherrschten Gedanken nicht auf Nebensächliches lenken. Und es war auch nicht nötig.

Als ihr Vater am späten Abend zurückkam, wollte er davon nichts wissen. Der lange Cherusker war über das, was ihm widerfahren war, immer noch außer sich. Er zitterte vor Zorn und Entrüstung.

14

„Heute Morgen“, sagte Segestes, nachdem er gepoltert und geflucht, einen Becher Wein hinuntergestürzt und sich schließlich so weit beruhigt hatte, dass er seiner Gefolgschaft einen zusammenhängenden Bericht über das, was ihm widerfahren war, geben konnte, „heute Morgen kam plötzlich ein Reiter ins Lager. Ein Brukterer oder Chattuarier, jedenfalls einer von diesen Stämmen da oben. Brachte eine angeblich wichtige Meldung. In einem der Gaue sei es zu Unruhen gekommen. Ein Steuereinnehmer und sein Wachtrupp seien erschlagen worden. Das erzählte uns Varus beim Abschiedsgelage. Er fragte uns, ob auch wir etwas wüssten, etwas gehört hätten. Und ob er – nach unserer Meinung – die Sache ernst nehmen sollte. Da sagte einer: ‚Das würde ich dir raten, Legat! Und wenn du erlaubst, mache ich einen Vorschlag. Übergib mir noch einmal das Kommando über einen Trupp der Auxilien, den ich durch eigene Leute verstärken werde – und ich marschiere dorthin und trete die Flamme aus, bevor sie zum gefährlichen Brand wird!‘ Und wisst ihr auch, wer das war – wer diesen hochherzigen Vorschlag machte? Es war Ar-mi-ni-us!“

Segestes betonte diesen Namen so abschätzig und blickte dabei so verächtlich, dass sich einige seiner Leute, die seine Abneigung gegen den berühmten Stammesgenossen kannten, zu empörtem Gemurmel veranlasst sahen, obwohl sie noch gar nichts begriffen. An die zehn, zwölf Männer hockten um ein Feuer, das in der feuchtkühlen Luft mehr schwelte als brannte. Nelda, in eine Decke gehüllt, stand etwas abseits. Kein Wort entging ihr.

„Sieh an, dachte ich“, fuhr Segestes fort. „Das hat er fein ausgeheckt, dieser Arminius! Ein durchsichtiger Vorwand ... die Geschichte des erschlagenen Steuereinnehmers. Um auch noch Hilfstruppen unter sein Kommando zu bringen. Oder hat er Wind bekommen, dass sein Verrat entdeckt worden ist? Will er sich absetzen? Nein, dachte ich, so kommst du mir nicht davon! Ich stand also auf und brachte meine Anklage vor. ‚Legat‘, sagte ich, ‚ich weiß nicht, wer den Boten geschickt hat, doch ich vermute, er war es selber ... der dort – Arminius! Er will dich in eine Falle locken. Hat den kleinen Aufruhr erfunden, damit die große Verschwörung nicht ruchbar wird. Sie haben ihn zu ihrem Heerführer gewählt und sobald du das Lager verlässt, werden sie über euch herfallen. Ich kann dir die Namen der Verschwörer nennen – einige sind hier anwesend – der hier – und dieser – und der da drüben, der Dicke mit dem silbernen Halsschmuck – sie sind alle dabei! Auf ein Zeichen, das sie von ihm erwarten, wollen sie losschlagen!' So sprach ich. Natürlich erhob sich sogleich Protestgeheul. Die ich bezeichnet hatte, brüllten auf, stießen Drohungen gegen mich aus, schüttelten Fäuste. Einer schleuderte seinen Becher nach mir. Aber ich ließ mich nicht irre machen. ‚Nichts anderes, Legat', rief ich, ‚ist das Ziel des Arminius und dieser Männer, als die Legionen zu vernichten und euch Römer über den Rhenus zurückzutreiben!'"

„Das hast du dem Varus wirklich gesagt?", fragte einer der Männer am Feuer ungläubig. „Und was hat er erwidert?"

„Anfangs starrte er mich nur an. ‚Ungeheuerlich', grummelte er, ‚ungeheuerlich.' Dann wandte er den Kopf und starrte den Arminius an. Aber der ... dieser eiskalte Hund ... er bewahrte vollkommene Ruhe! Er schien keineswegs überrascht zu sein. Die anderen schrien und tobten – er saß ruhig da und lächelte spöttisch. Als ob er nur darauf gewartet hätte, dass ich ihn anklagte! ‚Ich – ein Verräter?' sagte er und grinste mich an. ‚Ich – ein Verschwörer? Ich, der ich mein Blut für Rom vergoss und dafür ausgezeichnet wurde? Bist du noch bei Verstand, wenn du so etwas behauptest?' ‚Ich habe Beweise!', schrie ich. ‚Auch einen Zeugen habe ich! Einen, der nicht mehr mitmachen will bei eurem Verrat, den das Gewissen plagte, der sich mir anvertraute!' ‚Wenn du einen Zeugen hast', sagte Varus, ‚dann lass ihn herkommen!' Ich erwiderte: ‚Er sitzt unter uns – da drüben!' ‚Wer ist es?' ‚Boiacalus, der Amsivarier.' Aber Boiacalus war nicht da. Es war ja schon dunkel, ich sehe auch nicht mehr so gut und im Licht der Lampen konnte ich die entfernter Sitzenden nicht mehr genau erkennen. Ich hatte einen anderen mit ihm verwechselt. Man lachte und rief: ‚Boiacalus! Boiacalus! Wo steckt denn der Trunkenbold, der die Verschwörung aufdecken will?' Auch Arminius fing an zu lachen – ja, er lachte, er schlug sich die Schenkel! Ich schrie: ‚Er wollte hier sein, er wollte alles bezeugen! Er war doch sonst immer hier! Wo ist er? Was habt ihr mit ihm gemacht? Ist er tot? Habt ihr ihn umgebracht? Hat euch jemand verraten, dass er mit mir in der letzten Nacht unterwegs war?'"

Der zornige Blick des Segestes glitt über die Gesichter der Männer am Feuer und verharrte kurz bei Segithank, der weit vorgebeugt, von ihm abgewandt, mit einem Stock die verlöschende Glut schürte. Nelda biss sich auf die Lippe und wagte nicht, sich zu rühren.

„Und was geschah weiter?"

„Natürlich gab es wieder Geschrei und höhnisches Gelächter. Einer kam auf mich zu und versetzte mir einen Schlag, ich spüre es jetzt noch. Und da bemerkte ich schon, dass auch die Römer, die dabei saßen, die Sache eher heiter nahmen. Gleich werden sich die Barbaren prügeln, dachten sie wohl. Das Schlimmste aber: Varus seufzte, lehnte sich in seinem Armstuhl zurück und gab mir mit einer Geste zu verstehen, dass ich endlich mit dem Unfug aufhören sollte. Und mit dem Arminius tauschte er einen Verständigungsblick. Das hieß wohl: Ist nichts mehr los mit dem alten Segestes – der ist besoffen oder übergeschnappt. Da machte ich einen letzten Versuch. ‚Legat!' brüllte ich in den Lärm hinein. ‚Hör meinen Rat! Lass uns alle verhaften, alle Stammesführer – auch mich! Alle, die hier anwesend sind. Und dann ... und dann verhöre uns! Jeden von uns nimm dir einzeln vor! Wenn sie allein sind, werden sie bald den Mut verlieren! Sie werden alles gestehen, werden schnell zusammenbrechen! Verhafte uns alle! Verhöre uns! So wirst du die Wahrheit herausbringen!' Weiter kam ich nicht bei dem Geheul. Und Varus gebot schließlich Ruhe und sagte: ‚Was fällt dir ein, Segestes, was verlangst du von mir? Alle verhaften – meine geladenen Gäste? So hinterhältig sollte ich handeln? Kennst du mich wirklich so schlecht? Glaubst du ernsthaft, man könnte mich täuschen? Einen wie mich? Ich habe in Judäa eine Verschwörung aufgedeckt und einen Aufstand niedergeschlagen – und sollte nicht merken, dass ich hier von lauter Verrätern umgeben bin? Sollte ich alle die guten Freunde hier so schrecklich verkennen? So etwas sollte mir passieren?' So sprach er, das waren seine Worte. Was konnte ich darauf noch erwidern? Plötzlich stand ich als Verleumder da. Alle starrten mich an. Er sagte dann noch, den unbedeutenden Aufruhr werde er niederschlagen – persönlich. Das sei gut für die Truppe, nach dem langen Müßiggang im Sommerlager. Die müsste mal wieder etwas zu tun bekommen ... eine willkommene, nützliche Übung. Dann ließ er für alle Geschenke bringen – auch für die Verschwörer. Und morgen früh bricht er auf. Den kürzesten Weg will er nehmen, durch das Waldgebirge hinter der Teutoburg. Gibt es da überhaupt einen Weg? Wundern wird er sich ... wundern ..."

Segestes schwieg und auf Fragen, die man ihm zurief, antwortete er nicht mehr. Er starrte noch eine Weile finster vor sich hin und stand dann schwerfällig auf, um einige Anordnungen für den nächsten Tag zu treffen, den auch er für die Rückreise bestimmt hatte. Nelda erhielt den Auftrag, die Knechte zu beaufsichtigen, die die Kisten und Körbe mit den erhandelten Waren auf die mitgeführten Karren laden und sicher verstauen sollten. Während er mit ihr sprach, beobachtete sie ihn ängstlich, immer gewärtig, gleich gefragt zu werden, wie sie den Tag verbracht hatte – ohne Gaius Sempronius. Aber er fragte nichts, sondern war mürrisch und in sich gekehrt. Die Schwellung in ihrem Gesicht fiel ihm in der Dunkelheit nicht auf.

Später, als sie nebeneinander im Zelt lagen, brummte er, dass er wegen der Reise mit dem Senator gesprochen habe. Dieser könne sich allerdings nicht entscheiden, ob er auf dem kürzesten Weg, der Heerstraße entlang der Lupia, zum Rhenus zurückkehren oder die Einladung zu einem Aufenthalt auf dem Wehrhof annehmen solle. Er wolle sich dazu erst noch mit seinem Sohn und seinem Negotiator beraten. Nelda seufzte erleichtert, weil sie nun sicher sein konnte, dass ihr Vater im Laufe des Tages nicht mit Gaius zusammengetroffen war. Segestes missdeutete ihren Seufzer und fügte gallig hinzu, das alles sei sehr unangenehm, weil der Alte aus Rom vorzugsweise auf günstigen Landerwerb aus sei, von der Heirat aber immer seltener rede. Doch wenn man ihn erst einmal auf dem Wehrhof habe, was Gaius erreichen sollte, dann werde er um einen Verlobungsvertrag nicht herumkommen. Dann werde der Bräutigam ihr einen goldenen Ring an den Finger stecken und man werde mit allem Drum und Dran nach römischer Sitte die Sponsalien feiern. Die Hochzeit werde dann – vielleicht schon im Frühjahr – in Rom stattfinden.

„Bei Donars Hammer!", brummte Segestes, „hoffentlich werden wir dabei nicht gestört. Bitten wir die Götter, dass sie die Opfer dieser Irrwitzigen nicht annehmen, die alles verderben wollen. Und dass dem Varus doch noch rechtzeitig die Augen aufgehen. Immerhin hat er drei Legionen."

Der nächste Tag – es war nun fast Mitte September – zog wieder mit Regen und kaltem Wind herauf. Erst um die dritte Stunde drangen ein paar Sonnenstrahlen durch die grauen Wolken. Die XVII. Legion, die den Anfang machte, zog mit glänzenden Waffen und Feldzeichen, mit bunten Standarten, unter Flötenspiel, Trompetengeschmetter und Getrommel viele Gaffer an, die sich dann aber, von neuen Regengüssen gepeitscht, schnell verliefen. Etwas später brach auch Segestes mit seiner Gefolgschaft auf. Lucius Sempronius hatte am Morgen doch noch entschieden, sich anzuschließen. Sein Negotiator reiste mit, in dessen bequemem Reisewagen auch der Senator Platz fand. Von Varus war ihm ein aus rätischen Hilfssöldnern bestehender Schutztrupp genehmigt worden. Gaius saß wie Segestes zu Pferde. Meistens ritt er an der Seite des mit Gepäck beladenen Wagens, auf dem sich auch Nelda mit der Frau des Wigbald und ihren Kindern befand. Sie sah es als ihre Pflicht an, sich um die noch immer verstörte, verängstigte Familie zu kümmern, bis sie die vier der Obhut ihrer Mutter überlassen konnte. Ab und zu bestieg sie aber doch ihr Pferd und ritt ein Stück. Dann schloss Gaius sich an und es wurde ihr schwer, auf den heiteren Plauderton des liebenswürdigen jungen Römers einzugehen, der nichts wusste und nichts ahnte. Oft blieb sie ihm Antworten schuldig und er erkundigte sich besorgt nach ihrem Befinden. Ihr fehlte nichts, doch es war ein anderer, mit dem sie ständig und voller Inbrunst Gespräche führte, wenn auch nur stumm und in Gedanken.

Es war eine Reise mit zahlreichen Hindernissen: über verschlammte, kaum noch erkennbare Wege, durch angeschwollene Bäche, mit Aufenthalten vor umgestürzten Bäumen und Tierkadavern, die zeitraubend fortgeräumt werden mussten. Der Senator bereute bald, nicht die Heerstraße genommen oder sich den Legionen angeschlossen zu haben. Beim Passieren einer gewundenen Schneise durch dichten Wald, wo sich der Treck der Reisenden weit auseinander zog, verschwanden plötzlich Segithank und die meisten der jüngeren Gefolgsleute. Segestes schwor, er werde diesen Schuft von einem Neffen in Ketten legen, sollte er ihm je wieder unter die Augen kommen. Den römischen Reisegefährten erklärte er, dass er die jungen Männer auf einem kürzeren, doch schwerer gangbaren Wege vorausgesandt habe, um die Ankunft vorzubereiten.

Segestes wollte dem Besuch des ranghöchsten Römers, der je seinen Wehrhof betreten hatte, eines Mannes, zu dem er überdies verwandtschaftliche Beziehungen aufnehmen wollte, einen festlichen Charakter geben. Doch das gelang nicht recht. Der ältere Sempronius zeigte, im Gegensatz zu seinem Sohn, keineswegs die Bereitwilligkeit, sich den germanischen Verhältnissen anzupassen. Wegen des Wetters war er verstimmt, und die Unbequemlichkeiten des Aufenthalts auf dem Wehrhof waren ihm lästig. Er erklärte, nur wenige Tage bleiben zu wollen und drängte deshalb darauf, so rasch wie möglich zum Geschäftlichen zu kommen. So musste Segestes, statt ein üppiges Festmahl zu geben, bereits am Tag nach der Ankunft mit den beiden Semproniern und dem Negotiator das weiträumige, fast unbewohnte Wald- und Wiesengebiet am Rande seines Gaus besichtigen, das er dem römischen Staat gegen eine Entschädigung überlassen wollte. Quästoren oder – wie in diesem Fall – ein von ihnen beauftragter Negotiator übernahmen die Vermessung und den Verkauf solcher Güter. Segestes betrieb die Angelegenheit eifrig, würden auf diese Weise doch Mittel hereinkommen, die er für die aufwendigen, noch unvollendeten oder kaum begonnenen Bauten auf seinem Hof benötigte. Zum Glück war das Wetter günstig und beim Anblick der fetten Weiden und der Wälder voller Baumriesen, die der Negotiator gleich in Gewinne aus Viehzucht und Holzwirtschaft umrechnete, gewann der Senator seine gewohnte Munterkeit zurück. Die Ansiedlung von Veteranen der Rhenus-Armee als Kolonen wurde erwogen, auch einiger hundert Sklaven, pannonischer Gefangener, die jetzt, nach der Niederschlagung des Aufstands, billig zu haben waren. Bei der Rückkehr auf den Herrenhof waren alle in gehobener Stimmung.

Sie wussten noch nicht, was inzwischen geschehen war.

Es war Nelda, die die schlimm zugerichteten Ankömmlinge zuerst bemerkt hatte. Getrieben von Unruhe und Besorgnis und in der unbestimmten Hoffnung, es könnte vielleicht eine für sie wichtige Nachricht eintreffen, war sie immer wieder zum Ausguck geeilt, der schmalen Felsenplattform, von der aus man das ganze Tal überblicken konnte. Dann hatte sie die fünf Männer aus dem Wald kommen sehen. Zwei von ihnen stützten den Dritten, der kaum gehen konnte, der Vierte führte ein Pferd am Zügel, auf dem der Fünfte mehr hing als saß. Die rote Farbe ihrer Kleidung wies sie als Legionäre aus, sie schienen bewaffnet zu sein. Nelda schickte sogleich ein paar Knechte mit einem

Karren den Hügel hinab. Der Anblick war mitleiderregend: Bis auf den nur leicht verletzten Mann, der das Pferd führte, hatten alle schreckliche Wunden, ihre Köpfe und Gliedmaßen waren mit blutdurchtränkten Lappen umwickelt. Einer, der einigermaßen Latein sprach, gab Auskunft darüber, was ihnen geschehen war.

Sie stammten aus dem westlichen Gallien, hatten der XIX. Legion angehört. In der Frühe waren sie plötzlich auf dem Marsch überfallen worden. Ein unsichtbarer Feind, im Gebüsch verborgen, hatte auf sie gewartet und sie aus dieser sicheren Deckung, als sie auf dem schlammigen, schmalen Gebirgspfad, zu dem sich der Weg verengt hatte, in loser Reihe herankamen, mit Lanzenwürfen empfangen. Gleich waren mehrere tot hingestürzt. Dann waren die Angreifer, langhaarige, riesenhafte germanische Krieger, aus dem Gebüsch hervorgesprungen und hatten mit Framen, Keulen und Äxten so wild auf die Überraschten, Verwirrten eingestochen und eingeschlagen, dass diese kaum dazu gekommen waren, ihre Schwerter zu ziehen, schon gar nicht aber, sich in Kampfordnung aufzustellen. So seien sie, durcheinanderirrend, zusammengehauen worden und die meisten von ihnen seien als blutiger Haufen, allen Nachrückenden zum Hindernis, liegen geblieben. Was denen, die vor ihnen und hinter ihnen kamen, geschehen sein mochte, konnten die Männer aber nicht sagen. Mit viel Glück seien sie, jeder einzeln, dem Gemetzel entronnen. In einer halb verfallenen Hütte hätten sie sich zusammengefunden und versteckt, immer gewärtig, dort von vorüberziehenden feindlichen Haufen entdeckt zu werden. Das Pferd sei ihnen zugelaufen, sein Fell weise Blutflecke, aber keine Verletzungen auf. Am Zaumzeug sehe man, dass es zu einer römischen Ale gehörte und wohl seinen Reiter verloren hatte.

Die Männer mussten versorgt werden und Nelda wollte sie in der Wohnhalle unterbringen. Aber Frau Male, Brun und der lahme Segimer waren dagegen und wollten erst Segestes´ Entscheidung abwarten. Man führte die Verletzten deshalb auf der anderen Seite des Hauses, dem Pferdestall, in eine Ecke, wo frisches Heu aufgehäuft war. Die Frau des Wigbrand, die sich auf Kräuter und Salben verstand, übernahm es, ihnen die Wunden zu reinigen und neue Verbände anzulegen. Nelda brachte ihnen Gerstenbrei und stellte das Pferd, eine Stute, zu ihrem eigenen.

Frau Male nahm Segestes bei seiner Rückkehr am Abend beiseite und unterrichtete ihn von dem Vorgefallenen. Seine erste Sorge galt den römischen Gästen, die die Verwundeten nicht zu Gesicht bekommen sollten. Man musste sie vom Hause fernhalten, was auch nicht schwer war. Der alte Sempronius übernachtete im Wagen des Negotiators, der junge mit seinen Leuten in der Hütte und die Wachmannschaft in ihren Zelten in der Nähe des Tors. Sie alle waren mit draußen gewesen, wussten also nicht, was geschehen war. Sie sollten es auch nicht wissen, solange Hoffnung bestand, es könnte sich um einen vereinzelten Angriff gehandelt haben. Dass der Schreck darüber den teuren Gast vertrieb, bevor alles mit ihm geregelt war, wollte Segestes vermeiden. Nachdem er jedoch mit den Männern gesprochen hatte, wusste er, dass eine solche Hoffnung trügerisch war.

„Es geht los", sagte er zu Brun. „Und vielleicht ist es schon zu Ende. Was tun wir jetzt?"

Brun war nicht gewohnt, dass sein mächtiger Schwager von ihm einen Rat begehrte. Er wusste auch keinen.

15

Im Schutz der Dunkelheit schlich Nelda zu Gaius Sempronius.

Sie fand ihn noch wach, er saß beim Schein einer Öllampe über seinen Kodizes. Seine beiden Begleiter schliefen. Nelda gab ihm ein Zeichen, zu ihr herauszukommen.

„Ihr müsst fort", sagte sie. „Noch heute Nacht."

„Was ist geschehen?"

„Komm mit."

Sie führte ihn über den Hof an die Rückseite des Wohnhauses. Durch eine schadhafte Stelle im Lehmbewurf der Flechtwand konnten sie ins Innere des Stallbereiches blicken, wo ein Knecht mit einem glimmenden Kienspan der Frau des Wigbrand notdürftig leuchtete, während sie die Wunden eines der fünf Männer mit Salbe bestrich.

„Siehst du die Männer auf dem Heulager?", flüsterte Nelda.

„Was sind das für Leute?"

„Heute Morgen gehörten sie noch zum römischen Heer, das gerade vernichtet wird."

„Was sagst du?", fragte er erschrocken.

„Du hast mich richtig verstanden. Euer Statthalter Varus wurde in eine Falle gelockt. In ein Waldgebirge, wo es für ihn und seine Legionen kein Entrinnen gibt. Die Cherusker und alle Stämme ringsum erheben sich. Schon jetzt gibt es keine Provinz Germanien mehr. Ihr müsst fliehen, Gaius!"

„Heißt das, die Männer dort ..."

„... sind Verwundete, die sich durch Wald und Sümpfe bis hierher schleppten."

„Aber, Nelda, das kann ich nicht glauben!", sagte der junge Römer und wandte sich verwirrt ab. „Ein Aufstand? Man hätte im Sommerlager doch etwas bemerken müssen. Ich hatte eher den Eindruck, dass sich eure Leute langsam an uns gewöhnten."

„Vielleicht hätten sie das, wenn alle so wären wie du", entgegnete sie. „Aber es ist zu viel Unrecht geschehen. Wir lieben die Freiheit und wollen keine Herren über uns."

„Du scheinst mehr zu wissen!"

„Ja. Ich weiß mehr, und weil du mir lieb und wert bist, Gaius, warne ich dich. Du gehörst zu den verhassten Juristen, die so viele um ihre Freiheit und ihr Hab und Gut gebracht haben."

„Ich habe mich immer nach den Gesetzen gerichtet!", protestierte er.

„Nach euren Gesetzen. Jedenfalls meistens. Ja, du hast allzu harte Urteile vermieden. Doch glaub mir, sie werden keinen Unterschied machen. Sie sollen schon einige Richter geblendet haben. Wozu brauchen die ihre Augen, sagen sie, wenn sie ja doch nicht sehen, was wahr und gerecht ist. Steuereinnehmern hat man die Hände abgehauen, damit sie nicht mehr stehlen können. In eurer Gesellschaft ist auch ein Negotiator. Diese Geschäftemacher werden verabscheut."

„Ich bin ja auch der Meinung, dass sie zu habgierig und brutal sind", räumte er ein. „Ich habe meinen Vater gewarnt ..."

„Rette ihn!", unterbrach sie ihn drängend. „Und rette dich selbst! Oder soll es euch so ergehen wie denen dort?"

„Doch wie ..."

„Ihr müsst versuchen, euch nach Aliso durchzuschlagen, ehe die Aufständischen dort sind."

„Wie kommen wir dorthin?"

„Auf der Heerstraße, entlang der Lupia."

„Und wie erreichen wir die?"

„Ich führe euch."

„Aber wir wollten uns doch verloben!"

Er ergriff ihre Hand. Sie entzog sie ihm.

„Dazu ist keine Zeit mehr!"

„Ich liebe dich und ich will, dass du meine Frau wirst!", sagte er heftig.

„Ich liebe dich nicht, Gaius", erwiderte sie ungerührt. „Niemand kann mich jetzt noch dazu zwingen."

Er starrte sie an. „Ich dachte bis heute", stammelte er tief betroffen, „du hättest der Heirat freiwillig zugestimmt."

„So warst du im Irrtum. Ich gehöre einem anderen. Aber ich mag dich und schätze dich. Deshalb werde ich euch hier heraushelfen. Das ist das Einzige, was ich noch für euch tun kann!"

Es gelang ihr schließlich, Gaius Sempronius zu überzeugen, dass nur die sofortige Flucht Rettung verheißen würde. Er weckte seinen Vater und dieser, tief bestürzt, eilte sofort zu den Zelten seiner zwölfköpfigen Wachmannschaft. Es stellte sich glücklicherweise heraus, dass sich deren Anführer, ein grauhaariger Optio, auf der Heerstraße und in ihrer Umgebung auskannte, weil er in den an der Lupia gelegenen Kastellen zeitweilig Dienst getan hatte. Eines derselben, wusste er, war das Quartier des Stammespräfekten Gabrinus, der für das Cheruskergebiet, zu dem der Gau des Segestes gehörte, zuständig war. Dorthin, meinte er, müsse man sich begeben. Die Gegend zwischen dem Wehrhof des Segestes und jenem Kastell, das am Oberlauf der Lupia lag, war ihm allerdings nicht bekannt und so riet er, Neldas Angebot anzunehmen. Im Morgengrauen wurden die Zelte der Wachmannschaft abgebaut. Der zweispännige Wagen des Negotiators rollte zum Tor.

Die nächtliche Unruhe war jedoch bemerkt worden. Einer der Torwächter, Hauk, ein noch junger Kerl von riesigem Wuchs, dem ein Auge fehlte, war zum Herrenhaus gelaufen und hatte Alarm geschlagen. Segestes eilte mit vielen anderen herbei und erkundigte sich, was geschehen sei, warum die Römer so plötzlich aufbrachen. Der Senator antwortete ihm in schneidendem Ton, er habe seine Gründe, sich unverzüglich unter den Schutz der nächsten römischen Präfektur zu begeben. Wenn ihm etwas an seiner Freundschaft gelegen sei, solle er ihn und sein Gefolge ziehen lassen. Segestes versicherte ihm, dass sie bei Gefahr, falls eine solche drohe, nirgends besser aufgehoben seien als auf seinem Herrenhof. Doch Lucius Sempronius verlangte gebieterisch, dass man unverzüglich das Tor öffne. So blieb Segestes nichts anderes übrig, als den Wächtern zu befehlen, die Riegel zurückzuschieben und den Torbalken zu entfernen.

Da schrie der Einäugige, der den Befehl ausführen sollte: „Wollt ihr die Römer entkommen lassen? Seht sie an, diese Elenden, diese Blutsauger! Fliehen wollen sie! In Sicherheit bringen wollen sie sich – und alles, was sie gestohlen haben! Sollen sie so billig davonkommen?“

Segestes trat auf den Schreier zu und wollte ihn anherrschen, bemerkte jedoch im selben Augenblick, dass von allen Seiten empörte Rufe ertönten. Einige seiner Gefolgsleute drängten heran und umringten den Wagen des Negotiators, der mit wertvollem Handelsgut bepackt war. Die Frechsten machten schon Anstalten, hinaufzuklettern und die Kisten abzuladen. Der Negotiator, ein schmales Männchen, erhob ein Geschrei und wurde vom Wagen gezerrt. Gaius Sempronius, der schon zu Pferde saß, sprang ab und versuchte, ihm zu Hilfe zu kommen. Aber es hatte ihn bereits ein Knüppel niedergestreckt, er lag ohnmächtig zwischen den Rädern. Der Baumeister, der sich den Fliehenden anschließen wollte, musste Faustschläge abwehren. Auch Gaius wurde gepackt und geschüttelt. Die Frau des Wigbrand, die vorher noch so hingebungsvoll die Verwundeten gepflegt hatte, krallte ihre Nägel in das Gesicht des römischen Richters und zog eine Blutspur.

Sie wurde so heftig zurückgestoßen, dass sie das Tuch verlor, mit dem sie ihren geschorenen Kopf bedeckt hatte. Nelda riss Gaius von ihr weg, führte ihn zu seinem Pferd und nötigte ihn aufzusitzen. Dann trat sie zu Hauk, gab ihm einen Stoß und befahl ihm, endlich das Tor zu öffnen.

„Mach auf!“, schrie sie. „Wird's bald, du Dummkopf, du grober Tölpel? Ich will hinaus! Ich will ausreiten!“

„Öffne das Tor!“, rief Segestes.

Der Einäugige, durch Neldas wütenden Angriff überrumpelt, gehorchte. Sie bestieg ihr Pferd, das ein Knecht herangeführt hatte, und ritt zuerst hinaus. Gaius folgte ihr. Der Wagen mit dem älteren Sempronius und dem noch halb ohnmächtigen Negotiator rumpelte hinaus auf den Sandweg.

Als alle draußen waren und sich der Zug den Abhang hinabbewegte, begriff Segestes mit einem Mal, dass Nelda nicht nur Hauk zum Öffnen des Tores veranlasst hatte, sondern dass sie mit den Römern den Wehrhof verließ. Seine betroffene Miene hellte sich auf. Er ballte die Fäuste und reckte sie hoch in die Luft.

„Ja!“, rief er. „Recht so, meine Tochter! Reite mit deinem Bräutigam fort! Folge ihm über den Rhenus! Bringt euch in Sicherheit vor den Verbrechern!“

Doch kaum hatte er diese Worte ausgestoßen, wurde er von mehreren seiner Leute gepackt und der riesenhafte Hauk brüllte: „Welche Verbrecher meinst du denn? Meinst du die, die im Waldgebirge die Römer abschlachten? Unsere Befreier? Unsere Retter?“

Segestes wollte sich losmachen, doch die Männer hielten ihn fest und andere näherten sich in drohender Haltung.

„Hol deine Waffen und steig zu Pferde!“, befahl ihm der Einäugige. „Und dann führ uns dorthin, wo wir jetzt gebraucht werden!“

16

Sie waren längst fort, als Nelda am Abend zurückkehrte.

Die Sonne war schon untergegangen und der Herrenhof lag im Dämmerlicht. Nelda führte ihre erschöpfte Stute am Zügel. Verwundert bemerkte sie, dass das Tor offen und unbewacht war. Sie trat ins Haus ein und sah, dass sich die Bewohner an einer Seite der Halle um die Schlafbank drängten. Vermutlich war jemand krank geworden. Sie entschloss sich, zuerst das Pferd in seinen Verschlag zu führen und zu füttern. Halbdunkel herrschte auf der Stallseite des Hauses, auch hier war niemand. Sie ergriff eine Gabel und trat in die Ecke, wo das Heu aufgehäuft war. Müde und noch ganz von den schweren Gedanken erfüllt, die sich ihr seit dem Abschied von den Römern, seit sie wieder allein war, aufdrängten, stach sie die Gabel in den Heuhaufen. Dabei stieß sie auf Widerstand. Als sie genauer hinsah, fuhr sie heftig zurück. Sie war mit der Gabel auf einen abgehauenen Fuß getroffen.

Da lagen tote menschliche Körper im Heu. Kaum waren sie noch den Männern ähnlich, die man am Tag zuvor dort als Verwundete gebettet hatte. Alle waren verstümmelt und über und über blutbesudelt. Zweien von ihnen waren die Köpfe abgeschnitten, anderen fehlten Arme, Füße. Die Leiber waren aufgeschlitzt, Gedärm quoll hervor. Die beiden Köpfe waren an Pfeiler genagelt.

Nelda stürzte entsetzt hinaus und rannte hinüber in die Wohnhalle.

„Wer war das? Wer hat das getan? Vater, wo bist du? Mutter! Wer hat das angerichtet? Wie konntet ihr zulassen ..."

Alle, die um die Schlafbank versammelt waren, wandten ihr ihre starren, ernsten Gesichter zu. Es waren Frauen, Mägde, Kinder und ein paar alte Männer. Aus ihrer Mitte trat Frau Male hervor, ein feuchtes, blutbeflecktes Tuch in der Hand.

„Ramis hat einen Sohn", sagte sie und ging an Nelda vorbei. „Und es gibt keinen Vater, der ihn aufheben kann."

Nelda hörte nun den zarten Schrei des Kindes und sah Ramis auf dem Lager, nackt und in Tränen.

„Sie sind alle fort", sagte Brun. „Dein Vater und die anderen. Sind dorthin gezogen, wo gekämpft wird. Er wollte nicht ... doch was blieb ihm übrig! Mögen die Götter ihn schützen. Wenn sie es ihm nur nicht vergelten, was er im Lager am Visurgis getan hat."

„Wer hat die Männer ermordet ... dort im Stall?"

„Hauk und ein paar andere. Sie sind jetzt wie wilde Tiere. Was soll nun werden ... was soll werden ..."

Die nächsten Tage vergingen in beklemmender Stille. Ein paar Halbwüchsige bewachten das Tor. Die Frauen und Mägde widmeten sich ihren gewohnten Arbeiten, doch ohne dabei zu singen, fröhlich zu schwatzen oder zu streiten. Alle waren mit ihren Gedanken bei den Männern, die so überstürzt in den Kampf gezogen waren, manche der Älteren mit halbem Herzen, mitgerissen von den Jüngeren, die Ruhm und Beute erhofften. Die ermordeten Legionäre wurden von Knechten im Wald verbrannt und verscharrt. Nelda kümmerte sich um Ramis, die sich rasch erholte und, ihren Sohn an der Brust, immer wieder mit ihr auf die Felsenplattform zum Ausguck eilte. Ab und zu kamen Leute aus den Weilern im Tal herauf und berichteten, was sie gehört hatten. Dass ein gewaltiger Kampf stattgefunden hatte, wussten alle, doch wie er ausgegangen war, konnte niemand mit Sicherheit sagen. Dann erzählte ein Händler, das Kastell, zu dem Nelda Gaius und die anderen gebracht hatte, sei von den Römern verlassen worden. Und kurz darauf hieß es, alle römischen Truppen, die in der Gegend stationiert waren, hätten sich weit nach Westen in die starke Festung Aliso im Land der Brukterer zurückgezogen. Dort seien sie aber eingeschlossen und würden von germanischen Kriegern belagert.

Endlich entließ dann unten im Tal der Wald eine größere Gruppe, die mit hoch beladenen Pferden und Karren heranzog. Ramis schrie auf – sie erkannte den Rotschopf an der Spitze. Ihr Kind im Arm, rannte sie den steilen Weg hinunter, Nelda konnte kaum folgen. Segithank stülpte seinem Sohn einen Römerhelm auf und stemmte ihn unter dem Heil-Gebrüll des ganzen Trupps in die Höhe. Der einäugige Riese Hauk trug mehrere erbeutete Schwerter am Gürtel und hatte einen schwärzlichen, abgeschlagenen Kopf auf seine Lanzenspitze gesteckt. Grölend und auf die Schilde trommelnd zog der Haufen in den Herrenhof ein. Alles lief herbei, die Beute, vorwiegend Trossware, wurde abgeladen und unter Geschrei, Gezänk und Gelächter verteilt. Die Männer berichteten ruhmredig von ihren Taten, mit denen sie so üppigen Lohn verdient hatten.

Nelda ging von einem zum anderen und ließ sich von denen, die zwar betrunken waren, aber noch Auskunft geben konnten, alles so genau wie möglich erzählen. Unzweifelhaft war, dass die Cherusker und ihre Verbündeten gesiegt hatten. Es schien, dass alle drei Legionen, die Varus ins Sommerlager an den Visurgis geführt hatte, geschlagen und aufgerieben worden waren. Drei Tage lang, hieß es, habe das Gemetzel bei Sturm und Regen, im Dickicht des Waldgebirges gedauert. Zu einer richtigen Schlacht sei es nicht gekommen, doch habe es unzählige kleinere und größere Gefechte gegeben, bei denen die Römer fast immer den Kürzeren gezogen hätten. Am dritten Tag seien die Letzten fast ohne Widerstand zusammengehauen worden.

„Und Arminius?“, fragte Nelda jeden. „Lebt er? Habt ihr ihn gesehen?“

„Er lebt!“, schworen sie. Fast alle hatten ihn irgendwo auftauchen sehen und gehört, wie er den Kämpfern Befehle erteilte und anfeuernde Reden hielt.

„Das ist ein Held, unser Segifrit!“, rief einer. „Viele Meilen lang schlängelte sich der römische Lindwurm durchs Gebirge. Er hat ihn in hundert kleine Stücke zerhauen!“

„Ja, so war es“, bestätigte ein anderer. „Zuerst hat er ihm den Schwanz abgehackt, den Tross. Da haben wir die fetteste Beute gemacht!“

„Und zuletzt kam der Kopf!“, rief Segithank. „Varus und seine hohen Herren. Wir brauchten sie gar nicht erst abzustechen, das taten sie selber, gegenseitig. Vorher hatten sie noch Befehl gegeben, sie zu verbrennen und standesgemäß zu begraben. Aber dazu war nicht viel Zeit und es regnete zu stark. Die Leichen waren kaum angekohlt und die Erde, die sie bedeckte, war schnell heruntergekratzt. Habt ihr das alle gesehen?“, schrie er. „Habt ihr gesehen, wie ich mir den Varus schnappte? Und wie ich dann, rechts das Schwert in der Faust, links den Varus im Arm, einen Waffentanz hinlegte? Und wie er dabei mit dem Kopf wackelte und mit den Beinen schlenkerte? Später wurde er steif und ich hatte keine Lust mehr, mit ihm zu tanzen. Da schmiss ich ihn zurück in seine Grube. Aber sie holten ihn noch einmal heraus und schlugen ihm den Kopf ab.“

Seine Zuhörer antworteten ihm mit großem Gelächter.

„Ja", sagte Hauk, „und auch die anderen bekamen, was sie verdienten. Ihre besten Teile warfen wir unseren Hunden vor, so ein Torfspitz ist ganz gierig darauf. Ihre verdammten Römerschädel nagelten wir an die Bäume. Und damit Wodan und Donar auch etwas von ihnen hatten, hackten wir sie klein und schmorten sie auf den Altären. Das war harte Arbeit, sage ich euch, ich verbrauchte drei Äxte, aber zum Glück war genug zu trinken da, die Herrschaften hatten sich gut mit Wein versorgt – sich und uns!"

Doch es gab nicht nur Jubel und Heiterkeit. Zwei Männer der Gefolgschaft waren ums Leben gekommen. Andere waren verwundet und noch irgendwo unterwegs. Vergebens erkundigte sich Frau Male nach ihrem Hiwo, ihrem Ehemann. Keiner hatte Segestes zuletzt noch gesehen. Es konnte auch niemand sagen, ob er gekämpft hatte. Allerdings war er mit seinem Trupp erst am letzten Tag auf dem Schauplatz der Kämpfe eingetroffen, als alles schon so gut wie entschieden war.

„Wenn sie ihm nur nichts antun, die stolzen Sieger", sagte Brun mit einem besorgten Blick auf die grölenden Heimkehrer.

„Ich war dagegen, dass er sich von denen mitziehen ließ." Frau Male seufzte. „Besser wäre gewesen, das Tor zu verrammeln und abzuwarten. Aber er wollte ja nicht auf mich hören. Wie stehe ich da, sagte er, wenn sie den Kampf gewinnen und ich war nicht dabei? Na, wie steht er jetzt da! Arminius ist nun obenauf und der hasst ihn – wegen der abgewiesenen Brautwerbung."

„Er hasst ihn nicht", sagte Nelda bestimmt. „Und so niedrig denkt er nicht, dass er sich dafür rächen würde."

„Woher willst du das wissen? Kennst du ihn denn?"

Frau Male blickte ihre Tochter argwöhnisch an, bekam aber keine Antwort.

Wenig später waren ihre trüben Gedanken wie weggeblasen, zumindest für ein paar Augenblicke. Dass dieser Tag noch eine so große Freude für sie bereithielt, hatte sie nicht erwartet. Ein Reitertrupp erschien am Tor, ein junger Mann stürzte auf sie zu und sie lagen sich in den Armen. Es war Segimund, ihr Sohn, den sie seit Jahren nicht gesehen hatte. Auch die Geschwister umarmten und küssten sich.

„Wo kommst du her, Brüderchen? Geradewegs aus der Ubierstadt?"

„Ach, was denkst du! Ich war dabei, habe gekämpft!“

„Wie?“, rief Frau Male. „Auf Seiten der Römer?“

„Aber Mutter! Natürlich auf Seiten der Unseren.“

„Als Priester am Altar des Augustus?“

„Das ist vorbei!“, sagte Segimund lachend. „Als ich erfuhr, was hier im Gange war, gab es nur eines: über den Rhenus und zu Arminius.“

„Du kanntest ihn?“, fragte Nelda überrascht.

„Ja. Wir haben ein paar Mal miteinander gesprochen, wenn er mit seiner Truppe bei uns durchkam. Natürlich war es nicht leicht, ihn zu finden, er war ja zuletzt überall. Aber nach einigen Umwegen schaffte ich es – und kam gerade noch rechtzeitig.“

„Hast du Vater gesehen?“, fragte Frau Male. „Ich mache mir große Sorgen um ihn.“

„Ja, ich hab ihn gesehen“, erwiderte Segimund und sein rundes, offenes Gesicht nahm plötzlich einen angestrengten Ausdruck an. „Ich weiß aber nicht genau, wo er jetzt ist. Er ist am Leben, das ist sicher, mehr kann ich aber nicht sagen. Das war ein eiliger Ritt, Mutter, wir haben Durst. Später muss ich noch mit dir reden, Nelda. Halte dich bereit.“

„Bereit – wozu?“

„Das erfährst du dann.“

Segimund setzte sich nicht zu den jungen Männern um Hauk und Segithank. Nur wenige hatten die Hand erhoben, als er sie grüßte. Alle wussten – Segestes hatte oft genug damit geprahlt –, dass er römischer Priester gewesen war. Einige Blicke waren feindselig. Er ließ sich mit seinen Begleitern in einer anderen Ecke des Hofes nieder. Nelda blieb in seiner Nähe, von einer freudigen Ahnung erfüllt, in die sich aber auch Angst mischte. Sie täuschte sich nicht. Was sie erfuhr, bestätigte ihre schönsten und ihre schlimmsten Erwartungen.

„Hör zu, Schwester“, sagte er, nachdem er einen Becher mit Bier geleert hatte und mit ihr beiseite gegangen war. „Um unseren Vater steht es nicht gut. Aber das braucht Mutter nicht zu wissen. Du hast wohl gehört, was im Lager am Visurgis geschehen ist, am letzten Abend bei Varus. Ich war nicht dabei, aber man hat mir alles erzählt. Ja, es steht schlecht um ihn, sogar sehr schlecht. Sie haben ihn in Ketten gelegt. Und viele verlangen ...“

„Was verlangen sie?“

Segimund schluckte und stieß mühsam das Wort hervor: „Hinrichtung."

„Sie wollen ihn töten?"

„Ja. Sie halten Gericht über ihn. Ich wollte zu seinen Gunsten sprechen, aber sie ließen mich gar nicht zu Worte kommen. Für die bin ich noch ein Römling, trotz allem. Die Mehrheit ist dafür, ihn ..."

„Und Arminius? Arminius?", unterbrach sie ihn. „Ist er auch dafür?"

„Nein. Und seine Stimme hat Gewicht. Er ist der Heerführer, der Sieger. Aber einige sprechen schon davon, dass er jetzt nicht mehr Heerführer ist. Der Krieg ist vorbei, sagen sie, also braucht man nicht mehr auf ihn zu hören als auf jeden anderen Stammesführer."

„So gibt es keine Hoffnung für Vater?"

„Doch. Arminius glaubt daran, aber ich weiß nicht, was er vorhat. Es hat irgendetwas mit dir zu tun. Das ist nämlich mein Auftrag, Schwester. Ich soll dich zu ihm bringen."

„Zu ihm?", rief sie. „Jetzt? Sofort?"

„Ja! Er sagte, ohne Verzug. Traust du dir einen Ritt in der Nacht zu?"

17

Noch vor Sonnenuntergang brachen sie auf. Nelda hatte Männerkleider angelegt, einen Dolch in den Gürtel geschoben und ihre langen blonden Zöpfe unter einer Kappe versteckt. Solche Vorsicht war dringend geboten. Man reiste nie sicher in germanischen Stammesgebieten, doch derzeit herrschte Gesetzlosigkeit. Plündernde Haufen zogen umher, in den Wäldern lauerte Räubergesindel. Trotzdem übernahm sie voller Ungeduld die Führung des kleinen Trupps. Sie saß besser zu Pferde als ihr Bruder und seine drei Begleiter. Zudem kannte sie im weiteren Umkreis die kürzesten und halbwegs sicheren Wege. Sie war den Männern meist um ein paar Pferdelängen voraus. Zum Glück herrschte ruhiges Wetter und ab und zu leuchtete ihnen sogar der Mond. Gegen Mitternacht hielt sie ein Fluss auf und sie mussten eine Furt suchen. Dann ging es bewaldete Hügel hinauf und wieder hinab. Sie führten die Pferde am Zügel und es gab ab und zu Streit um die einzuschlagende Richtung. Aber bald mussten sie nicht mehr befürchten, sich vielleicht verirrt zu haben. Der Pfad, auf den sie schließlich einbogen, war mit untrüglichen Zeichen markiert. Sie sahen Eisen schimmern und aus dem Dunkel die fahle Haut nackter, verwesender Leichen. Bei Tagesanbruch zeigte sich ihnen das ganze Ausmaß des Unheils: abgeschlagene Gliedmaßen, Fetzen von Kleidungsstücken, zerbrochenes Kriegsgerät, Wagenräder – am Wegrand verstreut, in den Schlamm getreten. Dazwischen, hin und her huschend, immer noch Plünderer, Frauen zumeist. Nachdem sie dem Todespfad der Legionen mehrere Meilen gefolgt waren, erblickten sie in einer Talmulde einen Weiler. Aus verstreuten Häusern und Hütten stieg Rauch auf, dazwischen wimmelten Menschen. Segimund erkannte den Ort – sie waren am Ziel.

Sie beeilten sich mit dem Abstieg und fanden das Heerlager der germanischen Stämme bereits in Auflösung. Immer wieder mussten sie mit Beutegut beladenen Haufen ausweichen. Von einigen erfuhren sie, dass sie nach Aliso aufbrachen, zur Verstärkung der Belagerer. Die Festung sei umstellt, hieß es, alle Versuche der eingeschlossenen Römer, sich noch zum Rhenus durchzuschlagen, würden aussichtslos sein. Nelda dachte an Gaius, den Senator und die anderen und hoffte, dass sie rechtzeitig weitergereist und entkommen waren.

Unten angelangt, führte sie Segimund in das größte der Gebäude. Ein Eckpfosten war verkohlt, andere Pfeiler und Balken zeigten Brandspuren. Offenbar hatten die Verfolger hier Flüchtende aufgebracht und Feuer gelegt. Der Regen musste jedoch verhindert haben, dass das Haus abbrannte. Als Nelda eintrat, fand sie, dicht gedrängt auf den Bänken längs der Wände, unter dem halb zerstörten Dach beieinandersitzend, an die fünfundzwanzig, dreißig Männer, vorwiegend Graubärte, von denen sie wusste, dass es Gaufürsten und Sippenälteste waren, die den Kriegsrat und das Gericht bildeten. Und da bemerkte sie schon Arminius, der sich erhob und ihr entgegentrat.

Er sah erschöpft aus, seine hellen Augen waren schwarzblau umrandet und lagen tief in den Höhlen. Sein Bart war lange nicht rasiert. Eine schmutzige Wundbinde war um einen seiner Unterarme gewickelt. In seinem zerrissenen Mantel, an dem Dornen und Laub hingen, ähnelte er wenig einem Feldherrn, der gerade das Heer des Imperiums geschlagen hatte.

„Wie gut, dass du da bist!“, sagte er und ergriff ihre Hände. „Höchste Zeit, ich hätte sie nicht mehr lange hinhalten können.“

Er führte sie und Segimund in die Mitte. Ein Haufen zerbrochener Lehmplatten bezeichnete die Stelle, an der einmal der Herd des Hauses gestanden hatte. Nelda fühlte sich in ihrer Verkleidung ein bisschen lächerlich und nahm ihre Kappe ab, sodass ihre aufgelösten Zöpfe über die Schultern und den Rücken fielen. Von allen Seiten wurde sie angestarrt. Es waren neugierige, misstrauische, strenge Blicke. Nur einige dieser grobgesichtigen Stammesoberen hatte sie schon einmal gesehen, bei Besuchen auf dem heimischen Wehrhof oder kürzlich im Sommerlager. Die meisten waren ihr unbekannt.

„Männer“, sagte Arminius, „unterbrechen wir unsere Beratung und bringen wir die Sache zu Ende, bei der wir uns nicht einigen konnten. Holt ihn her!“, befahl er zwei mit Schwertern bewaffneten Gefolgsleuten.

„Hier seht ihr die Kinder des Segestes“, fuhr Arminius fort. „Seinen Sohn habe ich euch schon vorgestellt, leider wolltet ihr ihn nicht anhören. Aber ich wiederhole: Es war nicht sein Wunsch und seine Entscheidung, den Römern als Priester zu dienen. Und als er erfuhr, dass wir zum Kampfe rüsteten, tat er etwas, das in ihren Augen ein schweres Verbrechen ist: Er zerriss seine Priesterbinden! Unsere Götter strafen ihn nicht dafür, dass er ihnen vorübergehend abtrünnig wurde, sie hätten es wohl sonst längst getan. Er schloss sich uns an, griff zum Schwert und alle, die bei ihm waren, bezeugen seine Tapferkeit. Bedenkt das, Männer, wenn ihr über den Mann richtet, der einen solchen Sohn zeugte und großzog!"

Diesen Worten folgte ein unwilliges Gemurmel. Im selben Augenblick richteten sich alle Blicke nach der Tür, wo die beiden Gefolgsleute erschienen und den an Händen und Füßen mit Ketten gefesselten Segestes hereinschoben. Nelda erschrak beim Anblick ihres Vaters, über die furchtbare Veränderung in nur wenigen Tagen. Der hochgewachsene Mann ging gekrümmt, sein Gesicht war eingefallen, die Haut war an mehreren Stellen aufgeplatzt und wies rotblaue Schwellungen auf, die offensichtlich von Fausthieben herrührten. Er trug keinen Gürtel und keine Schuhe, sein Kittel und seine Hose waren nur noch schmutzige Lumpen.

Schmähworte wurden ihm entgegengerufen. Er warf einen stieren Blick in die Runde und entdeckte sofort das einzige weibliche Wesen im Raum.

„Du – Tochter? Was tust du hier? Wie kommst du hierher? Was hast du hier verloren?", fuhr er sie mit einer Stimme an, die von den geschwollenen Lippen und abgebrochenen Zähnen verzerrt wurde.

„Vater ..."

„Ihr hört es", sagte Arminius, an die Versammlung gewandt, „dies ist seine Tochter Thusnelda. Sie ist hergeeilt, um ..."

„Was willst du von ihr?", krächzte der Gefesselte. „Was hast du mit ihr vor? Sie hat ihrem Vater zu gehorchen, nur ihrem Vater! Ah, da ist ja auch mein treuloser Sohn ..."

„Schweig jetzt!", sagte einer der beiden Männer, die ihn weiter gepackt hielten, als könnte er trotz der Ketten entkommen. „Wenn der Heerführer redet, hast du das Maul zu halten!"

„Oder müssen wir es dir deutlicher sagen?", drohte der andere.

„Was habt ihr mit ihm gemacht?", schrie Nelda. „Wie habt ihr ihn zugerichtet!"

„Lasst ihn los!", sagte Arminius. „Und behandelt ihn so, wie ich es befohlen habe. Und du, Segestes, warte ab. Was du zu deiner Verteidigung zu sagen hattest, konntest du gestern schon vorbringen. Diese Männer werden jetzt über dich richten. Aber vorher sollen sie etwas hören, das sie bei ihrem Urteil berücksichtigen mögen: Es war seine Tochter, die ihr hier vor euch seht, von der ich erfuhr, dass wir verraten waren. Sie hatte die Kühnheit, sich zu mir durchzuschlagen. Sie entdeckte mir, dass sich der feige Boiacalus, der sich später, während wir kämpften, davonschleichen konnte, ihrem Vater anvertraut hatte. Segestes tat dann, was er aufgrund seiner Überzeugung tun musste: Er warnte Varus. Aber auch ich war gewarnt! Ich war vorbereitet – dank dieses tapferen Mädchens! So war ich nicht überrascht und bestürzt und verriet mich nicht selbst. Und es entstand unserer Sache kein Schaden. Bedenkt auch das, Männer, wenn ihr urteilt. Und sollte sie euch darum bitten, das Leben ihres Vaters zu schonen, lasst Milde walten!"

Arminius gab Nelda ein Zeichen zu sprechen. Sie dankte ihm mit einem Blick, trat einen Schritt vor und holte tief Atem. Doch ehe sie etwas sagen konnte, stieß Segestes einen Schwall von Verwünschungen aus. Er schrie, nun wisse er, was er geahnt habe. Eine Missratene sei sie, eine von bösen Geistern Besessene, eine, die nicht seine Tochter sein könne, und er verbiete ihr, für ihn zu bitten. Er wolle auch keinen Sohn mehr haben, wenn es einer sei, der treulos den Platz verlasse, für den ihn sein Vater bestimmt hat. Da er nicht aufhörte, Nelda und Segimund zu beschimpfen und da Befehle ihn nicht zum Schweigen brachten, Arminius aber noch mehr Gewalt gegen ihn untersagte, blieb nichts anderes übrig, als ihn fortzuzerren und hinauszuführen. Noch während er mit den Ketten klirrend das Haus verließ, stieß er Flüche aus.

„Ich bitte euch", wandte sich Nelda nun an die Männer ringsum auf den Bänken, „verzeiht ihm und habt Verständnis für ihn. Er ist ein Gaufürst wie mancher von euch, und solche Behandlung ist ihm noch nie widerfahren. Er ist verwirrt, er ist außer sich! Verzeiht ihm, dass er so handelte, wie er glaubte handeln zu müssen. Er schloss sich den Römern an, weil er das Gute sah, das sie uns brachten ... Straßen, Brücken und vieles, was uns das Leben leichter machte. Er fand, weil sie im Lande waren, herrschte mehr Frieden und Eintracht unter den Stämmen, und das war besser als die vielen Kriege, Fehden und Raubüberfälle.

Seinen Sohn, meinen Bruder Segimund, und sogar mich, seine Tochter, ließ er lesen und schreiben lernen ..."

An dieser Stelle erscholl der erste empörte Zwischenruf. Weitere folgten, je länger Nelda versuchte, ihren Vater zu rechtfertigen. Sie begriff, dass es ein Fehler war, aber sie konnte nicht mehr innehalten. Warum war sie nicht auf die Knie gesunken und hatte einfach nur um Gnade gefleht? Bald konnte sie sich gegen die Entrüsteten kaum noch durchsetzen und als sie versuchte zu erklären, ihr Vater sei ja auch für die Freiheit, was dadurch bewiesen sei, dass er trotz mancher Bedenken zuletzt mit seiner Gefolgschaft doch noch in den Freiheitskampf gezogen war, schlug ihr Hohngelächter entgegen. Und einer schrie, der „Freiheitskämpfer" Segestes habe nur beim Verteilen der Beute dabei sein wollen.

Nelda warf Arminius einen verzweifelten Blick zu. Er gebot Ruhe, konnte sich aber nicht durchsetzen. Die lautesten Rufer verlangten, nicht mehr länger zu zögern und mit dem elenden Römling ein Ende zu machen. Hätten er oder seine Tochter ein Wort für sie eingelegt und um Milde gebeten, wenn Varus an jenem Abend befohlen hätte, sie alle ans Kreuz zu schlagen?

„Du belügst uns, Arminius!", schrie mit heller Stimme einer der Jüngeren. „So wie seine Tochter hier redet, ist sie uns feindlich gesinnt – wie er selbst!"

Er hatte diese Worte kaum ausgestoßen, als der Heerführer ihn von der Bank riss, schüttelte und wütend von sich schleuderte. Der mit silbernem Schmuck und Waffen behängte Mann glitt aus und krachte zwischen aufstiebenden Sägespänen zu Boden. Augenblicklich trat Ruhe ein. Einen solchen Zornesausbruch ihres sonst in jeder Lage beherrschten Feldherrn hatten die wenigsten je erlebt.

„Das möge dir eine Lehre sein, Tammo", sagte Arminius zu dem Mann „Steh auf! Zwei Gründe gibt es, weshalb ich dich jetzt nicht noch mehr bestrafe. Der erste: Du hast tapfer gekämpft, warst auf der Walstatt einer der Besten. Der zweite: Du konntest ein Geheimnis nicht kennen, das ich euch nun allen enthüllen werde. Die Tochter des Angeklagten, die du gerade geschmäht hast, ist meine Hiwa. Ja, das ist sie – sie ist meine Frau!"

Diese Worte hatten erst recht vollkommene Sprachlosigkeit zur Folge. Der Gemaßregelte auf dem Boden vergaß aufzustehen und seinen Platz auf der Bank wieder einzunehmen.

Nelda, am meisten überrascht und betroffen, presste die Fäuste zusammen, um das Zittern, das ihren ganzen Körper befallen wollte, zu unterdrücken. Arminius sah sie an und sein ernster Blick bat um Einverständnis, Bestätigung. Wie sollte sie zögern? Er streckte die Hand aus und sie legte die ihre hinein. Dabei lächelte sie und kämpfte auch ihre Tränen nieder. Sie wollte jetzt stark sein und seiner würdig.

„Nun kennt ihr unser Geheimnis, Männer“, fuhr Arminius fort, und seine hellen Augen in den blauschwarzen Höhlen strahlten plötzlich Heiterkeit aus. „Wir leben in einer Zeit, in der nicht mehr alles so ist wie früher. Es ist Krieg – aber sollen sich deshalb Männer und Frauen nicht lieben und zueinanderfinden? Das mag etwas anders als sonst geschehen, so wie es die Umstände ergeben. Nicht alle Bräuche werden beachtet, nicht alle Verwandten sind einverstanden ...“

„Aber die meisten!“, tönte es aus einer Ecke im Bass. Inguiomer, der alte Polterer, rieb sich fröhlich die Hände. „Jedenfalls kann ich für unsere Sippe sprechen. So sind wir am Ende doch erfolgreich mit unserer Werbung. Könnte dein Vater das noch erleben!“

Die Mehrzahl der Anwesenden kannte die Geschichte von der abgewiesenen Brautwerbung. Einige knurrten und brummten Zustimmung. Die Spannung, die alle beherrscht hatte, löste sich.

Doch einige machten auch bedenkliche Gesichter und ein Alter krähte mit fistelnder Stimme: „Aber die Sippe der Frau ist dagegen!“

„Nicht alle!“, rief Segimund. „Ich bin dafür!“

Dieser beherzte Ruf des noch als Römling beargwöhnten jungen Mannes trug ihm mehr Beifall ein als seine Waffentaten. Einige lachten, und ein Dicker sagte gemütlich: „Auf dich kommt’s erst an, wenn dein Vater tot ist. Das kann aber schnell gehen!“

Nelda hörte es und gleich erstickte wieder Angst das aufgeflammte Glücksgefühl.

Arminius drückte ihre Hand fester.

„Männer!“, rief er. „Ihr wisst nun, wie die Dinge stehen. Seid klüger als vorher und besser unterrichtet. Als euch die Tochter des Segestes eine Bitte vortrug, habt ihr sie abgelehnt. Nun wird euch die Frau des Arminius um etwas bitten. Sprich, Nelda!“

„Ich bitte euch um das Leben meines Vaters!“, rief sie.

„Das ist alles!“, sagte Arminius rasch, bevor sie noch etwas hinzufügen konnte. „Habt ihr es verstanden? Die Frau eures Heerführers richtet eine Bitte an euch. Die Frau eures Heerführers bittet euch um das Leben ihres Vaters! An euch ist es nun, zu entscheiden. Zu sagen: Gewährt – oder abgelehnt. Sprich du als Erster, Tammo!“

Der Mann, der noch immer am Boden hockte, sprang auf und rief ohne Zögern: „Gewährt!“

„Sprich du jetzt, Irmfrit!“

„Gewährt.“

„Erkulf, sprich du!“

„Gewährt.“

„Nehmt ihm die Ketten ab!“, befahl Arminius, als die beiden Gefolgsleute wenig später den Angeklagten hereinführten. „Die Sieger haben beschlossen, Gnade zu üben. Du darfst nun auf deinen Hof zurückkehren, Segestes, und solltest dort gründlich darüber nachdenken, ob es künftig nicht besser sein wird, sich uns anzuschließen, ohne Verspätung, ohne Arglist, mit ganzem Herzen. Denn es wird weitere Kämpfe geben und dabei werden wir jeden brauchen – sogar einen, der uns einmal verraten wollte. Die Misshandlungen, die dir zugefügt wurden, bedaure ich. Verhindern konnte ich sie nicht. Eine heilkundige Frau wird deine Wunden behandeln, man wird dir neue Kleidung und ein Pferd geben. Auch deine Waffen erhältst du zurück. Verlass uns jetzt! Einige von deiner Gefolgschaft sind bereits heimgekehrt, die anderen dürfen dich begleiten. Von deinem Sohn und deiner Tochter nimm Abschied!“

Segestes rieb sich die von den Ketten befreiten Handgelenke. Er warf Segimund nur einen verächtlichen Blick zu. An Nelda blickte er starr vorbei und fragte, die Worte zwischen seinen geschundenen Lippen und Zähnen hervorquetschend: „Was heißt das – Abschied von meiner Tochter? Was hast du mit ihr vor?“

„Sie bleibt hier. Sie ist meine Frau.“

„Deine Frau ...?“

Segestes schloss die Augen, stand reglos da und es schien zwei Atemzüge lang, dass er noch krummer als vorher war und seinen Hals noch tiefer beugte. Aber plötzlich riss er den Kopf hoch und richtete sich zu seiner ganzen Größe auf. Sein Blick sprühte Feuer.

„Deine Frau, sagst du? Höre ich richtig? Meine Tochter ... sie ist deine Frau?“

Er stieß ein Hohngelächter aus, das aber mehr wie ein Wutgeheul klang.

„Vater!“, rief Nelda. „Es ist so, wie Arminius sagt! Ich bin seine Frau und bleibe bei ihm!“

„Wenn du bei ihm bleibst“, schrie er, „weißt du auch, was du dann bist? Eine Verworfene bist du, eine Hure! Vielleicht hat er schon mehrere davon, dem trau' ich es zu. So ist das also – du bist seine Hure, ich aber habe keine Tochter mehr! Denn hätte ich eine, so hätte ich die Munt über sie und niemals könnte sie ohne mein Einverständnis die Frau eines Mannes sein. Niemals! Und dieses Mannes schon gar nicht, dessen Werber ich abwies! Nun hat er sein wahres Gesicht gezeigt: Was er nicht nach Brauch und Sitte bekam, hat er sich mit Gewalt geholt!“

„Nicht mit Gewalt, Vater! Ich bin freiwillig hier! Ich liebe ihn!“

„Und ich liebe sie – aber was sagt dir das schon?“, rief Arminius. „Für dich ist die Tochter doch nur ein Stück Vieh, das du vorteilhaft auf den Markt bringen wolltest. Auf den Römermarkt! Doch wozu noch reden – zu tauben Ohren? Wir alle haben genug von dir. Mach, dass du fortkommst! Bringt ihn hinaus und sorgt dafür, dass er so schnell wie möglich das Lager verlässt.“

Die beiden Männer packten Segestes, aber er riss sich los und ging in gerader Haltung zur Tür. Dort drehte er sich noch einmal um und sagte mit einem düsteren Grinsen:

„Vielleicht überlege ich es mir noch einmal, Ar-mi-ni-us! Vielleicht komme ich zu dem Ergebnis, dass ich doch eine Tochter besitze, die mein Eigentum ist, über die ich die Munt habe, und die mir einer gestohlen hat, den ich nicht wollte. Und dann, Ar-mi-ni-us, werde ich sie mir zurückholen!“

Die Männer stießen ihn hinaus.

Nelda wollte ihm nachstürzen, aber Segimund hielt sie auf.

„Lass ihn. Was willst du noch tun? Ihn umstimmen? Zur Vernunft bringen? Zwecklos.“

Das sah sie ein und sie gab es auf. Sie lehnte sich an ihren Bruder und fühlte, wie ihre Knie schwach wurden. Er hielt sie fest, sie umschlang ihn und beiden rollten die hellen Tränen über die Wangen.

18

Erst Monate später kehrte Arminius mit seiner Frau und seinem Gefolge in den Heimatgau zurück. Auch die Festung Aliso war endlich gefallen, auf der germanischen Seite des Rhenus waren alle römischen Stützpunkte aufgegeben. Der Aufstand der vereinigten Stämme unter der Führung des Cheruskers hatte auch die letzten Vertreter des stolzen Imperiums aus Germanien vertrieben.

Ein Hochzeitsfest hatte es nicht gegeben. Von jenem Tage an, als Nelda ins Lager gekommen und Arminius sie als seine Hiwa vorgestellt hatte, galten die beiden als Paar und niemand wagte es, die Rechtmäßigkeit ihres Bundes offen zu bezweifeln. Zwar gab es immer wieder Gerede, weil Nelda nicht aus der väterlichen Munt entlassen und damit eigentlich nicht, wie es sich gehörte, in ihre neue Sippe, die ihres Hiwo, aufgenommen worden war. Doch die Verehrung für den Sieger über das Römerheer und der Glanz des Außerordentlichen, der die beiden dem normalen Leben in fast göttliche Gefilde entrückte, ließ auch hartnäckige Sittenwächter bald verstummen. Da es hin und wieder noch zu Kämpfen kam und Arminius sich hütete, seine Stellung als Heerführer zu früh aufzugeben, blieb Nelda bei ihm im Lager und gelangte mit den Heerhaufen fast bis zum Rhenus. Die Gefolgschaft zeigte viel Verständnis für die Bedürfnisse zweier frisch Verehelichter und wusste es meistens einzurichten, dass die beiden zur Nacht ein Quartier erhielten, in dem sie ungestört waren. Gewöhnlich war es nur ein Zelt, eine Hütte, eine Ruine, ein Pferdestall oder ein erbeuteter römischer Wagen, wo sie sich unter Decken und Fellen lieben konnten, oftmals umtost von Regen- und Schneeschauern oder Windböen; doch weder die abflauenden Stürme des Krieges noch die mächtig heranbrausenden dieses launischen Herbstes und Winters hinderten sie, die so lange ersehnten, erhofften, schon verloren geglaubten und endlich gewonnenen Freuden der Zweisamkeit zu genießen.

Als Nelda zum ersten Mal den Herrenhof auf dem flachen, kahlen Hügel betrat, der nun ihre Heimstatt werden sollte, musste sie feststellen, dass sie es unterwegs fast bequemer und angenehmer gehabt hatten. Alle Gebäude, auch das Herrenhaus, waren in einem erbärmlichen Zustand, die Wälle und Zäune an vielen

Stellen schadhaft und eingefallen. Da sich Arminius auch nach seiner Rückkehr vom Heer nur selten und für kurze Zeit hier aufgehalten hatte, war seit dem Tode seines Vaters nichts mehr getan worden. Sein launischer, unbeständiger Onkel Inguiomer, der am liebsten auf die Jagd ging und den Becher schwang, hatte in seiner Abwesenheit den Hof verwaltet und mit den wenigen Gefolgsleuten und Knechten, die unter seinem Befehl standen, alles verkommen lassen. Nelda vermied es, ihre Enttäuschung zu zeigen oder gar Beschwerde zu führen, doch im Stillen musste sie ihrem Vater recht geben, der immer nur Hohn und Spott für die Wirtschaft des Segimer gehabt hatte. Trotz allem war sie guter Dinge. Achtzehn Jahre alt war sie und Hausherrin und sie war die Frau eines Mannes, dessen Ruhm schon von Sängern verbreitet wurde. Von so viel Glück hätte sie vor ein paar Monaten noch nicht zu träumen gewagt – wie sollte sie sich da vor der Arbeit fürchten, die auf sie wartete.

Zunächst galt es, den Rest des Winters zu überstehen. Gleich nach ihrer Ankunft setzte Frostwetter mit starken Schneefällen ein. Arminius und seine Gefolgsleute beeilten sich, das schadhafte Dach des Wohnhauses mit Schindeln und Strohballen dicht zu machen. Nelda schlug mit der Spitzhacke das Eis eines Flüsschens auf und schleppte gemeinsam mit den Mägden das Wasser zum Wehrhof hinauf. Vorräte waren kaum vorhanden, doch die Männer gingen auf die Jagd und schafften Fleisch in Fülle heran. Sie hatten auch mehrere Wagen mit Beutegut aus den von den Römern verlassenen Festungsanlagen heraufgebracht. Das Getreide und der Wein würden bis weit ins Frühjahr reichen.

Nelda freute sich auf das Frühjahr. Sie würde nun alles anwenden können, was sie bei ihrer Mutter gelernt hatte. Wenn sie an den langen Winterabenden beim verglimmenden Herdfeuer plauderten, unterhielt sie die Männer manchmal mit sprühender Beredsamkeit, indem sie ihnen auseinandersetzte, was sie alles verändern und welche Verbesserungen und Neuerungen sie einführen wollte. Arminius hörte ihr zu, lobte sie für ihre guten Ideen und scherzte manchmal, dass sie wohl einen Königspalast aus seinem einfachen Wehrhof machen wolle. Da gab es dann ringsum beifälliges Gelächter und einmal sagte einer: „Warum auch nicht? Wirst du nicht bald unser König sein?“

Arminius erwiderte darauf nichts. Doch Nelda spürte, dass er zunehmend unruhig wurde und dass ihn die Enge des Hofes und die winterliche Abgeschiedenheit bedrückten. Immer häufiger saß er mit Inguiomer und Stammesführern aus der näheren Umgebung halbe Nächte lang um den Herd und Nelda, die auf ihrer Schlafbank keine Ruhe fand, hörte sie sich ereifern und Pläne für neue Bündnisse und neue Kriegszüge entwerfen. Kaum waren im März die Wege frei von Schnee und Eis, schickte Arminius seine Boten in weiter entfernte Gegenden, vor allem nach Westen und Süden, zu den Chatten, Marsern und Brukterern, die im Herbst unter seinem Befehl gekämpft hatten. Die Zurückkehrenden brachten beunruhigende Nachrichten. Bald deutete alles darauf hin, dass die Römer zu einem Gegenschlag rüsteten. Es hieß, Tiberius selbst, der inzwischen als sicherer Nachfolger des Caesar Augustus galt, sei am Rhenus eingetroffen und leite ihre Unternehmungen. Die Kastelle am jenseitigen Ufer des Rhenus würden befestigt, und Arbeitstrupps kämen täglich über den Fluss, um Rodungen durchzuführen und breite Aufmarschschneisen durch die Wälder zu schlagen. Arminius sandte weitere Boten aus mit dem dringenden Auftrag, in Erfahrung zu bringen, was dagegen unternommen wurde. Einige kamen nicht wieder, andere blieben lange fort und was sie berichteten, war bestürzend. Offensichtlich war keiner der in der Nähe des Rhenus siedelnden Stämme bereit oder im Stande, Maßnahmen gegen einen erneuten römischen Überfall zu treffen.

Es war Anfang Juni, als Arminius die Stufen zu dem kleinen Grubenhaus herabkam, in dem Nelda einige Mädchen aus der Umgebung am Webstuhl unterwies. Er setzte sich auf einen Hocker, lächelte freundlich und sah eine Weile zu, doch dann wurde er ungeduldig und sagte, er müsse mit ihr reden. Sie schickte die Mädchen hinaus.

„Es fällt mir schwer, es dir zu sagen“, begann er. „Du hast hier schon eine Menge geleistet, der Wehrhof ist kaum wiederzuerkennen. Ich glaube, du fühlst dich hier wohl, hast dich eingelebt. Die Leute mögen dich. Doch es muss sein, sonst ist es vielleicht zu spät. Wir müssen fort, Nelda! Morgen früh brechen wir auf.“

Sie sah ihn ungläubig an.

„Das kommt überraschend. Warum und wohin denn? Ich wollte morgen mit den Knechten den Brunnen reinigen und ...“

„Daraus wird nichts“, unterbrach er sie. „Ich erkläre es dir. Im Westen braut sich etwas zusammen. Gerade ist wieder ein Bote zurückgekommen; es scheint, dass die Römer bei Vetera Castra Truppen zusammenziehen. Die Stämme da oben sind entweder hilflos oder unwillig. Ich muss dorthin und dafür sorgen, dass sie den Übergang vereiteln oder wirksamen Widerstand leisten, falls er gelingt. Sonst war alles umsonst, was wir mit so viel Blut erreicht haben.“

„Das verstehe ich, aber ... warum zweifelst du an ihrer Tapferkeit? Sie haben sich doch im Herbst so glänzend geschlagen.“

„Gewiss, doch unter ganz anderen Umständen. Die Römer werden nie wieder den Fehler machen, der sie die drei Legionen kostete. Sie werden sich nicht wieder im tiefsten Dickicht überraschen und zusammenhauen lassen. Von jetzt an werden sie nur noch auf ihre Art Krieg führen. Und ein Tiberius – nicht ein Varus hat das Kommando. Dem sind die Unseren da oben nicht gewachsen.“

„Aber du bist doch nicht mehr ihr Heerführer“, wandte sie ein. „Werden sie dich denn als Befehlshaber annehmen?“

„Das weiß ich nicht“, erwiderte er seufzend. „Doch ich weiß, was sie dringend brauchen: Rat und Anleitung. Im Herbst sind sie auseinander gelaufen und haben die Beute in Sicherheit gebracht. Gut, im Winter konnte nicht viel passieren. Aber ist denn die Freiheit gesichert? Kann sie nicht ebenso schnell verloren gehen, wie sie gewonnen wurde? Diesmal wird es nicht genügen, Lanzen zu schleudern und mit Schwertern und Keulen dreinzuschlagen. Sie brauchen jemanden, der alle Eigenarten der römischen Kriegsführung kennt. Der ihnen zeigt, wie man im freien Gelände Bewegungen ausführt und sich der Taktik des Feindes anpasst.“

„Dazu wirst du doch aber viel Zeit brauchen.“

„So viel Zeit, wie uns Tiberius noch lässt.“

„Vielleicht kommt er gar nicht in diesem Jahr.“

„Das wäre günstig. Zu hoffen wage ich es nicht.“

„Aber ist es denn sinnvoll, dass du hier alles zurücklässt ...“

„Der Wehrhof wird nicht unbewacht sein. Ein Teil der Gefolgschaft bleibt hier. Und die Arbeiten an den Wällen und Zäunen müssen weitergehen.“

„Ich könnte doch ebenfalls bleiben“, sagte Nelda vorsichtig und fügte rasch hinzu: „Versteh mich, Liebster, die Trennung würde mir schwerfallen … Aber ich habe hier so vieles angefangen und sehe schon so schöne Erfolge. Die Halle wird langsam wohnlich, in den Vorratshäusern und Ställen herrscht Ordnung, wir schlafen nicht mehr unter zerrissenen Decken, essen nicht mehr von zerbrochenem Geschirr … und ich habe noch so viel vor. Soll ich jetzt alles liegen lassen? Du würdest, wenn du zurückkehrst, staunen …“

Er zog sie an sich und strich ihr über das Haar.

„Ich verstehe dich gut. Und ich fühle mich gar nicht wohl dabei, dir eine Reise zuzumuten, auf der uns viele Gefahren erwarten. Doch die Gefahr, die dich hier erwartet, ist die größere.“

„Was meinst du? Welche Gefahr? Wer sollte …?“

„Dein Vater! Hast du vergessen, was er mir zurief, als sie ihn wegführten? Dass er sich sein Eigentum, seine Tochter, zurückholen werde?“

„Das wird er nicht wagen!“, rief sie.

„Ich kenne ihn wohl besser als du“, hielt er ihr entgegen. „Sein Hass sitzt tief, der Schmerz des verletzten Stolzes noch tiefer. Er würde es wagen, unbedingt, wenn wir ihm die Gelegenheit verschafften. Schnell würde er in Erfahrung bringen, dass ich fort bin und dass der Wehrhof noch immer schlecht gesichert ist. Er würde kommen und dich entführen – und nie wieder freigeben. Aber das darf nicht sein. Und deshalb …“

Was sollte sie darauf erwidern? Sie wusste, dass er recht hatte. Vor kurzem hatte überraschend Vetter Segithank mit ein paar anderen jungen Männern am Tor gestanden. Man ließ ihn ein und er berichtete, Segestes und er hätten sich endgültig entzweit, weshalb er erneut um Aufnahme in die Gefolgschaft des Arminius bat. Dies konnte ihm nicht verwehrt werden, hatte er doch im Herbst den Mut gehabt, seinen Onkel zu verlassen, um von Anfang an gegen die Römer zu kämpfen. Darüber war es mit Segestes nach dessen Heimkehr zu heftigen Auseinandersetzungen gekommen. Segithank hatte den Vorwurf der Treulosigkeit mit Spott beantwortet und – nach seinen Worten – Segestes einen ehrlosen Heuchler genannt, der reichlich spät seine Liebe zur Freiheit entdeckt und die Gnade, mit dem Leben davongekommen zu sein, nicht verdient hätte. So war der Bruch unvermeidlich gewesen. Auf Neldas Frage, warum er ohne Ramis und sein Kind gekommen sei, sagte Segithank, sein Onkel, ihr Vater, hätte die beiden eingesperrt und sich geweigert, sie mit ihm ziehen zu lassen. Angeblich weil er für den Verzicht auf die Munt noch nicht, wie vereinbart, entschädigt worden war.

„Und als wir davonzogen", schloss der rothaarige Vetter, „schrie er mir nach: ‚Wenn du meine Tochter Thusnelda triffst, richte ihr aus: Meine Rechte lasse ich mir nicht nehmen, von niemandem! Davon wird sie sich bald überzeugen können!'"

So musste Nelda schweren Herzens auch ihr neues Zuhause wieder verlassen. Noch ahnte sie nicht, dass eine Zeit des rastlosen Umherziehens anbrach, dass drei Jahre eines harten, wilden, unsteten Lebens, nur von vorübergehenden Winteraufenthalten auf dem Wehrhof unterbrochen, vor ihr lagen. Bis vor kurzem noch war sie nur selten aus der kleinen Welt des väterlichen Anwesens und seiner Umgebung herausgekommen. Zweimal hatte Segestes sie an den Rhenus mitgenommen, doch es waren keine langen Aufenthalte gewesen und er hatte sie die ganze Zeit nicht aus den Augen gelassen. Die drei, vier Monate im Heerlager hatten ihr bereits einen Vorgeschmack auf dieses neue Leben verschafft. Sie hatte sich dabei nicht wohlgefühlt. Nur wenn sie mit ihrem Geliebten zusammen sein konnte, hatte sich das Gefühl des Verlorenseins und der Heimatlosigkeit vorübergehend verflüchtigt.

Jetzt musste sie sich an das tägliche Abenteuer, die Gefahren des Weges und den ständigen Wechsel der Schauplätze gewöhnen und erst allmählich, ganz allmählich begann sie, einer solchen Lebensweise auch freundliche Seiten abzugewinnen. Allein unter dreißig Männern war sie nicht nur die Frau des Gefolgsherrn, sondern wurde trotz ihrer gerade neunzehn Jahre, ob sie es wollte oder nicht, zur Mutter der Gefolgschaft. Das war etwas anderes als im Heerlager, wo kaum jemand außer Arminius und ihrem Bruder ihre Anwesenheit wichtig genommen hatte. Für vieles war sie nun verantwortlich und ständig musste sie in Bereitschaft sein und dazulernen. Sie lenkte den Wagen mit dem Gepäck, sie kochte für alle, wusch und flickte Kleidungsstücke. Sie kümmerte sich um Kranke und Verletzte, von denen es immer einige gab, die nach Jagdunfällen, Zusammenstößen mit Wegelagerern oder auch nur aufgrund der gewöhnlichen Tücken und Hindernisse einer solchen Reise von ihr betreut werden mussten.

Manchmal erkrankte einer plötzlich, stöhnte, keuchte, fieberte, wälzte sich, presste die Hände auf eine Stelle des Leibes und war nach wenigen Stunden tot, ohne dass eine Ursache feststellbar gewesen wäre. Bisher hatte sie sich kaum mit der Heilkunst befasst, die traditionell Sache der älteren Frauen war. Doch wenn sie jetzt unterwegs von einer Zauberin oder weisen Frau hörte, suchte sie sie auf und fragte sie aus, um zu lernen, welche Pflanzen heilkräftig waren, wie man Salben bereitete und welche Sprüche man aufsagen musste, damit Götter und Geister halfen.

Zum Glück verirrten sie sich selten, denn Arminius war ein landeskundiger Reisender, der kaum jemals Zweifel über die Richtung hatte, wenn er bestimmte Plätze, waren sie auch noch so verborgen, aufsuchen wollte. Einige seiner Gefolgsleute, die in den beiden letzten Jahren bei ihm gewesen waren, hatten sich ebenfalls die besten und sichersten Wege gemerkt. Aus der Zeit nach seinem Ausscheiden aus der Armee, als sie kreuz und quer zwischen Visurgis und Rhenus durch die Stammesgebiete der Cherusker, Chatten, Marser, Brukterer und auch kleinerer Stämme gezogen waren, um Bündnisse für den Kampf zu schmieden, konnten sie sich gut erinnern, wo man sie freundlich empfangen hatte und wo sie unwillkommen gewesen waren. Auch jetzt noch verhielten sich manche Stämme und Sippen abweisend, doch fast überall löste die Ankunft des berühmten Römerbezwingers Begeisterung aus. Wenn sie in einen Weiler einzogen, liefen Männer, Frauen und Kinder aus den umliegenden Gehöften zusammen, Arminius umarmte die Kampfgefährten des glorreichen Herbstes und bald wurden Bratspieße gedreht, die Becher gefüllt und begeisterte Trinksprüche auf die zurückgewonnene Freiheit und ihre Helden ausgebracht. Kam dann die Rede auf die neuen Bedrohungen, ließ die Begeisterung freilich nach und die wenigsten sahen ein, dass sie schon wieder zum Krieg rüsten sollten. Jetzt war doch Frieden, die Römer waren fort. Die Männer wurden zu Hause gebraucht. Man musste die Felder bestellen, neue durch Rodungen gewinnen, das Vieh versorgen, auf die Jagd gehen, Vorräte anlegen. Vor dem nächsten Krieg drohte die nächste Hungersnot.

Arminius wusste das alles und war darauf vorbereitet. Leidenschaftlich sprach er auf Thingplätzen und Dorfangern, an Lagerfeuern und unter Dächern aus Stroh und Schilf. Vor allem kam es ihm darauf an, seinen Zuhörern klarzumachen, dass nichts weniger sinnvoll wäre, als nun zu den Verhältnissen vor der Ankunft der Römer zurückzukehren. Könne man, fragte er sie, nicht auch die Hungersnöte, die Seuchen, die Rückständigkeit, die Armut besiegen? Was habe die Römer so stark gemacht? Wenn man sie auch vertrieben habe, weil sie allzu brutal die Herren herauskehrten, müsse man anerkennen, was ihre Überlegenheit ausmache: Handel und Wandel, eine staatliche Ordnung und alles regelnde Verwaltung, ein schlagkräftiges Heer, Bildung und Erziehung, das Leben in großen städtischen Gemeinschaften. Das Beste müsse man übernehmen, auch das Rechtswesen und die Besteuerung. Wenn man einig und stark sei, rief er ihnen zu, werde man das alles nicht mehr als Last empfinden, sondern Nutzen daraus ziehen. Und zur Einigkeit müsse die Freiheit kommen, die aber müsse erhalten und notfalls immer wieder erkämpft werden.

Alle diese Ideen nahm Nelda auf. Es fiel ihr nicht schwer, denn das meiste davon war ihr lange vertraut. Immer wieder erstaunte es sie, wie ähnlich die beiden verfeindeten Männer, die in ihrem Leben die wichtigsten waren, dachten und urteilten. Beide strebten die Einigung der germanischen Stämme an, der eine allerdings unter dem römischen Kuppeldach, der andere unter dem weiten Himmel der Freiheit. Und beiden stand die Mehrzahl der Gaufürsten und Sippenältesten entgegen, die hinter ihren Wäldern und Sümpfen eifersüchtig über ihre aus uralten Zeiten überkommenen Rechte wachten und von einer einheitlichen Führung der germanischen Stämme nichts wissen wollten. Keinem einzigen fiel es noch ein, in Arminius seinen Heerführer zu sehen oder gar Anweisungen von ihm entgegenzunehmen.

Nelda war meist an seiner Seite, wenn er sprach, und manchmal ergriff er dabei ihre Hand, als benötigte er sie für das, was er gerade erklärte, als Zeugin. Es kam auch vor, dass diese Geste eine Bitte um Beistand war. Nicht immer gelang es ihm, sich verständlich zu machen. Die Sprache der einfachen Bauern, die sich von Stamm zu Stamm und sogar innerhalb der Stämme in ihren Ausdrucksmitteln stark unterschied, war nicht seine Sprache. Am ehesten bewältigte seine Zunge noch das Diutisk der Cherusker, doch wenn möglich bediente er sich des Lateinischen, das ihm am geläufigsten war. Da vieles, was er erklärte, auch nur in dieser Sprache erklärt werden konnte, flocht er in seine Reden oft lateinische Sätze ein, die niemand verstand. Dann war es Nelda, die seine Gedanken in eine dem ungebildeten Volk verständliche Fassung übersetzte. Im Gegensatz zu ihm, der die meiste Zeit seines Lebens in römischen Militärlagern verbracht hatte, war sie in bäuerlichen Verhältnissen unter Cheruskern aufgewachsen, hatte immer unter diesen Menschen gelebt, sprach ihre Sprache, kannte ihr Wesen.

Sie war es auch, die die Frauen beiseite nahm. Sie wusste, wie groß deren Einfluss war. Oft genug hatte sie erlebt, wie sich Frau Male, ihre Mutter, mit Klugheit, List und Hartnäckigkeit gegen ihren Vater durchgesetzt hatte. War seine Frau erst überzeugt, konnte mancher dickfellige, querköpfige Häuptling für Vorschläge und Maßnahmen gewonnen werden, gegen die er sich anfangs gesträubt hatte. Arminius sagte manchmal im Scherz, dass vieles, was er mit Lärm und Gepolter beginne, still und leise durch seine Frau vollendet werde.

Auch innerhalb der Gefolgschaft musste sie oftmals eingreifen, wenn sein schroffes, ungeduldiges Wesen schwierige Situationen schuf. Er war es als ehemaliger Offizier nun einmal gewöhnt zu befehlen und Widerspruch duldete er nicht. Der kleinere Teil seiner Männer, darunter auch ein paar gallische Treverer, nahm keinen Anstoß daran. Sie fanden es normal, dass er schnauzte und sie hin und her jagte. Sogar Strafen ertrugen sie widerspruchslos. Wie er selbst hatten sie bei den Auxilien gedient und waren im Teutoburger Wald nach vorheriger geheimer Absprache zu ihm übergegangen. Die meisten waren aber Cherusker, darunter sehr junge, die ihn noch wenig kannten, die eigensinnig und manchmal aufsässig waren. Immer wieder musste Nelda zu ihren Gunsten eingreifen, wenn Arminius sie wegen dreister Reden oder eines nicht erfüllten Auftrags zornig anschrie und bestrafen wollte. Meistens hatte sie Erfolg, einmal allerdings – und das schmerzte sie besonders – bemühte sie sich vergebens.

Es war wieder einmal ihr Vetter Segithank, der ewige Unruhestifter, der seinen Gefolgsherrn herausforderte. Unterwegs hörte er von einem Jäger, dass in der Nähe eine Fehde zwischen zwei Sippen ausgebrochen war. Er überredete einige der jüngeren Männer, mit ihm – trotz des allerstrengsten Verbotes, unterwegs Händel zu suchen – dem Mann zu folgen und sich an einem

Überfall auf dessen feindliche Verwandten zu beteiligen. Sie schlichen bei Einbruch der Nacht davon und kehrten im Morgengrauen in blutbefleckter Kleidung, doch mit Beute beladen, zu den Zelten zurück. Zwei von ihnen waren verletzt, einen hatten sie tot zurücklassen müssen. Arminius war außer sich vor Zorn. So nutzten diese Dummköpfe in den Wäldern die Freiheit! Sie fingen wieder mit ihren Sippenfehden und Stammeskriegen an. Und seine eigenen Leute machten mit und bereicherten sich dabei! Neldas Bitte um eine milde Bestrafung des Vetters fand kein Gehör. Arminius ließ Segithank von den Treverern fünfzig Hiebe aufzählen, den anderen je fünfundzwanzig. Dann jagte er alle davon.

Wenig später verließ auch Neldas Bruder Segimund, dieser allerdings mit Erlaubnis des Schwagers, die Gefolgschaft. Ein paar Männer seines Vaters hatten ihn aufgespürt und ihm die Nachricht gebracht, Segestes sei ernsthaft erkrankt und die Frage bereite ihm große Sorgen, wer ihm als Gaufürst und Sippenoberhaupt nachfolgen solle. Er sei bereit, seinem Sohn zu verzeihen, wenn dieser zu ihm zurückkehre. Segimund zögerte und beriet sich mit Nelda. Sie wagte nicht auszusprechen, was sie dachte: dass die Krankheit erfunden war. Denn sie bemerkte, dass ihr Bruder über die Botschaft im Grunde seines Herzens erfreut war. Auch wenn er es nie zugegeben hätte, litt er unter der Ächtung durch den Vater. Hinzu kam, dass Segimund sich in der Gefolgschaft des Arminius nicht wohlfühlte. Er war ein Außenseiter, scheu, verschlossen und ungeschickt, behindert durch seine verfeinerte römische Bildung, oft Gegenstand des Spottes der anderen. Immerhin war er ein ehrlicher Kerl und hatte für die Freiheit gekämpft. Was auch der Vater mit ihm vorhatte: Er würde ein treuer Verbündeter bleiben. Dieses Versprechen nahm Nelda ihm ab und dann setzte sie sich dafür ein, ihn ziehen zu lassen. Arminius hatte nichts dagegen, einen Mann zu verlieren, der wenig nützte.

Seine Gefolgschaft hatte inzwischen die Stärke einer kleinen Armee angenommen. Von Zeit zu Zeit waren Männer hinzugestoßen, die er von seinen Ansichten überzeugt hatte und die mittlerweile eine gut ausgebildete Kerntruppe bildeten. Im Grunde konnte er mit den Vorbereitungen für ein neues Kräftemessen zufrieden sein. Die Reisen hatten sich gelohnt, die meisten Stammesführer und Gaufürsten hatten sich nun – unter Schwüren und feierlichen Opfern – verpflichtet, notfalls unverzüglich ihre Mannschaften bereitzustellen. Seine Aufenthalte bei ihnen hatte er genutzt, um die Krieger in römischer Kampftechnik zu unterweisen. Ein Botennetz war geschaffen worden, das es ermöglichte, die bewaffneten Haufen rasch herbeizuholen und zu bestimmten Punkten zu lenken. Der römische Angriff konnte kommen.

Der blieb allerdings noch immer aus, sie lebten weiter – und das nun seit Jahren – in gespannter Erwartung. Einmal hörten sie von einem Vorstoß in der Nähe des Rhenus, bei dem Dörfer und Getreidefelder niedergebrannt wurden. Ein andermal wurde von einem Gefecht mit Brukterern berichtet. Doch Tiberius vermied es, tiefer ins Land vorzustoßen. Offenbar sollten erst ideale Bedingungen für den Rachefeldzug geschaffen werden. Die Befestigungen auf beiden Seiten des großen Grenzflusses und an der unteren Lupia wurden weiter ausgebaut, immer neue Straßen, Brücken und Wälle errichtet.

Im dritten Jahr nach ihrer verheerenden Niederlage hatten die Römer auf der germanischen Seite des Rhenus wieder Fuß gefasst. Es konnte nur noch eine Frage der Zeit sein, dass sie sich in Bewegung setzten.

19

Zu Beginn des vierten Jahres nach dem großen Sieg brachte einer der Kundschafter, die Arminius über den Rhenus geschickt hatte, eine überraschende Nachricht: Tiberius war nach Rom zurückgekehrt und seinen Platz als Oberbefehlshaber der inzwischen auf acht Legionen angewachsenen Rhenus-Armee nahm seit zwei Monaten sein achtundzwanzigjähriger Neffe ein, der – auf Wunsch oder vielmehr Befehl des Augustus adoptiert – auch sein Sohn war.

„Mit dem also werden wir es zu tun bekommen", brummte Arminius, der sich gerade den Bart schabte, als der Kundschafter in die Wohnhalle eintrat und berichtete. „Also mit dem", wiederholte er, „mit diesem Germanicus." Er stellte noch ein paar Fragen und befahl dann, den Mann zu beköstigen und sein Pferd zu versorgen.

Nelda stand neben ihm am Herd und wärmte Schneewasser.

„Germanicus?", fragte sie. „Das ist doch ..."

„Natürlich, der ist es", sagte Arminius missgestimmt. „Der damals mit Tiberius hier war. Schon sein Name ist eine Anmaßung. Sieger über Germanen? Das muss er erst noch beweisen!"

„Mein Vater hat mir mal erklärt, das sei ein erblicher Ehrenname. Weil sein Vater Drusus ..."

„Ja, auf diese Art wollen sie ihre Siege verewigen." Arminius lachte spöttisch. „Eine fragwürdige Methode. Wir haben ihnen ja alles, was der erste ‚Germanicus' Drusus erobert hatte, längst wieder abgenommen."

„Ich fand damals diesen Germanicus eigentlich ganz nett", sagte Nelda, „viel angenehmer als den anderen, seinen Bruder. Er sagte mir vor, als ich in dem Gedicht stecken blieb. Hinterher plauderten wir ein bisschen und ich erinnere mich, dass er sich dauernd für irgendetwas entschuldigte. Das fand ich sehr komisch."

„Ja, ja, er ist höflich, er ist angenehm, er ist beliebt. Als ich in Rom zur Ausbildung war, traf ich ihn öfter in den Thermen. Er war nicht hochnäsig, machte alles mit. Wir haben Ball gespielt, sogar einmal miteinander gerungen. Ich ließ ihn gewinnen, er ist ja ein paar Jahre jünger als ich. Aber das ist lange her. Heute sind wir nicht mehr die Gleichen, ich nicht ... und er sicher auch nicht."

„Glaubst du, dass er angreifen wird?“, fragte sie, wobei sie die Stimme dämpfte, damit die anderen im Raum nichts hörten und sich nicht beunruhigten.

„Ja“, sagte er. „Ja, das ist zu vermuten. Wenn einer Germanicus heißt und Sohn des Drusus ist, wird das auch sicher erwartet. Vielleicht will ihm Augustus Gelegenheit geben, sich auszuzeichnen. Damit er mal Anspruch auf seine Nachfolge hat. Schon deshalb wird er Erfolge brauchen.“

„Er muss sich tatsächlich sehr verändert haben. Wenn ich mich an den schmalen, zarten Jüngling erinnere, würde ich ihm so viel Ehrgeiz nicht zutrauen.“

„Vielleicht hast du recht. Aber wir haben ja gerade gehört, dass er auch seine Frau im Tross hat – Agrippina, eine Enkelin des Augustus. Die hat Ehrgeiz für zwei. Vielleicht führt sie schon heimlich das Kommando.“

Arminius seufzte. Nelda hielt ihm die Schüssel mit heißem Wasser hin und er wusch sein glatt rasiertes Gesicht.

„Und warum sollte nicht eine Frau das Kommando führen?“, fragte sie lächelnd, herausfordernd. „Jetzt bin ich so lange mit dir umhergezogen ... habe so viel gesehen, eine Menge gelernt, habe sogar Waffenübungen mitgemacht. Ich könnte das auch!“

„Ich trau' es dir zu“, sagte Arminius lachend und küsste sie. „Was diese hochnäsige Agrippina kann, kannst du bestimmt!“

„Nur eines nicht ...“

Plötzlich verflog ihre Heiterkeit.

„Was meinst du, Liebste?“

„Der Kundschafter sagte, sie hätten auch ihre drei Kinder mitgebracht. Drei! Das Kleinste ist noch ein Säugling, aber es lebt und gedeiht ...“

„Ja, ja ...“

Sie kämpfte gegen die Tränen, die hervorbrechen wollten. Er zog sie an sich und eine Weile schwiegen sie.

„Nimm das alles doch nicht so schwer“, sagte er schließlich. „Auch wir werden einmal drei Kinder haben.“

Es war die traurige Kehrseite ihres Glücks, dass ihre Hoffnung, Kinder zu bekommen und dann auch am Leben zu erhalten, bisher unerfüllt geblieben war. Zweimal hatte Nelda geboren, doch beide Male war der großen Freude schon nach wenigen Tagen die große Traurigkeit gefolgt. Die beiden Kümmerlinge erkrankten und starben. Ein drittes kam so früh auf die Welt, dass es noch ganz unfertig und nicht lebensfähig war. Nelda fürchtete, dass sich an ihr das Geschick ihrer Mutter, Jahr für Jahr Kinder zu gebären, die nicht leben konnten, wiederholen würde. Immerhin waren der Mutter zwei geblieben, sie aber hatte bisher nicht eines. Sie opferte den Matronen, den Schicksalsfrauen, und ließ sich von Zauberinnen Tränke mischen, die eine glückliche Geburt fördern und die Leibesfrucht stärken sollten. Sie ahnte jedoch, welches die Ursachen für ihr Unglück waren: die unstete Lebensweise, die Reisen bei Wind und Wetter, die Nächte auf Schilfmatten und schmutzigem Stroh in Zelten und Bauernhütten, die holprigen Wege, über die sie unter Rütteln und Schütteln zu Pferde und im Wagen dahinzog. Beim Überqueren des Visurgis-Stroms, als plötzlich ein Unwetter aufgezogen war, das die Wellen gepeitscht und das Boot fast umgeworfen hatte, so dass sie sich verzweifelt an ihren Mann klammern musste, um nicht über Bord zu gehen ... lag am Ende das blutige Etwas, die Totgeburt, auf den Bootsbrettern.

Das war nun einige Monate her und sie hatten beschlossen, dass Nelda nunmehr ständig zu Haus auf dem Herrenhof bleiben sollte. Inzwischen waren Wall, Zaun und Graben instandgesetzt und nach römischem Vorbild an vier Ecken Wachtürme errichtet worden. Wenn Arminius unterwegs war, ließ er eine Hundertschaft zurück, die jedem Angreifer lange standhalten konnte. Sogar ein unterirdischer Gang war gegraben worden, der im Falle der Belagerung einem Boten ermöglichen würde, hinauszugelangen und Hilfe zu holen.

Doch auch Arminius verließ seinen Herrenhof nun seltener. Es war alles getan, was getan werden musste, um einem ersten römischen Ansturm zu widerstehen. Da es jedoch zweifelhaft war, von welcher Seite man ihn erwarten musste, sollten Eilboten sicher sein, wo sie ihn finden würden, und ihn nicht suchen müssen. Er könnte dann rasch dort sein, wo er gebraucht wurde. Noch war er nicht wieder zum Heerführer gewählt, denn noch gab es keinen allgemein anerkannten Kriegsfall. Unzweifelhaft war hingegen, dass er auch dieses Mal wieder das Germanenheer anführen würde.

Aber die Römer kamen noch immer nicht. Ein Sommer, ein Winter und ein weiterer Sommer vergingen. Wieder wurde es Herbst. Es war der fünfte Herbst nach dem großen Sieg.

Eine Zeitlang war kein einziger Bote erschienen, jetzt aber ritt fast täglich einer auf den Herrenhof. Die Nachrichten, die die Männer brachten, lösten jedes Mal Freude und Jubel aus. Auf der anderen Seite des Rhenus waren Unruhen unter den römischen Legionen ausgebrochen. Der Caesar Augustus war gestorben, Tiberius als sein Nachfolger hatte sich noch nicht fest eingerichtet, die Truppen meuterten, die Säulen des Imperiums wankten.

Arminius lud die Stammesführer der Nachbarschaft ein, um die Lage zu besprechen. Nur kurz war die Beratung unter dem breiten Blätterdach der Linde auf dem Herrenhof. Schnell wurde ein Beschluss gefasst. Mägde gingen mit Krügen herum und füllten die Trinkhörner mit Met. Arminius zog Nelda, die herbeikam, um einen verspäteten Gast zu begrüßen, neben sich auf die Bank.

„Weißt du, was wir beschlossen haben? Wir rücken morgen früh aus!"

„Wie? Zum Kampf?", rief sie erschrocken.

Er zog eine belustigte Miene. Ringsum wurde geschmunzelt.

„Warum nicht? Die Römer sind so mit sich beschäftigt, dass sie gar nicht bemerken werden, wie wir uns nähern. Sie haben Wichtigeres zu tun: Sie erschlagen ihre Offiziere, weil sie den Drill nicht mehr ertragen, weil sie zu wenig Sold erhalten, weil die Strafen zu hart sind, weil die Dienstzeit zu lang ist. Übrigens dieselben Gründe, die viele bewogen, vor fünf Jahren zu uns überzugehen."

„Eigentlich müssen wir nicht mehr nachhelfen!", rief der schon stark bezechte Inguiomer. „Sie bringen sich gegenseitig um!"

Dafür gab es krachendes Gelächter.

„Na, wenn das so ist", sagte Nelda, die begriff, dass man sie hänselte, „dann braucht ihr ja morgen auch nicht auszurücken!"

„Wir tun es trotzdem", erklärte Arminius, wobei er den Arm um sie legte. „Zur Jagd! Wozu nennen wir uns die Hirschleute, wenn wir den Hirsch nicht jagen – zur besten Zeit! Endlich können wir das tun, ohne befürchten zu müssen, dass wir selber gejagt werden. Sogar von den Marsern hören wir, dass sich kein Römer bei ihnen im Grenzgebiet blicken lässt. Sie feiern das Tamfana-Fest, da soll es hoch hergehen."

„Die kennen kein Maß und ein Ende finden sie auch nicht!", rief ein Alter entrüstet, bevor er ein riesiges Horn vom Auerochsen an die Lippen setzte und in einem Zug leerte.

„Wer will es ihnen zum Vorwurf machen!", fand Nelda. „Wie lange haben sie in Furcht gelebt. Sie wären ja die Ersten gewesen, die ein Angriff getroffen hätte."

„Ich habe trotzdem durch Boten veranlasst", sagte Arminius, „dass sie nicht vergessen, Wachen aufzustellen. Und so halten wir es hier ebenfalls. Doch tüchtig feiern – das wollen auch wir endlich einmal, nach so langer Mühsal. In drei Tagen werden wir mit reicher Beute zurück sein! Das gibt ein Festmahl!"

20

Am dritten Tag erwartete Nelda die Jäger.

Alles war vorbereitet für das Fest. Becher und Schüsseln waren geputzt und Laubgirlanden über den Hof gespannt. Vorratskrüge mit Met, Wein und Bier standen kühl in den kleinen Grubenhäusern. Knechte und Mägde eilten umher, rückten Tische und Bänke. An Spießen wurden Hammel und Schweine für die hungrigen Rückkehrer zubereitet, später würde es Wildbret geben. Sogar ein Sänger hatte sich eingefunden, er saß abseits auf einem Stein und stimmte seine Harfe.

Vielleicht zum letzten Mal in diesem Jahr wärmte die Sonne. Die Störche harrten noch immer in ihrem Nest auf einem der Wachtürme aus. Balken und Bäume zierten feine, zarte Gewebe der Spinnen.

Nelda hatte ihr bestes Gewand angezogen, ein langes ärmelloses Leinenkleid von leuchtendem Gelb, mit Ginster gefärbt, das die Schultern freiließ und mit zwei rot schimmernden Fibeln von Almandin befestigt war. Silberschnallen schlossen die beiden Gürtel, einen unter den Brüsten, einen zweiten an den Hüften, damit sich das Tuch in schöne Falten legte. Ihr reiches blondes Haar, das sie nun nicht mehr wie in der Jungmädchenzeit offen tragen konnte, war straff geflochten, zu einem Kranz geordnet und mit einem Netz bedeckt. In ihren zierlichen Lederschuhen mit Gittermuster, die sie sonst schonte, schritt sie leichtfüßig über den Hof, erteilte noch diese und jene Anordnung und rief immer wieder zu den Wächtern hinauf, ob nicht endlich die Jagdgesellschaft in Sicht sei. Sie war heiter, beschwingt, voller Vorfreude. Es fiel ihr geradezu schwer, ihre Würde zu wahren und sich nicht übermütig im Kreise zu drehen. Zum ersten Mal, seit sie Hausherrin war, sollte es ein großes Fest geben, und sie wollte ihrem Gemahl, dem Herrn des Wehrhofs, einen stolzen Empfang bereiten.

Sie wusste, dass ihr die Blicke der Männer folgten, wohin sie ihren Schritt lenkte. Das war kaum jemals anders gewesen. Meist waren es nur neugierige und bewundernde, oft aber auch begehrliche Blicke. In den Jahren des Umherziehens hatte sie fast nur unter Männern gelebt, sich aber stets bemüht, keinen durch Gewährung von Vorrechten und zu großer Vertraulichkeit auszuzeichnen. Wenn sie mit den Gefolgsleuten sprach, wenn sie ausgelassen mit ihnen scherzte, ging sie niemals so weit, dass sich einer zu Dreistigkeiten ermutigt sehen konnte. Sie war und blieb die hoch geachtete, unerreichbare Frau des Gefolgsherrn, des großen, berühmten Arminius. Die Männer wachten eifersüchtig darüber, dass sich keiner unter ihnen bei ihr einen Vorteil verschaffte oder sich gar Ungehöriges herausnahm. Einmal war ihr einer nachgeschlichen, um, hinter einem Strauch verborgen, zu beobachten, wie sie zum Bade nackt ins Wasser stieg. Da überfielen ihn einige und verprügelten ihn.

Eine Hundertschaft bewachte den Wehrhof und obwohl sie nach römischem Vorbild einen Hundertschaftsführer hatte, war jeder der Männer vor allem bemüht, die Wünsche und Befehle der Herrin auszuführen.

Als sich die Sonne allmählich über dem Waldrand senkte, wurde Nelda unruhig. Sie äußerte Besorgnis, und schon stürzten sechs, acht Freiwillige herbei, die ausschwärmen wollten, um der Jagdgesellschaft, die sich im Eifer zu weit entfernt und den Weg verfehlt haben mochte, zu folgen und sie zurückzugeleiten. Sie zögerte anfangs, ihr Einverständnis zu geben, denn es erschien ihr allzu unwahrscheinlich, dass sich Arminius, der sich auf weiten Reisen kaum jemals verirrt hatte, ausgerechnet im Umkreis seines heimischen Hofes nicht zurechtfand. Und die Hunde, die die Jäger begleiteten, würden doch auf ihrer Fährte zurückfinden. Als aber die Schatten länger wurden und sich immer noch niemand zeigte, stimmte sie zu.

Es war kühl geworden und sie warf sich ein Umschlagtuch über die fröstelnden Schultern. Sie stieg selbst die Leiter zu einem der Wachtürme hinauf, um Ausschau zu halten. Die Reiter des Suchtrupps verschwanden im Wald und es geschah lange Zeit nichts. Letzte Sonnenstrahlen röteten den Himmel. Endlich – die Dämmerung ging schon in Dunkelheit über – regte sich etwas am Waldrand.

Es waren wenige Männer, die mit Jagdbeute beladene Tiere heranführten. Nur einer saß breit und massig zu Pferde und Nelda erkannte ihn gleich, es war Inguiomer. Der kleine Trupp bewegte sich eigentümlich langsam. Nelda kletterte eilends die Leiter herab, ließ das Tor öffnen und lief, ihre Schuhe in der Hand, den Männern entgegen.

„Wo sind die anderen?“, rief sie ihnen schon von weitem zu. „Wo ist Arminius?“

„Wir wissen es nicht“, erwiderte Inguiomer, der absaß und breitbeinig, steif vom langen Sitzen zu Pferde, auf sie zukam. „Seit gestern suchen wir ihn, er ist verschwunden.“

Der kraftvolle Mann sah müde aus, seine Augen blickten düster, seine tiefe Stimme klang hohl.

„Verschwunden?“, stieß Nelda betroffen hervor. „Verschwunden, sagst du? Nur er?“

„Ja. Alle anderen fanden sich abends ein. Der Letzte, der ihn gesehen hat, war Tammo.“

„Wo hat Tammo ihn gesehen?“

„Das konnte er nicht mehr sagen. Arminius rief ihm zu, dass er sich auf die Pirsch mache – nach einem Bock mit Prachtgeweih. Ein Knecht wollte wissen, wo der wechselte.“

„Was für ein Knecht?“

„Weiß ich nicht.“

„War es einer der unsrigen?“

„Weiß ich auch nicht, wie sollte ich denn?“, erwiderte Inguiomer ungehalten. „Jedenfalls muss ihm Arminius gefolgt sein. Nachts erschien er dann nicht im Lager ... nun, das kommt vor, wenn man Wild verfolgt. Als er aber auch im Laufe des Tages fortblieb, machten wir uns auf die Suche. Uns ging die Verpflegung aus. Die anderen sind wohl noch unterwegs, vielleicht haben sie eine Spur.“

„Kommt auf den Hof.“

Die Nacht war mondhell. Nelda stieg immer wieder auf den Wachturm und spähte hinüber zum Waldrand. Schlaf fand sie nicht.

Im Laufe des Tages kehrten zuerst einige der zur Suche ausgesandten Gefolgsleute zurück, dann die übrigen mit einem großen Haufen der Jäger.

Arminius war nicht dabei. Auch andere fehlten.

Die Zurückkehrenden berichteten, dass sie mitten im Wald, auf einem verlassenen Opferplatz, niedergetrampeltes Gras und aufgeworfene Erde entdeckt hätten, was auf einen Kampf, doch allem Anschein nach nicht zwischen Mensch und Tier, schließen ließ. Sie zeigten auch einen Dolch mit verkrustetem Blut, den sie dort gefunden hatten, und ein Stück vom Schaft eines Speers.

Der Besitzer des Dolchs war nicht auszumachen, der hölzerne Schaft aber konnte vom Jagdspeer des Vermissten stammen.

Noch eine bange Nacht verging, und erst am Morgen gab es Gewissheit. Die letzten Jagdteilnehmer kehrten zurück. Sie hatten in der Nähe des ehemaligen Opferplatzes ein altes Kräuterweib aufgegriffen, das vor ihnen zu fliehen suchte und, als es eingeholt war, schreiend beteuerte, nichts gesehen und nichts verraten zu haben. Zunächst war nicht mehr aus der Alten herauszubekommen, hartnäckig schwieg sie. Doch ein paar Münzen öffneten ihr schließlich den Mund. Sie hatte zunächst geglaubt, ihre Verfolger wären dieselben Männer, die sie zwei Tage zuvor beobachtet hatte, als sie einen einzelnen Jäger, einen blonden, sehr starken Mann, überfallen hatten. Dieser hatte sich lange gegen die Übermacht der sechs oder sieben Angreifer gewehrt, am Ende jedoch war er niedergeschlagen und in Fesseln gelegt worden. Die Männer hatten ihn quer über ein Pferd geworfen und waren mit ihm verschwunden. Näheres über die Männer aussagen konnte die Alte nicht, nur eines: Der die Befehle schrie, war ein Rothaariger.

„Segithank!“, sagte Inguiomer. „Der Schurke rächt sich dafür, dass er bestraft und fortgejagt wurde!“

„Vielleicht ist er jetzt völlig heruntergekommen“, vermutete Tammo, „und lebt im Wald als Anführer einer Räuberbande.“

„Aber wisst ihr denn nicht“, sagte der bedächtige Erkulf, „dass er jetzt wieder bei Segestes ist?“

„Wie?“, rief Nelda. „Er ist wieder bei meinem Vater?“

„Das könnte ich vor den Göttern bezeugen“, sagte der alte Fürst aus einem der nördlichsten Cheruskergaue. „Eine Zeit lang war es wohl so, wie Tammo sagte. Er zog mit seiner Bande umher, lebte von Totschlag und Raub. Aber das war ihm wohl auf die Dauer zu mühsam. Er kehrte wieder zu deinem Vater zurück; dort soll er ja auch eine Frau und ein Kind haben. Segestes ließ ihn, hörte ich, ein paar Tage und Nächte lang vor dem verschlossenen Tor stehen. Schließlich nahm er ihn aber wieder in seine Gefolgschaft auf.“

„Und dann erteilte er ihm einen Auftrag!“, sagte Inguiomer grimmig. „Zur Bewährung. Den nahm der Schuft nur allzu gern an – und er hatte Erfolg.“

Ratlos standen sie im großen Kreis auf dem Wehrhof. Unterschiedliche Ansichten und Vermutungen wurden geäußert. Segestes hatte sich lange ruhig verhalten. Die römerfeindliche Stimmung im Lande und der Makel des Verräters hatten es ihm geraten sein lassen, eine Zeit lang den Kopf einzuziehen. Er hatte sogar den Hinfälligen gespielt und erreicht, dass sein Sohn Segimund, der sich Arminius angeschlossen hatte, zu ihm zurückkehrte. Dann aber war er gesehen worden, wie er frisch und gesund zu Pferde saß. Er schien über alles, was links und rechts des Rhenus geschah, gut unterrichtet zu sein, denn je stärker die Römer ihre Stellungen auf der germanischen Seite ausbauten, desto großspuriger trat er auf. Abgesandte des Arminius, die ihn aufforderten, sich der Ermahnungen zu erinnern, die ihm die Stammesführer nach seiner Begnadigung mit auf den Weg gegeben hatten, und sich den allgemeinen Vorbereitungen auf einen Abwehrkampf anzuschließen, ließ er abblitzen. Und er machte – das wollten mehrere erfahren haben – schon kein Hehl mehr aus seiner Überzeugung, dass die Rückeroberung der abtrünnigen Provinz Germanien durch die Römer und die Bestrafung der Aufrührer nur noch eine Frage der Zeit sei.

„Und dabei wollte er nicht fehlen!", folgerte Tammo, der Jüngste im Kreis und einer der streitbarsten Römerfeinde, der immer wieder geäußert hatte, dass es ein Fehler gewesen sei, Segestes damals davonkommen zu lassen. „Er führte sogar den ersten Schlag, um uns alle damit zu treffen!"

„Er wird Arminius umbringen", jammerte einer der Alten.

„Nein!", rief Nelda. „Das wird er nicht tun! Dazu ist mein Vater nicht fähig. Er ist kein Mörder. Er wird niemals vergessen, dass es Arminius war, der ihn damals rettete."

„Vielleicht hat Segestes tatsächlich nicht die Absicht, ihn umzubringen", sagte Erkulf, in die Runde blickend. „Wenn es vorher aber schon Segithank tut – heimlich im Wald?"

„Der hatte, glaube ich, einen Auftrag, so wie es Inguiomer vermutet", meinte Tammo. „Sicher nicht, ihn zu töten. Wenn es sich aber nicht vermeiden ließ, dann hat es der scheußliche Lump getan – und Segestes kann den Unschuldigen spielen."

Dieser Ansicht stimmten mehrere Männer nachdenklich zu.

„Der Dolch!", rief Nelda plötzlich, die Augen weit offen. „Der blutige Dolch! Es ist nicht der seinige. Vielleicht hat die alte Frau nicht gesehen, dass er schon tot war, als sie ihn auf das Pferd legten, dass sie ihn vorher schon umgebracht hatten. Vielleicht ist er aber auch noch am Leben und nur verletzt ..."

Sie trat in die Mitte des Kreises und indem sie sich mal diesem, mal jenem zuwandte, schrie sie: „Warum reden wir noch? Warum steht ihr noch hier herum? Warum tut ihr nichts? Da draußen geschieht ein Verbrechen! Der beste, der edelste Mann ist in höchster Gefahr – oder schon tot. Was seid ihr denn alle ohne ihn? Wer soll euch führen, wenn es zum Kampf kommt? Vielleicht ist es noch nicht zu spät! Wir können ihn retten – wir müssen ihn retten!" Als die Männer noch immer unschlüssig dastanden, fuhr sie, die Fäuste ballend, fort: „Gut! Da sie zögern und lieber schwatzen, gibt es nur eines: Ich muss es tun! Ich werde hinausgehen und ihn finden. Ich rette ihn, wenn er am Leben ist!"

Sie raffte ihr Kleid und lief zu den Leuten der Hundertschaft, die etwas abseits in Gruppen beieinanderstanden und die neue Lage erörterten.

„Männer!", rief sie. „Wer will mir folgen? Wir müssen ihn suchen – finden – befreien! Wer ist bereit?"

Gleich traten mehrere vor.

Aber im selben Augenblick wurde Nelda am Arm gepackt.

„Bist du von Sinnen?", herrschte Inguiomer sie an. „Wie kannst du so töricht sein, Nelda? Vielleicht ist es genau das, was dein Vater will – dich hier herauslocken! Wo willst denn suchen? Im Wald, in den Sümpfen? Vielleicht lauern sie schon in Hinterhalten. Oder willst du mit den paar Männern da vor seinen Wehrhof ziehen und dreist fordern, dass er Arminius freilässt? Das dürfte ihn freuen. Das ist vielleicht sogar seine Absicht! Es könnte sein, dass es ihm mehr um dich als um ihn geht. Aber wenn er euch beide bekommt – umso besser! Willst du ihm diesen Triumph bereiten?"

Sie musste einsehen, dass der alte Polterer recht hatte. Was sie vorhatte, war leichtsinnig und nutzlos. Und wenn sie ihrem Vater erst in die Hände fiele, könnte sie nichts mehr für ihren Hiwo tun. Wahrscheinlich würde er sogar zu verhindern wissen, dass sie ihn zu Gesicht bekam. Würde sie ihn überhaupt je wiedersehen? Diese Frage marterte sie. Der blutige Dolch ... Sie musste Gewissheit haben, ob er noch lebte.

Das war auch die Ansicht, die sich nach langer Beratung durchsetzte. Die Stammesführer beschlossen, eine Abordnung zu Segestes zu schicken, die herausfinden sollte, was geschehen war. Uneins war man allerdings darüber, wie man sich verhalten sollte, wenn Segestes leugnete, irgendetwas mit dem Verschwinden des Arminius zu tun zu haben. Ihm zu drohen, hatte wenig Sinn, er saß hoch oben auf seinem sicheren Herrenhof. Er wurde auch noch immer von vielen geschätzt, die ihm derartig niedere Machenschaften nicht zutrauten. Nur Inguiomer und Tammo waren fest von seiner Schuld überzeugt, die meisten anderen glaubten an eine Rachetat des rothaarigen Unholds Segithank. Vielleicht hatte er seinen ehemaligen Gefolgsherrn irgendwo in den Sümpfen in ein geheimes Versteck verschleppt, wo er ihn folterte. Vorschläge wurden gemacht, wie man seiner habhaft werden könnte. Ihm aufzulauern, rieten die einen, seinen kleinen Sohn zu entführen, die anderen. Obwohl es bereits recht kühl war, saßen sie, endlos nach germanischer Sitte hin und her redend, die halbe Nacht an den Feuern und dabei wurde nun doch noch, wenn auch in trüber Stimmung, dem Hammelbraten, dem Wildbret, dem Met und dem Bier zugesprochen. Der Sänger trug ein selbst verfasstes Heldenlied auf Segifrit vor, der den gräulichen römischen Lindwurm besiegte, doch man war nicht in Siegesstimmung und hörte kaum zu. Er bekam wenig Beifall und wurde nur mäßig entlohnt. Schließlich erhob sich einer nach dem anderen und wankte erschöpft und betrunken seinem Nachtlager zu.

Es war Neldas dritte fast schlaflose Nacht. Bleich, fröstelnd, in ein Umschlagtuch gehüllt hatte sie stundenlang der Beratung der Stammesführer zugehört. Hin und wieder hatte sie Einwürfe gemacht, zur Eile und zu Entschlüssen gedrängt. Dass sich eine Frau in eine solche Beratung mischte, war gegen das Stammesgesetz, doch in dieser außergewöhnlichen Lage nahm niemand Anstoß daran.

Als alle zur Ruhe gegangen waren und der Morgen schon dämmerte, erklomm Nelda noch einmal einen der Wachtürme. Lange starrte sie in qualvoller Hoffnung zu dem dunklen Streifen des Waldrands hinüber. Plötzlich schwanden ihr die Sinne. Der Wächter musste sie auffangen, sonst wäre sie zu Boden gesunken. Sein Gefährte, der gerade ruhte, räumte für sie seine Pritsche.

Die Sonne erschien, es wurde Tag.

21

Sie schreckte auf, als sie heftiges Klopfen, Wiehern und laute Stimmen hörte.

Benommen, taumelnd erhob sie sich. Blinzelnd sah sie im Frühlicht unten auf dem Hof den Reiter, um den sich immer mehr Männer scharten.

Und nun verstand sie auch den Ruf, der sich von einem zum anderen fortsetzte:

„Die Römer sind da!“

Sie bewegte die Lippen und wiederholte die Worte, immer noch einmal, bevor sie schließlich den Sinn erfasste. Sie waren da. Die Römer waren gekommen. Was seit fünf Jahren erwartet, befürchtet wurde, war eingetroffen. Sie waren gekommen – und er ... er war fort, entführt, vielleicht tot.

Der Reiter war ein Cherusker aus der Gegend zwischen Lupia und Rura, wo das Stammesgebiet der Marser begann. Als es Inguiomer und Tammo endlich gelungen war, die Männer, die ihn aufgeregt umringten, zurückzudrängen und zum Schweigen zu bringen, konnte er sich verständlich machen. Am Tage zuvor war in seinem Dorf eine Gruppe von Flüchtenden eingetroffen, die Schreckliches, Unerhörtes berichtet hatten. Hunderte, wenn nicht Tausende Marser waren ums Leben gekommen, als plötzlich, mitten in der Nacht, während ihres Festes, die Römer erschienen waren. Im Schutze der Dunkelheit hatten die schwer bewaffneten Legionäre sich angeschlichen, die friedlich Feiernden überfallen und alles, was ihnen vor die Klinge kam, niedergemacht: Betrunkene, Waffenlose, Schlafende, hilflose Alte, fliehende Frauen, schreiende Kinder – alle! Verschont wurde niemand. Die Flüchtlinge waren immer wieder durch Dörfer gekommen, die nur noch rauchende Trümmer waren, zwischen denen die Leichen der Bewohner lagen. Niemals zuvor hatten die Römer in Germanien so grausam gewütet.

„Aber wie war das möglich?“, rief Tanno. „Hatten die Marser denn keine Wachen aufgestellt? Hat sie niemand gewarnt?“

„Sie hatten Wachen aufgestellt“, sagte der erschöpfte Bote, der die ganze Nacht hindurch geritten war. „Aber nur auf dem kürzeren Weg, der in gutem Zustand ist. Die Römer kamen durch den Caesischen Wald hinter ihren Wällen hervor und nahmen den längeren. Der ist schwierig, aber es scheint, dass eine Vorhut unter dem verfluchten Caecina ihn gangbar gemacht hat. Dann konnte Germanicus, dieser feige Hund, seine Legionen heranführen und friedlich feiernde Menschen umstellen und niedermetzeln. Doch warum erzähle ich das euch?", rief er, nachdem er sich seinen verschwitzten Kittel vom Leibe gerissen und sich Wasser über Kopf, Brust und Rücken gegossen hatte. „Wo ist euer Herr? Wo ist Arminius? Ihm muss ich Meldung machen! Er wird wissen, was jetzt zu tun ist!"

„Arminius ist nicht hier", sagte Inguiomer. „Er wurde entführt. Und es gibt Gründe anzunehmen, dass diese Entführung und der Überfall auf die Marser etwas miteinander zu tun haben! Oder zweifelt jemand daran?", rief er mit Flammen sprühendem Blick auf die Männer ringsum.

Niemand widersprach.

„Männer!", rief Tammo. „Ihr habt es gehört: Die Römer stehen an der Grenze unseres Stammesgebietes! Wir, die Cherusker, werden uns nicht so heimtückisch meucheln lassen wie die Marser! Jetzt heißt es handeln! Jetzt können wir zeigen, ob wir verstanden haben, was uns Arminius gelehrt hat! Wir werden kämpfen – und auch diesmal werden wir siegen!"

Nun war keine Zeit mehr für lange Reden. Inguiomer übernahm das Kommando und die Stammesführer schickten Boten in ihre Gaue. Alle wehrhaften Männer wurden aufgeboten. Der Arminiushof war der Sammelpunkt, zu dem sie sich unverzüglich in Marsch setzen sollten.

Auch die Abordnung an Segestes machte sich sogleich auf den Weg. Dass Segithank nicht auf eigene Faust gehandelt hatte, sondern nur williges Werkzeug seines Gefolgsherrn gewesen war, galt den meisten nun als sicher. Das stärkte immerhin die Hoffnung, dass Arminius noch am Leben war. Segestes, so wurde vermutet, stand längst mit Germanicus in Verbindung. Zweifellos hatte er von dem geplanten Überfall auf die Marser Kenntnis gehabt und die Entführung mit dem römischen Feldherrn verabredet, um den Widerstand bei dessen weiterem Vormarsch zu schwächen. Ein gefangener Arminius, den Segestes Germanicus übergeben und den dieser später auf einem Triumphzug mitschleppen konnte, würde darüber hinaus einen Sieg erst vollkommen machen.

Zum Führer der Abordnung wurde Tammo bestimmt, dem alle

die notwendige Unnachgiebigkeit gegenüber dem alten Fuchs Segestes zutrauten. Er sollte ihm mit der Belagerung und vollständigen Zerstörung seines Hofes drohen, falls er den Heerführer länger festhielte. Denn Arminius wurde, wenngleich abwesend, von den Versammelten erneut in diese hohe Stellung gewählt. Es war Krieg, man brauchte wieder einen Heerführer.

Tammo saß schon zu Pferde, als Nelda herbeilief.

„Ich habe eine Botschaft an meinen Vater!", rief sie laut, sodass es alle, die am Tor versammelt waren, hören konnten. „Sag ihm, dass er sich mit Schande bedeckt, mit unauslöschlicher Schande, wenn er mit dem Mordbuben Germanicus gemeinsame Sache macht! Sag ihm, dass er dann nur noch Verachtung verdient! Sag ihm, dass ich ihn noch immer geliebt habe, ihn aber künftig, wenn das die Wahrheit ist, hassen werde! Sag ihm, dass ich trotz allem noch Hoffnung habe und dass ich ein Zeichen erwarte, zum Beweis seiner Unschuld. Wenn er seinen Gefangenen freilässt, will ich an seine Unschuld glauben und ihn lieben und achten wie zuvor!"

„Das werde ich ihm gern ausrichten", erwiderte Tammo, „obwohl ich ihn für so hartherzig halte, dass ihn das alles nicht rühren wird."

„Nimm den Cherusker mit, der die Nachricht brachte! Ja, er soll mit euch gehen. Er soll meinem Vater berichten, wie seine römischen Freunde bei uns wüten. Wie sie Frauen, Kinder und Greise ermorden! Es muss ihn rühren, es muss ihn erschüttern. Vielleicht ahnte er nicht, was sie vorhatten, als er sich wieder mit ihnen einließ. Er ist doch kein Unhold, er ist mein Vater ..."

In diesen Tagen hatte Nelda immer wieder das Empfinden, sich an einem Abgrund zu bewegen. Um nicht in die Tiefe blicken zu müssen, hatte sie so lange die Augen geschlossen. Es war Täuschung gewesen, als sie glaubte, sich so eingerichtet zu haben, dass ihr vielleicht noch ein wenig Zeit blieb, dass ihr noch ein paar kurze Sommer eines friedlichen Glücks beschieden sein könnten. Sie war vor dreiundzwanzig Jahren geboren. Ein großer Teil ihres Lebens lag hinter ihr. Selten lebten die Frauen länger als dreißig Jahre. Male, ihre Mutter, war sechzehn Jahre älter als sie, das war ein selten hohes Alter, sie musste nun fast eine Greisin sein. Die meisten wussten nicht, wie alt sie waren. Eben noch waren sie anmutig, jung und gesund gewesen und schon starben sie ausgezehrt, krank, verbraucht, krumm und hässlich. Sie war noch schön, sie hatte noch genug Kraft, um weiterzuleben. Aber sollte es sein? Was hatten die Schicksalsfrauen beschlossen? War das Ende vielleicht schon nahe – so früh? Die Zeichen häuften sich. Den Mann, den sie liebte, hatte man plötzlich von ihrer Seite gerissen. Ihr Vater, der so viele Jahre der starke Baum gewesen war, in dessen Schutz sie sicher aufwachsen konnte, hatte ihr dieses Leid zugefügt. Ein freundlicher Jüngling, der Gedichte liebte, war zehn Jahre später ein grausamer Mordbrenner, dessen erbarmungslos wütende Scharen dort hinter den Wäldern lauerten und jeden Augenblick brüllend hervorbrechen konnten. War es das, was ihr bestimmt war? Sollte sie hinunterstürzen in diesen Abgrund von Blut und Gewalt, an dessen Rand sie dahintaumelte?

Solche Gedanken bedrängten sie, und immer mal wieder verkroch sie sich irgendwo in einem Winkel, um für Augenblicke allein zu sein. Wie wünschte sie sich jetzt, in ihre Höhle fliehen zu können, wo niemand sie sah, wo sie hemmungslos klagen und weinen konnte!

Hier hatte sie keine Höhle, sie war die Herrin. Sie musste überall nach dem Rechten sehen, Anweisungen geben und selbst Hand anlegen. Auf dem Wehrhof drängten sich weit über hundert Männer, die betreut und versorgt werden wollten. Die meisten Gäste waren geblieben, nur wenige Stammesführer waren selbst aufgebrochen, um ihre Mannschaften aufzubieten. Es waren diejenigen, deren Gaue dem Land der Marser, das jetzt das vorgeschobene Aufmarschgebiet der Römer war, am nächsten lagen. Sie beabsichtigten, sämtliche Dörfer zu räumen und die Menschen tief in die Wälder und Sumpfgebiete hineinzuführen, in die kein Römer vordringen konnte. Dann wollten sie mit den wehrhaften Männern zurückkehren.

Schon im Laufe des zweiten Tages nach Aussendung der Boten trafen die ersten Heerhaufen ein. An den folgenden Tagen zogen dann immer mal zehn, mal zwanzig, mal vierzig Männer heran, teils zu Fuß, teils beritten, doch auch kleinere Trupps und sogar einzelne Kämpfer. Mit Framen und Schilden waren die meisten bewaffnet, viele auch mit Keulen und Äxten. Schwerter besaßen nur die Anführer. Manche hatten sechzig, siebzig Meilen zurückgelegt. Es bewährte sich nun, dass Arminius Vorsorge getroffen hatte, um im Fall der Gefahr schnell über ein Heer verfügen zu können. Auf dem Herrenhof war nicht mehr Platz für alle, auf den Wiesen ringsum errichteten die Ankömmlinge ihre Zelte und Hütten.

Inguiomer wagte allerdings noch nicht, von der Befehlsgewalt Gebrauch zu machen, die ihm als nächstem Verwandten des Arminius vorübergehend verliehen worden war. Auch Erkulf und die anderen einflussreichen Männer rieten dazu, den Römern noch nicht entgegenzuziehen, sondern abzuwarten, was Tammo bei Segestes ausrichten würde. Während immer neue Haufen heranzogen, saßen die Anführer untätig auf dem Wehrhof unter der Linde. Einmal begaben sie sich des Nachts hinaus in den nahe gelegenen heiligen Hain, um Wodan, dem Gott des Krieges, und Tiwaz, seinem Vorgänger, Pferde zu opfern und ein frisch geschmiedetes Schwert auf den Altar zu legen.

So vergingen mehrere Tage in bleierner Ruhe und düsterer Spannung. Der Himmel war wolkenverhangen, kühler Herbstwind wirbelte die fallenden Blätter umher.

Der Erste der Männer kehrte zurück, die als Kundschafter in das Stammesgebiet der Marser geschickt worden waren. Er bestätigte, was man schon wusste: Alle Plätze, denen er sich genähert hatte, waren verwüstet und verödet, die unbestatteten Leichen rotteten in der Asche der Trümmerstätten. Doch von den Römern hatte er nichts bemerkt, obwohl er das Grenzgebiet in ganzer Länge von Süden nach Norden durcheilt hatte. Keinen einzigen – auch keinen toten – Legionär hatte er ausmachen können.

Kurz darauf war Tammo zurück. Nelda, die immer wieder auf die Wachtürme stieg, hatte ihn schon von weitem bemerkt. Bei ihm waren nur die Männer, mit denen er aufgebrochen war. Langsam ritten sie durch die Reihen der Kämpfer zwischen den Zelten, die gehofft hatten, ihren Heerführer mit begeisterten Heil-Rufen begrüßen zu können. Zu Hunderten liefen sie herbei und verlangten Auskunft.

„Arminius lebt“, berichtete Tammo, als ihn im Hof dann auch Nelda und die Stammesführer umringten. „Segestes hält ihn gefangen. Er ist bereit, ihn freizulassen, stellt aber eine Bedingung. Er öffnete uns nicht das Tor, sondern sprach nur vom Wall zu uns. Von dem Angriff auf die Marser will er nichts gewusst haben. Als er von uns hörte, was dort geschehen ist, sagte er nur, das sei wohl die Rache für Hunderte Offiziere und Legionäre, die vor fünf Jahren auf unseren Opferaltären getötet wurden. Ich glaube, er log – er war eingeweiht in den Angriffsplan. Aber was konnte ich ihm entgegenhalten?"

„Und die Bedingung?", drängte Nelda.

„Ja, was will er von uns, damit er den Heerführer freilässt?", riefen die Männer.

„Er will seine Tochter", sagte Tammo.

„Er will mich?", schrie Nelda. Unwillkürlich, wie zur Abwehr, hob sie die Hände und trat zwei Schritte zurück.

„Ist das alles?", fragte Inguiomer.

„Ja", sagte Tammo. „Das ist alles. Sie soll zu ihm kommen und sobald sie hinter dem Wall ist, will er den Heerführer freigeben. Dabei will er es einrichten, dass sich die beiden nicht begegnen. Nie wieder sollen sie sich begegnen."

„Nicht begegnen?", rief Nelda. „Nie wieder? Ich soll ... Er will ... Nein, das ... das wäre zu grausam! Das kann er nicht verlangen! Nein, nein!"

„Arminius soll einverstanden sein", sagte Tammo seufzend.

„Einverstanden? Mich nicht wiederzusehen?"

„Behauptete dein Vater. Er stieg vom Wall hinab, ließ uns warten, sehr lange. Dann kam er zurück und sagte, er habe mit Arminius gesprochen. Der sieht inzwischen ein, sagte er, dass er sich schuldig gemacht hat, weil er das Vaterrecht missachtete. Und deshalb ..."

„Das glaube ich nicht!", entgegnete Nelda heftig. „Nein, das ist nicht wahr. Das hat er nie und nimmer gesagt."

„Habt ihr irgendeinen Beweis dafür?", fragte Erkulf. „Habt ihr den Heerführer zu Gesicht bekommen?"

„Natürlich nicht", erwiderte Tammo. „Wer kann wissen, wo er ist und in welchem Zustand. Das Einverständnis könnte ihm abgepresst sein, unter der Folter. Doch wenn ihr mich fragt ... Ich glaube, Segestes hat einfach nur gelogen, wie schon vorher. Er tat nur so, als hätte er mit ihm gesprochen. Eins aber ist klar: Wir holen den Heerführer dort nur heraus ..."

„... wenn ich hingehe!", rief Nelda. Einen Atemzug lang schloss sie die Augen, als müsste sie einen Gedanken vollenden, der noch nicht ganz zu Ende gedacht war. Als sie sie wieder öffnete, war ihr Blick hart und entschlossen. „Ja! Und ich werde ... ich werde hingehen! Ich werde mich meinem Vater ausliefern. Ich glaube auch nicht, dass er gelogen hat, als er sagte, Arminius sei einverstanden. Das ist das Opfer, das von uns beiden verlangt wird. So ist es bestimmt im Ratschluss der Götter! Geht es denn nicht um mehr ... um alles? Wäre nicht alles verloren, wenn wir die Römer wieder hereinließen, diese grausamen Schlächter, die kein Maß kennen in ihrem Rachedurst, ihrer Blutgier? Seid ihr sicher, dass ihr sie aufhalten könnt – allein ... ohne ihn? Er weiß genau, dass ihr es nicht könnt, dass ihr ihn braucht! Und so ist er bereit, auf die Bedingung meines Vaters einzugehen. Sollte ich das nicht begreifen? Soll ich jetzt selbstsüchtig, kleinmütig sein? Nein, dann wäre ich seiner nicht würdig und seine Liebe hätte ich nicht verdient. Noch heute ... noch heute mache ich mich auf den Weg!“

Nelda war von ihrem Plan nicht abzubringen. Inguiomer und Tammo versuchten es, doch sie hörte ihnen nicht zu. Trockenen Auges, ohne ein Wort der Klage zu verlieren, traf sie unverzüglich die Vorbereitungen für ihre Abreise. Sie wies Knechte an, den Wagen mit den großen Scheibenrädern bereit zu machen und anzuspannen. Gemeinsam mit den Mägden packte sie eine Truhe, verstaute warme Winterkleidung, eine Spindel, Nähzeug, ein paar Schmuckstücke. Auch ihren Webstuhl, an den sie gewöhnt war, an dem sie gerade neue Muster ausprobierte, ließ sie aus dem Grubenhaus heraufbringen und aufladen. Bevor die Truhe verschlossen wurde, legte sie noch mehrere Schreibtäfelchen mit Wachsbeschichtung dazu. Sie hatte lange nichts mehr geschrieben, doch vielleicht, dachte sie, würde es bald Veranlassung geben, Botschaften zu versenden.

Währenddessen wurde unter der Linde wieder gestritten. Inguiomer, der sich heimlich wünschte, selbst das Heer gegen die Römer zu führen, war entschieden dafür, Nelda zurückzuhalten. Was würde Segestes hindern, seine Zusage zu brechen, wenn er sie erst einmal in seiner Gewalt hatte? Tammo schloss sich ihm an. Er blieb bei seiner Meinung, Segestes habe das Einverständnis des Arminius mit dem Austausch erfunden, und warnte vor dem Zorn des Heerführers, den man auch anders befreien könne, der ihnen jedoch den Verlust der geliebten Frau nie verzeihen würde. Doch wieder hielt die Mehrheit dagegen: Sei die Rache der Römer nicht mehr zu fürchten als der Zorn des Arminius?

War es nicht merkwürdig, dass der Kundschafter im Grenzgebiet zu den Marsern keinen einzigen Römer gefunden hatte? Waren sie jetzt dabei, das Gebiet der Cherusker weiträumig zu umgehen und ringsum neue Stellungen zu beziehen? Vor dem Wall lagen zwar die bewaffneten Haufen, doch es machte sich zunehmend die Besorgnis breit, Germanicus könnte versuchen, den Erfolg des überraschenden, vernichtenden Angriffs nach vohergehender Umzingelung zu wiederholen. Den Männern draußen war schon verboten, Bier zu trinken, man hatte die Wachen verdreifacht, ließ die Feuer nicht ausgehen. Der besonnene, aber auch ängstliche Erkulf machte sich zum Sprecher der Mehrheit, die keine Möglichkeit auslassen wollte, den gefangenen Heerführer in dieser furchtbaren Lage freizubekommen. Man rechnete zudem mit Neldas Geschick, sich ihrem Vater nicht auszuliefern, wenn er das Abkommen nicht erfüllte. Damit sie nicht überrumpelt werden konnte und damit der befreite Heerführer gleich über eine Gefolgschaft verfügte, wurde beschlossen, ihr zwei Hundertschaften mitzugeben.

Nelda hatte es eilig. Sie gab noch ein paar Befehle, das Hauswesen betreffend, umarmte niemanden und bestieg gleich ihr Pferd. Sie wollte vermeiden, dass Tränen flossen und noch letzte fruchtlose Versuche gemacht wurden, sie von ihrem Entschluss abzubringen. Draußen warteten die beiden Hundertschaften. Die Torwächter schoben die Riegel zurück.

Sie ritt hinaus.

Sie war so von ihrer Mission erfüllt, dass sie zunächst nicht wahrnahm, was draußen vor sich ging. Überraschend erregte der Aufbruch der von allen geliebten, geschätzten Herrin, dessen Ursache und Ziel bekannt waren und auch an den Feuern vor dem Tor für heftigen Streit gesorgt hatten, kaum Aufmerksamkeit. Es gab keine Heil-Rufe und auch die üblichen Schmähungen der Römer blieben aus. Einige, die sich in unmittelbarer Nähe des Tores aufhielten, wandten sich der Reiterin zu, doch im nächsten Augenblick wieder ab. Selbst die zweihundert Männer ihres Gefolges waren mit ihren gespannten Blicken bei einem ganz anderen Ereignis.

Aus westlicher Richtung, noch weit entfernt, doch schon gut erkennbar, näherte sich ein einzelner Reiter. Er war aus dem Wald gekommen und überquerte langsam ein frisch gerodetes Feld, im

Schritt reitend, weil gefällte Stämme und ausgegrabenes Wurzelwerk zahlreiche Hindernisse bildeten. Er schwenkte beide Arme und schrie mit voller Lungenkraft. Die Worte waren noch nicht zu verstehen, doch der Haltung des Mannes war anzusehen, dass er mit einer Freudenbotschaft kam. Man rief sich seinen Namen zu, man wusste, woher er kam und bald wollten die Ersten verstanden haben, was er mit so entfesselter Fröhlichkeit meldete.

Auch Nelda wurde nun aufmerksam.

„Aber das ist doch ... Ist das nicht ...?"

„Ja", sagte Tammo, der mit ihr herausgekommen war, um ihr zum Abschied noch Ratschläge zu erteilen. „Bardolf ist es. Er sollte kundschaften ... möglichst tief ins Gebiet der Marser vordringen. Es scheint ... ja ... er ruft ... jetzt verstehe ich es ganz deutlich ... Er schreit: ‚Die Römer sind fort, sie sind abgezogen! Keine Gefahr mehr ...'"

„Ein Wunder", flüsterte Nelda verwirrt. „Ein Wunder. Doch was bedeutet das? Was soll ich jetzt tun?"

Kurze Zeit später war Bardolf am Tor und seine Meldung, atemlos hervorgestoßen, war folgende: Die Legionen des Germanicus, die so schrecklich gewütet hatten, waren durch die Bergwälder westlich des Marsergebietes abmarschiert. Schnell benachrichtigte Nachbarn der Marser, die Brukterer, Tubanten und Usipeter, deren Haufen sich ebenso rasch formiert und noch auf die Nachhut gestürzt hatten, konnten sie nicht aufhalten. Sie wurden nach schweren Verlusten zurückgeworfen. Die Legionen beeilten sich dann, ihren Marsch nach Westen fortzusetzen und ihre Quartiere zu erreichen. Das alles hatte Bardolf von Zurückweichenden und Überlebenden des Gefechts erfahren. Es gab keinen Zweifel: Ein weiterer römischer Angriff war in diesem Jahr nicht mehr zu erwarten.

Erleichterung machte sich breit. Niemand konnte die Männer auf der Wiese jetzt noch hindern, ihre Trinkhörner mit Bier zu füllen. Doch gab es eigentlich keinen rechten Grund zur Freude. Die Römer hatten ihre Rache gehabt und fast keine Verluste erlitten. Man hatte gezögert, man hatte abgewartet. Vielleicht hätte man sie noch zum Kampf stellen können. Die Erleichterung schlug in Bitterkeit um. Wäre Arminius bei uns gewesen, wurde ringsum an den Feuern gegrollt, wäre Germanicus, dieser Verbrecher, nicht so billig davongekommen.

„Ihr braucht ihn jetzt nicht weniger dringend als vorher“, sagte Nelda, nachdem sie sich mit den Stammesführern noch einmal zur Beratung in den Wehrhof zurückgezogen hatte. „Die Römer werden im Frühjahr zurückkehren, erst recht nach einem so leichten Erfolg. Deshalb bleibt es bei meinem Entschluss. Mein Vater ist unversöhnlich. Er wird ihn nicht freilassen, wenn er mich nicht zurückbekommt.“

„Überstürze nichts, Töchterchen!“, riet der bedächtige Erkulf, der noch kurz vorher ihre Selbstauslieferung dringend befürwortet hatte. „Warte ab. Wir haben Zeit gewonnen.“

„Ja“, stimmte Tammo zu. „Wir haben Zeit gewonnen. Zeit, die wir nutzen werden, Männer! Begreift ihr jetzt, dass ich recht hatte? Segestes wusste, dass sie die Marser angreifen würden – er wusste aber auch früher als wir, dass sie abzogen. Seine Boten sind mindestens so schnell wie die unseren, die Verbindung zu seinen alten Freunden ist längst wiederhergestellt. Als wir vor ihm am Wall standen, hatte er es schon erfahren, ganz sicher, da war ihm schon klar, dass er seinen Gefangenen in diesem Jahr nicht mehr ausliefern konnte. Jetzt ist er ihm eher eine Last, denn der Winter ist lang, und er weiß, wir schlafen nicht, wir sind keine Bären und Hamster. Da glaubt er nun wohl, er kann sich Ärgernisse ersparen, indem er mit uns noch schnell einen Handel abschließt – den Heerführer gegen seine Tochter! Aber ich frage euch noch einmal: Was wird Arminius von uns halten, wenn er heimkehrt und wir, denen keine Gefahr mehr droht, haben zugelassen, dass sich seine Frau diesem verschlagenen Unhold, seinem Entführer, auslieferte!“

„Ich erlaube euch nicht, so über meinen Vater zu reden!“, rief Nelda und wollte wieder ihr Pferd besteigen.

„Und wir erlauben dir nicht mehr, den Wehrhof zu verlassen!“, fuhr Inguiomer sie an und riss sie zurück. „Tammo hat recht! Haben wir hier ein Heer versammelt und sehen uns nicht im Stande, unseren Heerführer zu befreien? Ich führe euch hin! Wir werden Segestes belagern, bis er klein beigibt! Und wehe ihm, wenn er es nicht tut. Dann gibt es Sturm – und dann wird er Staub fressen!“

Inguiomer und Tammo, die beiden Hitzköpfe, eilten hinaus auf die Wiese, gingen von Zelt zu Zelt, von Feuer zu Feuer und es kostete sie wenig Mühe, die Kämpfer für den Zug zum Segesteshof zu begeistern. Am nächsten Morgen, in aller Frühe, marschierten die Heerhaufen ab.

Nelda stand reglos im offenen Tor und sah ihnen nach, bis der Letzte im Wald verschwunden war.

22

Mitternacht musste vorüber sein, als sich Arminius von der Schlafbank erhob und den Pelz, der ihm auch als Decke diente, über die Schultern warf. Im Dunkeln suchte er Hose und Stiefel.

Nelda richtete sich auf.

„Kannst du immer noch nicht schlafen?“

„Nein.“

„Hast du Schmerzen?“

„Nein, mach dir keine Gedanken. Schlaf weiter. Ich werde draußen ein bisschen auf und ab laufen, das macht müde. Muss aber erst einmal im Pferdestall nach dem Rechten sehen. Der Braune lahmt, hoffentlich wird die Entzündung an der Fessel nicht brandig.“

Sie hatten allein ihre Schlafplätze an der Giebelwand. An den Längswänden der Wohnhalle lagen ein paar ältere Verwandte des Gaufürsten, Männer des Gefolges, Knechte und Mägde. Keiner erwachte, als Arminius zum Herd ging, ein wenig die Glut schürte und eine Fackel entzündete. Nur ein Hund, der dort zusammengerollt gelegen hatte, stand auf, schüttelte sich und trottete hinter ihm hinaus.

Nelda konnte diesmal nicht wieder einschlafen. Wie lange sollte das noch so weitergehen? Er schlief kaum, erhob sich immer wieder vom Lager, stapfte draußen in der eisigen Kälte durch den Schnee. Tagsüber brütete er vor sich hin und antwortete kaum, wenn er angesprochen wurde. Er litt noch immer an der Schulterwunde, die ihm der Dolchstoß eines der Entführer zugefügt hatte. Aber das konnte nicht die Ursache sein.

So war er seit seiner Rückkehr vom Segesteshof. Immer wieder hatte sie versucht zu erfahren, wie es ihm dort ergangen war. Er hatte nur die allernötigsten Auskünfte erteilt. Die Schuld an dem, was ihm geschehen war, gab er sich selbst. Seine eigene strenge Regel, immer und überall wachsam zu sein, hatte er sträflich missachtet. Von irgendeinem Jagdknecht, den er niemals zuvor gesehen hatte und an dessen Gesicht er sich nicht mehr erinnerte, hatte er sich leichtfertig in eine Falle locken lassen.

Wie glücklich war sie an jenem Herbsttag vor zwei Monaten gewesen, als er am Tor stand und sie sich ihm in die Arme warf – und wie enttäuscht, weil er ihre Freude nicht teilte. Mit düsterer

Miene, nur ab und zu gequält lächelnd, hatte er unter den Männern gesessen, die fröhlich tranken und sich ihres raschen Erfolges rühmten. Der Aufmarsch des vielköpfigen Heeres im Tal, am Fuße des Hügels mit dem Segesteshof, war schon der halbe Sieg gewesen. Ein paar Brände, über den Wall geworfen, und die Drohung, man werde den Hof erstürmen und dort wüten wie seine römischen Freunde unter den Marsern, hatten Segestes schnell überzeugt, dass es besser war einzulenken. Kurz darauf am selben Tag war Arminius frei.

Von Inguiomer hatte Nelda erfahren, dass es danach im Heer fast zu einem Aufruhr gekommen wäre. Viele hatten erwartet, ihr Heerführer würde sie nun zum Sturm auf den Wehrhof seines Entführers und unversöhnlichen Widersachers aufrufen. Andere hatten gedacht, er werde sich ohne zu zögern an die Spitze eines Rachefeldzugs gegen die Römer setzen und deren neue Stützpunkte auf der germanischen Seite des Rhenus' dem Erdboden gleich machen. Auch Inguiomer war, wie er zugab, für sofortige Vergeltung eingetreten. Stattdessen hatte Arminius, auf einem Felsbrocken stehend, nur eine kurze Ansprache gehalten und allen für seine Befreiung gedankt, mit trockenen Worten, ohne Leidenschaft, ohne Feuer, ganz anders, als sie es von ihm gewohnt waren. Von ihm aufgefordert, nunmehr in ihre Gaue zurückzukehren, weil kriegerische Vorstöße wegen des nahenden Winters keinen Erfolg mehr versprächen, hatten viele laut ihren Unmut geäußert. Einige Haufen hatten versucht, etwas auf eigene Faust zu unternehmen, indem sie den Bauern im Gau des Segestes Schaden zufügten. Nur Arminius selbst und besonnenen Stammesführern, die sich zum sofortigen Abmarsch in die Heimatgaue entschlossen, war zu danken, dass es nicht zu Plünderungen und Brandschatzungen gekommen war.

Nelda hätte nie für möglich gehalten, dass er sich in kurzer Zeit so verändern konnte. War er früher von einem unerschütterlichen Vertrauen in sein Heil und das Wohlwollen der Götter erfüllt gewesen, schien es, dass ihn unentwegt Zweifel und Ängste plagten. Er verstrickte sich in Grübeleien und suchte nach Fehlern, die er begangen hatte. Nachts murmelte vor sich hin, führte endlose Selbstgespräche, die nicht einmal endeten, wenn ihn für kurze Zeit der Schlaf übermannte. Dann hörte sie ihn immer noch abgerissene, unverständliche Sätze ausstoßen. Die Selbstvorwürfe in dem

Gewirr der Worte, so viel war unschwer zu verstehen, betrafen vor allem die fast vollständige Ausrottung der Marser, an der er sich mitschuldig fühlte. Trotz jahrelanger Vorsichtsmaßnahmen war das geschehen, weil im entscheidenden Augenblick Sorglosigkeit, auch die seinige, alles unwirksam machte. Er konnte sich nicht verzeihen, vorübergehende Zwistigkeiten im Lager der Römer so sträflich überschätzt zu haben.

Als er zur Schlafbank zurückkehrte, war Nelda noch wach. Er klopfte Schnee von seinem Pelz, zog Hose und Schuhe aus und legte sich nieder. Er wollte sich wieder mit dem noch feuchten Pelz bedecken, und Nelda, die ihren Arm nach ihm ausstreckte, griff in den tauenden Schnee. Sie zog ihm den Pelz weg, den sie zu Boden warf, rückte zu ihm heran und nahm ihn unter ihre eigene Felldecke. Sie schmiegte sich an ihn, wärmte ihn mit ihrer Haut. Sanft glitt ihre Hand über seine Brust. Manchmal half das, entspannte ihn und er fand Ruhe.

Doch in dieser Nacht blieb er wach. Sie hörte seine unregelmäßigen, keuchenden Atemzüge.

„Du hast Sorgen", flüsterte sie nach einer Weile. „Aber bald wird es Grund zur Freude geben."

Sie streckte sich neben ihm aus, nahm seine Hand und legte sie auf ihren Leib.

„Spürst du es? Es wächst, es ist stark. Es wird wohl ein Sohn werden. Und diesmal ... diesmal, das weiß ich genau ... wird es leben."

„Wenn du recht hättest!" Er wandte sich ihr zu und in seiner Stimme war ein freudiges Zittern. „Wenn du recht hättest ... So ist das also. Es ist soweit ... und ich ... ich hab gar nichts bemerkt."

„Du siehst mich zu selten an ... in letzter Zeit."

„Verzeih mir ... verzeih mir. Ja, das ist Grund zur Freude. Wenn es nur diesmal am Leben bleibt ..."

„Ich bin sicher, ganz sicher. Es wird im Frühjahr zur Welt kommen. Vielleicht zum Fest der Ostara. Wenn alles blüht und gedeiht, dann kann es nicht sterben, dann muss es doch leben."

„Ja, und das wird es auch."

„Wir müssen der Göttin Opfer bringen. Ihr und Frija."

„Das müssen wir, ja, das werden wir." Er stieß einen Seufzer aus. „Hoffentlich kann ich dabei sein."

„Vielleicht lassen uns die Römer in Ruhe. Ihren Rachedurst haben sie doch gestillt."

„Damit werden sie sich nicht zufrieden geben."

„Denke jetzt nicht daran. Lass uns jetzt nicht daran denken. Ich möchte, dass du dabei bist, wenn es geboren wird, und es gleich aufhebst."

„Das wird ein schöner Augenblick, ja ... ein großer Augenblick. Wenn ich nur rechtzeitig zurück bin."

„Zurück? Von woher?"

„Wer weiß ..." Er strich mit der Hand über ihren Leib. Nach einer Weile sagte er: „Ich muss fort, Nelda. Morgen früh schon."

„Wie? Morgen? Jetzt, mitten im Winter?"

Sie richtete sich heftig auf und die Felldecke rutschte von ihrer Schulter. Es war kalt in der Halle, die fast erloschene Glut auf dem Herd in der Mitte wärmte nicht mehr. Er zog sie zu sich herab und deckte sie wieder zu.

„Ja, es muss sein." Er dämpfte die Stimme, um die Schläfer ringsum nicht zu stören. „Ich habe keine andere Wahl. Du weißt ja, neulich kamen wieder mal Botschafter zurück, unverrichteter Dinge. So muss ich es selbst versuchen. Ich werde es schaffen. Werde ihn überzeugen."

„Du meinst doch nicht etwa ... Marbod? Den König der Markomannen?"

„Den meine ich."

„Aber wie willst du dorthin gelangen? Irgendwo weit im Osten des Herzynischen Waldes soll er einen Palast haben. Willst du dorthin, durch Eis und Schnee?"

„Es wird gehen. Die Männer haben es auch geschafft und mir den Weg genau beschrieben. Bis zum Albis und dann flussaufwärts bis fast zur Quelle."

„Aber warum denn? Warum denn?"

„Ich muss ihn dazu bringen, dass er sich mit uns verbündet. Dass er uns gleich im Frühjahr ein Heer schickt. Er soll viele Tausende unter Waffen haben, auch Lugier, Semnonen, Langobarden. Er hält sich vermutlich für unbesiegbar, deshalb verschmähte er bisher meine Vorschläge. Aber ich werde ihm klarmachen: Wenn die Römer uns überrennen, geht auch er zugrunde."

„Du wirst nichts erreichen. Er hat sich doch immer behauptet."

„Ja. Doch beim letzten Mal, vor neun Jahren, hat er nur Glück gehabt. Ich war ja selbst dabei, als Tiberius mit zwei Heeren gegen ihn ausrückte. Da ging es plötzlich in Pannonien los, und wir waren dort jahrelang beschäftigt. Aber Tiberius vergisst nicht, wenn er sich mal etwas vornimmt, und jetzt steht er in Rom an der Spitze. Marbods Reich ... das ist ein Keil, der auf seine Provinzen zielt. Irgendwann wird er ihn wieder angreifen und dann wird Marbod Beistand brauchen – unseren Beistand. Nur gemeinsam können wir uns die Römer vom Halse halten."

„Ich habe mit deinen Gesandten gesprochen", versuchte Nelda noch einen letzten Einwand. „Sie wurden nicht von ihm selbst empfangen, sondern von einem seiner Vertrauten. Vielleicht machst du die beschwerliche Reise umsonst und dringst nicht einmal bis zu ihm vor."

„Weil er König ist? Ich bin Heerführer, das ist ja auch nicht wenig. Aber wichtiger ist, dass wir beide römische Offiziere waren – ranggleiche. Er ist älter als ich, war schon draußen bei der Armee, als ich nach Rom zur Ausbildung kam. Dafür war ich länger dabei und habe mehr Erfahrung. So wird er mir sehr aufmerksam zuhören – vor allem, wenn ich ihm die militärische Lage erläutere."

„Steht es denn wirklich so schlimm um uns?", fragte sie und versuchte, in seinen Zügen zu lesen, die sie nur schattenhaft wahrnehmen konnte. „Du bist so verändert, seit ... seit dieser dummen Geschichte. Es muss dir dort etwas geschehen sein. Hat mein Vater ...?"

Arminius lachte leise.

„Es gibt schlimmere Kerkermeister. Nach drei Tagen ließ er mir die Ketten abnehmen und sagte: ‚Damit du auch einmal spüren musstest, wie das ist, was ihr mir angetan habt.' Dann machte er sich ein Vergnügen, indem er mir drohte und versuchte, mir Furcht einzujagen. ‚Nächstes Jahr ist es aus mit euch Freiheitskämpfern! Und dir blüht das Schicksal des Vercingetorix. Sie werden dich im Triumphzug mitschleppen und dann hinrichten.'"

„O ihr Götter! Das hat er doch bestimmt nicht erfunden!"

„Nein. Das scheint in Rom beschlossene Sache zu sein. Es fehlt nur mein Einverständnis."

„Dass du darüber scherzen kannst."

„Noch kann ich das. Aber bald wird es ernst, und dein Vater ... nun, er ist bestens unterrichtet. Er steckte die Daumen hinter den Gürtel, schritt auf und ab und erläuterte mir, was Götter und Römer mit uns vorhaben. Und ob er es wollte oder nicht ... Er verriet mir dabei ein paar wichtige Einzelheiten des römischen Angriffsplans für das nächste Jahr. Dazu Zahlen, die ich nicht kannte und die ich mir gut gemerkt habe: über die Stärke aller Legionen und Auxilien. Und in Erwägung all dessen ... verstehst du ...“

„Ich verstehe“, flüsterte sie. „Ja, ich verstehe. Dann muss es wohl sein.“

„Ich bin es den Marsern schuldig“, sagte er. „Den wenigen Lebenden und den vielen Toten. Und uns bin ich es schuldig. Dir und auch dem da ... das im Frühjahr zur Welt kommt ... und das leben will ... und leben wird!“

23

Arminius wollte in vierzig Tagen zurück sein. Die Männer, die vor ihm zum König der Markomannen gereist waren, hatten es in nur dreißig Tagen geschafft, allerdings bei ruhigem Spätsommerwetter. Um so schnell wie möglich voranzukommen, war er mit wenigen Getreuen und Knechten aufgebrochen, durchweg jungen, starken, zähen Burschen, die wie er selbst außer mit Waffen auch mit Hammer, Axt und Säge umzugehen wussten und weder die Mühen des Weges noch die Unbilden des Winters fürchteten. Am Tag nach dem Abschied hatte Nelda die erste Kerbe in einen der Pfosten geschnitten, die das Dach trugen. An dem Tag, als Tauwetter einsetzte, waren es achtunddreißig. Jetzt war es schon die fünfundvierzigste Kerbe, die sie an diesem Abend, der einem zwar noch kalten, aber sonnigen Frühlingstag folgte, ins Holz schnitt. Nach der römischen Zeitrechnung, wie sie ihr seinerzeit von Priscus gelehrt worden war, musste man sich in der Nähe der Nonen oder sogar schon der Iden des März befinden.

Dann stand sie am Tor und blickte den Knechten entgegen, die zum ersten Mal zur Rodung hinausgegangen waren. Sie hatten mehrere Bäume gefällt, deren Wurzeln sie freilich später erst ausgraben würden, denn noch war die Erde gefroren. Mit gebündelten Ästen und Zweigen beladen, stapften die Männer durch den letzten verharschten Schnee die Anhöhe herauf.

Die meisten dieser Knechte waren Gefangene aus dem pannonischen Krieg, sie nannten sich Boier und Azalier, wenn man sie nach ihrer Herkunft fragte. Gewöhnlich blieben sie unter sich und nur wenige waren des Diutisk so weit mächtig, dass sie Befehle verstanden und weitergeben konnten. Sie wurden roh und rücksichtslos behandelt und schon bei geringen Vergehen geprügelt. Nelda hatte Mitleid mit diesen Hoffnungslosen, die nicht alt wurden und ihre Heimat nie wiedersehen würden, mischte Fleischbrocken in ihren Brei und kümmerte sich um sie, wenn sie erkrankten. Kehrten die Männer abends von der Arbeit zurück, stand sie oft am Tor, um zu verhindern, dass die Wächter und die Gefolgsleute, die im Hofe lungerten, unter dem Vorwand, sie hätten zu wenig Holz gebracht, auf sie einschlugen. Ein für allemal hatte Nelda durchgesetzt, dass in ihrer Gegenwart niemand geprügelt wurde.

Mit einem dieser fremdstämmigen Knechte, einem schmalen Bürschlein, nicht viel älter als sie, doch schon grau und krumm, unterhielt sie sich manchmal. Er war klug und konnte sich einigermaßen in der Sprache seiner Herren verständigen. Als er jetzt auf sie zukam, tief gebeugt unter der Last des Holzes, verzog er den Mund, in dem kaum noch Zähne waren, zu einem Lächeln, wie immer, wenn er sie sah.

„Habe ich, Herrin, Botschaft für dich", sagte er, als er nahe war, „wichtige Botschaft."

„Eine Botschaft ... für mich? Aber wer ...?"

Er blieb einen Augenblick stehen und nestelte an dem Strick, der ihm als Gürtel diente.

„Edler Herr ritt vorbei und dies ... dies ist für Herrin, sagt er, soll ich geben."

Er drückte ihr etwas in die Hand, das sie sogleich erkannte.

„Und die Botschaft?", fragte sie überrascht.

„Kommt edler Herr morgen wieder, wartet auf Herrin an Quelle, bei heiliger Säule. Kommt, wenn Sonne ganz hoch."

Es war ein Kodex, den ihr der Knecht gegeben hatte. Auf den äußeren Seiten der Täfelchen waren von Kinderhand Tierbilder – ein Hase und ein Vogel – eingeritzt und mit Tinte ausgemalt, die aber ziemlich verblasst war. Solche Kodizes hatten ihr und Segimund, ihrem Bruder, als sie noch Kinder waren, für kleine Mitteilungen in lateinischer Sprache gedient. Es gab keinen Zweifel, wer der Reiter war, der sie treffen wollte.

Auf den Innenseiten des Kodex las sie: „Mutter gestorben. Bin traurig und einsam, würde meine geliebte Schwester gern wiedersehen. Komme morgen noch einmal, werde allein sein und auf dich warten."

Sie saß auf ihrer Schlafbank, drehte die Täfelchen hin und her, betrachtete versonnen die Zeichnungen. Der Hase stammte wohl von ihr, Hasen waren ihr immer am besten gelungen, Segimund hatte Vögel bevorzugt. Manchmal hatten sie gestritten, ob es besser wäre, einem Hasen oder einem Vogel eine eilige Sendung anzuvertrauen. Sie schloss die Augen und sah sich mit Segimund in der Hütte beim alten Priscus, sah ihre Mutter hereinstürzen, ihr den Griffel aus der Hand reißen und sie schimpfend ins Webhaus zerren. Später kam eine Magd herunter und steckte ihr mit verschmitztem Lächeln einen Hase-und-Vogel-Kodex zu. Und die Mitteilung Segimunds bestand aus drei Worten: „Mutter ist dumm."

Bei dieser Erinnerung musste sie lachen, doch gleich darauf flossen ihre Tränen. Die Mutter war tot. Nelda hatte sie seit ihrem hastigen Abschied vor über fünf Jahren nicht wiedergesehen. Hatte sie ihre Mutter, diese strenge, verhärmte Frau, die nur Pflichten kannte, geliebt? Sie hatte sich ihrer oft erinnert, gewiss, doch meist nur, wie sie sich eingestehen musste, wenn sie sich als Hausherrin fragte, was Frau Male wohl an ihrer Stelle getan hätte. Ihrem Bruder musste der Tod der Mutter sehr nahegegangen sein. Sie hatte ihn als ihren Liebling bevorzugt und ihn oft dem Vater gegenüber verteidigt. Nach seiner Abreise an den Rhenus war sie lange Zeit traurig, verbittert, geradezu unleidlich gewesen. Es musste ein Glück für sie gewesen sein, dass er während ihrer letzten Jahre wieder zu Hause war. Vielleicht war sie es gewesen, die den starrköpfigen Vater dazu gebracht hatte, seinen ungehorsamen Sohn zurückzurufen. Und es war wohl nur durch ihre beharrliche Vermittlung zu einer Aussöhnung zwischen den beiden gekommen. Jetzt fühlte sich Segimund vereinsamt, vielleicht wieder vom Vater ungerecht behandelt, der ihm seinen Verrat an den Römern nach wie vor nicht verzieh. Nelda kannte ihren Bruder gut genug, um seine Lage zu verstehen. Er war ein braver Kerl und konnte sich leicht für eine gerechte Sache begeistern, doch er war nicht selbstbewusst und stark, hatte wenig Ausdauer, und es fehlte ihm das Heil des geborenen Oberhauptes und Anführers. So suchte er Halt und Zuspuch – und wo sollte er beides finden, wenn nicht bei seiner Schwester?

Dabei brauchte sie selbst Halt und Zuspruch. Es ging an die Grenze ihrer Kraft, dass sie sich wieder, wie erst vor wenigen Monaten, morgens beim Erwachen, abends, wenn sie sich niederlegte, hundertmal im Laufe des Tages und einer unruhigen Nacht dieselbe bange Frage stellen musste: Lebt er noch, werde ich ihn je wiedersehen? Die Frist, die ihr Arminius genannt hatte, war verstrichen. Kein Lebenszeichen war in diesen fünfundvierzig Tagen zu ihr gelangt, auch nicht durch Jäger, Hirten oder Bauern, die ihm zufällig begegnet sein konnten. Er war fort und wenn es im Ratschluss der Götter bestimmt war, hatten er und die Männer seiner Begleitung irgendwo unterwegs ein Ende gefunden, sei es durch Raubgesindel, durch wilde Tiere, durch den Sturz in eine

Schlucht oder ein Eisloch. Vielleicht hatte sich König Marbod daran erinnert, dass Arminius neun Jahre zuvor eine Einheit der gegen ihn anrückenden römischen Streitmacht geführt hatte und ihn als Feind behandelt. Würde sie jemals erfahren, was aus dem Vater des Kindes, das in ihr wuchs, geworden war?

Und was sollte aus ihr selbst und ihrem Kind werden? Seit die Wege von Eis und Schnee frei waren, trafen in kurzen Abständen Boten mit furchterregenden Nachrichten ein, diesmal auch aus den Gauen der Chatten. Im Taunusgebirge, berichteten sie, hätten die Römer ein neues Kastell auf den Trümmern eines alten errichtet und zögen dort Truppenmassen zusammen. Von der Grenze zu den Marsern wurden ebenfalls römische Truppenbewegungen gemeldet. Die Stammesführer der Nachbarschaft waren erneut zusammengekommen, um Kriegsrat zu halten. Und abermals zögerten sie, waren uneins und warteten auf ihren Heerführer. Der aber kam nicht.

Wenn schon alles zu Ende gehen soll, dachte Nelda, werde ich vorher wenigstens noch einmal meinen Bruder sehen, einen der wenigen Menschen, die ich liebe und die immer gut zu mir waren. Segimund wollte also, wie es der junge Knecht verstanden hatte, am nächsten Tag, wenn die Sonne im Zenit stand, am Rande des heiligen Hains auf sie warten. Sie war entschlossen, ihn dort treffen – aber wie sollte sie dorthin gelangen? Arminius hatte ihr streng untersagt, den Wehrhof zu verlassen. Den Wachen war unter Androhung von Strafe befohlen, sie am Tor aufzuhalten, falls sie leichtfertig einen Ausflug riskieren sollte. Und selbst wenn es ihr gelänge, das Tor zu passieren, würde sie auf dem kahlen Gelände rings um den Wehrhof den Augen der Männer auf den vier Wachtürmen nicht entgehen. Es war auch aussichtslos, den von Arminius vorübergehend als Herrn eingesetzten Inguiomer um Erlaubnis zu bitten. Der alte Polterer war ihr zwar wohlgesinnt, doch würde auch er sich strikt an die Weisung seines Neffen halten. Würde sie ihm sagen, dass ihr Bruder auf sie wartete, musste sie sogar damit rechnen, dass er ihm auflauerte und ihn festnahm. Segimund gehörte ja nun wieder zum Gefolge seines Vaters, des von Inguiomer glühend gehassten „Römlings" Segestes.

Die Nacht verging und sie fand kaum Ruhe. Nach kurzem Schlummer erwachte sie immer wieder und dachte darüber nach, wie sie für kurze Zeit aus dem Herrenhof entwischen könnte. Eine abenteuerliche Möglichkeit fiel ihr ein und in aller Frühe erhob sie sich, um in eines der halb unterirdisch angelegten Vorratshäuser hinabzusteigen. Sie wusste, dass man von hier über eine weitere Treppe in jenen Stollen gelangte, der nach etwa hundert Schritten einen durch Buschwerk getarnten Ausgang ins Freie hatte. Sie wurde enttäuscht. Sie schreckte einen schlafenden Wächter auf, der an der verriegelten Tür vor der zweiten Treppe hockte. Um herauszufinden, ob er sich vielleicht mit ein paar Münzen bestechen ließ, knüpfte sie ein Gespräch an. Dabei erfuhr sie, dass der Ausgang am Ende des Stollens durch einen Quader verschlossen war, der nur mit großer Manneskraft hochgestemmt werden konnte. Sie gab ihm trotzdem einen Sesterz, damit er ihren Besuch verschwieg.

Später führte sie ihre Stute im Hof herum. Dabei sah sie, wie die Wächter hin und wieder das Tor für hereinkommende Bauern oder hinausgehende Knechte öffneten. Der Gedanke blitzte auf, sie könnte einen solchen Augenblick nutzen, sich auf das Pferd schwingen und hinaus galoppieren. Doch sie verwarf ihn gleich wieder. Wie könnte sie, die Schwangere, schnell und ohne Hilfe auf das Pferd steigen? Und sollte sie das Ungeborene in ihrem Leib auf dem Pferderücken so grausam schütteln, dass es das Schicksal seiner Geschwister erlitt?

Immer wieder blickte sie unruhig zum Himmel hinauf. Die Sonne sah nur von Zeit zu Zeit hinter den Wolken hervor und verschwand gleich wieder. Allmählich näherte sie sich dem höchsten Stand. Wieder bemerkte Nelda, wie die Wächter am Tor die Riegel zurückstießen. Mägde schoben einen hoch mit Holz beladenen Karren herein. Einer der Wächter fragte sie, ob sie noch weitere Fuhren holen würden. Sie bejahten und luden das zu Pfählen und Klötzen zerkleinerte Holz sogleich in einer Ecke des Hofes ab. Nelda beobachtete sie dabei, ließ sie nicht aus den Augen. Kaum war der letzte Klotz abgeworfen, packte eine die Deichsel und alle fünf schoben den Karren auf das offene Tor zu.

Mit drei Schritten war Nelda bei der Magd, die rechts hinten ging. Es war eine schlanke Blonde, die ihr ähnlich sah, und ihres Fleißes wegen Bini, die Biene, genannt wurde. Nelda riss sich ihr wollenes, mit bunten Fransen versehenes Umschlagtuch von den Schultern.

„Bini", flüsterte sie, „nimm dieses Tuch und gib mir deines!"

„Aber Herrin ..."

„Frag nicht! Gib es mir! Ich schenke dir dieses! Schnell!"

Die Magd löste misstrauisch den Knoten an ihrem Hals.

„Man wird glauben, ich hätt's gestohlen ..."

„Mach schon, bevor es bemerkt wird. Und jetzt lass mich an deine Stelle treten ... und führ das Pferd in den Stall!"

Sie warf sich den oftmals geflickten Umhang der Magd über die Schultern, strich ihre Haare ins Gesicht, machte den Rücken krumm. Die anderen Mägde bemerkten nichts, weil sie, den Karren vorwärts stoßend, stumpf vor sich hin starrten. Die Wächter unterhielten sich und achteten kaum auf das Gefährt, das das Tor verließ und über die Bohlen rumpelte, die den Graben überbrückten. Sie blickten den sich Entfernenden auch nicht nach und so bemerkten sie nicht, dass die Letzte rechts hinten unter ihrem schäbigen Umhang einen leinenen Rock mit gestickter Borte und vornehme Lederschuhe trug, in die Ornamente eingepresst waren.

Sie war draußen! Der Karren holperte über das gerodete Feld. Einmal wurde sie von der Magd, die die Deichsel führte, angeschrien, weil sie nicht aufgepasst hatte und das Rad auf ihrer Seite gegen einen Baumstumpf rammte. Verstohlen blickte sie immer wieder hinter sich. Das Tor war geschlossen worden, nichts deutete darauf hin, dass man sich an ihre Verfolgung machte. Sie näherten sich mit dem Karren dem Waldrand, wo die Knechte ihre Äxte schwangen und von allen Seiten auf einen Baumriesen einschlugen. Er schwankte bereits und gleich darauf stürzte er. Alles stob mit Geschrei auseinander.

Diesen Augenblick nutzte Nelda. Auch jetzt achtete niemand auf sie, als sie nach zehn, zwölf Schritten hinter Sträuchern verschwand. Sie war im Wald. Bis zum heiligen Hain hatte sie noch etwa eine halbe Meile zurückzulegen. Ihr Herz klopfte heftig im freudigen Vorgefühl des Wiedersehens mit Segimund. Sie raffte den Rock bis über die Knie und obwohl sie sich schon etwas schwerfällig bewegte, machte sie große Schritte, um nicht zu spät zu kommen. Über knackendes Holz, mit den Füßen immer wieder in Schneeinseln einsinkend, erreichte sie endlich die breite Schneise, die durch den Wald geschlagen war und zum Heiligtum führte.

Da hinten, ganz am Ende des Weges, sah sie ihn schon. Segimund stand neben seinem Pferd und hob die Hand, um sich bemerkbar zu machen. Sie schwenkte heftig beide Arme, doch spürte sie plötzlich eine Schwäche und musste verschnaufen. Es waren noch knapp zweihundert Schritte. Er winkte abermals, rührte sich aber nicht vom Fleck. Warum kommt er mir nicht entgegen, fragte sie sich, warum stützt er mich nicht? Doch der kurze Schwindelanfall ging rasch vorüber und sie lief weiter.

Hinter Segimund erhob sich ein Zaun und hinter diesem, im heiligen Hain, eine doppelt mannshohe, aus einem einzigen Stamm geschnitzte, verwitterte, schwärzliche Götterfigur. Tiwaz, der alten Kriegsgott, starrte ihr grimmig entgegen und Nelda erschrak einen Augenblick, doch auch das ging vorüber. Sie stürzte auf Segimund zu und warf sich ihm in die Arme.

„Brüderchen! Segimund! Lieber, guter ..."

„Schön, dass du gekommen bist, Schwester", sagte er. „Das war sicher nicht leicht. Ich weiß ja, sie bewachen dich scharf."

Sie blickte in sein frisches, vertrautes Gesicht. Er lächelte breit, doch sie vermisste den Ausdruck der Freude, die sie selbst empfand. Eher schien es ihr, als sei er verlegen.

„Mach dir nur keine Sorgen", sagte sie lachend. „Du bringst mich nicht in Schwierigkeiten. Sie bewachen mich nicht, sie beschützen mich nur. Warum siehst du mich so seltsam an? Ja, ich weiß, was du denkst: Sie ist älter geworden und nicht hübscher. Dieser Umhang ... Er gehört einer Magd, wir haben getauscht ... So war es leichter für mich, hinauszugelangen. Aber sieh einmal hier ... Es ist bald so weit! Was sagst du dazu? Diesmal wird es am Leben bleiben, das spüre ich. Ach, unsere Mutter ... Es tut mir so leid. Wie starb sie? Erzähle doch! Erzähle doch endlich!"

„Was soll ich erzählen? Sie starb eben. Eines Morgens stand sie nicht auf ..."

„Wie traurig! Bald werden auch wir ... auch wir sterben. Warum leben wir nur so kurze Zeit?"

Sie warf sich ihm erneut an die Brust und umarmte ihn. Er ließ es in steifer Haltung geschehen und als sie, mit tränenumflorten Augen aufsah, bemerkte sie, dass sein Blick über ihren Kopf hinweg umherschweifte.

„Du denkst, dass sie mich verfolgen?", sagte sie, wobei sie lächelnd seine Wange streichelte. „Oder fürchtest du, unsere

Leute könnten über dich herfallen? Warum denn? Sei unbesorgt, du bist doch kein Feind! Du hast uns doch damals als Freund verlassen. Wie sollte man dir nicht vertrauen. Komm, bind dein Pferd los und lass uns ein bisschen beiseite gehen. Der Gott sieht mich an, als sei er zornig. Warum wohl? Was haben wir denn getan? Wir sind Bruder und Schwester, wir lieben uns. Haben wir kein Recht, uns zu sehen? Ich bin so froh darüber ... so froh! Gehen wir dorthin, an den Bach, dort kannst du das Pferd tränken. Und dann erzählst du mir, wie es dir geht, und ..."

Sie ergriff seine Hand und wollte ihn fortziehen. Doch da stockte ihr Atem und sie erschrak.

Hinter den Bäumen ringsum traten Männer hervor. Sie gaben sich Zeichen und langsam kamen sie näher. Zwei von ihnen erkannte sie gleich: den Riesen Hauk und den Rotschopf Segithank.

Sie ließ die Hand ihres Bruders los und fuhr heftig herum. Er wandte sich ab, stand reglos, mit hängenden Armen, den Kopf gesenkt.

„Keine Angst, wir tun dir nicht weh", sagte Segithank mit schmeichelnder Stimme „Dein Vater schickt uns, er hat Sehnsucht nach dir, hält es nicht mehr ohne dich aus. Mach es uns nicht unnötig schwer. Wir haben sogar eine Sänfte dabei. Wir sind rücksichtsvoll, wissen ja, was mit dir los ist."

Nelda schrie auf.

Ihre Blicke hetzten von einem zu anderen und suchten die größte Lücke. Dann rannte sie los, zwischen zweien hindurch. Einer erwischte noch den Umhang und riss ihn ihr weg. Drei, vier andere stürzten ihr nach. Sie rannte in den Wald hinein, doch schon nach wenigen Schritten strauchelte sie. Zwei der jungen Kerle halfen ihr auf, packten ihre Arme und schleppten sie zurück.

„Seid nicht so grob zu ihr, sie trägt das Kind des großen Arminius!", sagte Segithank. Er zwinkerte Nelda vertraulich zu, seine blauen Augen blitzten lustig. „Ich erzähl deinem Vater lieber nicht, dass du abhauen wolltest. Werd ihm berichten, dass du zwar überrascht warst, doch seine Einladung gern angenommen hast. Jetzt müssen wir dich aber erst einmal ein bisschen fesseln und knebeln ..."

24

Es war zu Beginn des zweiten Monats ihrer Gefangenschaft, als Nelda wie jeden Tag die grob ausgehauenen Stufen zu der schmalen Felsenplattform hinaufstieg, den einzigen Punkt des Segesteshofes, der einen Ausblick auf das Tal ermöglichte. Die Sonne schien, doch hier oben wehte ein kühler Wind. Nelda breitete eine Strohmatte aus, hüllte sich in eine Decke von Schafsfell und ließ sich nieder. Hier war sie die meiste Zeit allein, nur ab und zu kam einer der Gefolgsleute ihres Vaters herauf, warf einen Blick hinunter – beiläufig auch einen auf sie – und verschwand wieder. Manchmal versuchte einer der Männer, ein Gespräch anzuknüpfen, doch sie antwortete einsilbig und nur, wenn es einer war, der sich nicht an ihrer Entführung beteiligt hatte. Auf dem bewaldeten Hügel, wo sie die ersten achtzehn Jahre ihres Lebens verbracht hatte, war sie nun eine Fremde und wollte auch nichts anderes sein.

Den Platz hier oben hatte sie gewählt, um sich, wenn das Wetter es zuließ, so oft und so lange wie möglich zurückziehen zu können. Natürlich war ihr nicht erlaubt, ihre Höhle aufzusuchen, deren Eingang außerhalb des Wehrhofes lag. Ihr Vater war anfangs auch dagegen gewesen, dass sie hier heraufstieg, weil er befürchtete, sie könnte sich von der Plattform, die an einer Seite schroff abfiel, hinunterstürzen. Aber sie hatte ihm stolz erklärt, dass sie dies nur aus Verzweiflung über die schändliche Tat ihrer nächsten Verwandten tun würde. Auf keinen Fall jedoch würde sie das ungeborene Kind des geliebten Mannes, des größten Helden seines Volkes, mit in den Tod reißen. So hatte er seine Erlaubnis gegeben. Es mochte ihm sogar recht sein, dass er auf diese Weise nicht ständig den verächtlichen, vorwurfsvollen Blicken ausgesetzt war, mit denen Nelda ihn, ihren Bruder und alle ihre Entführer bedachte, sobald sie einem von ihnen begegnete.

Dabei hatte er sie bei ihrer Ankunft wie eine Verlorene und glücklich Heimgekehrte behandelt. Die Entführer hatten ihr, sobald der Gau ihres Vaters erreicht war, die Fesseln abgenommen und zu ihrer Begrüßung waren alle Bewohner des Herrenhofes zusammengelaufen und in Jubelgeschrei ausgebrochen. Mit ausgebreiteten Armen war ihr Segestes entgegengetreten. Ein Festmahl hatte er zu ihrem Empfang gegeben. Neue prächtige

Kleider und kostbarer Schmuck waren für sie bereitgehalten. Sie hatte das alles gleichmütig hingenommen und keinen Augenblick einen Zweifel daran gelassen, dass es ihr nichts bedeutete, dass ihr Aufenthalt ein erzwungener und dass sie unversöhnlich war, solange man sie gewaltsam festhielt.

Anscheinend hatte Segestes gehofft, seine Autorität als Vater, der nach dem Stammesgesetz noch immer die Munt über sie beanspruchen konnte, würde Nelda nach ein paar Tagen trotzigen Widerstands schon in die Knie zwingen. Er täuschte sich. Alle seine Versuche, sie wie ein Mitglied der Sippe zu behandeln und in die Pflicht zu nehmen, als hätte es die Jahre ihrer Abwesenheit gar nicht gegeben, schlugen fehl. Sie weigerte sich entschieden, irgendeine Arbeit zu übernehmen, und erklärte, dass dies nicht ihr Haushalt und dass sie keine Magd sei, die in der Fremde dienen müsse. Dabei zerbrach sie schon mal aus Protest eine Schüssel oder schleuderte eine Spindel in die Ecke. Wann immer Segestes Befehlstöne anschlug, gab sie Widerworte und sparte dabei nicht mit heftigen Vorwürfen. Bald war ihm klar, dass weder mit Zwang noch der Berufung auf das Vaterrecht etwas bei ihr erreicht werden konnte und dass seine Erwartung, sie werde schon bald die Stellung ihrer Mutter im Hause einnehmen, vorerst unerfüllt bleiben würde. So hatte er keine andere Wahl, als sie – unter unauffälliger Beobachtung – sich selbst zu überlassen und seine Hoffnung auf große Ereignisse zu setzen, die alles verändern und schließlich auch den starren Sinn seiner Tochter brechen würden.

Ihre Entführer strafte Nelda mit offener Verachtung. Segithank, Hauk und ihre Rotte waren für sie nicht mehr vorhanden. Ihr Bruder Segimund schlich um sie herum und brachte mehrmals errötend eine Erklärung für sein Verhalten vor. Dass der Vater im Recht sei, wenn er sie retten wolle, stotterte er, damit sie nicht in den allgemeinen Untergang hineingerissen werde, der den Anhängern des Arminius bevorstehe. Das hätte er ihr auch in seiner Kodex-Botschaft mitteilen können, doch wäre sie dann bereit gewesen, sich mit ihm zu treffen? So sei ihm nichts anderes übrig geblieben, als zu einer List zu greifen. Später werde sie froh sein, dass alles so gekommen sei, und ihm vergeben.

Einmal fragte ihn Nelda, was er denn für eine List gebrauchen wolle, um sich selbst zu retten. Ihm drohe als flüchtigem Priester doch auch ein hartes Schicksal, wenn die Römer zurückkämen. Oder ob er etwa annehme, der Caesar Tiberius werde auf eine arglistige Täuschung ebenso hereinfallen wie seine vertrauensselige Schwester. Da brach er in Tränen aus und stammelte, der Vater habe versprochen, bei Tiberius oder Germanicus ein Wort für ihn einzulegen, doch die Bedingung sei gewesen, dass er bei der Entführung mitmachte. Er tat ihr in seiner Schwäche fast leid, aber sie konnte sich nicht entschließen, es ihm zu zeigen.

Mit den Alten, ihren Onkeln Brun und Segimer dem Lahmen, plauderte sie manchmal ein bisschen. Die beiden scherzten gern, dass sie zusammen fast neunzig Jahre alt seien. Da sie schon sehr hinfällig waren, hockten sie meist müßig zusammen im Pferdestall oder draußen in der Sonne. Wenn sich Segestes näherte, verdrückten sie sich, weil er immer irgendeine Arbeit fand, für die er sie tauglich hielt. Zahnlos mümmelnd und die Stimmen dämpfend versicherten sie Nelda, sie würden, wäre es nicht zu spät, noch einmal zum Schwert greifen und sich Arminius anschließen. Dann würden sie wenigstens nicht den schändlichen Strohtod sterben, sondern ehrenvoll auf dem Schlachtfeld fallen und von den Walküren zu Wodan nach Wallhall gebracht werden. Vor allem aber müssten sie dann nicht mehr erleben, was hier auf Erden geschehe. Segestes behaupte nämlich, er werde bald König sein. Aber wer könne sich das wünschen? Im Namen der Römer wolle er herrschen und die Cherusker für ihren übermütigen Widerstand strafen. Die Alten seufzten und waren sich einig, dass es in diesem Fall sogar besser sei, vorher den Strohtod zu sterben.

Die einzige Annehmlichkeit während ihres unfreiwilligen Aufenthalts in der alten Heimstatt bereitete Nelda das Wiedersehen mit Ramis. Die um ein Jahr Jüngere hatte sich zunächst scheu zurückgehalten, weil sie geglaubt hatte, die frühere Freundin werde die Wut auf ihren Entführer Segithank auch auf dessen Frau übertragen. Als Nelda sie aber unter den Frauen entdeckte, hervorzog und umarmte, fiel sie ihr voll überströmender Freude und Dankbarkeit um den Hals. Sie war immer noch eine Frohnatur, wenngleich die Jahre, in denen sie sich nicht gesehen hatten, an ihr viel weniger spurlos vorübergegangen waren als an Nelda. Ihr einst rundes, rotwangiges Gesicht war blässlich und eingefallen, zwei scharfe Falten kerbten es seitlich des Mundes, es fehlten ihr schon viele Zähne und infolge eines Unfalls hinkte sie stark. Fünf Kinder hatte sie geboren, drei waren bisher am Leben geblieben, das Kleinste hatte sie noch an der Brust. Die Kinder und die Mühen, sie zu bekommen und am Leben zu erhalten, waren dann auch für die beiden jungen Frauen Gegenstand lebhaften Austauschs. Ramis, die auch Erfahrung als Geburtshelferin hatte, unterzog Nelda einer gründlichen, zur Zufriedenheit ausfallenden Untersuchung und hoffte, sie werde der Freundin nach etwa eineinhalb Monaten, wenn ihre Zeit gekommen sein würde, Beistand leisten können. Nelda wünschte sich allerdings, bei der Geburt ihres Kindes an einem anderen Ort und nicht mehr Gefangene zu sein.

An diesem Tag sollte ihre Hoffnung Nahrung erhalten.

Zunächst drohte wieder eine der unangenehmen Aussprachen, zu denen ihr Vater sie von Zeit zu Zeit nötigte und denen sie sich nicht entziehen konnte. Kaum hatte sie die Felsenplattform erstiegen, ihre Matte ausgebreitet und sich niedergelassen, als sie seine schweren Tritte auf den Stufen hörte. Schnaufend betrat er den Felsen. Er warf ihr nur einen kurzen, aber aufmerksamen Blick zu und stand dann lange schweigend da, die Daumen hinter den Gürtel gehakt und scheinbar versunken in die Betrachtung des Talgrunds tief unten und der Hügelkette gegenüber. Nelda tat so, als kümmerte sie sich nicht um ihn, beobachtete ihn aber aus den Augenwinkeln. Alt war er geworden, noch hagerer als früher, doch immer noch straff. Alles an ihm war eckig: der längliche Schädel, die schmalen, hochgezogenen Schultern, die großen Hände, sogar der graue Bart, den er jetzt wachsen ließ. Wie er so lang und ragend, im dunklen Kittel und mit düsterer Miene geradeaus starrend dastand, ähnelte er dem alten Gott im heiligen Hain, dem Tiwaz. Das fand sie komisch und beinahe hätte sie aufgelacht. Sie bezähmte sich aber, behielt ihre gleichmütige Miene und wartete geduldig darauf, dass er zu sprechen begann.

„Da sitzt du nun also und spähst dort hinunter“, sagte er schließlich. „Hoffst darauf, dass er kommt und dich abholt.“

Sie seufzte nur und gab keine Antwort.

„Kannst lange spähen“, fuhr er fort. „Er soll wieder da sein. Aber jetzt hat er bestimmt keine Zeit, sich um dich zu kümmern.“

„Er ist wieder da?“ Sie hob den Kopf, blickte freudig zu ihm auf. „Ist er tatsächlich zurück?“

„Ja. Jedenfalls wurde mir das berichtet. Du willst ja nicht sagen, wo er sich mitten im Winter herumgetrieben hat. Nun wenn schon, ich kann es mir denken. Er wird versucht haben, Marbod in sein sinkendes Schiff zu holen ... vergebens natürlich. Als er mein Gast war, vor ein paar Monaten, auch nicht ganz freiwillig, hat er von mir die ganze Wahrheit erfahren. Ich war zu ihm vollkommen aufrichtig, habe ihm alles gesagt, was ich wusste. In diesem Frühjahr macht Germanicus Ernst – und er hat schon damit begonnen.“

„Und wo hat er sich diesmal angeschlichen, dein Freund Germanicus, um Frauen und Kinder zu ermorden?“, fragte Nelda scharf.

„Ich billige nicht, was sie mit den Marsern gemacht haben!“, erwiderte er. „Das habe ich dir schon gesagt. Ich hoffe, es wiederholt sich nicht, aber verhindern kann ich es auch nicht. Es wird weiter rasche Vorstöße geben. Erst gestern wurde mir mitgeteilt, dass die Chatten geschlagen sind.“

„Das ist doch nicht wahr!“, fuhr Nelda auf.

„Meine Leute sind überall unterwegs und die Nachrichten, die sie bringen, sind zuverlässig. Mattium, ihr größte Siedlung, ist gerade gefallen. Es soll viele Überläufer gegeben haben. Die ‚Freiheitskämpfer‘ sind in die Wälder geflohen, aber lange werden sie dort nicht durchhalten.“

„Was weißt du von Arminius?“, rief Nelda. Sie sprang auf und trat zu ihm. „Bitte sag es mir! Sag mir doch, was du weißt! Ich bitte dich, Vater!“

„Er soll auf seinen Hof zurückgekehrt sein. Scheint wieder an sich zu ziehen, was noch zu ihm hält. Dieser starrsinnige Dummkopf! Weshalb hatte ich ihn entführen lassen?“ Segestes beugte sich vor und blickte Nelda durchdringend an. „Weshalb? Was glaubst du wohl?“

„Was ich glaube? Damit die Unsrigen keinen Heerführer hatten, als die römischen Mörderbanden eindrangen.“

„Das mag so aussehen, aber es ist nicht die Wahrheit. Ich wollte mit ihm reden, ihn umstimmen.“

„Und dazu hast du ihn niederstechen und in Ketten legen lassen?“

„Es war ihm ja nichts Ernstes geschehen und unter anderen Umständen hätte er mir nicht zugehört. Ich will ja gerade vermeiden, dass so viel Blut fließt – Marserblut, Chattenblut, Cheruskerblut! Was hat das noch für einen Sinn? Ich versuchte ihm klarzumachen, dass die ungeheuren Opfer, die weiterer Widerstand kostet, umsonst sein werden! Was damals vor fünf, sechs Jahren geschah ... das war für die Römer doch nichts als ein Fehltritt, ein Ausrutscher! Jetzt kommen sie wieder, dreimal so stark, und diesmal werden sie nicht wanken! Das aber wollte er nicht begreifen. Mit seinem verbrecherischen Ehrgeiz, König Germaniens zu werden, watet er lieber durch ganze Meere von Blut ..."

„Bist du es nicht, der König Germaniens werden will?", rief Nelda. „Davon reden ja hier alle!"

„Ob als König oder Statthalter oder was immer", wehrte er ärgerlich ab, „ich will Frieden für die Cherusker und die anderen Stämme. Frieden und ein besseres Leben."

„Das will er auch!"

„Ja, für die wenigen, die dann noch übrig sind, wenn er seinen Ehrgeiz gestillt hat. Ich habe ihm vorgeschlagen, die Waffen niederzulegen. Man könnte verhandeln. Tiberius ist für Verhandlungen offen, ich kenne ihn, er zieht friedliche Lösungen vor."

„Und ihn wird er umbringen lassen wie Vercingetorix! Das hast du ihm selber angedroht."

„Aber doch nicht, wenn verhandelt wird! Wenn die Römer ihre Armee schonen können, für die es woanders, im Osten, viel zu tun gibt ... denkst du, dann werden sie nicht großzügig sein? Er könnte Legat werden, eine Legion kommandieren. Für meinen Schwiegersohn würde ich das erreichen!"

„Du nennst ihn ... deinen Schwiegersohn?", fragte Nelda erstaunt.

„Was bleibt mir übrig, wenn ich dich so ansehe?", erwiderte er mürrisch. „Übel mitgespielt habt ihr mir. Aber was geschehen ist, ist geschehen. Man könnte noch alles in Ordnung bringen, einen Vertrag schließen wegen des Brautpreises und der Übergabe der Munt ... das ließe sich machen, auch nach alldem, was ihr mir angetan habt."

„Vater!", rief sie und ergriff seine Hand. „Du würdest dich mit uns versöhnen? Mit uns Hochzeit feiern?"

Er stieß ihre Hand weg.

„Lass das. Ich hab ihm dasselbe gesagt. Habe gesagt, so ginge es, immer wieder hab ich es angeboten, aber unter einer Bedingung. Er hat sie abgelehnt. Stur und verbohrt."

„Die Bedingung ... du meinst ..."

„Ja, das meine ich. Was ich dir gerade erklärt habe. Ich habe ihm die Frage gestellt: ‚Willst du Frieden, hohes Ansehen und ein glückliches Leben mit meiner Tochter – oder willst du wie Vercingetorix in den Kerker geworfen und hingerichtet werden?' Da hat er gesagt: ‚Wenn mich mein Heil verlässt – dann lieber das Letztere!'"

„Er hat immer auf sein Heil vertraut", sagte sie, „und danach gehandelt."

„Und ich vertraue meinem Verstand und handle danach!" Er wandte sich ab und reckte trotzig das Kinn mit dem eckigen Bart. „Und weil das so ist, bin ich entschlossen, meine Pflicht zu erfüllen, die mir die Munt auferlegt, und meine Tochter zu retten, bevor er sie mit in seinen Untergang reißt. Zuerst versuchte ich einen Tausch – ihn gegen dich. Darauf gingen Tammo und die anderen nicht ein. Sie glaubten mir nicht, dass er einverstanden war – mit Recht. Denn ich hatte seine Zustimmung erfunden. Ich ließ ihn dann gehen, weil es vergebliche Mühe war, etwas bei ihm erreichen zu wollen und ihn zur Vernunft zu bringen. Doch meine Pflicht vergaß ich nicht. Es musste ein anderer Weg gefunden werden und ich erfand eine weitere List. Dein Bruder sträubte sich, das kannst du mir glauben. Bis zuletzt versuchte er, sich zu drücken, doch dann ..."

„... dann hast du es mit ihm genauso gemacht", sagte Nelda abschätzig. „Hast versprochen, ihn kraft deiner guten Beziehungen vor der Rache der Römer zu retten. Er ist ein Schwächling, er ist kein Arminius."

„Und du bist ein dummes Weib, das auch nichts begreift!", grollte Segestes. „Vielleicht denkst du anders darüber, wenn du erst einmal Mutter bist. Wenn du mit deinem Kind hier oben in Sicherheit lebst, während dort unten infolge von Wahnsinn und Übermut Krieg herrscht. Ein Krieg, der schon jetzt verloren ist! Die Römer werden bald hier sein, vielleicht schon heute oder morgen, und diesen Hof werden sie verschonen. Er wird eine friedliche Insel sein, und später, wenn alles vorbei ist, hörst du, dann ..."

Er hatte sie an den Schultern gepackt, starrte ihr in die Augen, sprach beschwörend auf sie ein. Sie wandte sich ab und ihr Blick fiel auf etwas, das sich unten im Tal ereignete. Sie erschrak.

„Aber was ... was geschieht dort?“

Am Rande des Baches zog Kriegsvolk heran. Lanzenspitzen und Schildbuckel glänzten im Sonnenlicht. Aus dem Walde kamen die Männer in langer Reihe hervor. Reiter sprengten seitlich über die Wiesen.

Segestes reckte den Hals, sein Gesicht rötete sich heftig und er starrte lange über den Rand der Felsenplattform hinunter.

„Das sind Cherusker“, murmelte er und wiederholte betroffen: „Cherusker sind es!“

25

Es war wieder Tammo, der die Belagerer befehligte. Mit drei Hundertschaften rückte er an, besetzte den Hauptweg, der zum Wehrhof hinaufführte, und brachte, dem Tor gegenüber und an der Umwallung, hinter Büschen und Bäumen Lanzenwerfer in Stellung. Rund um den Hügel ließ er Zelte errichten und Posten aufstellen. Mehr konnte er vorerst nicht tun. Er wartete auf die Verstärkung, mit der ihm der Heerführer folgen wollte.

Arminius, den rasender Zorn packte, als er bei seiner Heimkehr von der Entführung seiner Frau erfuhr, wollte sich ursprünglich gleich selbst zum Segesteshof aufmachen. Aber noch am selben Tag trafen Boten ein, die meldeten, dass römische Voraustrupps in das fast menschenleere Gebiet der Marser eingedrungen waren und die westliche Stammesgrenze der Cherusker bedrohten. Zwischen Kriegern der Marser, die das Blutbad des Herbstes überlebt hatten, und Legionären unter dem Befehl Caecinas war es auch zwischen Lupia und Rura zu einem Gefecht gekommen, das die Römer ohne Mühe zu ihren Gunsten entschieden hatten.

Arminius eilte den Eindringlingen unverzüglich mit mehreren tausend rasch zusammengerufenen Kämpfern entgegen und besetzte die wichtigsten Höhenzüge. Er hoffte, den Vormarsch der Feinde stoppen und danach selbst den Sturm auf den Herrenhof des Segestes anführen zu können. Zuvor setzte er Tammo in Marsch, damit er verhinderte, dass Segestes mit seiner nicht unbeträchtlichen Streitmacht den befestigten Hof verließ, unterwegs andere Heerhaufen an sich zog und sich mit den diesmal auch von Süden anrückenden Römern vereinigte. Die vernichtende Niederlage der Chatten war bereits bekannt, Arminius wusste, dass sein Gegner Germanicus schon bis an die Adrana gekommen war, an die südliche Grenze des Stammesgebiets der Cherusker. Wenn es Segestes gelang, seinen Wehrhof zu verlassen, würde er seine Tochter mitschleppen. Die Frau ihres schlimmsten Feindes – was für ein Fang würde das für die Römer sein!

Aber Segestes hütete sich, einen Ausfall zu wagen. Er hatte Legionen erwartet, die er als Freunde empfangen wollte. Stattdessen kamen Stammeskrieger der Cherusker als Feinde. Dies geschah so unerwartet, dass er es sich nur mit einer unverhofften Wendung des Krieges erklären konnte. Er war vorsichtig und erinnerte sich sehr gut daran, wie die Erfolge der Freiheitskämpfer vor sechs Jahren auf seine eigenen Leute gewirkt hatten. Also wartete er ab. Bei einem kurzen Wortgefecht mit Tammo am Haupttor des Wehrhofes erfuhr er, dass Arminius nicht unter den Belagerern, sondern irgendwo in Kämpfe verwickelt war. Er hatte auch bald herausgefunden, dass Tammos Haufen bei weitem nicht stark genug waren, um einen Angriff zu wagen. Selbstverständlich wies er die Aufforderung, sich endlich dem Widerstand gegen die Römer anzuschließen, ebenso höhnisch zurück wie das Ansinnen, den wilden Kriegern draußen vor dem Wall seine Tochter auszuliefern.

Den Belagerern war es zu seiner Befriedigung nicht gelungen, den geheimen Ausgang zu versperren, den sein Wehrhof besaß. Da eine Seite des Hügels von einer steilen Wand und bizarren, zerklüfteten Felsen gebildet wurde, gingen die Wehranlagen an mehreren Stellen in natürliche Hindernisse über, die noch schwerer zu übersteigen und noch besser zu verteidigen waren als Wälle und Zäune. Unter und zwischen diesen gewaltigen Brocken gab es, mal steil, mal sanft abfallend, ein Labyrinth von Gängen, Nischen und Treppen, teilweise künstlich angelegt und von Gestrüpp überwuchert, das am Fuße des Hügels, auf der dem Tor gegenüberliegenden Seite, in einem verborgenen Felsspalt endete. Auf diesem Wege verließen die Gesandten, die Segestes dem römischen Feldherrn schickte, den Hof.

Er hatte seine Gefolgschaft zusammengerufen und gefragt, wer bereit war, diese gefahrvolle und höchst dringliche Mission zu übernehmen. Als Erster trat zu seiner Überraschung sein Sohn vor. Segestes machte Einwände, weil Segimund den Römern nicht gerade vertrauenswürdig erscheinen mochte. Vor allem aber war zu befürchten, dass sie ihn festnehmen und vielleicht sogar auf der Stelle verurteilen würden. Doch Segimund versicherte hartnäckig, dass gerade seine Bereitschaft, Strafe auf sich zu nehmen, Germanicus von seiner aufrichtigen Gesinnung überzeugen werde. Er verschwieg allerdings, was ihn wirklich bewegte. Seine Schwester verachtete ihn umso mehr, als er ihr gestanden hatte, durch die Mittäterschaft an ihrer Entführung den drohenden Widrigkeiten entgehen zu können. Er ertrug nicht, dass der einzige

Mensch, den er liebte, ihn für einen schwächlichen, schäbigen Kerl hielt. So wollte er ihr – nur ihr – beweisen, dass er nicht feige war und für alles, was er getan hatte, einstehen würde. Segestes war schließlich einverstanden. Er sagte sich, dass es von Vorteil sein konnte, wenn sich sein Sohn, unter seinem Einfluss von der vorübergehenden Verirrung geheilt, den Römern reumütig stellte. Im Übrigen sprach Segimund fließend Latein und konnte dem Feldherrn einen ausführlichen Lagebericht geben.

Als sich auch Segithank und Hauk meldeten, holten sie sich allerdings eine Abfuhr. Drei junge Männer, die keine Abenteurer und aus Überzeugung römisch gesinnt waren, begleiteten Segimund. Einer von ihnen war der Sohn eines wohlhabenden Bauern aus der Nachbarschaft, bei dem sie sich nach einem kurzen Fußmarsch mit Pferden versorgen würden. In den frühen Morgenstunden des zweiten Tages der Belagerung, krochen die vier aus dem Felsspalt, schlüpften zwischen zwei Zelten der Belagerer hindurch und rannten davon, indem sie dieselbe Richtung wie die Sonne nahmen. Ihr Auftrag: über die Adrana zu gehen, dem Germanicus, der nach seinem Sieg noch im Land der Chatten vermutet wurde, die Gewalttätigkeiten zu schildern, denen sein treuer Verbündeter ausgesetzt war, und um Entsatz zu bitten.

Für Nelda begannen Tage des Wartens, Hoffens und einer verschärften Gefangenschaft. Zu ihrem Lieblingsplatz auf der Felsenplattform durfte sie nicht mehr hinaufsteigen. Die freie Bewegung innerhalb des Herrenhofes, die ihr vorher erlaubt war, wurde eingeschränkt. Verboten war ihr, sich dem Tor, dem Zaun und dem Wall zu nähern, damit sie nicht mit den Belagerern sprechen konnte. Segestes wies ihr eines der Webhäuser zum ständigen Aufenthalt zu und gab ihr zwei Mägde zur Gesellschaft, denen sie bei der Arbeit zusehen durfte. Es waren stämmige, finster und misstrauisch blickende Weiber, die sie früher nicht gekannt hatte, weil sie erst kurze Zeit auf dem Wehrhof dienten, und sie begriff natürlich, dass die beiden ihre Wächter waren. Nachts in der Wohnhalle lagen sie links und rechts neben ihr auf der Schlafbank. Da sie als Weberinnen wenig geübt und ungeschickt waren, zeigte ihnen Nelda ein paar Kniffe. Schließlich dachte sie an ihr Kind und begann selbst, ein weiches Tuch mit einem lustigen bunten Muster zu weben, in das sie es wickeln wollte. Dabei sang sie, während die Mägde sie böse anstarrten.

Unterdessen wartete Tammo auf den Heerführer und die Verstärkung. Wie ihm befohlen war, unterließ er offene Feindseligkeiten, konnte allerdings nicht verhindern, dass seine Leute den Bauern im Tal Vieh wegschleppten und dass im Streit eine Hütte in Flammen aufging. Er selbst beschränkte sich darauf, mehrmals am Tage und manchmal sogar in der Nacht mit lauter Stimme seine Forderungen zu wiederholen. Er rief die Besatzung des Wehrhofes auf, ihren Gefolgsherrn, den Römling und Verräter, zu verlassen und sich dem Helden Arminius und den Freiheitskämpfern anzuschließen, die den Mördern der befreundeten Marser ein siegreiches Gefecht nach dem anderen lieferten. Tatsächlich erreichte er, dass im Schutze der Nacht mehrere junge Männer den Erdwall und den Zaun überwanden und den Graben durchschwammen.

Einer von ihnen war der sechzehnjährige Hadu, den Nelda vor Jahren mit seiner Mutter und seinen Schwestern vor der Versklavung gerettet und den sie schon einmal, als kleinen Knaben, zu Arminius gesandt hatte. Diesmal war die Botschaft, die sie ihm in einem unbeobachteten Augenblick zuflüstern konnte, eine mündliche: Es gehe ihr gut und bald werde sie Mutter sein. Doch habe sie das Losorakel befragt und es seien die Zeichen herausgekommen, die Unheil für sie und ihr Kind bedeuteten. Deshalb bitte sie flehentlich, den Hof ihres Vaters nicht anzugreifen.

„Aber wir wollen sie doch befreien", sagte Tammo, nachdem er Hadu nicht ohne Mühe dazu gebracht hatte, auch ihm zu sagen, was ihm von Nelda aufgetragen war. „Was wäre das für ein Unheil?"

„Verstehst du denn nicht?", erwiderte der Jüngling. „Sie fürchtet sich vor ihrem Vater. Ich habe selbst gehört, wie er sagte: ‚Ehe ich sie ausliefere, bringe ich sie um! Das ist mein Vaterrecht. Und so viel Zeit bleibt mir immer, auch wenn sie mit Übermacht angreifen.'"

„Das hat er gesagt? Sprichst du die Wahrheit?"

„Ich hab es gehört. Er redete mit seinem Bruder, dem Lahmen, und bemerkte mich nicht."

Es dauerte noch mehrere Tage, ehe Hadu dazu kam, auch dem Heerführer Neldas Botschaft zu übermitteln. Arminius erschien kurz vor Einbruch der Dämmerung mit einem Gefolge von zwanzig Reitern am Hügel. Es regnete. Seine Kleidung war nass und verdreckt, ständiger Kampfeinsatz und Schlaflosigkeit hatten Furchen in sein wettergegerbtes Gesicht gegraben. Die schräge Falte zwischen den Brauen, die die breite Narbe durchschnitt, war tiefer geworden und graue Strähnen durchzogen sein Haar.

Er ließ sich von den Wachen zu Tammo führen. Der etwa Gleichaltrige saß vor seinem Zelt unter einem regendichten Blätterdach und schärfte sein Schwert. Die beiden umarmten sich.

„Noch drei Hundertschaften werden folgen", sagte Arminius.

„Das ist alles?", fragte Tammo enttäuscht.

„Mehr kann ich nicht abziehen. Caecina greift uns mal hier, mal dort an, als wollte er uns zum Narren halten. Aber der alte Haudegen weiß, was er tut, er will uns verwirren. Irgendwo wird er versuchen durchzubrechen und überall müssen wir darauf gefasst sein. Er soll allein über vier Legionen verfügen, noch eine mehr als Varus – und Caecina versteht etwas vom Kriegshandwerk. Hätte ich nur Marbod, diesen verfluchten Selbstbetrüger, zu einem Bündnis bewegen können!"

„Wann kommen die dreihundert Männer?"

„Morgen oder übermorgen. Sie sind unterwegs, doch die Wege sind schlecht und das Wetter macht ihnen zu schaffen. Hast du etwas über Nelda erfahren?"

Tammo ließ den jungen Hadu rufen.

„Erzähle dem Heerführer auch, was Segestes gesagt hat", befahl ihm Tammo. „Was er tun will, falls wir angreifen."

„Zuzutrauen wäre es ihm", sagte Arminius, nachdem Hadu alles berichtet hatte. „Wer kann wissen, wozu ihn sein Starrsinn treibt! Dabei ist seine Lage nicht ungünstig, leider muss man das sagen. Hoffentlich weiß er es nicht. Ich muss noch einmal versuchen, ihn umzustimmen. Vielleicht ist es zwecklos. Aber versuchen muss ich es!"

Ohne sich eine Rast zu gönnen, stieg er, begleitet von Tammo und seinem Gefolge, auf dem Hauptweg zum Herrenhof hinauf. Zu beiden Seiten unter den Bäumen standen Kämpfer mit Framen und Schilden. Beim Anblick des Heerführers wurden Heil-Rufe laut. Noch immer fiel feiner Regen. Die Männer kamen auf dem morastigen Weg nur langsam, mit schweren Schritten voran.

Sie erreichten das wuchtige Haupttor des Hofes. In der Mitte war an den Querbalken ein Pferdeschädel genagelt, der sich in dem umgebenden Dunkel, das nur noch Konturen erkennen ließ, bleich und gespenstisch ausnahm. Vor dem Tor zog sich der breite Wassergraben hin, den ein Bergquell und der Regen bis zum Rande gefüllt hatten. Die Bohlen, die sonst als Brücke dienten, waren von den Belagerten entfernt worden.

„Nimm Deckung hinter den Bäumen“, riet Tammo. „Man kann nie wissen. Seine Schützen lauern hinter dem Erdwall.“

Tatsächlich tauchten links und rechts des Tores über dem Wall mehrere Köpfe auf.

„Ihr Männer da oben!“, schrie Tammo. „Holt euern Herrn ans Tor! Der Heerführer Arminius ist hier, er will ihn sprechen!“

Segestes ließ auf sich warten. Es wurde so dunkel, dass nur noch der Pferdeschädel als heller Fleck zu erkennen war. Arminius und Tammo, durch Stämme und Buschwerk gedeckt, unterhielten sich leise.

„Was meintest du damit“, fragte Tammo, „dass seine Lage nicht ungünstig ist?“

„Die Chatten sind geschlagen, sie waren nach Süden zu unser Sperrriegel. Ich hatte gehofft, dass er hält. Es wird dauern, bis sich die überlebenden Kämpfer gesammelt haben.“

„Also keine Hilfe von dorther?“

„Nein. Wenn Germanicus sich entschließt, weiter vorzustoßen, können wir ihn nicht aufhalten. Es ist nun unsere offene Flanke. Er könnte das erkennen und nutzen.“

„Hoffentlich erfährt er nicht, dass deine Frau hier gefangen gehalten wird. Das wäre erst recht ein Anreiz für ihn.“

„Unerträglich!“, sagte Arminius gepresst. „Sie ist da drinnen und ich stehe hier und kann nichts für sie tun. Manchmal bedaure ich, dass ich damals dagegen war, als ihr den alten Querkopf ...“

Er vollendete diesen Gedanken nicht, der sich ihm immer mal wieder aufgedrängte, den er jedoch niemals aussprechen wollte. Seine Ahnen kamen ihm wieder in den Sinn, die einst hier heraufgestiegen waren, voller Zorn wie er selbst, um die Vorfahren des Segestes für irgendeine üble Tat zu bestrafen. Vielleicht ging es auch damals um eine Frau. Es schien, dass sie lange miteinander in Fehde gelegen hatten. Er wollte die Zeiten der Fehde nicht wieder aufleben lassen. Nie mehr. Nichts lag ihm ferner. Aber was konnte einer tun, dem die Frau geraubt wurde?

Plötzlich vernahm er von vorn die raue, wohlbekannte Stimme, die in die Dunkelheit hineinrief:

„Ist dort irgendwo der, der sich Arminius nennt, aber die Römer, die ihm den Namen gaben, verraten hat?"

Wie ein schwarzer Pfahl zeichnete sich die hohe Gestalt des Segestes, der seitlich des Tors auf dem Erdwall stand, gegen den dunklen, bewölkten Himmel ab.

„Der Mann, der sich Arminius nennt, ist hier!", rief der Heerführer zurück. „Aber einen Verräter gibt es hier nicht."

Er trat hinter den Bäumen hervor. Tammo ergriff seinen Arm und wollte ihn zurückhalten.

„Vorsicht!"

„Lass mich. Er steht da oben ohne Schutz. Soll ich mich vor ihm verkriechen?"

Arminius trat bis an den Rand des Wassergrabens.

„Was willst du?", rief Segestes.

„Die Frage kannst du dir wohl selbst beantworten. Dass du Männer entführen lässt, habe ich am eigenen Leibe erfahren. Nun weiß ich, dass du auch vor Frauenraub nicht zurückschreckst. Aber du bist ein Mann, der Verstand hat und sich nicht nur von Leidenschaften lenken lässt. Vielleicht hast du inzwischen eingesehen, wie überstürzt du gehandelt hast. Ich stehe hier am Tor deines Hofes, um meine Frau in Empfang zu nehmen. Lass sie gehen. Ich bitte dich darum!"

„Solltest du meine Tochter meinen, so ist sie nicht deine Frau!", tönte es oben vom Wall zurück. „Und wenn du von Raub sprichst, so bist du selbst der Frauenräuber. Aber dann hast du meine Tochter, die – was ich bedauere – von dir ein Kind erwartet, im tiefsten Winter verlassen, um weite Reisen zu unternehmen. Als ich das erfuhr, musste ich handeln! Ich bin ihr Vater und Muntwalt, sie zu schützen ist meine Pflicht. Und wo ist sie besser geschützt als hier ... bei mir auf dem Wehrhof!"

„Deinen Schutz hatte sie nicht nötig – sie ist gegen ihren Willen hier! Und sie wurde gegen ihren Willen entführt!"

„Das ist nicht wahr! Sie vertraute sich ihrem Bruder an und folgte ihm hierher. Weil sie sich fürchtete und Sicherheit suchte."

„Das möchte ich von ihr selbst hören!"

„Verzichte darauf! Ich habe ihr mitgeteilt, dass du hier bist. Sie will dich nicht sehen und nicht sprechen. Sie sah sich von dir verlassen und suchte Schutz. Niemals wird sie zu dir zurückkehren!"

„Du lügst wieder, Segestes!“, rief Tammo mit heller Stimme. „So hast du mich damals auch belogen!“

„Wer ist dort?“, schrie Segestes. „Wen soll ich belogen haben?“

„Mich – Tammo!“ Er trat nun ebenfalls vor. „Als Arminius dein Gefangener war. Als du mir vorlogst, er wollte gegen deine Tochter ausgetauscht werden.“

„Ich bin euch keine Rechenschaft schuldig, wenn es um meine Tochter geht!“, gab Segestes mit Donnerstimme zurück. „Jedes Mittel war recht, damit ich sie zurückbekam. Und die Götter bedankten sich für meine Gebete und Opfer – sie halfen dabei! Und solltet ihr frevelhaft versuchen, euer Ansinnen mit Gewalt durchzusetzen, dann seid gewiss: Es wird nicht gelingen! Denn wenn ihr dabei nicht zugrunde geht, wird euch bis ans Ende eurer Tage die Reue plagen!“

„Was Hadu gehört hat“, sagte Tammo leise. „Er ist zum Äußersten entschlossen.“

Der schwarze Pfahl auf dem Wall bewegte sich. Segestes hatte sein letztes Wort gesprochen und wollte hinabsteigen. Neben ihm waren schattenhaft immer mehr Männer seiner Gefolgschaft aufgetaucht und auch hinter den Bäumen vor dem Burgtor waren ganze Gruppen von Belagerern hervorgetreten, um besser sehen und hören zu können. Es hatte aufgehört zu regnen. Für wenige Augenblicke rissen die Wolken auf, ein Mondstrahl fiel auf den bleichen Pferdeschädel, das Wasser des Grabens schimmerte. In der Nähe schrie ein Käuzchen.

„Höre, Segestes!“, rief Arminius. „Denke daran, dass du hier weiter mit uns leben willst. Hier, im freien Land der Cherusker. Noch ist nicht alles getan, noch zwingen die Römer uns zu kämpfen. Aber so, wie sie wüten, beweisen sie nur, dass sie selbst keine Hoffnung haben, hier bleiben zu können. Sie bringen Tod und Verderben, morden, brennen und flüchten dann wie Verbrecher, die Strafe fürchten, hinter den Rhenus. Wenn sie kommen, haben sie nur noch niedere Gelüste, keine höheren Ziele mehr. Sie wissen, dass ihre Zeit vorbei ist, sie haben aufgegeben! Du bist ein kluger, erfahrener Mann – warum begreifst du das nicht? Warum stehst du so hartnäckig auf der Seite der Verlierer? Und wie stellst du dir deine Zukunft vor? Wie willst du uns später noch in die Augen sehen, wenn du uns auch diesmal verrätst und im Stich lässt! Niemand wird dir noch einmal helfen, wenn die Cherusker endgültig über dein Schicksal bestimmen. Die Götter nicht – und der Caesar in Rom schon gar nicht! Deshalb komm zur Vernunft. Öffne das Tor! Lass uns hinein! Lade uns ein, mit dir einen Becher zu trinken! Lass mich dich Freund und Vater nennen! Und dann lass uns gemeinsam in diesen letzten Kampf ziehen!"

Segestes hatte, während Arminius sprach, halb abgewandt auf dem Erdwall gestanden. Jetzt drehte er sich noch einmal brüsk um und ballte die Fäuste.

„Ja, zieht nur in euern letzten Kampf!", schrie er. „Zur Hel! In den Untergang!"

Im nächsten Augenblick war er hinter dem Wall verschwunden.

Ein Wurfspieß schwirrte von dort heran und schlug hinter Arminius in einen Stamm ein. In wildem Zorn entriss Tammo einem Krieger, der hinter ihm stand, die Frame. Er schleuderte sie nach dem Pferdeschädel am Tor, der herabstürzte und im Wasser des Grabens versank.

26

Nelda hatte von der Begegnung am Burgtor kaum etwas mitbekommen. Als ihm gemeldet wurde, Arminius stehe draußen, war Segestes zu ihr geeilt und hatte ihr, ohne einen Grund anzugeben, strengstens befohlen, das Webhaus nicht zu verlassen. Sonst durfte sie bei Einbruch der Nacht in die Wohnhalle überwechseln, wo das Herdfeuer ein wenig Licht spendete. An diesem Abend hockte sie nun mit den beiden Mägden in der Finsternis der vertieft angelegten Hütte und lauschte auf die Geräusche und Stimmen hinter dem Vorhang. Sie ahnte, dass etwas Außergewöhnliches vorging, und ihr Herz klopfte heftig, als der Wortwechsel am Wall begann und sie die Stimme ihres Geliebten vernahm. Sie konnte nicht verstehen, was er rief, auch nicht, was ihr Vater entgegnete, aber der schroffe Tonfall der Erwiderungen des Letzteren sagte ihr alles. Einmal sprang sie auf, wollte hinausstürzen und sich bemerkbar machen, aber schon auf der zweiten Stufe der kurzen Treppe wurde sie links und rechts gepackt und zurückgerissen. Als sie später von ihrem Vater Auskunft verlangte, erwiderte er nur kurz angebunden, sie solle vernünftig sein, abwarten und ihm vertrauen.

Am nächsten Morgen war er wie umgewandelt und verkündete allen in gehobener Stimmung, dass die Römer, von Germanicus selbst angeführt, nur noch zwei Tagemärsche entfernt seien. Vom alten Brun, den sie in der allgemeinen Verwirrung sprechen konnte, erfuhr Nelda, dass ihr Bruder mit drei anderen hinausgelangt war und den römischen Feldherrn von der Belagerung des Segesteshofes unterrichtet hatte. In der Frühe war einer der drei mit der Nachricht vom Herannahen der Legionen und der Aufforderung, sich auf keinen Fall den Belagerern zu ergeben, zurückgekehrt.

„Nun werden wir wohl alle in Gefangenschaft geraten", klagte der Alte. „Deinen Bruder haben sie gleich festgenommen und über den Rhenus gebracht."

„Warum war er denn auch so leichtsinnig!", erwiderte Nelda schroff. „Warum musste er sich ihnen ausliefern?"

„Ich glaube, er wollte beweisen, dass er Mut hat und nicht der Jämmerling ist, für den du ihn hältst."

„Was hätte ich schon von seinem Mut? Wenn du recht behältst, Onkel, trägt er mir eine noch härtere Gefangenschaft ein."

Am nächsten Tag gab es neue Aufregung. Die Wache auf der Felsplattform meldete, dass unten im Tal Verstärkung für die Belagerer heranzog. Segestes brüllte Befehle und alle Männer, auch die Alten und die kaum dem Kindesalter entwachsenen Jünglinge, mussten sich bewaffnen und rings um den Wall und auf den von außen kaum zugänglichen Felsen postieren. Tagsüber blieb es jedoch ruhig, nachts wurden die Wachen verstärkt.

Nelda tat in dieser Nacht kaum ein Auge zu. Ramis hatte ihr zugeflüstert, dass die Wächter Arminius im Tal erspäht hatten, wie er zwischen den Zelten und Hütten und den Heerhaufen, die sich unten formierten, hin und her ritt. Sie wälzte sich schweißgebadet auf ihrer Schlafmatte und versuchte immer wieder ruhig zu atmen und ihre Erregung zu bezähmen. Sie wollte sich nicht von Angst überwältigen lassen und in Panik geraten. Doch jeden Augenblick konnte der Kampf beginnen, es würde Tote und Verwundete geben, Blut würde fließen, vielleicht auch sein Blut, Bilder des Schreckens würden auf sie einstürmen. Und vielleicht würde sie dann auch dieses Kind, das sie mit so viel Liebe und Sehnsucht erwartete, verlieren.

Während der Nacht geschah nichts und auch in den ersten Morgenstunden blieb es ruhig. Nelda wurde von den beiden bärbeißigen Mägden wieder in ihr Gefängnis, das Webhaus, geführt. Dort hörte sie, wie es auf dem Hof plötzlich lebendig wurde. „Die Römer!“, wurde gerufen. „Am Tor?“ „Nein, unten im Tal!“ Eine der Mägde eilte neugierig hinaus und kam nicht zurück. Die andere stieg die kurze Treppe hinauf und lauerte an der Tür. Einen Augenblick war sie abgelenkt, weil ihr jemand etwas zuschrie. Das nutzte Nelda und schlüpfte an ihr vorbei.

Sie versteckte sich hinter dem einzigen Mauerstück, das von der Bauruine des Herrenhauses im römischen Stil noch übrig war. Von hier aus sah sie, wie sich viele Bewohner des Wehrhofs an der Treppe sammelten, die zu der Ausguckplattform hinaufführte. Männer drängten sich rücksichtslos durch die Menge, um nach oben zu gelangen. Von dort wurde ständig irgendetwas gerufen, das die unten Stehenden mit wilden Gebärden weitergaben. Nelda wagte nicht, sich der Ansammlung zu nähern, weil sie fürchtete, von ihren Aufpasserinnen entdeckt zu werden. Endlich gelang es ihr, einen der Knechte, die nicht arbeiteten und abwartend herumstanden, auf sich aufmerksam zu machen.

„Was ist da los?“, rief sie ihm entgegen, als er herbeischlurfte. „Sind die Römer gekommen?“

„Sie sind gekommen, Herrin“, sagte der Mann, „und haben die Unseren angegriffen.“

„Die Unseren?“

„Die Cherusker da draußen, die Belagerer. Für die steht es schlecht. Hier oben sind schon keine mehr. Und unten weichen sie zurück.“

„Heißt das ... heißt das ...“

„Die sind geschlagen. Sind viel zu wenige. Wie sollten sie sich auch halten können? Die werden elend zusammengehauen. Die Römer sind mindestens dreimal, viermal so viele, heißt es.“

Nelda spürte, wie sie am ganzen Körper zu zittern begann. Sie hielt sich gerade noch auf den Beinen, bis der Knecht sich abgewandt hatte. Dann sank sie, den Rücken an der Mauer, langsam ins Gras. Halb lag, halb saß sie und starrte verzweifelt mit weit geöffneten Augen zum Himmel hinauf, in die grell und grausam scheinende Sonne, so lange bis der stechende Schmerz unerträglich war. Da verdunkelte sich die Welt, auch ihr Kopf sank ins Gras, sie wurde ohnmächtig.

Sie kam wieder zu sich, als sie geschüttelt und hochgezerrt wurde. Die beiden Mägde hatten sie endlich entdeckt. Während die eine sie aufrecht hielt, flößte die andere ihr Wasser ein. Dabei grummelten sie Vorwürfe. Der Herr sei schon wütend, er suche sie, sagte eine, während sie ihr mit einem Kamm durch das wirre Haar fuhr. Dann wurde sie von den beiden unter den Armen gepackt und über den Hof geführt. Ihr Blick war noch immer getrübt und sie nahm nur undeutlich rennende, hastende, schreiende Menschen wahr. Sie mussten ausweichen, weil Pferde vorüber geführt wurden.

Jäh stand ihr Vater vor ihr.

„Wo warst du?“, fuhr er sie an. „Wolltest du dich verstecken? Wie siehst du aus? Wasch dich, zieh dir ein Festkleid an! Du musst dich bereithalten. Germanicus wird noch heute heraufkommen. Wir wollen unseren Befreier würdig empfangen!“

Sie ließ alles über sich ergehen. Ein ganzer Schwarm von Mägden wurde ihr zugeteilt, um sie herzurichten. Sie entkleideten sie, schleppten in großen Holzeimern Wasser herbei und gossen es über ihr aus. Sie streiften ihr eines der schon bei ihrer

Ankunft für sie bereit gehaltenen feinen Leinengewänder über, das einem griechischen Peplos glich. Sie flochten ihr Zöpfe, die sie mit bunten Bändern verzierten und mit Nadeln und Kämmen aufsteckten. Anfangs stellten sie Fragen, um alles wunschgemäß zu machen, aber als Nelda nicht antwortete, unterließen sie es. Lange berieten und stritten sie, wie sie die beiden Gürtel, die für den Sitz des Kleides und den Faltenwurf notwendig waren, an Neldas hoch gewölbtem Leib anbringen sollten. Sie konnten sich nicht einigen und Ramis wurde gerufen, die entschied, nur den Gürtel unter der Brust anzulegen und einen üppigen Bausch zu bilden, mit dem der hervortretenden starken Rundung der unteren Körperhälfte ein wenig entgegengewirkt werden konnte. Sie wollte, dass ihre Freundin, die Frau des Heerführers der Cherusker, schön war und nicht etwa den Spott des römischen Kriegsvolks auf sich zog.

Während Ramis noch Neldas Gürtel richtete, rief jemand ihr zu, dass ihr Hiwo Segithank fort sei. Er, Hauk und einige andere, hieß es, hätten sich durch den Wald davongemacht, bevor die Römer heraufkamen und den Hof besetzten. Ramis stieß nur ein bitteres Lachen aus, diese Erfahrung war ihr nicht neu. Segestes fuhr sie grob an und wollte wissen, ob Segithank noch irgendwo Beutestücke versteckt habe. Er hatte sich vorgenommen, alles zurückzugeben, was den geschlagenen Römern vor sechs Jahren von seinen Leuten abgenommen worden war und sich noch auf dem Wehrhof befand. Damit wollte er sich als reumütig und vertrauenswürdig ausweisen. Ramis wusste nichts und Segestes, der Schwerter, Dolche und kostbaren Männerschmuck vermisste, ließ in der Halle die Bänke forträumen und unter den Schlafplätzen der Verschwundenen graben. Es kam nichts zum Vorschein. Stattdessen kletterten die Vermissten kurz darauf zerknirscht aus der Einstiegsöffnung des Geheimgangs. Über und über mit Waffen und Säcken beladen, hatten sie versucht, auf der Rückseite des Hügels, die sie für unbewacht hielten, zu entkommen. Als sie sich aber mit ihrem Gepäck durch den schmalen Felsspalt zwängen wollten, war ein römischer Reitertrupp, der Geflohene verfolgte, auf sie aufmerksam geworden. Mit Mühe hatten sie sich zurückziehen können.

Segestes ergriff einen Knüppel, rannte ihnen entgegen und schlug auf Segithank ein, den er mit Recht für den Anstifter der gescheiterten Flucht hielt. Der Rotschopf wollte sich wehren, doch da schrie Segestes, verdient habe er, der die Leiche des Varus geschändet und sich immer wieder damit gerühmt habe, noch heute ans Kreuz geschlagen zu werden. Segithank fuhr ein tödlicher Schreck in die Glieder. Er fiel auf die Knie, umklammerte ein Bein seines Onkels und winselte, er möge ihm verzeihen und nichts verraten. Es war der größte Teil der Beutestücke, den er und seine Genossen fortschaffen wollten. Alles wurde ihnen abgenommen und zur Rückgabe bereitgelegt.

Erst gegen Abend, bei Sonnenuntergang, erschienen die Römer. Alle Bewohner des Wehrhofes standen zusammengedrängt vor dem Herrenhaus. Es waren einige Hundert, die ängstlich und ungeduldig warteten – die Sippe des Stammesfürsten, sein Gefolge mit Angehörigen, Handwerker, Bauern, Knechte und Mägde. Die Berichte von den Gräueln im Marsergebiet hatten auch viele Menschen aus den Dörfern des Gaus hinter den schützenden Wall getrieben. Die meisten waren schlecht genährt, denn es war spät im Frühjahr und die Getreidevorräte gingen zu Ende. Nicht alle, doch viele blickten hoffnungsvoll, weil sie Segestes glaubten, nach der Rückkehr der Römer würden wieder bessere Zeiten anbrechen. Auf einem Haufen lagen Lanzen, Jagdspeere, Dolche, Schwerter, Keulen, Äxte. Es war von den Siegern im voraus Befehl ergangen, dass niemand bei ihrer Ankunft bewaffnet sein dürfe.

Eine Kohorte marschierte ein und nahm unter dem Kommandogeschnauze der Zenturionen Aufstellung. Vom späten Sonnenlicht angestrahlt, beherrschte das Rot der römischen Uniformen wie eine gewaltige Flamme den Hof. Zu Trommelwirbel wurden Fahnen und Feldzeichen hereingetragen. Ein Trompetenstoß begleitete den forschen, federnden Auftritt des jungen Feldherrn.

Den grauen Kopf geneigt, doch in gerader Haltung, was sowohl Selbstvertrauen als auch Demut ausdrücken sollte, trat ihm Segestes entgegen. Er wagte nicht, ihm die Hand hinzustrecken und blieb drei Schritte vor ihm stehen.

„Salve, Germanicus, Sohn des Imperators!“, begann er und mühte sich, seiner Stimme, die vor Erregung zitterte, Kraft und Festigkeit zu geben. „Ich danke dir und begrüße dich als Freund und Befreier! Mit Recht kann ich eines sagen: dass dieser Tag nicht der erste ist, an dem ich dem römischen Volk meine Treue und Ergebenheit beweise. Der verewigte Augustus beschenkte mich mit dem Bürgerrecht und seitdem habe ich Freunde und Feinde nach euerm Vorteil ausgewählt. Geschah dies aus Hass gegen mein eigenes Volk? Gewiss nicht. Bin ich deshalb ein Verräter? Manche halten mich dafür, aber ich bin keiner. Denn Verräter sind ehrlos und werden auch von denen gehasst, deren Sache sie dienen. Nein, es geschah aus Überzeugung! Es geschah, weil ich sicher bin, dass ihr Römer und wir Germanen das Gleiche wollen und dass Frieden besser als Krieg ist!"

Germanicus, der zu dem alten Cherusker aufblicken musste, rückte an seinem Helm und gab durch ein leichtes Neigen des Kopfes zu verstehen, dass er dieser Ansicht zustimmte.

„Ja, so ist es!", fuhr Segestes, sicherer werdend, mit erhobener Stimme fort. „Deshalb ... nur deshalb habe ich damals den Arminius bei Varus verklagt. Varus war leider nachlässig, sah die Gefahr nicht – ich aber warnte ihn und sagte: Verhafte uns alle ... mich, den Arminius und seine Mitverschworenen. So wäre das Unheil vermieden worden. Doch er ... er tat es nicht, er vertraute den anderen. Niemals vergesse ich die Nacht, die Zeuge dieser traurigen Vorgänge war! Ich wollte, sie wäre meine letzte gewesen!"

Er seufzte tief und wischte sich mit dem Handrücken den Schweiß von der Stirn. Germanicus folgte nur mit halber Aufmerksamkeit und warf dabei prüfende Blicke auf die Befestigungsanlagen.

„Was dann geschah", fuhr Segestes fort, „lässt sich nur beklagen, nicht rechtfertigen. Einen Augenblick schwankte ich und brach euch die Treue. Doch man glaubte mir nicht den Gesinnungswandel – mit Recht – und ich musste die Ketten tragen, die Arminius und sein Anhang mir anlegten. Dafür legte ich später auch ihn in Ketten! Und sobald sich die Möglichkeit bot, trat ich mit dir in Verbindung. Es bleibt dabei: Ich stehe an eurer Seite, ziehe das Neue dem Alten, die Ruhe der Unruhe vor. Belohnung erwarte ich dafür nicht, aber ich hoffe auf Verzeihung. Ich will euch auch helfen, so gut ich kann. Noch schätzen mich viele Cherusker und viele ziehen die Reue dem Verderben vor. Ich könnte in euerm Namen vermitteln!"

Germanicus verzog seine dünnen Lippen zur Andeutung eines Lächelns, das Segestes als Einverständnis wertete. So ermutigt, wollte er schon nach seiner Gewohnheit die Daumen hinter den Gürtel haken, als ihm noch rechtzeitig einfiel, dass diese Geste unpassend wäre. Es gab auch noch weitere heikle Punkte, die er ansprechen musste.

„Ja, da ist noch etwas", sagte er, indem er seine großen Hände wieder sinken ließ. „Mein Sohn ... Ich bitte um Nachsicht für ihn. Er war damals noch sehr jung, er wusste nicht, was er tat, es war eine Verirrung. Er hat es bitter bereut, und unter meinem Einfluss ist er längst zur Vernunft gekommen. Es drängte ihn, dir das selbst zu sagen, und so sandte ich ihn zu dir. Hoffentlich hat er die richtigen Worte gefunden und konnte dich überzeugen ..."

Germanicus hob die Hand zum Zeichen, dass der Fall geprüft werde und dass es jetzt keiner weiteren Worte dazu bedürfe. Segestes räusperte sich und sah sich um. Zwei Schritte hinter ihm, so wie er es ihr befohlen hatte, stand Nelda. Sie hatte den Kopf gesenkt und blickte an sich hinab, als nähme sie nicht wahr, was ringsumher vor sich ging. Die Hände hatte sie unter dem Bausch des Gewandes, über ihrem schwangeren Leib gefaltet.

„Meine Tochter ..." Segestes wandte sich wieder Germanicus zu, doch sein Redefluss stockte, er suchte nach Worten. „Meine Tochter, die du hier siehst ... Ich muss gestehen, sie ist nicht freiwillig hier. Leider war ich genötigt, Gewalt anzuwenden, um sie ... um sie hierher zu bringen. Meine Gesinnung teilt sie nicht, auch das muss ich sagen. Dennoch ... ich bitte für sie ... und an dir wird es sein zu erwägen ... zu entscheiden ... ich meine, was schwerer wiegt: dass sie von Arminius empfangen hat oder dass sie von mir gezeugt wurde."

Germanicus sah Nelda an und da sie noch immer reglos dastand und nicht aufblickte, trat er selbst auf sie zu. Der Feldherrnmantel hing faltenreich um seine schlanke Gestalt und der Helm mit dem gewaltigen Federbusch schien schwer auf seinem hübschen, schmalen Jungengesicht zu lasten.

„Ich erinnere mich", sagte er. „War es nicht ... Horaz?"

Sie blickte kurz auf und sah ihn wie damals freundlich und ein wenig hochmütig lächeln.

„Ja", sagte sie. „Es war Horaz."

Er nickte und wollte noch etwas hinzufügen. Doch dann besann er sich seiner Pflicht, erst einmal auf die Anrede des Gaufürsten zu erwidern.

Er fasste sich kurz. Auch er wolle Römer und Germanen wieder in Freundschaft vereint sehen, sagte er. Deshalb verspreche er allen Sicherheit und Segestes einen seinem Rang und seinen Verdiensten gemäßen Wohnsitz auf der anderen Seite des Rhenus. Dieser Wehrhof allerdings, erklärte er dann, müsse aufgegeben und zerstört werden. Erforderlich sei dies, um zu verhindern, dass die Feinde Roms ihn besetzten und als Stützpunkt für weiteren sinnlosen Widerstand missbrauchten. Denn aus taktischen Gründen sei er leider genötigt, sich noch einmal zurückziehen.

Segestes folgte der Rede mit einer Miene, die bei jedem Wort, das der junge römische Feldherr sprach, mehr versteinerte. Er hatte anderes erwartet. Hörte er richtig? Er sollte den Herrenhof seiner Väter, das Heim seiner Sippe, den stolzen Mittelpunkt seines Gaus verlassen – verlieren?

Nelda merkte erst auf, als der Römer zum Schluss kam. Es gab ja nur einen Gedanken, der sie beschäftigte: Hatte er, ihr Geliebter, das unglückliche Gefecht im Tal überlebt? Und da hörte sie nun Germanicus sagen: „... aber der Kampf um die Provinz Germania wird weitergehen. Arminius, der uns heute noch einmal entkommen ist, wird auch in Zukunft keine Ruhe geben. Er wird nicht rasten und sein Sinnen und Trachten wird sein, das Römische Reich immer wieder herauszufordern!“

Jetzt konnte sie lächeln und ihre Hände, die unter dem Bausch des Kleides auf ihrem Leib lagen, spürten von drinnen eine Bewegung, so als sei die freudige Nachricht auch dort angekommen.

27

Sechs Jahre später, an einem heißen Tag im Monat Juli, tummelten sich zwei Knaben auf dem staubigen Hof einer *villa rustica* in der Nähe von Caere, der alten Etruskerstadt, zwanzig Meilen nördlich von Rom. Zuerst spielten sie Fangen um den Brunnen. Dann jagten sie die jungen Ziegen und Schafe. Schließlich gerieten sie in Streit, brachen Stöcke von einem Strauch und kreuzten sie wie Schwerter. Der Jüngere griff so heftig an, dass der Ältere ängstlich zurückwich. In einer Sprache, die aus lateinischen und germanischen Brocken zusammengesetzt war, beschimpften sie sich.

„Sohn eines Sklaven!", rief der Sechsjährige. „Ergib dich!"

„Und wer bist du?", heulte der Achtjährige, nachdem er einen schmerzhaften Streich auf den Arm empfangen hatte. „Hast du überhaupt noch einen Vater?"

„Mein Vater ist König! Er ist König aller Germanen!"

„Das hast du dir ausgedacht!"

„Nein, es ist wahr! Ich weiß es von meiner Mutter!"

„Deine Mutter ist eine Sklavin!", höhnte der Ältere. „Wie kann sie die Frau eines Königs sein!"

„Sie ist es aber!", schrie der Kleine. „Sie ist die Frau des Königs Arminius! Und ich bin ein Königssohn!"

„Du bist auch nur ein Sklave!"

„Sag das nie wieder!"

„Du hast ja auch einen Sklavennamen!"

„Du lügst! Du lügst!"

Der Kleine geriet so in Wut, dass er dem Großen seine Waffe entriss und mit beiden Stöcken auf ihn einschlug. Der Große strauchelte, fiel hin und Blut rann von seiner Stirn.

„Thumelicus! Wirst du wohl aufhören!"

Am Fenster des linken Eckturms der Villa erschien die Mutter des Kleinen. Gleichzeitig eilte, stark hinkend, aus der Gesindeküche, die sich in einem Nebengebäude befand, die Mutter des Größeren herbei. Sie riss dem Kleinen die Stöcke aus den Händen und zerbrach sie. Dann führte sie ihren plärrenden Sohn zum Brunnen und wusch ihm das Blut ab.

„Warum duldest du das?", ereiferte sie sich dabei gegenüber der anderen am Turmfenster. „Warum erziehst du deinen Sohn nicht? Kein Tag vergeht, an dem er nicht Streit sucht und sich prügeln muss! So ein ungezogener Bengel! Und wozu setzt du ihm Flausen in den Kopf? Warum erzählst du ihm Märchen? Warum sagst du ihm nicht endlich die Wahrheit? Er verträgt sie schon, ist alt genug. Er glaubt, etwas Besseres zu sein als andere Kinder! Mit welchem Recht?“

„Es tut mir leid, Ramis. Aber was soll ich machen? Er will nun mal wissen, wer sein Vater ist!“

„Ach, und du glaubst, der ist jetzt König aller Germanen? Wenn du dich nur nicht täuschst! Bist du denn sicher, dass er überhaupt noch am Leben ist?“

Ramis warf einen letzten grämlichen Blick zum Fenster hinauf und mit ruckenden Schritten, ihren Sohn hinter sich her zerrend, kehrte sie an ihre Arbeit zurück.

Im nächsten Augenblick trat Nelda zwischen den Säulen hervor, die der Halle zwischen den beiden gedrungenen Ecktürmen vorgeblendet waren, und kam die kurze Freitreppe herunter. Nach sechs Jahren Gefangenschaft war sie noch schön, wenn auch hagerer, an der Stirn und den Mundwinkeln zeigten sich Falten. Ihre tiefer in den Höhlen liegenden Augen hatten nach unzähligen durchwachten Nächten einen müden, gleichgültigen, fast stumpfen Ausdruck angenommen. Ihre Nase war spitzer, ihr Mund schmaler geworden. Das blonde Haar der Dreißigjährigen, von grauen Fäden durchzogen, war zu einem dicken Zopf geflochten, der den Rücken herabhing. Der Hitze wegen trug sie nur eine ärmellose, weit ausgeschnittene Tunika. Ein Tuch, das den Busen bedeckte, hatte sie um den Hals geschlungen.

„Thumelicus!“, rief sie. „Komm her! Geh ins Haus! Setz dich hin, nimm einen Griffel und übe die Buchstaben, die ich dir aufgegeben habe! Und dass du dich nicht noch einmal mit Askold prügelst!“

Der Knabe schlenderte mit trotziger Miene herbei.

„Hast du mich verstanden?“ Sie untersuchte eine kleine Schramme an seinem Arm. „Wie oft hab ich es dir schon verboten. Er ist doch dein Vetter. Warum bist du so böse zu ihm?“

„Er hat gesagt, dass mein Vater kein König ist“, verteidigte sich Thumelicus. „Und dass ich einen Sklavennamen habe.“

„Das ist nicht wahr, aber deshalb musst du dich nicht mit ihm schlagen. Nun geh!“

Der Knabe stieg schmollend die Treppe hinauf und wich, einen Bogen machend, dem Mann aus, der ihm aus der Halle entgegenkam. Es war der Gutsverwalter, ein rundlicher Kahlkopf mittleren Alters mit flinken Äuglein und einem verschmitzten, verschlagenen Dauerlächeln auf den Lippen.

„Warum tadelst du ihn?“, fragte er. „Soll er doch üben! Je früher er anfängt, desto besser. Dann wird man einen guten Preis für ihn erzielen, wenn es so weit ist.“

„Was willst du damit sagen, Terentius?“, fragte Nelda, auf den kleineren Mann, der neben ihr auf der Treppe stehen blieb, unwillig herabsehend. „Was heißt das – ‚wenn es so weit ist‘?“

„Nun, wenn er das Alter erreicht hat ... und wenn der *lanista* kommt und unser Angebot mustert.“

„Du meinst doch nicht etwa ...?“

„Warum denn nicht? Junge starke Germanen sind in der Arena ihr Geld wert. Und der Sohn eines so berühmten Mannes, sogar eines Staatsfeindes ... Er hat vielleicht eine große Zukunft. Wird selber berühmt. Und dazu reich.“

„Als Gladiator? Niemals!“

„Nun gut“, lenkte Terentius ein, „darüber befinden ja nicht wir beide, weder du noch ich. Ich bin nur ein Freigelassener, hab auch nicht viel zu bestimmen. Es war nur so ein Gedanke, ein Spaß ...“ Er nahm ein Tuch, das ihm am Gürtel hing, und wischte sich den Schweiß von der Stirn. „Diese Hitze! Jetzt müsste man einen Ausflug ans Meer machen. Hast du nicht Lust?“

„Ich habe zu tun. Die Listen sind noch nicht fertig.“

Sie drehte sich um, doch er ergriff ihren Arm und hielt sie auf.

„Warte doch! Wir könnten ein Wägelchen nehmen. Ein Vorwand findet sich leicht und die fünfzehn Meilen bis zur Küste ... eine Kleinigkeit. Niemand wird etwas argwöhnen und ich lasse dich schon nicht entkommen. Ich habe dort einen Freund, der eine Herberge betreibt. Wir werden bei ihm übernachten. Wenn du willst, nehmen wir Thumelicus mit. Wir könnten natürlich auch reiten. Ich weiß ja, Reiten ist deine Leidenschaft. Ich selbst sitze nicht so gut zu Pferde, aber ich werde schon mithalten.“

„Terentius“, sagte sie seufzend, „warum versuchst du es immer wieder? Du weißt doch, ich komme nicht mit. All deine Mühe ist umsonst.“

„Ich gebe nun mal die Hoffnung nicht auf."

„Lass mich wieder an die Arbeit gehen. Da drüben beladen sie schon die Wagen, morgen beginnt das Fest, sie müssen bis zum Einbruch der Nacht in Rom sein. Die Leute brauchen die Listen."

„Die wissen schon, wo die Säufer und Vielfraße wohnen, bei denen sie abladen müssen. Trinken wir wenigstens etwas, bevor wir weiter für diese Müßiggänger unseren Schweiß vergießen." Er winkte eine Magd heran. „Einen Krug mit Mulsum, aber schön kühl!"

Er nötigte Nelda, ihm in den Schatten des Portikus zu folgen, wo eine Bank und ein Tisch standen. Das konnte sie nicht verweigern, immerhin war er in Abwesenheit des Gutsbesitzers der Herr über fünfhundert unfreie Arbeitskräfte, zu denen auch sie zählte. Sie setzten sich und konnten von diesem erhöhten Platz den großen Gutshof überblicken und die Landschaft jenseits des Tores. Hinter den riesigen Feldern, auf denen die Leute des Gutes die Getreideernte einbrachten, erhoben sich sanfte Hügel unter dem blassblauen Himmel.

„Nimm mir nicht übel", sagte Terentius, nachdem er einen Becher mit Mulsum getrunken und sich gleich nachgeschenkt hatte, „dass mir vorhin dieser Einfall kam. Ich mache mir nun mal Gedanken darüber, was aus dem Jungen werden soll. Du scheinst ja immer noch daran zu glauben, dass du irgendwann mit ihm in deine Heimat zurückkehren wirst."

„Ja, daran glaube ich", erwiderte Nelda, die an ihrem Becher nur nippte. „Es wird ja mal Frieden sein zwischen Germanen und Römern."

„Wenn dein Mann ein so großer Häuptling oder sogar der größte von allen ist, hätte er euch hier längst herausgeholt ... irgendwie."

„Dazu hat er ja nicht die Macht. Und er ist noch immer in Kämpfe verwickelt."

„Wer kämpft, setzt sein Leben aufs Spiel. Vielleicht ist er längst tot."

„Davon will ich nichts hören!", sagte sie schroff. „Will mir das jeder hier einreden?"

Sie schwiegen eine Weile.

„Schade um eine junge Frau", sinnierte Terentius dann laut,

„die ihre schönsten Lebensjahre mit vergeblichem Warten und Hoffen vergeudet. Du solltest dein Leben genießen, immerhin hast du es behalten. Ich habe damals um dich gezittert."

„Damals?"

„Na, vor drei ... nein, vor vier Jahren, als sie dich mitschleppten, dich und den Jungen ... im Triumphzug des Germanicus. Ich stand auf dem Forum Boarium unter den Zuschauern. Wie schön und stolz sie daherkommt, dachte ich, mit ihrem Kind auf dem Arm! Wenn sie sie nur nicht hinterher umbringen! Oft wurden die Gefangenen nach dem Triumph gleich hingerichtet. Hattest du nicht schreckliche Angst?"

Nelda erinnerte sich nicht gern an jenen unglückseligen Tag und lächelte gequält.

„Angst hatte ich", gestand sie. „Wenn auch mehr um den Jungen als um mich. Aber ich wusste auch, dass wir Fürsprecher hatten."

„Unseren Herrn, den Senator ..."

„Ja, den vor allem. Aber auch Germanicus selbst und seine Frau Agrippina. Ihr verdanke ich viel."

„Dass du in ihrem Triumphzug mitgeschleppt wurdest, als vornehmstes Beutestück?", fragte Terentius ironisch. „Sie saß neben Germanicus auf dem Wagen."

„Das ist nun mal so üblich, wie sollte ich es ihr vorwerfen", entgegnete Nelda. „Viel Übles wird ihr nachgesagt, aber ich kann mich nicht über sie beklagen. Mir wurde durch sie die Gefangenschaft erträglich gemacht. Damals mussten wir dem Heer über den Rhenus folgen und man brachte uns, meinen Vater und mich, in ihr Haus. Dort wurde Thumelicus geboren. Die Geburt war nicht leicht, aber sie sorgte dafür, dass ich Beistand und Pflege erhielt. Sie war selbst gerade schwanger und brachte etwas später ihre jüngere Tochter zur Welt. Ich blieb als Kinderfrau im Hause, mein Vater – als freier Mann – verließ uns dann bald. Sie wollte mich auch behalten, als wir Gefangenen ihnen nach Rom folgen mussten. Ich wäre gern bei ihr geblieben."

„Aber der böse Tiberius schickte sie mit Germanicus in den Orient, wo er ihn dann ermorden ließ", bemerkte Terentius kichernd. „Jedenfalls behauptet sie das. Angeblich war der Caesar eifersüchtig auf seine Erfolge. Nun ... so warst du auf einmal herrenlos und es verschlug dich hierher, zu meiner unaussprechlichen Überraschung und Freude, wie ich gestehen muss. Die schöne, stolze Germanin, Gemahlin eines berühmten Heerführers ... meine Helferin bei der Verwaltung des Gutes. Das hätte ich mir nicht träumen lassen. Für dich war es natürlich ein tiefer Abstieg ..."

„Nur was den Stand betrifft, nicht die Tätigkeit", sagte Nelda lächelnd. „In meiner Heimat hab ich ja ebenfalls auf dem Lande gelebt. Im Grunde hatte ich auch damit Glück. Was konnte ich schon erhoffen ... als Gefangene? Zuerst wollte man mich in Rom behalten, im Hause des Drusus ..."

„Oh, das ist ein lustiges Haus", warf Terentius lachend ein. „Der Sohn des Caesar ist nach dem Caesar selbst der größte Trinker im Römischen Reich. Das wäre sehr unterhaltsam geworden."

„Daran lag mir wahrhaftig nicht. Ich war deshalb froh, als der Senator die Verantwortung dafür übernahm, dass ich nicht fliehen würde, und mich hierher brachte. Und ihr passt ja auch gut auf uns auf, hab ich recht ... du und die Knechte am Tor und an der Mauer ..."

Sie warf Terentius einen spöttischen Blick zu. Er war keineswegs verlegen.

„Wir tun unsere Pflicht. Was willst du? Es geht ja nicht nur um dich. Wenn wir nicht wachsam sind und uns zu viele davonlaufen, müssen wir selbst auf die Felder und in die Weinberge. Beklagst du dich?"

„Nein", sagte sie. „Mir geht es viel besser als der da zum Beispiel ..."

Sie beobachtete, wie Ramis, gebeugt und hinkend, einen großen Kübel mit Essen für die Feldarbeiter aus der Gesindeküche herausschleppte und auf einen Karren wuchtete. Dabei schimpfte sie in ihrem gebrochenen Latein mit einer anderen Küchensklavin, die wütend zurückkeifte.

„Die Ärmste", sagte Nelda. „Krank und hinfällig ist sie. Und doch ein Jahr jünger als ich. Als kleine Mädchen haben wir schon miteinander gespielt. Hätte ich nur nicht darum gebeten, sie mit mir hierher zu bringen. Es war Selbstsucht, ich wollte eine Verwandte und Freundin in der Nähe haben. In der Stadt hätte sie vielleicht eine Stelle bei einer begüterten Dame erhalten, als Zofe ..."

„Ich weiß nicht", meinte Terentius, „ob es ihr besser bekommen wäre, wenn so ein launisches Weib sie mit Nadelstichen gepiesackt hätte."

„Aber siehst du denn nicht, dass die Arbeit zu schwer für sie ist? Hast du nicht eine andere für sie?“

„Welche denn? Die Küche ist schon das Leichteste ...“

Der Maulesel setzte sich mit dem Karren in Bewegung und die beiden Frauen folgten ihm, immer noch einander beschimpfend. Ein größerer, von einem Pferd gezogener Wagen, auf dem Körbe und Käfige mit Hühnern, Gänsen und Enten übereinander gestapelt waren, überholte sie und fast wäre es zu einem Zusammenstoß gekommen. Nun fielen die beiden mit schrillen Tönen über den Kutscher her.

Nelda stand rasch auf.

„Die Liste! Er weiß doch sonst gar nicht, wo er das alles abliefern soll!“

„Schon gut, schon gut, setz dich nur wieder“, beruhigte sie Terentius. „Er weiß Bescheid. Alles, die gesamte Ladung, wird in dasselbe Haus gebracht, zu Apicius. Der alte Schlemmer hat morgen vierhundert Gäste. Er hat sich ausbedungen, dass er so früh wie möglich beliefert wird, damit seine sechzig Köche die ganze Nacht arbeiten können. Armes Volk, sie tun mir leid. Was ist los?“, schrie er und sprang ebenfalls auf. „Warum haltet ihr Weiber ihn auf? Und warum ist das Tor noch geschlossen? Wo sind die Kerle? Würfeln sie oder halten sie wieder ein Schläfchen? Brauchen die erst ein paar auf die Fußsohlen? Muss ich vielleicht noch selber ... Ach, sieh mal an“, unterbrach er sich plötzlich. „Sieh mal an ... Wir bekommen Besuch.“

Auf der Straße, die sich von einem der Hügel herabschlängelte, näherte sich ein leichtes Fuhrwerk, ein offener Wagen, mit zwei Pferden bespannt.

„Gaius Sempronius ist es, natürlich!“, fuhr der Verwalter fort. „Unser junger Herr! Zwei Prozesse hat er in diesem Jahr schon gewonnen. Wie ich höre, wird er sich bald um die Prätur bewerben, aber noch ist es zu früh, er ist noch keine vierzig. Er kommt wieder recht oft in letzter Zeit, seine Frau soll sehr krank sein ...“

Terentius warf Nelda einen lauernden Blick zu, wobei sein Dauerlächeln noch breiter wurde.

„Ich werde weiterarbeiten“, sagte sie und wollte wieder ins Haus zurückkehren.

„Warte mal!“ Er hielt sie zurück. „Eines möchte ich doch mal genauer wissen. Die da, deine Verwandte, hat es mir neulich noch einmal erzählt, als ich sie ausdrücklich darüber befragte. Sie sagte mir mit aller Bestimmtheit, du und er ... ihr wäret damals verlobt gewesen."

„Und ich hab dir immer wieder gesagt, dass es nicht wahr ist", antwortete Nelda gleichmütig. „Sie irrt sich, es ist ja auch inzwischen viel Zeit vergangen."

„Jedenfalls muss es einen bestimmten Grund geben, warum die Sempronier sich so um dich bemüht haben."

„Wenn es einen gibt, dann weißt du ihn längst. Mein Vater und der Senator waren miteinander bekannt und der, der dort kommt, hat eine Zeitlang bei uns gewohnt, als Richter und Vertreter des damaligen Statthalters. Mein Vater war immer römisch gesinnt, das kam mir zugute."

„Du gehörst dem römischen Staat und bist äußerst wertvoll. Aber Gaius ist reich und hat Einfluss, er könnte dich irgendwann freibekommen. Und dann ..."

Terentius blinzelte Nelda zu.

„Was heißt das ... und dann?", fragte sie unwirsch.

„Nun, wenn die Umstände es ergeben ... Was damals nichts wurde, das könnte ja immer noch ..."

„Was soll das Geschwätz? Verschone mich mit solchem Unsinn!"

Sie ließ sich nun nicht mehr zurückhalten.

„Verzeih, verzeih!", rief er ihr nach. „Ich gebe ja zu, aus mir spricht die Eifersucht, ich ..."

Sie hörte nichts mehr und kehrte durch die Halle in das kleine quadratische Zimmer im Erdgeschoss des Eckturms zurück. Unter dem Fenster stand ein Tisch mit ihrem Schreibzeug. Eine schlichte Truhe für ihre Habseligkeiten und das Bett mit einem gestreiften Überwurf füllten den Raum fast aus. Es war zwar eng, doch hatte sie das Kämmerchen allein für sich und den Jungen und eine Tür, die verriegelt werden konnte. An einen der Bettpfosten gelehnt saß Thumelicus, der immer noch schmollte, auf dem Fußboden und ritzte Buchstaben in seine Wachstafel. Ein paar Tonpüppchen und ein mit bunten Flicken besetzter Ball, aus dem schon die Wolle quoll, lagen herum. Nelda ließ sich auf dem Klapphocker am Tisch nieder, tunkte die Feder ins Tintenfass und fuhr fort, aus einem Verzeichnis die Namen der Kunden in Rom mit den dazugehörigen Posten von Mehl, Wein, Geflügel und

Schlachtvieh, die ihnen zu liefern waren, auf Papyrusblättchen zu übertragen. Sie musste sich beeilen, denn die Fuhrwerke draußen wurden schon beladen.

Dann hielt sie aber doch kurz inne und blickte auf. Mitten im Hof hielt der Wagen und Gaius Sempronius sprang herab. Terentius eilte auf ihn zu, buckelte breit lächelnd um ihn herum und gab den eifrigen, um das Wohl des Gutsherrn besorgten Verwalter. Gaius hörte ihm einen Augenblick zerstreut zu, wobei seine Blicke umherwanderten und an dem Fenster des linken Eckturms haften blieben.

Nelda fürchtete, gesehen zu werden, senkte den Kopf und fuhr mit ihrer Schreibarbeit fort.

28

Einige Augenblicke später stand Gaius in der offenen Tür.

„Ist es erlaubt?“

„Du bist der Herr“, sagte Nelda und sie mussten beide lachen.

Er war nun grauhaarig, neigte ein wenig zur Fülle, hatte sich aber sonst wenig verändert. Seine gewinnenden Züge, seine heitere Miene, seine ungezwungene Haltung ließen ihn jünger erscheinen. Allerdings fehlten ihm schon an sichtbarer Stelle Zähne.

„Nun, wie geht es dir? Und was macht unser kleiner Cherusker? Oh, er ist ja schon wieder viel größer als beim letzten Mal. Ich habe dir etwas mitgebracht, ein Schiffchen, das kannst du da hinten im Teich zu Wasser lassen. Es liegt noch im Wagen. Geh! Mein Kutscher wird es dir geben!“

Thumelicus ließ seine Schreibtafel und den Griffel fallen und stürmte mit einem Freudenschrei hinaus.

„Aber prügele dich nicht wieder mit Askold!“, rief Nelda ihm nach.

„Ich sehe, du bringst ihm schon etwas bei“, sagte Gaius. „Natürlich könnte er auch bei mir in Rom am Unterricht teilnehmen, zusammen mit meinen Kindern. Der Lehrer ist ausgezeichnet.“

„Ich danke dir, aber ich möchte ihn noch ein bisschen behalten.“

„Und wenn du mitkämest?“

„Du hast zu befehlen, ich bin eine Unfreie. Aber ich fühle mich hier ganz wohl. Ich mag nun einmal die Städte nicht. Hast du Neuigkeiten?“

Er richtete den Gürtel seiner Tunika und lehnte sich an den Türpfosten. „Ich habe auf jeden Fall einen Anlass, um herzukommen.“

„So hast du etwas von ihm gehört?“, fragte sie gespannt und in ihren Augen, die sonst so trübe blickten, blitzte es auf. „Rede doch! Was tut er? Haben Kaufleute etwas berichtet? Was konntest du erfahren?“

„Über Arminius? Nichts Neues. Man hat lange nichts mehr von ihm gehört. Übrigens fiel mir da eben wieder etwas ein ... das ist auch eine Neuigkeit und sie wird dich interessieren. Als ich ans Tor kam, sah ich deine Verwandte ... heißt sie nicht Ramis? Sie ist doch die Frau dieses Rothaarigen, der neben ihr im Triumphzug mitging. Der dann mit deinem Bruder nach Luni in die Marmorbrüche geschickt wurde. Auch wegen besonders schwerer Vergehen. Schändung der Leiche des Varus, Ermordung Gefangener an Opferaltären und so weiter."

„Du meinst Segithank, meinen Vetter. Was ist mit ihm?"

„Er ist geflohen. Mit ihm sechs andere."

„Und mein Bruder?"

„Der ist nicht dabei. Dafür dieser einäugige Herkules. Beim Transport eines Marmorblocks den Berg hinunter täuschten sie einen Unfall vor. Der Kolonnenführer, ein Lusitaner, kam dabei ums Leben. Er lag, von dem Block zerquetscht, neben dem Schlitten, das heißt, sie haben ihn umgebracht. Sie sind spurlos verschwunden."

„Von wem hast du das erfahren?"

„Von einem befreundeten Ritter, der einen der Brüche gepachtet hat. Alles rätselt, wie das passieren konnte. Dass man sieben Sklaven vom selben Germanenstamm, die sich alle gut kannten, in derselben Kolonne ins Tal schickte – mit einem einzigen Aufseher."

„Und wenn eine Absicht dahintersteckte?", sagte sie nachdenklich. „Vielleicht hat ihnen jemand die Flucht ermöglicht ..."

„Ausschließen kann man das nicht."

„Aber wer?"

„Es ist besser, man nennt keine Namen."

Gaius sah sich um und bemerkte, dass Terentius in der Halle, ein paar Schritte hinter ihm, einen Hund kraulte.

„Ich wollte nur wissen", sagte der Verwalter, wobei er sich rasch aufrichtete und verbeugte, „ob du Aufträge für mich hast, Herr!"

„Später, später ..."

Nelda erhob sich und raffte ihre Papyri zusammen. „Ich werde, wenn es dir recht ist, jetzt zu den Fuhrleuten gehen. Damit sie losfahren können."

„Warte, das kann doch Terentius machen", sagte Gaius und rief den Verwalter zurück. „Erledige das!", befahl er ihm. Dann bat er Nelda mit einer Geste, ihm in das Peristyl hinter der Halle zu folgen. Mit gefrorenem Lächeln sah ihnen Terentius nach.

„Nun aber zum Anlass meines Besuchs", sagte Gaius, während er mit Nelda im Schatten eines der Säulengänge auf und ab schritt. „Ich habe vor, an den Rhenus zu reisen, nach Mogontiacum. Eine geschäftliche Angelegenheit. Wenn alles erledigt ist, werde ich Ausflüge in die nähere und weitere Umgebung machen und auch ein bestimmtes kleines Gut aufsuchen."

„Um meinen Vater zu sehen?", fragte Nelda kühl.

„Ja. Jedenfalls hoffe ich, dass ich ihn noch antreffe. Du weißt, ich sah ihn zum letzten Mal vor zwei Jahren. Er hatte sich eingelebt im Land der Treverer, wenn auch mühevoll. Er wirkte aber noch rüstig."

„Ich hoffe, dass sich daran wenig geändert hat."

„Das hoffe ich ebenfalls. Aber er war ja damals schon nicht mehr der Jüngste. Und dann gab es etwas, das ihm Kummer bereitete ... großen Kummer. Wir haben nach meiner Rückkehr darüber gesprochen."

„Ich erinnere mich", entgegnete Nelda abweisend. „Dazu gibt es aber nichts mehr zu sagen."

„Du hast deine Meinung nicht geändert?"

„Nein."

„Dann bin ich wohl umsonst hergekommen."

Eine Weile gingen sie schweigend auf und ab. Nelda hatte die Arme verschränkt und blickte starr geradeaus. Gaius beobachtete sie von der Seite und suchte nach einer Fortsetzung des Gesprächs.

„Sieh mal", sagte er schließlich, „er hatte Zeit ... sehr viel Zeit, um nachzudenken. Es war ja auch alles ganz anders gekommen, als er es sich vorgestellt hatte. Damals, als er Germanicus um Entsatz bat, hatte er gehofft, im Lande bleiben zu können, auf seinem Hof, unter römischem Schutz. Daraus wurde nichts, man brachte euch über den Rhenus. Er blieb ein freier Mann und du kamst hierher als Gefangene. Dann dieser furchtbare Tag im Mai, vor vier Jahren! Tiberius hatte Germanicus zurückberufen und ihm den Triumph bewilligt. Das alles war Heuchelei und Betrug, nichts weiter. Denn Germanicus hatte nur einige Schlachten gewonnen, den Krieg aber verloren. Von Agrippina angestachelt, wollte er zwar weitermachen, aber der Caesar hatte genug von den germanischen Ungelegenheiten, er befahl den Rückzug. Womit der römische Traum von der Provinz Germanien endete. Und dieser verblichene Traum – es war auch der deines Vaters!

Ist es nicht so? Wie schrecklich, wie tragisch! Und nun lud man ihn auch noch ein ... das heißt, man nötigte ihn, als Ehrengast an diesem ‚Triumph' teilzunehmen. Ich erinnere mich genau, wie er da auf der Tribüne saß – düster und fahl, so als wohnte er einer Beerdigung bei. Und es war ja auch eine: die Beerdigung aller seiner Wünsche und Hoffnungen. Und dazu musste er noch mit ansehen, wie seine Tochter, sein Sohn, sein Enkel und seine anderen Verwandten dem römischen Pöbel vorgeführt wurden. Kannst du dir vorstellen, wie ihm zumute war?"

„Konnte er sich vorstellen, wie mir zumute war?", erwiderte Nelda mit harter Betonung.

„Ich glaube, er konnte es", versicherte Gaius Sempronius. „Und er war sich schon an jenem Tag darüber im Klaren, wie groß seine Schuld war. Er hatte dich entführen lassen, auf seinen Hof gebracht, ausgeliefert. Statt dich aber zu retten – was immer er darunter verstand –, hat er dich und deinen Sohn zu Sklaven gemacht. Damit wurde er nicht fertig. Zuletzt, als ich ihn besuchte, klagte er, dass ihn Schlaflosigkeit plage, dass er von Rachedämonen bedrängt werde. Und zum Abschied sagte er: ‚Wenn sie mir doch verzeihen könnte! Ein Wort von ihr würde mir ein wenig Frieden geben!' Willst du ihm nicht einen Brief schreiben, den ich mitnehmen und ihm vorlesen könnte? Bedenke, er ist ein sehr alter Mann, er hat nicht mehr lange zu leben. Nur ein paar versöhnliche Worte ..."

„Nein", sagte Nelda entschieden. „Mitleid verdient er nicht und ich zweifle daran, dass er bereut. Er grämt sich nur, weil es so gekommen ist. Es ärgert ihn, dass er Unrecht hatte. Und sein Alter wird auch sein Wesen nicht ändern. Was aus mir geworden ist, das habe ich seinem Starrsinn, seiner Selbstsucht und seiner Hartherzigkeit zu verdanken. Sechs glückliche Jahre hat er mir schon geraubt. Ich hätte sie mit dem Mann, den ich liebe, und unserem Kind verbringen können. Arminius hat seinen Sohn nie gesehen – er weiß vielleicht nicht einmal, dass es ihn gibt!"

„Er wird es schon wissen. Sie sind zwar nun wieder unter sich, doch vollständig ist die Tür nicht zugeschlagen. Es gibt einen regen Grenzverkehr. Der Negotiator, den ich besuchen werde, treibt immer noch Handel mit ihnen. Aber setzen wir uns doch ..."

Gaius führte Nelda zu einer Bank, neben der das sprühende Wasser eines Springbrunnens die Hitze milderte. Das Peristyl war nur schmal, hinter einer Hecke begannen gleich die Gemüsefelder.

„Ich achte deine Empfindungen Nelda“, begann Gaius aufs Neue. „Aber glaubst du wirklich, dass dein Vater dir sechs ‚glückliche‘ Jahre geraubt hat? In einem Land, in dem, auch nachdem Rom es aufgegeben hatte, Ströme von Blut flossen?“

„Ja, das war wohl so“, sagte sie und blickte auf ihre im Schoß gefalteten Hände. „Du hast mir ja manchmal davon erzählt. Wie traurig.“

„Tiberius wusste es vorher, er kannte sich bei euch aus. Als er Germanicus abberief, sagte er, Rom sei nach dessen Siegen gerächt. Nun könne man die Cherusker und die übrigen unbotmäßigen Stämme ihren inneren Zwistigkeiten überlassen. Und so ist es gekommen. Kaum waren die Römer verschwunden, schlugen sie aufeinander ein. Dein Arminius sammelte seine Scharen und rückte gegen Marbod vor, der ihn vorher im Stich gelassen hatte. Es muss ein fürchterliches Gemetzel gewesen sein, mit Tausenden Toten. Übrigens ... hatte ich dir erzählt, dass sein Onkel Inguiomer dabei zu Marbod überging? Ja, so wankelmütig sind sie! Inzwischen wurde Marbod vertrieben, von einem gewissen Catualda, und auch der wurde wieder vertrieben. Marbod bat bei uns um Asyl, der Caesar gewährte es ihm und er sitzt nun in Ravenna. Die germanischen Wirren gehen ohne ihn weiter. Es heißt noch immer, Arminius strebe das Königtum an ...“

„Wenn er es schafft, wird er Frieden mit euch machen und ich werde frei sein und zurückkehren können!“, sagte Nelda trotzig und überzeugt.

„Mag sein“, erwiderte Gaius mit einer Miene, die Zweifel ausdrückte, „und du weißt, wie herzlich ich dir das wünsche. Aber er könnte zu mächtig werden, sowohl für uns als auch für die Germanen. Denn so viel steht fest: Er hat Feinde im eigenen Lager. Waren die Chatten nicht früher seine Verbündeten?“

„Ja, und sehr zuverlässige ...“

„Kanntest du einen Adgandestrius?“

„Ja, ich kannte ihn. Er war manchmal bei uns zu Gast. Ein tapferer Mann und guter Freund.“

„Vielleicht ist der gute Freund zum tückischen Feind geworden.“

„Ist das wahr? Das glaube ich nicht!“

„Ich sollte dich nicht in Unruhe versetzen“, sagte er seufzend,

„aber mein Vater hat mich beauftragt, dich über diesen Mann zu befragen. Im Senat wurde ein Brief verlesen, von Adgandestrius, dem Fürsten der Chatten, wie es hieß. Darin erbot sich dieser, Arminius zu ermorden ...“

„Was sagst du?“

„... wenn man ihm zur Ausführung des Mordes Gift schicken wolle. Tiberius habe ihm antworten lassen, sagte mein Vater, das römische Volk nehme an seinen Feinden nicht heimlich und hinterrücks Rache, sondern nur offen und im ehrlichen Waffengang. Eine würdige Antwort! Aber auch eine ehrliche Antwort? Mein Vater hat Zweifel, wie auch andere Senatoren. Sie fragen sich, ob der Brief des Adgandestrius echt ist.“

„Ich traue ihm das nicht zu“, murmelte Nelda, und wiederholte entschiedener: „Nein, nein! Er war immer offen und aufrichtig, ein treuer Kampfgefährte ...“

„Das will nichts besagen“, meinte Gaius. „Er kann seine Haltung geändert haben. Denke nur an Inguiomer! Allerdings fand man merkwürdig, dass ein Germanenfürst von uns Gift haben will, wo doch in seinen Wäldern viele giftige Pflanzen wuchern und wo es unter den Frauen seines Stammes so viele Zauberinnen gibt, die giftige Tränke zu mischen verstehen.“

„Was vermutet denn dein Vater?“

Gaius reckte den Hals und blickte sich um.

„Ich hoffe, es steht niemand hinter der Hecke. Man wird, wo man geht und steht, bespitzelt. Nun, er nimmt an, der Brief des Chatten sei nur um der heroischen Antwort willen erfunden worden. Damit der Caesar behaupten kann, er hätte auf keinen Fall etwas damit zu tun, wenn ...“

„Wenn ...?“, fragte sie mit weit geöffneten Augen.

„Nein, nein!“, sagte Gaius lächelnd und hob beide Arme mit einer abwehrenden Geste. „Diese Vermutung geht zu weit! Entschieden zu weit! Lassen wir das und sprechen wir von etwas anderem.“

„Wer, glaubst du, hat Segithank die Flucht ermöglicht?“, fragte sie unvermittelt, mit scharfer Betonung. „Warum sagtest du: ‚Besser ist es, man nennt keine Namen‘?“

„Sagte ich das?“ Er lachte. „Nun, so spricht man jetzt allgemein, wegen der vielen Denunziationen. Das ist geradezu ein geflügeltes Wort in Rom. Oh, da kommt Terentius! Er will mir die Zuchtrinder zeigen, die er vor ein paar Tagen gekauft hat ... Überleg dir noch einmal, Nelda, ob du nicht doch den Brief schreiben willst."

Gaius hatte den Verwalter entdeckt, der sich misstrauisch blinzelnd am Eingang der Halle herumdrückte, ging zu ihm und zog ihn fort.

Eilig hast du es, dachte Nelda, das verfängliche Gespräch zu beenden. Eine Weile saß sie noch auf der Bank, den Kopf in die Hände, die Ellbogen auf die Knie gestützt. Dann stand sie auf und wollte durch den Säulengang ins Haus gehen. Doch plötzlich verharrte sie, machte zwei taumelnde Schritte, stützte sich an einer Säule, presste die Stirn gegen die glatte Rundung. Sie ergriff einen Zipfel des um den Hals geknoteten Tuches und knüllte ihn so fest, dass es schmerzte. Ein Schrei drängte aus ihrer Kehle und sie biss in das Tuch, um ihn zu unterdrücken.

Schließlich kehrte sie zurück in die Turmkammer. Dort ließ sie sich auf dem Klapphocker nieder, saß wieder lange Zeit reglos da und starrte zum Fenster hinaus. Sie war so in ihre Gedanken vertieft, dass sie Gaius Sempronius nicht bemerkte, der quer über den Gutshof auf das Haus zukam.

Als er in der Tür stand, erschrak sie.

„Nun?", fragte er. „Hast du noch einmal nachgedacht?"

„Ich möchte dich etwas fragen", sagte sie, wobei sie langsam aufstand und, den Kopf gesenkt, vor ihm stehen blieb. „Ihr habt mir schon manche Wohltat erwiesen, dein Vater und du ... aber auch ich ... auch ich konnte einmal etwas für euch tun ..."

„Du hast uns das Leben gerettet, Nelda", erwiderte Gaius, ohne zu zögern. „Hättest du uns damals nicht rechtzeitig gewarnt und uns zur nächsten Präfektur gebracht ... wer weiß, was uns geschehen wäre."

„Würdest du etwas für mich wagen?", fragte sie, wobei sie den Kopf hob und ihn ernst und durchdringend ansah.

„Oh ja ... ja, das würde ich", erwiderte er, durch ihren Blick verunsichert. „Gewiss ... doch was ist es? Wenn es in meiner Macht steht ..."

„Nimm mich mit nach Mogontiacum!"

„Du meinst ... jetzt? Auf meiner Reise dorthin?"

„Ja! Lass mich mitreisen ... unter deiner Dienerschaft!"

„Aber ... Ja, wie denkst du dir ...?"

„Ich könnte doch nützlich sein!“, sagte sie rasch, „bei deinen Geschäften ... als Schreiberin ... auch anderes könnte ich tun ... unterwegs die Kleidung in Ordnung halten, die Wäsche besorgen ... ich könnte ...“

„Nelda!“ Er schnitt ihr das Wort ab und legte die Hände auf ihre Schultern. „Das geht nicht! Du gehörst nicht zu unserer Dienerschaft. Du bist Gefangene des römischen Staates! Ein wertvolles Faustpfand, mit dem der Caesar vielleicht einmal Politik machen will. Mein Vater musste feierlich versprechen, dich und deinen Sohn immer in Rom oder der nächsten Umgebung und unter strenger Bewachung zur Verfügung zu halten. Die zwanzig Meilen, die dieses Gut von Rom entfernt ist, sind das Äußerste.“

„Wage es trotzdem!“, flehte sie. „Nimm mich mit!“

„Aber was willst du in Mogontiacum?“

„Du sagtest, mein Vater ...“

„Würdest du ihn denn mit mir aufsuchen wollen?“

„Ja ... ja, das würde ich!“, versicherte sie. „Ich habe es mir überlegt, du hast recht, ich sollte ...“

„Aber Thumelicus ...“

„Du wolltest ihn doch in dein Haus nehmen ... zu deinen Kindern ... in die Obhut des Lehrers.“ Immer heftiger, drängender redete sie auf ihn ein. „Niemand würde etwas bemerken! Terentius wird glauben, ich sei in Rom – und dort wird man denken, ich sei hier. In all den Jahren hat sich der Caesar nicht um mich gekümmert, warum sollte er gerade jetzt ... Ich bitte dich, Gaius, nimm mich mit! Hab keine Angst, ich werde nicht fliehen! Wie könnte ich das, wenn mein Kind hier zurückbleibt? Gaius! Ich habe hier nur dich, du bist mein einziger Freund, und gäbe es ihn nicht ... ihn ...“

Ihre Augen füllten sich mit Tränen, sie presste die Stirn an seine Brust. Er legte die Hände auf ihren Rücken und zog sie einen Augenblick an sich, unentschlossen, verwirrt. Er wusste nicht recht, was er von diesem plötzlichen Sinneswandel halten sollte. Sie mochte irgendetwas anderes bezwecken, als sie zuzugeben bereit war. Doch was? Er glaubte ihr, dass sie nicht fliehen würde, dazu liebte sie ihren Sohn zu sehr. Wenn er aber nachgab ... wie ließ sich so etwas geheim halten? Und wie sollte er es zuwege bringen, dass sein Vater, der für die Gefangene verantwortlich war, nichts davon erfuhr? Es war unmöglich.

Trotzdem dachte er schon darüber nach, was zu tun sei.

29

Etwa eineinhalb Monate später, Anfang September, war in dem bewaldeten Hügelland nördlich der Adrana, wo die Stammesgrenze zwischen Chatten und Cheruskern verlief, ein zwölfköpfiger Reitertrupp unterwegs. Sieben der bewaffneten jungen Männer waren Chatten, zwei Chattuarier. Ein Hermundure und ein Usipeter waren dabei. Der Zwölfte schließlich, der den Trupp anführte, war Cherusker. Dieser Cherusker war, was die anderen nicht wussten, eine Frau.

Die Idee, Nelda als Mann verkleidet reisen zu lassen, hatte Gaius Sempronius gehabt. Da er auf der beschwerlichen Reise zum Rhenus nur männliche Diener mitnehmen wollte, wäre sie zu sehr aufgefallen und womöglich von jemandem, der sie beim Triumphzug oder bei anderer Gelegenheit gesehen hatte, erkannt worden. Gleich nach der Ankunft in Rom wurde ihre Verwandlung von einigen Vertrauten seines Haushalts vollzogen. Ihr Haar wurde gekürzt und bekam einen männlichen Schnitt, sie zog die langärmelige Tunika über das knielange Hemd und warf noch einen Mantel darüber, sodass ihre Körperformen undeutlich wurden. Mit allem versehen, was sie als *scriba*, als Schriftführer, benötigte, bestieg sie den Reisewagen. Sie hatte immer einen Platz neben dem Herrn, damit er ihr bei Aufenthalten sogleich diktieren konnte, und unter ihren Gefährten gab es nur zwei ältere verschwiegene Diener, die eingeweiht waren und sie des Nachts in Gutshäusern, Herbergen oder Zelten in die Mitte nahmen.

Gegen Ende des Monats August erreichten sie Mogontiacum. Ein Bote war vorausgeeilt und sie wurden von dem Negotiator empfangen, mit dem Gaius Sempronius in geschäftlichem Verkehr stand. Es war noch derselbe, der seinerzeit auf dem Segesteshof mit einem Knüppelhieb niedergeschlagen worden war, ein schmales, inzwischen völlig verhutzeltes Männlein. Er erkannte Nelda nicht. Doch kam er gleich bei der ersten Begegnung auf dieses Erlebnis zurück und sagte zu ihrer größten Überraschung:

„Du wirst es nicht glauben, mein lieber Gaius Sempronius, wen ich hier neulich im Hafen gesehen habe. Niemals vergesse ich diesen Kerl und du wirst dich auch an ihn erinnern. Er sieht aus wie Polyphem ... ein Riese mit einem Auge. Als wir damals fliehen wollten, weißt du noch, am Tor dieses Germanenhofes ... da griff er uns mit einer Rotte von Schlagetots an. Sie hätten mich beinahe umgebracht."

„Wer sollte sich nicht an den erinnern?", sagte Gaius und tauschte einen Blick mit Nelda, die neben ihm stand.

„Frag ihn, ob er allein war!", flüsterte sie.

„Er war nicht allein", sagte der Alte, der die Frage gehört hatte. „Ein ganzer Haufen war um ihn herum."

„War ein Rothaariger dabei?", fragte Nelda nun laut, ihre Stimme verstellend.

„Ein Rothaariger? Vielleicht. Rothaarig sind doch viele dieser Barbaren, darauf habe ich nicht geachtet. Es waren sechs oder sieben. Sie schienen nach einem Schiffer Ausschau zu halten, der sie den Moenus hinaufbrachte. Wer weiß, was die vorhatten. Friedlich sahen die nicht aus, sie hatten Äxte und Messer am Gürtel."

„Weißt du noch, wann du sie gesehen hast?", fragte Nelda.

„Vor drei, vier Tagen. Warum?" Der Negotiator kniff die kurzsichtigen Augen zusammen und musterte die als Mann Verkleidete, die mit dem Spitznamen Callidus, Schlaukopf, angeredet wurde.

„Die Männer sind aus Luni geflohen", sagte Gaius rasch, bevor der Alte misstrauisch werden oder Nelda wiedererkennen konnte. „Callidus fragt, weil wir nach ihnen Ausschau halten sollen – nebenbei, versteht sich."

„Da kommt ihr zu spät. Die sind über alle Berge. Vielleicht wollen sie wieder dorthin zurück, wo sie herkamen Aber ob dort noch jemand ist? Alles soll zerstört worden sein. Den Alten, ihren Häuptling, hatten sie damals herübergebracht, als es noch einmal brenzlig wurde für die da drüben, er lebte noch eine Weile auf einem Gut hier in der Nähe. War sein Name nicht Segestes?"

„Er lebte, sagst du ... So ist er gestorben?", fragte Gaius.

„Freilich ist er gestorben, schon vor über einem Jahr. War ja längst Zeit für ihn. Sein Verstand hatte auch gelitten. Er soll immer am Tor gestanden und allen möglichen Unsinn geschrien haben. ‚Ich habe ein Recht auf meine Tochter!' und ‚Ich liefere sie nicht aus – eher bringe ich sie um!' Und Lanzen soll er auf seine eigenen Leute geschleudert haben, man musste ihn fesseln. Er hatte das Gut nur zum Nießbrauch. Ich kaufte es und konnte es sehr günstig veräußern."

Nelda hatte ihrem Vater nicht verziehen, und sie bereute es nicht. Aber sie konnte ihm nun nicht mehr gram sein. Sein Leben war das eines aufrechten Mannes gewesen, der für eine Überzeugung gelebt und alles getan hatte, um durchzusetzen, was er für gut und richtig hielt. Dass er dabei auch die Macht zu nutzen versuchte, die er über die Mitglieder seiner Familie hatte, war selbstverständlich. Und wäre sie nicht ohne Widerspruch die Frau des freundlichen, liebenswerten Gaius Sempronius geworden, wenn da nicht die stärkere Macht einer großen Liebe am Ende gesiegt hätte? Sie konnte ihrem Vater nicht vorwerfen, dass er sich einer solchen Macht nicht gebeugt hatte, die er nicht anerkannte und die es für ihn gar nicht gab und nicht geben durfte. Er hatte sie bekämpft, obwohl er sie nicht wahrnehmen konnte, und vergebens war jeder Versuch gewesen, ihm die Augen zu öffnen.

Gaius ging das Ende seines alten germanischen Freundes sehr nahe. Er beschloss, den Manen des Verstorbenen, der auch ein so großer Freund des römischen Volkes gewesen war, nach seiner Rückkehr in Rom einen Stein zu setzen und ihnen regelmäßig Opfer zu bringen. Er brachte noch am selben Tag in Erfahrung, dass man den Toten nach germanischem Brauch verbrannt und die Asche auf Anordnung der römischen Behörden in ein Kolumbarium überführt hatte. Gaius wollte dem Oberbefehlshaber des Militärstützpunktes in den nächsten Tagen seine Aufwartung machen und bei dieser Gelegenheit die Erlaubnis erbitten, die Urne bei seiner Rückkehr mitnehmen zu dürfen.

Der Negotiator hatte die Ankömmlinge zunächst in einer Herberge untergebracht, doch der römische Aristokrat beabsichtigte, hier nicht lange zu bleiben und auf das Gut eines Gastfreundes weiterzureisen. Er wollte aber die wichtigsten geschäftlichen Angelegenheiten – es ging wieder um Grundstückskäufe – zuvor erledigen. In der schnellen, gut gefederten und gepolsterten *carruca* des Negotiators waren auf kurzen Tagereisen mehrere Plätze in der Umgebung aufzusuchen. Gaius wollte Nelda zwar gern mitnehmen, aber auch auf seinen vertrauten, erfahrenen Schriftführer für geschäftliche Angelegenheiten nicht verzichten. Dieser konnte auf der Kutscherbank des Zweisitzers mitfahren, mit einer weiteren Person würde es aber eng werden. So war es Gaius ganz recht, dass Nelda ihn bereits am ersten Morgen eines Unwohlseins wegen bat, mit den anderen Dienern in der Herberge bleiben zu dürfen. Ein Verdacht, den er schon während der Reise nie ganz unterdrücken konnte, kam ihm auch jetzt, doch wies er ihn gleich wieder von sich: Nein, ein solches Vorhaben, wenn sie es wirklich im Sinn hatte, war undurchführbar. Vollkommen undurchführbar.

Nelda hatte indessen die halbe Nacht wach auf der Herbergsmatratze gelegen und über dieses Vorhaben nachgedacht. Kaum war Gaius Sempronius fort, verließ sie, nachdem sie beim Wirt eine kurze Nachricht für ihn hinterlegt hatte, die Herberge und eilte zum Hafen. Sie machte einen Umweg und im Gassengewirr der *cannabae* mit den Läden und Werkstätten der Händler und Handwerker schüttelte sie die beiden alten Diener ab, die ihr – zweifellos im Auftrage ihres Herrn – zu folgen versuchten. Im Hafen hielt sie Ausschau nach Kaufleuten, die entweder auf Schiffen oder über die hölzerne Brücke zum Kastell hinüber wollten, dem kleineren römischen Militärlager auf der anderen Seite des Rhenus. Sie hatte Glück. Ein Händler, der seine Ware auf zwei hoch beladenen Wagen zu den Legionären dort drüben und den in der Umgebung siedelnden römerfreundlichen Mattiakern bringen wollte, erlaubte ihr, sich ihm anzuschließen. Er wollte bei den Mattiakern Pelze erhandeln, klagte aber darüber, dass sie schlechte Jäger seien und zu hohe Preise verlangten. Das war für Nelda, die sich ihm mit dem germanischen Namen Gerbod vorgestellt hatte, ein willkommener Gesprächsgegenstand. Neben ihm auf der Kutscherbank des ersten Wagens sitzend, während sie – nach einem Aufenthalt am Tor des Kastells – auf der Straße zur Römerfestung bei den heißen Quellen dahin rumpelten, überredete sie ihn, seine Handelsreise am Südrand des Mons Taunus fortzusetzen und sich ins Land der Chatten vorzuwagen. Die seien ausgezeichnete Bärenjäger, auch Felle von Füchsen, Wölfen und Mardern könne man bei ihnen billig erwerben. Der Händler brachte kleinmütig verschiedene Einwände vor, weil die Chatten als wilder Stamm galten, der immer wieder die Römer bekämpft und auch manchen Kaufmann beraubt hatte. Doch sein neuer Freund Gerbod zerstreute diese Bedenken mit dem sicheren Wissen darüber, dass sie in letzter Zeit von dem römerfeindlichen Stammesbund abgefallen seien und wieder Anschluss an das Imperium suchten. Er selbst, erklärte Gerbod dem Händler, sei ein schon lange in der Gallia Belgica lebender gebürtiger Cherusker, der einst vor Arminius und seinen Horden geflohen sei, und er wage sich deshalb zum ersten Mal seit vielen Jahren wieder dorthin, um nach einem Bruder zu forschen, der eine Chattin geheiratet habe.

Da Nelda gute Kenntnis der Örtlichkeit bewies (sie befanden sich auf derselben Straße, auf der sie vor sechs Jahren in die Gefangenschaft geführt worden war) und überdies die Sprache der Chatten recht gut beherrschte, vertraute sich der Händler, ein Gallier, der noch jung und wenig erfahren war, ihrer Führung gern an. So erreichten sie schon am dritten Tag die Gebiete der Chatten und obwohl sie nur durch halb verfallene, spärlich bewohnte Weiler zogen, machten sie einige günstige Tauschgeschäfte. Wohin auch immer sie kamen oder wann immer sie Menschen trafen, erkundigte sich Nelda nach einer Gruppe junger Cherusker, zu der ein auffallend groß gewachsener und kräftiger Einäugiger gehörte, vermutlich auch ein Rotschopf mit blauen Augen. Männer, auf die eine solche Beschreibung passte, waren aber nirgendwo durchgekommen.

Am sechsten Tag ihrer gemeinsamen Reise rasteten sie am Ufer eines Flüsschens, als sich plötzlich ein Reitertrupp näherte. Die wild und verwahrlost aussehenden jungen Kerle umringten sie und drohten mit Lanzen und Äxten. Der Händler hatte nur wenige schlecht bewaffnete Diener bei sich, sah sich schon um seine Ware und seinen Gewinn gebracht und bejammerte sich, weil er seinem neuen Bekannten vertraut hatte. Doch Nelda, die auf ihren Reisen den Umgang mit Kriegsvolk jeder Sorte erlernt hatte, konnte um den Preis eines Kruges mit Wein von der Mosella das Schlimmste abwenden.

Es handelte sich um elf junge Männer, die müde und zornig von einer Fehde zurückkehrten, bei der sie in die Flucht geschlagen worden waren und keine Beute gemacht hatten. Von „Gerbod“ aufgefordert, berichteten sie, während sie sich betranken, ausführlich von ihrem Missgeschick. Und dabei erzählten sie auch, dass zu ihren Gegnern im letzten Augenblick Verstärkung gestoßen war: ein wilder Haufen Cherusker, sieben Männer, die sich auf das Waffenhandwerk verstanden. Und sie beschrieben den Riesenkerl mit einem Auge und seinen rothaarigen Gefährten, die wie auch die anderen grausam gewütet und gleich mehrere Gegner, Freunde der Entkommenen, niedergemacht hatten. Helme und Kappen hätten die Kerle getragen, doch in der Hitze des Kampfes habe man sehen können, dass einige an den Ohren gebrandmarkt waren. Gegen diese „Sklavenbande“, wie sie sie nannten, hätten sie nicht bestehen können.

Als sie das hörte, konnte Nelda nur mühsam den Gleichmut und die Kaltblütigkeit bewahren, die ihre Verkleidung ihr aufzwangen. Sie hatte die Spur gefunden, nach der sie suchte! Es wurde Nacht und während sich der Händler, dem sie einen weiteren Krug Wein abschwatzte, maulend auf einem seiner Wagen zur Ruhe bettete, blieb sie mit ihren neuen Bekannten am Feuer sitzen, um noch mehr aus ihnen herauszubekommen. Sie erfuhr, dass die elf jungen Männer ihren Gefolgsherrn, einen Stammesführer der Chatten, der sich mit ihnen einem Kriegszug mehrerer vereinigter Stämme anschließen wollte, vor etwa einem Monat verloren hatten. Sie waren schon unterwegs zum Albis gewesen, als ihnen ein anderer Chattenhäuptling mit einer überlegenen Streitmacht entgegengetreten war. Er hatte ihnen erklärt, dass ihr Stamm das Bündnis verlassen habe und ihnen befohlen, sich ihm anzuschließen. Es war zum Streit und schließlich zum Kampf gekommen, ihr Gefolgsherr war getötet, ihr Haufen versprengt worden. Nach und nach hatten sich die Elf, von denen einige zu anderen Stämmen gehörten, zusammengefunden. Sie zogen seitdem ziellos im Lande umher, hatten keine Lust, wieder sesshaft zu werden, und boten jedem Waffenhilfe an, der sie brauchen konnte.

„Und warum zieht ihr nicht dorthin, wohin ihr ursprünglich wolltet?“, fragte Nelda, die, fröstelnd in ihren Mantel gehüllt, noch immer hellwach war.

„Wir versuchten es, aber es wurde nichts draus“, sagte der langbärtige, spitznasige junge Chatte, der die meiste Zeit redete und den die anderen Ukro oder Ukromar nannten. Er besaß als Einziger ein Schwert und schien der Anführer des Trupps zu sein.

„Warum wurde nichts draus?“

„Wo man sich nicht gut auskennt, kommt man schwer durch. Überall Wälder, überall Sümpfe, überall Feinde.“

„Was ist das für ein Bündnis, dem ihr euch anschließen wolltet?“

„Genau weiß ich es nicht. Ich glaube, Cherusker, Langobarden, Semnonen."

„Und wer ist der Anführer?"

„Wer soll das schon sein? Der Heerführer. Der Sieger über die Römer und Marbod. Arminius!"

„Ihr wolltet zu Arminius?", rief Nelda und erschrak im nächsten Augenblick, weil ihre Stimme bei diesem Ausruf in eine schrille Höhe geschnellt war. Ukro und einige andere merkten auf, doch da sie betrunken und schon schläfrig waren, wurden sie nicht misstrauisch.

Sie räusperte sich und sprach ruhig, ihre Erregung bezwingend, weiter.

„Zu Arminius wolltet ihr also. Soll ich euch etwas verraten? Auch ich bin zu ihm unterwegs! Warum? Er ist in Gefahr. Die Cherusker, die ihr eine ‚Sklavenbande' genannt habt, sind ebenfalls auf dem Wege zu ihm. Sie haben den Auftrag, ihn zu töten."

Die jungen Männer, deren Köpfe schon herabsanken, wurden bei dieser Mitteilung noch einmal wach.

„Sie haben den Auftrag, den Heerführer zu töten?", fragte Ukro. „Woher weißt du das?"

„Ich kenne sie. Dass ich selbst Cherusker bin, sagte ich euch schon. Ich wurde von den Römern gefangen genommen, genauso wie sie. Gemeinsam gingen wir vor dem Wagen des Triumphators Germanicus. Aber ich habe sie auch schon vorher gekannt. Wir kamen als Sklaven zu verschiedenen Herren und verloren uns aus den Augen. Vor einem Monat konnte ich fliehen, schlug mich bis nach Mogontiacum durch. Ich streifte im Hafen umher und suchte Leute, die über den Rhenus wollten und denen ich mich anschließen konnte. Da sah ich diese Männer – den Einäugigen, den Rotschopf –, ich erkannte sie sofort. Sie heißen Hauk und Segithank. Im Gedränge des Hafens konnte ich mich ihnen nähern und schnappte etwas auf von dem, was sie redeten. Sie sprachen über Arminius und wie sie es schaffen könnten, in seine Nähe zu gelangen. Ich hörte, wie einer sagte: ‚Die Freiheit für seine Leiche ... kein schlechter Tausch!' Und ein anderer fügte hinzu: ‚Aber das Geld! Wie beweisen wir es, damit wir das Geld bekommen?' Mehr konnte ich leider nicht verstehen. Was sagt ihr dazu?"

„Wenn das wahr ist“, presste Ukro hervor, wobei seine Hand zum Gürtel fuhr, wo das Schwert hing, „dann müssen wir zu ihm. Müssen den Heerführer warnen!“

„Das ist meine Absicht!“, bekräftigte Nelda.

„Aber wie finden wir ihn?“

„Ihr sagtet, ihr wolltet ihn am Albis treffen?“

„Ja. Aber ganz sicher war unser Gefolgsherr auch nicht.“

„Vielleicht erfahren wir etwas auf seinem Wehrhof“, sagte Nelda. „Vielleicht ist er dorthin zurückgekehrt. Ich kenne den Weg. Ich kenne hier alle Wege. Ich führe euch hin!“

Am nächsten Morgen trennte sie sich von ihrem bisherigen Reisebegleiter. Der Händler grollte ihr, weil sie ihn mitten im gefährlichen Land der Chatten im Stich ließ. Unverzüglich machte er kehrt. Die elf jungen Männer rüsteten aufgeregt, mit fröhlichem Mut, nun wieder mit einem lohnenden Ziel vor Augen, zum Aufbruch.

Zuvor musste allerdings ein Pferd für ihren neuen Gefährten besorgt werden. Sie losten mit Steinchen und drei von ihnen machten sich auf den Weg. Die Sonne stand noch nicht im Zenit, als sie mit einer kleinen, aber kräftigen, langhaarigen Schimmelstute zurückkamen. Sie erzählten, einander übermütig ins Wort fallend, eine Räubergeschichte und Nelda empfand einen Augenblick Mitleid für den Bauern, dem sie das Pferd gestohlen hatten. Doch ihr Gerechtigkeitssinn musste sich stärkeren Gefühlen beugen. Es galt, keine Zeit mehr zu verlieren. Die Geschichte, die sie den jungen Männern erzählt hatte, war zwar erfunden, aber ihr wesentlicher Inhalt, daran hatte sie keinen Zweifel, entsprach der Wahrheit. Segithank, Hauk und die anderen waren den Marmorbrüchen von Luni entronnen, weil sie sich zu einer gefährlichen Unternehmung, die im Interesse des römischen Staates lag, bereit erklärt hatten. Während der Caesar im Senat einen gefälschten Brief und eine Antwort darauf verlesen ließ, in der er heimtückische Anschläge auf Roms Gegner ausschloss, wurde ein solcher Anschlag ins Werk gesetzt. Die Mörder waren unterwegs und im Augenblick hatten sie noch einen Vorsprung. Dieser war allerdings geschrumpft, weil sie sich gewohnheitsmäßig und beutegierig in eine Stammesfehde eingemischt hatten. Ihre Verfolger hatten auch keine Mühe, ihre Spur wiederzufinden, hinterließen sie doch überall, wo sie durchkamen, Zeichen ihrer Verruchtheit und Grausamkeit.

Als Nelda und ihre elf Gefährten Anfang September die Adrana überschritten hatten und im Hügelland nördlich des Flusses unterwegs waren, hatten sie sich ihnen so weit genähert, dass ihr Rückstand nur noch einen Tag betrug.

Die Hoffnung, sie zu überholen und ihnen zuvorzukommen, erwies sich jedoch als trügerisch. War Neldas abenteuerliche Unternehmung, die ihr Gaius Sempronius nicht zugetraut hatte, bisher wider Erwarten glücklich verlaufen, so begannen über Nacht die Schwierigkeiten. Das erste Unglück war ein fürchterliches Gewitter, bei dem ein Blitz in eine Eiche einschlug, unter der sie mit ihrem Trupp lagerte. Einer der jungen Männer, ein Chattuarier, wurde erschlagen, drei andere, von denen zwei nicht weiter konnten, erlitten Verbrennungen. Auch zwei Pferde verendeten. Nelda versorgte die Verletzten, so gut es ging. Man brachte sie bei einer Bauernfamilie unter, die die beiden jedoch nur unter der Bedingung gesund pflegen wollte, dass sie deren Pferde bekam. Drei Tage waren verloren und nur noch zu neunt setzten sie sich mit acht Pferden wieder in Bewegung. Auf der Suche nach Hilfe waren sie vom Weg abgekommen. Sie mussten Flüsse überqueren und lange nach Furten suchen. Sie verirrten sich schließlich, nachdem sie einige Male bei düsterem, wolkenverhangenem Himmel die Richtung gewechselt hatten, in einer vollkommen menschenleeren Berggegend, zwischen bizarren Felsen und gähnenden Schluchten. Ihre Wegzehrung war bald aufgebraucht, Jagdglück hatten sie nicht und so mussten sie eines der Pferde schlachten. Halb roh verschlangen sie das Fleisch, weil das Feuer, das sie schlugen, von Regengüssen immer wieder gelöscht wurde. Des Nachts wurden sie von Wölfen bedroht, die ihnen den Rest ihrer Mahlzeit raubten. In einer Höhle fanden sie Unterschlupf. Dort blieben sie, bis die rasch aufeinanderfolgenden Unwetter nachließen und sie sich wieder hinauswagen konnten. Zwei der Jüngeren hatten Fieber und Leibschmerzen, ihretwegen musste häufig gerastet werden und es dauerte Tage, bis sie sich erholten.

Auf einem schmalen Bergpfad zog sich der Trupp weit auseinander. Nelda und Ukro, die an der Spitze ritten, verloren den Anschluss zu den Nachfolgenden. Plötzlich hörten sie weit hinter sich Schreie und den Lärm eines Kampfgetümmels. Sie banden ihre Pferde an Bäume und schlichen zurück. Da fanden sie niemanden mehr vor, doch tief unten, in einem Felsspalt, lagen die Leichen einiger ihrer Gefährten. Die Übrigen waren ebenso wie die Pferde verschwunden, von Wegelagerern fortgetrieben.

Nelda hatte es fertiggebracht, sich trotz all dieser Unbilden nicht zu verraten, und noch immer für einen Mann gehalten zu werden. Sie hatte die Waffen des vom Blitz Getöteten an sich genommen, unterwegs auch ihre Kleidung aus feinem Gewebe und ihre römischen Stiefel gegen einen Bauernkittel, eine Hose, einen Schafspelz und grobe Schuhe eingetauscht. Sie bewegte sich wie ein Mann und sprach mit einer rauen, heiseren Stimme – dies freilich infolge des Fiebers, das auch sie am Ende packte. Noch saß sie auf dem Rücken des Pferdes, doch ihre Stirn glühte, ihr Kopf schien zu bersten. Ihre Hände, die den Zügel hielten, zitterten. Mit eisernem Willen kämpfte sie, weit nach vorn auf den Hals des Tieres gelehnt, gegen die drohenden Schwindelanfälle und Ohnmachten. Ukro, ihr letzter verbliebener Reisegefährte, musste sie schließlich vom Pferd heben, bevor sie hinuntersank und sich verletzte. Da entschloss sie sich, ihm zu gestehen, was ihm unter diesen Umständen ohnehin nicht verborgen bleiben konnte. Sie hatte den ernsten, zuverlässigen jungen Mann schätzen gelernt und vertraute ihm. So sagte sie ihm also, dass sie sich nur als Gerbod ausgegeben habe, um sicherer reisen zu können, und dass sie in Wahrheit eine Frau sei – Thusnelda, die Frau des Heerführers Arminius. Sie wolle zu ihrem Gemahl, um ihn wiederzusehen, um ihm von seinem Kind zu erzählen, vor allem aber, um ihn vor den Mördern, die gegen ihn ausgesandt seien, zu warnen.

Der junge Chatte hockte neben ihr und hörte aufmerksam zu, während sie ihm, in ihren Schafspelz gehüllt und an einen Birkenstamm gelehnt, mit leiser Stimme und fiebrig bebenden Lippen diese unerwartete Mitteilung machte. Doch so wie ihn auch sonst nichts umwarf, war er nur mäßig überrascht und erklärte zu ihrem Erstaunen, wenn sie Thusnelda sei, die Frau des Arminius, dann sei sie ja auch die Tochter des Segestes und der Male und mit ihm verwandt. Und es stellte sich heraus, dass ihre vor langer Zeit verstorbene Tante, Frau Males Schwester, die Großmutter des jungen Mannes gewesen war. Nach dem Tode ihres Hiwo, eines Chattenhäuptlings, war sie mit ihrer Tochter Ramis zu der Cheruskersippe zurückgekehrt, der sie entstammte, hatte jedoch einen Sohn bei den Chatten zurückgelassen. Dieser war der Vater des Ukro. Jetzt begriff Nelda, warum ihr der seltsame Name Ukromar nicht unbekannt erschienen war und sie an irgendetwas erinnert hatte. Sie hatte ihn manchmal als Kind gehört, wenn die Tante abends am Herdfeuer gesessen und von ihrem Leben im fremden Stamm, in der fremden Sippe erzählt hatte. Jener Chattenhäuptling, der also der Großvater ihres jungen Gefährten war, hatte ebenfalls auf diesen Namen gehört.

So musste sie sich, obwohl krank und geschwächt, nicht verlassen fühlen, befand sie sich doch in der Obhut eines Verwandten. Mittlerweile waren sie wieder in eine bewohnte Gegend gekommen, hatten jedoch feststellen müssen, dass sie von ihrem ursprünglichen Ziel, den Gauen der Cherusker zu beiden Seiten des Visurgis', weit abgekommen waren. Unter dem ständig bewölkten Himmel, in den Wäldern und Wüsteneien der fast unbewohnten Berggegend, waren sie nach Osten gezogen und an einen Fluss gelangt, der – laut Auskunft von Anwohnern, die zum Stamme der Hermunduren gehörten – ein Stück weiter nordwärts in den Albis mündete. In der bescheidenen Hütte eines der Flussfischer kamen sie unter. Ukro versäumte nicht, den Wirtsleuten zu sagen, wer die Kranke in seiner Gesellschaft war, und bald liefen aus der ganzen Umgebung Männer, Frauen und Kinder herbei, um sie zu sehen. Vom Heerführer Arminius hatte schon jeder gehört, viele hatten ihm zugejubelt, als er mit seinem Heer vorübergezogen war, um gegen die Markomannen zu kämpfen. Sie drängten sich an der niedrigen Tür der Hütte, um die Fiebernde auf dem Strohlager zu begaffen, manche wunderten sich über ihre seltsame Haartracht, andere bedauerten sie, weil sie so berühmt und doch so elend war und nun wohl sterben müsse. Eine weise Frau ließ sich an ihrer Seite nieder, kochte Tränke und murmelte unentwegt Zaubersprüche. Anfangs war die Kranke lebhaft, hatte glühende Wangen, warf sich herum, richtete sich auf, redete viel, wenn auch wirr und unverständlich. Dann aber lag sie einen ganzen Tag lang still und bleich auf dem Rücken, die Augen geschlossen, kaum noch wahrnehmbar atmend. Die Alte, völlig erschöpft, erklärte, nun nichts mehr tun zu können. Noch immer wurde die Hütte belagert und die Gesichter, die hereinblickten, erstarrten vor Mitleid und Sorge.

Inzwischen hatte sich Ukro umgehört und manches erfahren. So konnte er nun fast sicher sein, dass Arminius nicht weit war. Die Fischer und Bauern in den umliegenden Weilern vermuteten, dass er sich am „großen Fluss“, dem Albis, bei den Semnonen aufhalte und dort ein Heer gegen irgendwelche Stämme sammle, die von ihm abgefallen waren. Auch mit seinen eigenen Leuten, den Cheruskern, sei er nicht einig, wollten einige wissen, die gegen Marbod unter seiner Führung gekämpft hatten. Ob es sich aber um Inguiomer, seinen Onkel, oder um andere handelte, wussten sie nicht. Ukro musste immer wieder an die „Sklavenbande“ denken, die es inzwischen geschafft haben konnte, zu Arminius vorzudringen. Hin und wieder warf er einen besorgten Blick in die Hütte. Wäre es nicht besser, sagte er sich, allein aufzubrechen, um den Heerführer zu warnen und vielleicht noch zu retten, anstatt hier zu warten, bis der Tod, der unvermeidliche, zu der Kranken kam? Zweimal bestieg er sein Pferd und saß wieder ab. Er brachte es nicht fertig, sie zurückzulassen.

So verging eine weitere Nacht in der Fischerhütte und zu aller Verwunderung schlug Nelda am nächsten Morgen die Augen auf, lächelte und fragte, wo sie sei. Später erhob sie sich und trat vor die Hütte. Sie war noch sehr schwach und Ukro musste sie stützen. Aber das Ärgste war überstanden und als man ihr einen Becher mit Ziegenmilch brachte, trank sie. Die beglückten Dörfler taten nun alles, damit sie wieder zu Kräften kam. Sie öffneten einen Krug mit Met für sie, der eigentlich für das nächste Fest bestimmt war, brachten Äpfel und Beeren, kochten Fischsuppe und schlachteten sogar ein Schweinchen. Die Alte, die Neldas Genesung ihren Tränken und Sprüchen zuschrieb, erhielt einen Pelz als Belohnung.

Lange konnte Ukro nicht zurückhalten, was er erfahren hatte. Am nächsten Morgen berichtete er alles. Nelda fiel ihm um den Hals und schon am dritten Tag ihrer Genesung saß sie zu Pferde. Sie war sehr mager geworden, spitz zeichneten sich ihre Schultern unter dem groben Kittel ab, der sie umschlotterte. Ihr Haar war nun fast völlig grau. Groß und tief umschattet blickten die Augen aus dem bleichen, schmalen, knochigen Gesicht. Doch der Ausdruck der Müdigkeit und Gleichgültigkeit, den sie in den Jahren der Gefangenschaft angenommen hatten, war gewichen. Aus ihnen strahlte jetzt Freude, Erwartung, Hoffnung.

Es war nicht notwendig, den beiden Reisenden den Weg zu beschreiben. Sie mussten nur dem Fluss Sala in nördlicher Richtung folgen. Zum Abschied versammelten sich die gastfreundlichen Hermunduren und ein mehr als hundertköpfiger Schwarm folgte ihnen noch lange lachend und winkend. Fischer sprangen in ihre Boote und gaben den Reitern auf dem Uferpfad bis zur nächsten Flussbiegung das Geleit.

Nicht mehr lange waren die beiden unterwegs. Nur ein halber Tag lag noch zwischen der Freude des Abschieds und dem Schrecken der Ankunft.

30

Schon nach wenigen Meilen stießen sie auf einen Haufen von Kriegsvolk. Es war die Vorhut eines Aufgebots der Semnonen, das heimwärts zog. Die Männer waren übel gelaunt. Sie hatten den weiten Weg zum Sammelpunkt des Heeres zurückgelegt, jedoch keinen Feind gesehen und waren ohne Beute geblieben. Um sich schadlos zu halten, griffen ein paar wüste Kerle nach den Zügeln der Pferde. Da schrie Ukro ihnen entgegen, wer die Frau war, die sie berauben wollten. Zuerst antworteten sie mit Hohn und Gelächter, weil sie glaubten, die beiden wollten sich mit dieser lächerlichen Notlüge schützen. Einige liefen aber zu ihrem Anführer, der ein paar hundert Schritte auf dem Marsche zurückhing, und man ließ die beiden in Ruhe, bis er an der Spitze eines noch größeren Haufens herankam. Er war ein waffenstarrender Alter, dessen Gesicht eine lange Hiebnarbe in zwei ungleiche Hälften teilte. Wie alle seine Stammesbrüder trug er das graue Haar an der rechten Schläfe sorgsam zu einem Knoten gebunden.

„Was höre ich?“, rief er mit einer heiseren, krächzenden Stimme. „Die Frau des Heerführers?“

„Die bin ich!“, erwiderte Nelda und trat ihm entgegen. „Geflohen aus römischer Gefangenschaft. Weißt du, wo ich ihn finden kann?“

„Das weiß ich genau, weit ist es nicht. Und ich rate dir, dich zu beeilen, wenn du ihn noch antreffen willst.“

„Zu beeilen? Warum? Ist er im Aufbruch, will er fortgehen?“

„Ja“, sagte der Semnonenhäuptling mit einem seltsam schiefen Lächeln, das seine entstellten Züge noch mehr verzerrte. „So kann man es nennen, er wird wohl fortgehen. Bist du wirklich seine Frau? Dieselbe, die damals von den Römern gefangen wurde?“

„Ja, ja, ich sagte es doch!“, entgegnete sie aufgeregt.

„Er hat oft von dir erzählt. Hat immer auf die feigen Römer geschimpft, die ein ganzes Heer heranführten, um eine schwache Frau fortzuschleppen. Du bist ihnen also entkommen.“

„Bis hierher hab ich mich durchgekämpft. Der junge Krieger dort ist ein Verwandter. Du sagst, er ist ganz in der Nähe? Aber wo? Und warum …“

„Lass uns beiseite treten", sagte der Semnone, die Stimme dämpfend. Er deutete mit dem Kopf zu seinen Leuten hinüber. „Die dort wissen nicht alles und müssen noch nicht alles erfahren."

Er führte Nelda ein paar Schritte zum Flussufer hin, so dass ihnen ein Erlenstrauch Schutz vor Zuhörern bot.

„So sprich doch!", drängte Nelda. „Was sollen sie noch nicht erfahren?"

„Nun", sagte er ächzend, „was mit dem Heerführer geschehen ist. Sonst gibt es noch Unheil, Aufruhr. Sie lieben ihn, sie verehren ihn."

„Was ist mit ihm geschehen?"

„Man hat ihn getroffen. Mit einem Speer."

„Mit einem Speer – getroffen?", fragte sie, nach Atem ringend. „Lebt er?"

„Als wir aufbrachen, lebte er noch."

„Wann seid ihr aufgebrochen?"

„Heute morgen."

„Aber wie ... wie kam das? Und wann ...?"

„Es muss vor zwei Tagen geschehen sein. Ich war nicht dabei. Sie sollen ihn gegen Abend gebracht haben. Ich erfuhr es erst in der Nacht, unser Lager war zwei Meilen entfernt. Ich ritt am Morgen gleich hin ..."

„Und wie fandest du ihn?"

„In seinem Zelt lag er, war nicht bei Bewusstsein. Der Speer hatte ihn von hinten getroffen und die Spitze war vorn herausgetreten."

„O ihr Götter ..."

„Man hatte sie aber schon entfernt und den Speer herausgezogen. Es soll auf der Jagd passiert sein. War vielleicht Zufall, vielleicht wurde der Speer nach einem Tier geworfen. Oder man hielt ihn sogar für das Wild ..."

„Wer warf den Speer?", fragte Nelda mit zitternder Stimme.

„Das wollte ich auch wissen, aber niemand konnte es sagen. Ist eben im dichten Wald passiert, bei schlechtem Wetter, es dämmerte schon."

„Wer war denn bei ihm? Konntest du das erfahren?"

„Du meinst, wer mit ihm auf der Jagd war?" Der Semnone seufzte. Er nestelte sein Trinkhorn vom Gürtel und warf es dem

Gefolgsmann zu, dem er sein Pferd übergeben hatte. „Nun, das waren seine eigenen Leute", fuhr er fort. „Wir lagerten ja schon länger dort in der Nähe, warteten nur darauf, dass es losging. Langobarden waren da, Dulgubnier ... und natürlich seine Cherusker. Aber von denen fehlten noch welche, die hatten ja auch den weitesten Weg. Immer neue kamen heran."

„Und es waren nur Cherusker mit ihm auf der Jagd?", fragte Nelda

„So hieß es. Nur Cherusker. Auf einmal waren sie sehr viele und sie brauchten Verpflegung. Deshalb gingen sie auf die Jagd."

„Hast du die Neuen gesehen ... die zu ihm stießen?"

„Ich war ab und zu beim Heerführer im Lager, aber ..."

„War so ein großer, starker Kerl mit einem Auge dabei und ein Rothaariger ..."

„Vielleicht, vielleicht auch nicht, ich hab sie mir nicht genau angesehen. Auch Verwandte von ihm sollen angekommen sein. Sogar dieser Onkel, der ihn verriet, als es gegen Marbod ging. Und noch andere aus seiner Sippe. Wie man hörte, haben sie sich tüchtig gestritten. Mit Drohungen und Verwünschungen und sogar Faustschlägen. Versteht sich, der alte Groll. Vielleicht war es doch kein Zufall, dass ihn der Speer traf ... Willst du einen Schluck Met? Der ist gut, trink nur, du brauchst Stärkung, bist totenbleich ..."

Der Gefolgsmann hatte das gefüllte Trinkhorn gebracht und entfernte sich.

Der Semnonenhäuptling setzte es Nelda selbst an den Mund und ehe sie sich wehren konnte, hatte er ihr so viel eingeflößt, dass sie sich verschluckte, hustete und sich auf einem Stein niederlassen musste. Er trank den Rest und hängte das Trinkhorn wieder an seinen Gürtel.

„So sind wir also umsonst gekommen", seufzte er dann und verzog sein zerstörtes Gesicht zu einer tieftraurigen Grimasse. „Und da dachten wir, diesmal sind wir uns einig und werden mit denen, die unserm Bündnis nicht beitreten wollen, rasch fertig. Alles vergebens, alles verloren! Wenn uns Arminius nicht führt ... wer sonst? Ohne ihn fällt alles auseinander. Sie beißen sich wie tolle Hunde und jeder will etwas anderes. Ich habe gleich Befehl zum Abmarsch gegeben. Worauf warten? Dass er sich wieder erholt? Die dort wissen noch nicht, warum wir heimkehren. Ich sage es ihnen erst, wenn wir weit genug fort sind. Sonst machen sie noch kehrt und fallen über die Mörder her ..."

„Die Mörder, sagst du?", rief Nelda.

„Nun, ich meine diejenigen, die es getan haben. Vielleicht war es aber auch nur einer. Viele glauben ... aber wozu ... man weiß nichts, es war ja niemand dabei ..."

„Sag mir jetzt, wie ich zu ihm komme und wo ich ihn finde!"

Die letzten Sonnenstrahlen erloschen gerade, als Nelda und Ukro die leicht gewellte, sich scheinbar endlos dehnende Uferwiese des Albis erreichten, die ihnen der Semnone als Ort des Cheruskerlagers bezeichnet hatte. Es hatte zeitweilig wieder geregnet und auf den verschlammten, schlüpfrigen Wegen waren sie genötigt gewesen, die Pferde zumeist am Zügel zu führen. Es hatte Nelda, die nach ihrer Krankheit noch schwach war, die letzte Willensanstrengung gekostet, den ganzen Tag zu reiten und zu marschieren. Doch jedes Mal, wenn sie glaubte, am Ende ihrer Kräfte zu sein, nicht weiter zu können und sich ausruhen zu müssen, hatte sie der Gedanke, sie könnte zu spät kommen, wie eine tödliche Drohung vorwärts getrieben.

Auf den ersten Blick war festzustellen, dass sich das Heerlager auf der Wiese in Auflösung befand. Es standen nur noch wenige Zelte. Die zahlreichen rasch aus Flechtwerk errichteten, mit Schilf gedeckten Hütten waren zum Teil schon verlassen und zusammengebrochen. Hier und da sah man Feuer, an denen gekocht wurde. Die Männer, die Pferde, die Hunde, die sich zwischen den Zelten und Hütten bewegten, verloren sich fast im weiten Gelände. Etwas abseits, nicht weit von der Uferböschung in einer Erdmulde, lagen drei nackte Leichname, auf denen sich ein Krähenschwarm niedergelassen hatte. Eine der Hütten brannte, dicker Qualm waberte mit dem Wind herüber.

Sie hielten auf eines der größeren Zelte zu. Dort saßen einige Männer reglos und stumm, wie versteinert um ein Feuer, über dem ein Kessel hing. Zwei Knechte standen am Eingang des Zeltes. Als sich die beiden Reiter näherten, steckten sie die Köpfe zusammen und flüsterten.

„Herrin!", rief einer.

Nelda erkannte ihn gleich. Es war der kleine Boier, der ihr seinerzeit die verhängnisvolle Botschaft ihres Bruders überbracht hatte. Er stürzte herbei und half ihr vom Pferd.

Jetzt regten sich auch die stummen Männer am Feuer und sahen sie an. Doch keiner zeigte Überraschung. Die schmale Frau mit dem wirren grauen Haar, in der schäbigen Bauerntracht war ihnen fremd.

„Ist er da drinnen?“, fragte Nelda den Knecht. „Lebt er?“

Sie wartete die Antwort nicht ab und trat in das Zelt.

Wie anders hatte sie sich dieses Wiedersehen vorgestellt ... Nicht heiter, nicht stürmisch, nicht voller überströmender Freude – nur als einen kurzen erhabenen, glücklichen Augenblick, der sie entschädigen würde für die Trübsal der endlosen Jahre in Gefangenschaft. Doch als es nun so weit war, blickten sie im Halbdunkel des Zeltes nur zwei weit geöffnete helle Augen an, die sie nicht wahrnahmen. Kaum noch merklich hob sich beim Atmen die Brust des Sterbenden auf dem Strohlager, die mit einem blutdurchtränkten Tuch umwunden war. Strähnen des langen Haars lagen wirr auf dem dunklen, kantigen Gesicht. Nelda kniete nieder, beugte sich vor und strich sie beiseite. Ihre Hand fuhr sanft über die Stirn mit der schrägen Falte und der langen, tief eingegrabenen Hiebnarbe.

„Ich bin da“, sagte sie und küsste den Mund, aus dem kurze unregelmäßige Atemstöße kamen. „Ich bin bei dir.“

Sie ergriff die Hand, die auf dem Grasboden des Zeltes lag, und drückte sie.

„Hör mich doch, sieh mich doch an“, flüsterte sie. „Ich bin es ... Nelda. Bin zu dir gekommen, weil ich es ohne dich nicht mehr aushielt. Ich musste kommen, ich musste dich wiedersehen. Wir haben ein Kind, weißt du das, einen Sohn ... Er ist schon sechs Jahre alt. Thumelicus heißt er, aber den Namen haben ihm die Römer gegeben. Ich nenne ihn, wenn wir allein sind, Segimer, wie seinen Großvater. Damit bist du doch einverstanden, ja? Er ist sehr groß für sein Alter, gesund und kräftig, er wird leben. Das haben wir uns doch so gewünscht ... weißt du noch, wie oft wir darüber gesprochen haben? Wie wir uns danach sehnten, endlich ein Kind zu haben, das leben wird? Ich glaube, er wird dir sehr ähnlich. Ich habe ihm alles von uns erzählt und er spricht viel von dir. Hätte ich ihn doch mitbringen können! Aber es war unmöglich und auch ich muss wieder zurück. Warum haben wir uns verloren? Warum werden wir nie mehr beisammen sein und uns lieben? Sehen wir uns erst im Totenreich wieder? Oder auch dort nicht? Wirst du in Walhall sein und ich … und ich nirgendwo? Werden die Götter so grausam sein und uns in aller Ewigkeit trennen? Ich mag es nicht glauben, irgendeine Hoffnung muss es doch geben …“

Ihre Tränen tropften auf seine Brust und mischten sich mit dem schwarzen, geronnenen Blut auf der Wundbinde.

Zwei Männer traten ins Zelt. Der kleine Boier hielt einen brennenden Kienspan. Nelda blickte auf und erkannte durch den Tränenschleier in dem anderen Tammo.

„Verzeih“, sagte er. „Du hast dich verändert. Deshalb …“

Seine Stimme versagte. Als sie sich etwas gefasst hatten, setzte er sich neben sie. Leise sprachen sie miteinander. Doch sie erfuhr von ihm nicht viel mehr als von dem Semnonen. Er wusste auch nicht, wie es geschehen war. Noch wenige Tage zuvor hatten sich Hunderte, Tausende im Lager getummelt. Arminius hatte zu ihnen gesprochen. Immer neue Heerhaufen waren herangezogen. Dann waren viele – vor zwei Tagen, bei Sonnenaufgang – zu dieser unglückseligen Jagd aufgebrochen. Er, Tammo, war wegen einer Fußverletzung im Lager geblieben. Am Abend hatten sie dann den Heerführer gebracht. Durch Zufall war er von Knechten gefunden worden. Wahrscheinlich hatte er sich über einen Bach gebeugt, um zu trinken. In dem Augenblick hatte ihm der Mörder den Speer in den Rücken gestoßen, mit großer Kraft und aus nächster Nähe. Tammo war fest überzeugt, dass es kein Jagdunfall war, sondern Mord. Besonders seltsam aber war, dass schon am Morgen nach der Untat die meisten Cherusker zum Aufbruch rüsteten und dass am Abend fast alle verschwunden waren. Nicht einmal das Wildbret hatten sie noch im Lager verzehren wollen.

„Es sah wie Flucht aus“, sagte Tammo. „Als fühlten sie sich alle schuldig. Als hätten sie alle in Verdacht geraten können, die Untat begangen zu haben. Zu viele hatten ja gegen ihn gehetzt und heimlich Drohungen ausgestoßen. Vielleicht hatten sie es auch so eilig, weil sie ihre Freude nicht zeigen wollten, ihre Genugtuung. Oder sie ließen nur kaltherzig einen Führer im Stich, der sein Heil verloren hatte. Er wollte König aller Germanen werden und er wäre es nach diesem Kampf, hätte er gesiegt, auch geworden. Aber sein Heil hatte ihn verlassen.“

Nelda wachte die ganze Nacht am Sterbelager ihres Hiwo. Unermüdlich, mal flüsternd, mal die Stimme hebend, redete sie auf ihn ein, sprach über alles, was ihr in den Sinn kam: ihre erste Begegnung, das Wiedersehen mit dem gegenseitigen Versprechen, die Jahre des Wartens und Hoffens, den Sieg ihrer Liebe über Gehorsam und alte, überholte Stammesgesetze. Sie erzählte ihm von ihrem Sohn, sprach von gemeinsam Erlebtem, suchte ihn zu erreichen, indem sie Erinnerungen in ihm wachrief. Sie hatte schon bald keine Hoffnung mehr, ihn ins Leben zurückzuholen, doch sie wollte ihm das alles noch sagen, damit er es, wohin er auch ging, im Gedächtnis behielt. Einige Male schien sie sogar Erfolg zu haben, denn er drehte den Kopf mit den leeren Augen zu ihr und seine Lippen bewegten sich, als wollte er etwas erwidern.

Doch es war Täuschung, er war schon weit fort. Und als der Morgen graute, starb er.

Sie verbrannten den Leichnam nach alter Sitte und gaben ihm mit, was ihm teuer war und was er, ein großer Feldherr und Stammesführer, doch bescheiden und ohne besondere Ansprüche, in jenem anderen Leben, zu dem er aufbrach, benötigen würde: Helm, Schwert, Schild, Lanze und Axt, Gürtel, Halsschmuck, einen Becher. Die Männer trugen Steine herbei und häuften sie zu einem Hügel über der Grube mit der noch rauchenden Asche. Nelda wich erst vom Grab, als sich der letzte feine Rauchfaden, der zwischen den Steinen hervorkroch, kräuselnd im Sonnenschein aufgelöst hatte. Die weniger als hundert Männer, die noch zur Bestattung geblieben waren, rüsteten hinter ihr zum Aufbruch oder waren bereits unterwegs.

Sie schloss sich mit Ukro den Heerhaufen an, die in die Cheruskergebiete jenseits des Visurgis zurückkehrten. Tammo und seine Gefolgschaft erklärten sich zu Umwegen bereit, damit sie die beiden Herrenhöfe besuchen konnte – den einen, in dem sie aufgewachsen und der jetzt nur noch eine Ruine war, und den anderen, in dem sie als junge Frau eine kurze glückliche Zeit erlebt hatte. Sie verzichtete, denn sie fühlte sich immer noch schwach und den Lasten nicht gewachsen, die sich bei einer Rückkehr an jene Orte auf ihr Gemüt legen würden. Sie hatte es auch eilig, nach Mogontiacum zurückzukehren. Als Tammo nach einigem Zögern mit dem Vorschlag herauskam, sie könne aus dem heimlichen Besuch doch eine gelungene Flucht machen, in der alten, befreiten Heimat bleiben und einen geachteten, edlen Cherusker, einen Gaufürsten, heiraten, wobei er als gerade einsamer Mann an sich selbst dachte, wies sie ihn freundlich, aber bestimmt zurück. Sie hatte ihrem römischen Freund und Gönner in jener hinterlassenen Botschaft mit größter Bestimmtheit die Rückkehr versprochen. Und wie sollte sie irgendwo ohne ihr Kind leben?

Dann war sie wieder mit Ukro allein. Bei ruhigem Spätherbstwetter brachte er sie, indem er sie als seine ältere Schwester ausgab, ohne Mühe durch die Dörfer der Chatten, seiner Stammesgenossen. Unterwegs fasste er den Entschluss, Dienst beim römischen Militär zu nehmen. Das Gebiet der Mattiaker erreichten sie Anfang November und Ukro meldete sich gleich im Kastell auf der germanischen Seite des Rhenus. Sie umarmten sich zum Abschied vor dem Lagertor und mit Hilfe des Geldes, das man ihr aus dem spärlichen, von Dieben übersehenen Nachlass des Heerführers übergeben hatte, verwandelte sich Nelda wieder in einen männlichen römischen Sklaven. So überschritt sie die Brücke nach Mogontiacum.

Gaius Sempronius hatte auf sie gewartet und obwohl sie viel länger ferngeblieben war, als sie vorausgesagt hatte, machte er ihr keine Vorwürfe. Er war erleichtert und empfing sie, als sie ihn endlich gefunden hatte, beinahe herzlich. Im Dezember war sie wieder in Rom und konnte Thumelicus in die Arme schließen. Dort hatte sich inzwischen ihre Lage verbessert. Die Nachricht vom Tode des Arminius war ihr vorausgeeilt, sie hatte nun keinen Wert mehr für die Politik des Imperiums. Da sie überdies dreißig Jahre alt war und damit das nötige Alter erreicht hatte, konnten die Sempronier ihre Freilassung erwirken. Das Kind des Staatsfeindes allerdings blieb Sklave.

So lebte sie weiter in der Fremde, in einer freiwilligen Gefangenschaft. Dem Sohn galt die ganze Sorge und Zärtlichkeit der Mutter. Was ihr sonst noch widerfuhr, vielleicht der Umzug in eine andere Stadt, vielleicht sogar eine Heirat, mochte für den Rest ihrer Tage durchaus von Belang sein. Was aber schön und groß und bedeutsam war in ihrem Leben, lag hinter ihr. Vielleicht verlief alles nicht so wie erzählt, sondern ganz anders, doch so könnte es gewesen sein.

Der römische Geschichtsschreiber Tacitus deutet an, Thumelicus habe später ein schweres Schicksal erlitten, was wohl heißt, dass er wie sein Vater ein gewaltsames Ende fand. Tacitus wollte darüber ausführlich berichten und tat es wohl auch, leider in dem Teil seines Werkes, der im Staub der Jahrhunderte versank und unwiederbringlich verloren ist.

Glossar

ab urbe condita	*(lat.) „seit Gründung der Stadt" (753 v. Chr.) – römische Zeitrechnung. Die erwähnten Jahreszahlen in moderner Zeitrechnung: 744 a. u. c. = 9 v. Chr.; 757 a. u. c. = 4 n. Chr.; 762 a. u. c. = 9 n. Chr.*
Adrana	*Lat. Name der Eder*
Agrippina die Ältere	*(14 v. Chr.–33 n. Chr.), Tochter des Feldherrn Agrippa und der Augustustochter Julia, Frau des Germanicus, Mutter des späteren Kaisers Caligula*
Albis	*Lat. Name der Elbe*
Ale	*Reitereinheit im römischen Heer*
Alkibiades	*Berühmter Politiker und Feldherr Athens (5. Jh. v. Chr.)*
Amsivarier	*Westgermanischer Stamm („Ems-Leute")*
Arminius	*(18 v. Chr.–21 n. Chr.; beide Daten nicht gesichert), Sohn des Segimer, im römischen Dienst als Anführer germanischer Hilfstruppen, in den Jahren 9 und 15/16 n. Chr. Haupt des germanischen Kampfes gegen die Römer, nach innergermanischen Kämpfen ermordet*
Aspasia	*Frau des Perikles (5. Jh. v. Chr.)*
Augustus	*(lat. „der Erhabene", 63 v. Chr.–14 n. Chr.), Neffe Caesars, seit 31 als Imperator Caesar Augustus unter Wahrung republikanischer Formen Alleinherrscher im Römischen Reich*
Aurelia	*Caesars Mutter*

Auxilien	*Hilfstruppen im römischen Heer, vorwiegend in den Provinzen rekrutiert*
Brautpreis	*Dem Vater für den Verzicht auf die Munt zu zahlen*
Brukterer	*Germanischer Volksstamm, um die Zeitenwende zwischen mittlerer Ems und oberer Lippe ansässig*
Caesischer Wald	*Heute Häserwald, zwischen Vetera Castra und Lippe*
cannabae	*(lat.) Händler- und Handwerkersiedlung am Rande römischer Legionslager*
carruca	*(lat.) vierrädriger (Reise-) Wagen*
Chatten	*Germanischer Volksstamm im Gebiet des heutigen Hessen*
Cherusker	*Germanischer Volksstamm, zu beiden Seiten der Weser ansässig*
Dritte Stunde	*Etwa 9 Uhr*
Drusus	*Nero Claudius Drusus, 38–9 v. Chr., römischer Feldherr, Bruder des Tiberius, unternahm 12–9 v. Chr. mehrere Feldzüge zur Eroberung des Landes zwischen Rhenus und Elbe; verunglückte tödlich während eines Rückzugs*
Fiskus	*Kaiserliche Kasse und Finanzverwaltung*
Frame	*Lanze; Wurf- und Stichwaffe der Germanen*
Gallia Belgica	*Eine der drei gallischen Provinzen des Römischen Reiches*

Gallier	*Die zu den Kelten gehörenden Bewohner der römischen Provinzen Galliens, das etwa dem heutigen Frankreich entsprach*
Germanicus	*G. Iulius Caesar Germanicus, 15 v. Chr.–19 n. Chr., römischer Feldherr, Sohn des Drusus, Adoptivsohn des Tiberius, unternahm 14–16 n. Chr. mehrere Feldzüge gegen die Germanen*
Grammaticus	*Sprachkundiger, Gelehrter*
Hel	*Unterirdisches Totenreich in der germanischen Mythologie (später als christliche „Hölle" pejorativ umgedeutet)*
Hermunduren	*Germanischer Volksstamm, siedelte um die Zeitenwende an der mittleren Elbe*
Herzynischer Wald	*(lat. Hercynia silva), in der Römerzeit das dicht bewaldete zentraleuropäische Mittelgebirge*
Hiwo, Hiwa	*(ahd.) Ehemann, Ehefrau*
Horaz	*Q. Horatius Flaccus (65–8 v. Chr.), römischer Dichter*
ius gentium	*(lat. „Recht der Stämme") Gesetzbuch, das den Umgang römischer Bürger mit den Provinzbewohnern regelte*
Kastell	*(lat. „kleines Kastrum") Kleines Militärlager, Brückenkopf*
Kastrum	*Römisches Legionslager*
Kodex	*Zusammengefügte Holz- oder Wachstafeln, Vorform des Buches*

Kohorte	*Zehnter Teil einer Legion (ca. 600 Mann)*
Kolonen	*Pachtbauern, meist Kleinpächter, die gegen Zahlung eines Pachtzinses ein Stück Land eines Grundherrn bewirtschafteten*
Kolumbarium	*Römische Grabkammer mit Wandnischen für Ascheurnen*
lanista	*(lat.) Besitzer und Ausbilder einer Gladiatorentruppe*
Latifundium	*Großes Landgut*
Legat	*Gesandter, Heerführer, als legatus Augusti pro praetore kaiserlicher Statthalter*
Liktoren	*Römische Amtsdiener der höheren Magistrate, Träger der Faszes (Rutenbündel mit Beil) als Symbol der Amtsgewalt*
Lugdunum	*Heute Lyon, in augusteischer Zeit Provinzhauptstadt und Verwaltungszentrum Galliens*
Luni	*Hafenstadt am Rande der Apuanischen Alpen, in der Nähe Marmorbrüche (heute „carrarischer" Marmor)*
Lupia	*Lat. Name der Lippe*
Manen	*In der römischen Religion Totengeister, Seelen der Verstorbenen*
Manipel	*Unterabteilung der Kohorte (zwei Hundertschaften)*
Marbod	*König der Markomannen, in Rom militärisch ausgebildet, regierte ein Reich zwischen Donau und Elbe, zu dem auch Lugier, Semnonen und*

	Langobarden gehörten; nach einer Niederlage gegen Arminius (17 n. Chr.) wurde er im Jahre 19 vertrieben und lebte noch achtzehn Jahre im römischen Exil
Markomannen	*Germanischer Volksstamm („Männer des Grenzlandes") an der oberen Elbe und der Moldau*
Marser	*Germanischer Stamm (oder Kultverband), siedelte um die Zeitenwende zwischen Lippe und Ruhr*
Matronen	*Weibliche Schutzgeister der Germanen, Geburtshelferinnen*
Mattiaker	*Mit den Römern verbündeter Teilstamm der Chatten, siedelte zwischen Rhein, Main und Lahn*
Meile	*Römische Meile (= rund 1,5 km)*
Moenus	*Lat. Name des Mains*
Mogontiacum	*Heute Mainz, Ende des 1. Jhs. v. Chr. als Lager für zwei Legionen und Stützpunkt für den Vormarsch nach Germanien eingerichtet; in der Nähe entstand sehr schnell eine große Zivilstadt (▸ cannabae)*
Mulsum	*Römischer Honigwein*
Munt	*(ahd. „Schutz, Gewalt") Vormundschaft, durch den Muntwalt (Vater, Ehemann, Hausherr) wahrgenommen*
Negotiator	*In der römischen Kaiserzeit Kaufmann, Großhändler, Bankier*

Nerthus	*Germanische Fruchtbarkeitsgöttin (nach Tacitus), vermutlich in der Mythologie die „Mutter Erde“, Gattin des Njörd, Mutter der Hauptgötter Donar und Freia*
Octavia	*Schwester des Augustus*
Olympias	*Mutter Alexanders des Großen (4. Jh. v. Chr.)*
Optio	*Vertreter des Zenturio, Feldwebel*
Ostara	*Germanische Frühlingsgöttin, nach der später das christliche Osterfest benannt wurde*
Pannonien	*Land zwischen Ostalpen, Donau und Save, Aufstandsgebiet 6–9 n. Chr., dann römische Provinz*
Perikles	*Bedeutender Staatsmann Athens (5. Jh. v. Chr.)*
Peristyl	*Von Säulen umgebener Innenhof*
Polyphem	*(griech. Polyphemos) einäugiger Riese in der griechischen Mythologie, einer der Kyklopen*
Portikus	*Einseitig durch Säulenstellung geöffnete Halle*
Praxiteles	*Griechischer Bildhauer des 4. Jhs. v. Chr., schuf die „Aphrodite von Knidos“*
Prätorium	*Zentraler Platz im römischen Militärlager, Amtswohnung eines Statthalters*
Prinzeps	*(lat. „der Erste“) Titel römischer Kaiser*
Quästor	*Römischer Finanz- und Verwaltungsbeamter*
Rhenus	*Lat. Name des Rheins*

Ritter	*(lat. equites) der nach dem Senatsadel zweithöchste Stand in der römischen Gesellschaft*
Roxane	*Frau Alexanders des Großen (4. Jh. v. Chr.)*
Rura	*Lat. Name der Ruhr*
Sala	*Lat. Name der Saale*
scriba	*(lat.) Schriftführer*
Sesterz	*Römische Münze (¼ Denar)*
Sporalien	*Verlobung; auch die Verlobungsgeschenke*
Stammespräfekt	*(lat. praefectus gentium) Vorsteher der römischen Militärverwaltung in einem eroberten Gebiet*
Sueben	*Stammesverband, der um die Zeitenwende alle Stämme zwischen Elbe und Weichsel, Ostsee („Mare Suebicum“) und Donau umfasste, darunter Semnonen, Lugier, Hermunduren, Langobarden, Quaden, Markomannen*
Tamfana	*Germanisches Heiligtum im Gebiet der Marser (nur von Tacitus erwähnt), zentraler Ort eines Kultfestes*
Tacitus	*P. Cornelius Tacitus (ca. 55–120 n. Chr.), bedeutender römischer Historiker, u.a. Verfasser der geographisch-ethnographischen Studie „Germania“, einer der wichtigsten Quellen zur Geschichte der Germanen*
Themistokles	*Athenischer Politiker und Stratege (6./5. Jh. v. Chr.)*
Thing	*Volks- und Gerichtsversammlung der Germanen*

Tiberius	*T. Claudius Nero (42 v. Chr.–37 n. Chr.) römischer Feldherr, Kaiser seit 14 n. Chr.*
Treverer	*Keltisch-germanischer Volksstamm an der Mosel, von Caesar unterworfen*
Tribun	*Als Militärtribun (lat. tribunus militum) ranghoher Legionsoffizier*
Ubierstadt	*(lat. Oppidum Ubiorum) heute Köln, in augusteischer Zeit Siedlung des (nicht eindeutig) germanischen Stammes der Ubier*
Vercingetorix	*Anführer des keltischen Freiheitskampfes gegen Caesar (46 v. Chr. hingerichtet)*
Varus	*P. Quinctilius Varus (46 v. Chr.–9 n. Chr.), war Konsul, dann Statthalter in Syrien und 7–9 n. Chr. in Germanien; beging nach der Niederlage im Teutoburger Wald Selbstmord*
Vetera Castra	*Römische Legionsfestung, in augusteischer Zeit in der Nähe des heutigen Xanten, später nach Osten verlagert*
villa rustica	*Römischer Gutshof*
Visurgis	*Lat. Name der Weser*
Walhall	*Heldenparadies in der germanischen Mythologie*
Zenturio	*Führer einer Zenturie (Hundertschaft), Hauptmann*

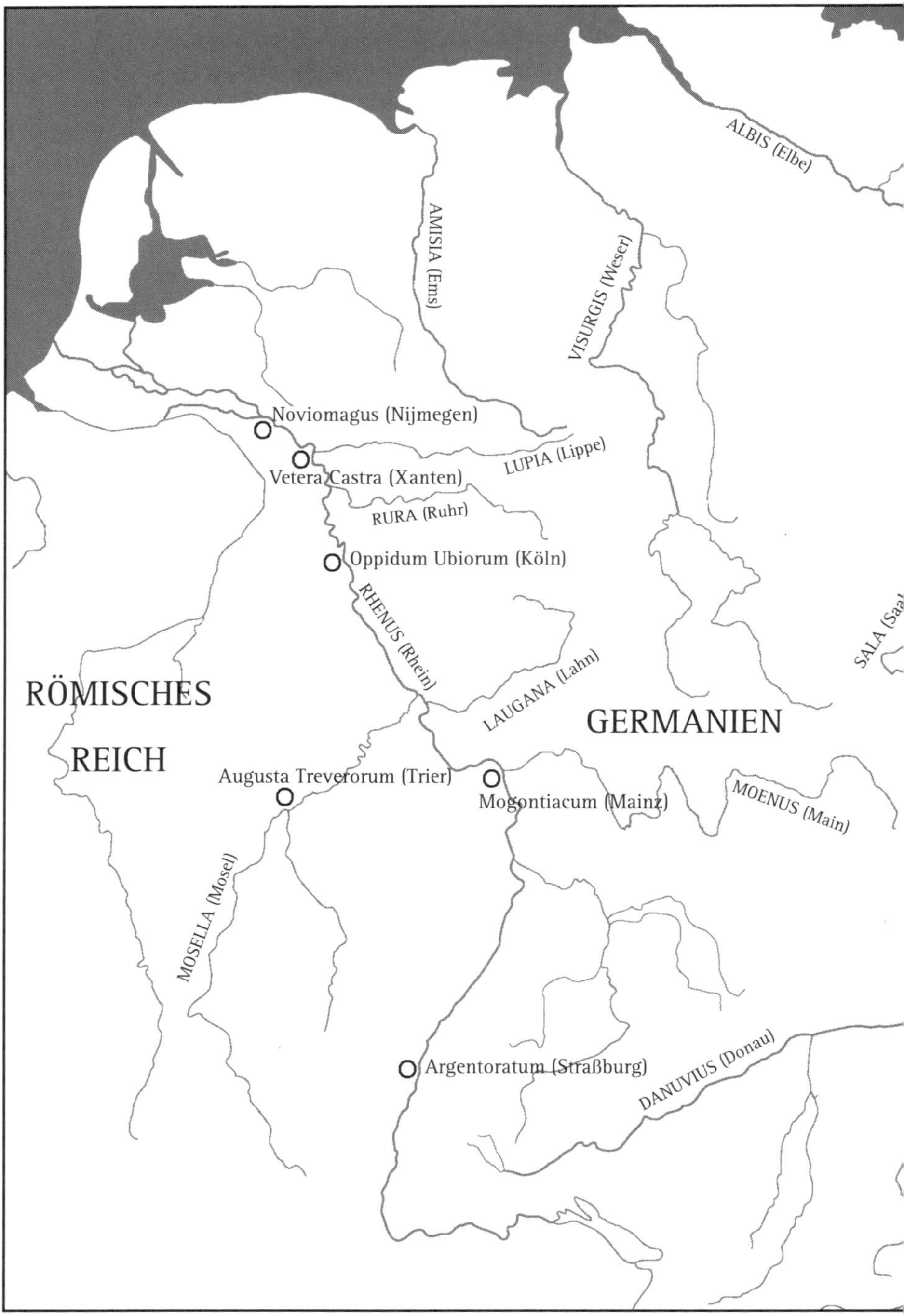
ALBIS (Elbe)
AMISIA (Ems)
VISURGIS (Weser)
Noviomagus (Nijmegen)
LUPIA (Lippe)
Vetera Castra (Xanten)
RURA (Ruhr)
Oppidum Ubiorum (Köln)
RHENUS (Rhein)
SALA (Saa
LAUGANA (Lahn)
RÖMISCHES
REICH
GERMANIEN
Augusta Treverorum (Trier)
Mogontiacum (Mainz)
MOENUS (Main)
MOSELLA (Mosel)
Argentoratum (Straßburg)
DANUVIUS (Donau)

253 Seiten

Umschlagabbildung: Antiker Dolch
Getty Images/Foto: © Squared Studios

Bibliografische Information der Deutschen Nationalbibliothek

Die Deutsche Nationalbibliothek verzeichnet diese Publikation in der Deutschen Nationalbibliografie; detaillierte bibliografische Daten sind im Internet über <*http://dnb.d-nb.de*> abrufbar.

Weitere Publikationen aus unserem Programm finden Sie unter:
www.zabern.de

ISBN: 978-3-8053-3930-8
Gestaltung: Ragnar Schön, Verlag Philipp von Zabern, Mainz
Lektorat: Dorothée Engel, Hamburger Buchkontor, Hamburg
Gestaltung des Titelbildes: Max Bartholl, b3K text und gestalt GbR, Frankfurt am Main und Hamburg

Printed in Germany by Philipp von Zabern
Printed on fade resistant and archival quality paper (PH 7 neutral) · tcf